KiWi
PAPERBACK
948

Über das Buch:

Als Owen Noone bei einem Open-Mike-Abend in einer Studentenbar auftritt, erntet er nicht nur stürmischen Beifall für einen höchst eigenwilligen Auftritt, sondern er verändert auch für immer das Leben des in sich gekehrten Literaturstudenten Brian. Bei ihrer ersten Unterhaltung und nach einigen Bier an der Bar überzeugt Owen ihn, gemeinsam eine Band zu gründen. Eigentlich können beide weder singen noch Gitarre spielen, doch das bringen sie sich mit Hilfe eines Buches über Folksongs schnell selbst bei, und schon bald beginnt eine unglaubliche Erfolgsgeschichte.

Der rasante Aufstieg beginnt mit einer Punkrockversion von »Yankee Doodle«, und mit jedem Gig der Tournee, die sie quer durch Amerika führt, festigt sich ihr Ruhm. Glück finden sie auf der Bühne und in der Freundschaft – auch zu Anna, die Owen geheiratet hat. Doch als privates und öffentliches Leben nicht mehr vereinbar sind, Verpflichtungen, unangenehme Manager und die Gier der Presse nach skandalträchtigen Vorfällen überhand nehmen, gibt es die ersten Enttäuschungen ...

Ein wunderbares, geradeheraus erzähltes Buch über Freundschaft, Musik und Unterwegssein.

Der Autor:

Douglas Cowie, geboren 1977 in Elmhurst/Illinois. Nach einiger Zeit in Berlin lebt er nun in London. »Owen Noone« ist sein erster Roman.

Die Übersetzer:

Ulrike Wasel und Klaus Timmermann, beide Jahrgang 1955, übersetzen aus dem Englischen und Amerikanischen, u. a. Michael Crichton, Noah Gordon, H.-J. Massaquoi und Zadie Smith.

Douglas Cowie

Owen Noone and the Marauder

Roman

Aus dem Amerikanischen von Ulrike Wasel
und Klaus Timmermann

Kiepenheuer & Witsch

1. Auflage 2006

Published by arrangement with Canongate Books Ltd, Edinburgh
Titel der Originalausgabe: *Owen Noone and the Marauder*
Aus dem Amerikanischen von Ulrike Wasel und Klaus Timmermann

Umschlaggestaltung: Barbara Thoben, Köln
Umschlagmotiv: © getty images / Peter Beavis
Gesetzt aus der Stempel Garamond
Satz: Felder KölnBerlin
Druck und Bindearbeiten: Clausen & Bosse, Leck
ISBN 10: 3-462-03732-3
ISBN 13: 978-3-462-03732-6

In Erinnerung an
P.Y.T.

Every star that shines
In the back of your mind
Is just waiting for its cover
To be blown.

– Uncle Tupelo, »We’ve Been Had«

Mitschrift von Radio WXRT, Chicago, 1. Januar 1999:

Soeben erreicht uns die Nachricht, dass der Gitarrist und Sänger Owen Noone von *Owen Noone and the Marauder* heute Abend in Los Angeles während eines Auftritts zusammengebrochen ist. Über seinen Zustand ist uns bislang nichts Näheres bekannt, und es liegt uns auch noch keine offizielle Stellungnahme aus Owen Noones Umfeld oder von seinem Plattenlabel vor. Bleiben Sie dran – wir halten Sie auf dem Laufenden. Jetzt geht's gleich nach einer kurzen Werbepause weiter mit vierzig Minuten Musik nonstop.

TEIL I

Das Ende der Geschichte kennt jeder. Das hier ist der Anfang.

Ich lernte Owen Noone 1995 kennen, im vorletzten Jahr meines Studiums an der Bradley University in Peoria, Illinois. Ich studierte Englisch und hielt mich für einen Dichter:

Du warst in meinen Träumen
Dreimal: einmal lagst
Du neben mir, in einem
Anderen standest du
In der Ecke, den dritten
Weiß ich nicht mehr, nur dass
Du da warst. Ich hatte nicht
Den Mut zu sprechen oder zu handeln,
Also blieb ich einfach liegen, atmete,
Schaute und wartete.

So sah das meiste aus: Gedichte ohne Rhythmus über Mädchen, mit denen ich nie geredet hatte und auch nie reden würde, aber nach denen sich mein Herz angeblich verzehrte. Da sonst keiner erkannte, was für ein guter Dichter ich doch war, hatte ich nicht viele Freunde, und ich schlenderte, die Fäuste in den Hosentaschen, über den Campus, dachte an den Tag, an dem ich berühmt sein würde und all diese Arschlöcher an der Bradley plötzlich so tun würden, als hätten sie mich gut gekannt.

Außerdem verfluchte ich alle um mich herum, weil sie keine Ahnung von Musik hatten. Ich arbeitete als DJ beim WCBU, dem Radiosender der Uni, wo ich einmal die Woche eine Indie-Rock-Sendung moderierte. Den Sendeplatz hatte ich bekommen, weil ich ein langes und großspuriges Exposé eingereicht hatte, in dem ich unbekannte Bands vorstellte und beteuerte, diese Musik sei für die gesamte Bevölkerung wichtig, nicht bloß für ein paar manische Studenten. Diese Bands waren viel talentierter und interessanter und würden, genau wie meine Dichtung, in den kommenden Jahren unfehlbar den Weg zur Unsterblichkeit finden, anders als die lächerlichen Jam-Bands, auf die die Jungs aus den Studentenverbindungen standen, die noch dazu Glück bei den Frauen hatten, die ich andichtete. Alles, was im kommerziellen Radio lief – alles –, war mir zuwider.

Und so, besser gesagt, deshalb freundete ich mich mit Owen Noone an, wegen einer Diskussion über Musik. Es war Ende Januar, Anfang des zweiten Semesters, und alles in Peoria war tot: die Bäume, die Häuser, der Himmel. Eine endlose graue Wolkenmasse schob sich über die Maisfelder und drückte auf die Stadt. Die Temperatur blieb konstant weit unter null, und selbst die Fabriken schienen tot zu sein, weil ihr alltäglicher Gestank, der einen ansonsten begrüßte, wenn man über die Bob-Michael-Brücke in die Stadt kam, gegen die Kälte keine Chance hatte. Weil es so kalt war, hockte ich die meiste Zeit in meinem Zimmer, die Heizung bis zum Anschlag aufgedreht. Tagelang setzte ich keinen Fuß vor die Tür, ließ Seminare ausfallen und lebte von Fünf-Minuten-Terrinen und Tütensuppen.

Es war Freitag, und eine der Studentenkneipen veranstaltete einen Open-Mike-Abend. Eine von den Frauen, die in meinen Gedichten vorkamen, trat da immer auf, also überlegte ich mir hinzugehen und redete mir ein, ich würde den Mut aufbringen, sie anzuquatschen, obwohl ich wusste, dass ich's nicht tun würde. Ich zog mir ein Skiunterhemd an, ein langärmliges Flanellhemd, einen dicken Wollpullover, eine lange Unterhose unter meine Jeans und zwei Paar Wollsocken, dann stieg ich in meine Schuhe, zog mir den Parka über, wickelte mir einen Schal um Hals und Gesicht und schloss das Ganze mit einer Wollmütze und Handschuhen ab, über die ich noch ein Paar Fäustlinge streifte. Ich hasste die Kälte.

Als ich die Kneipe erreichte, war mein Unterhemd schon völlig durchgeschwitzt. Ich öffnete die Tür und geriet in die Druckwelle zwischen warmer Kneipenluft und kalter Außenluft. Ich kam noch mehr ins Schwitzen. Das Open Mic hatte noch nicht angefangen, also schälte ich mich aus den meisten Kleidungsschichten, holte mir ein Bier und setzte mich an einen leeren Tisch ziemlich weit hinten, um die Leute zu beobachten, die mit ihren Freunden hereinkamen, während ich alleine für mich trank. Nach etwa einer halben Stunde stieg irgendwer auf die Bühne und erklärte, dass es jetzt losgehe. Der erste Sänger sei jemand namens Owen Noone.

Owen trat auf. Er hatte keine Gitarre, keine Noten; er stellte sich einfach mit leeren Händen vor das Mikro und sagte: »Jetzt kommt ein Song, den jeder kennt.«

Ich hatte ihn noch nie zuvor gesehen, und er wirkte nicht wie ein Student. Er war groß, etwas über ein Meter achtzig und dünn, aber gut gebaut, nicht mager. Er trug eine verwaschene Bluejeans und ein weißes Hemd, und sein rötlichblondes Haar reichte ihm bis über die Ohren. Er sah gut aus, fand ich, der Typ Mann, der bei jeder Frau im Raum Chancen hätte.

Nach einer kurzen Pause, in der er tief Luft holte, sagte er: »One, two, three, four«, als wollte er einer imaginären Band in seinem Kopf den Einsatz vorgeben, und fing an, mit dem Fuß auf die Bühne zu stampfen und rhythmisch in die Hände zu klatschen. Alle im Publikum, selbst ich, begannen ebenfalls zu klatschen, doch keiner schien zu wissen, warum. Wir lächelten nur in freudiger Erwartung, milder Verwirrung und Verwunderung, und klatschten einfach mit diesem Burschen, den wir nicht kannten. Dann fing er an zu singen.

Seine Stimme war schlecht. Er konnte kaum die Melodie halten, und, was umso schlimmer war, er hatte Recht, den

Song kannte wirklich jeder. Es war Guns N' Roses. »Sweet Child O' Mine«. Ein paar Leute kicherten am Anfang, aber Owen ließ sich nicht beirren. Er sang langsam, bedächtig und erbärmlich falsch, noch dadurch verschärft, dass es nichts gab, was seine Stimme hätte übertönen können. Dennoch, die Leute klatschten, während er sich durch die erste Strophe grölte, um beim Refrain zu Höchstform aufzulaufen.

»Whoah, oh oh, sweet child o'mine«, sang er, wurde lauter und traf dann doch ein paar Noten. Allmählich veränderte sich seine Stimme ein wenig, wurde zu einer Axl-Rose-Parodie. Er schloss die Augen und umfasste den Mikroständer, und als er die zweite Strophe erreichte, schien er nichts mehr um sich herum wahrzunehmen, weder das klatschende Publikum noch die Tatsache, dass er falsch sang, ja sogar sich selbst nicht mehr. Die Augen in dem sich rötenden Gesicht waren fest zugepresst und der Hals verkrampft. Er wirkte fast brutal, aber nicht bedrohlich. »Los Leute«, zischte er zwischen den Zeilen ins Mikrofon, »singt mit den Roses!«

Und wir taten es. Besser gesagt, wir sangen mit Owen Noone und seiner fürchterlichen Imitation einer Aufnahme, die wir alle schon mindestens hundertmal gehört hatten. Dann sprang er herum und kreischte, verdrehte die Hüften wie ein Spasti-Elvis, klappte nach vorn, bis sein Gesicht nur zwei Handbreit über dem Boden war, stieß die Faust in die Luft, im Takt mit einem Soundtrack, den er in seiner Gesamtheit hören konnte, von dem wir aber nur einen Bruchteil mitbekamen. Die Stimmung in der Kneipe – der ganzen Kneipe, von Owen auf der Bühne bis ganz hinten, wo ich nicht mehr saß, sondern stand und den Hals reckte, um besser sehen zu können – war auf ein fast euphorisches Level gestiegen. Als er die letzten Schreie ausstieß – Töne konnte man das nicht mehr nennen – und das letzte Wort in die Länge zog, »Meye-ee-eye-ee-eye-eye-eye-eye-eyyyyyyyye-nuh«, sprangen alle auf und tobten dermaßen los, dass schließlich sogar Owen selbst übertönt wurde und die Kakophonie im ganzen Raum gegen die beschlagenen Fensterscheiben und hinaus auf die kalten Straßen da draußen drückte. Irgendwer warf einen BH nach ihm, traf aber nicht, und Owen bekam es gar nicht mit.

Dann, ebenso nahtlos, wie er sich in den zuckenden, kreischenden Irren verwandelt hatte, wurde Owen wieder der gut aussehende, unbekannte Bursche, der vor fünf Minuten vor die Menge getreten war. Er ging lächelnd von der Bühne, ohne auf die Leute zu achten, die lachten und ihm auf den Rücken schlugen.

Als Nächstes trat eine junge Frau mit Gitarre auf und kündigte an, was von den Indigo Girls zu spielen, aber keiner achtete auf sie. Als sie anfing zu singen, hörte ich eine heisere Stimme, die mich von hinten ansprach.

»Ist hier frei?«

Ich blickte auf. Es war Owen Noone höchstpersönlich, obwohl ich in dem Moment seinen Namen vergessen hatte. Er hatte ein Bier in der Hand und war klatschnass geschwitzt, sein Haar strähnig und feucht.

»Klar, setz dich.« Ich deutete mit dem Kinn auf den leeren Stuhl. »Gut gesungen, aber Guns N' Roses sind scheiße.«

Er trank die Hälfte von seinem Bier in einem Zug und wischte sich langsam mit dem Arm den Mund ab, während er mich unentwegt anstarrte. Ich starrte zurück, als wäre es ein Wettkampf, aber mit hohem Einsatz. Ich war fest entschlossen, nicht zu verlieren.

»Was findest du denn besser?«, sagte er ausdruckslos.

»Alles.«

»So was wie die Indigo Girls?« Er zeigte Richtung Bühne, ohne den Blick abzuwenden.

»Nein.«

»Was denn dann?«

Mir fiel nichts ein, aber ich wollte nicht nachgeben. Ich atmete tief durch, um etwas Zeit zum Nachdenken zu haben.

»Nirvana.«

»Sehr originell.«

Ich nannte einen Namen, von dem ich mir sicher war, dass er ihn noch nie gehört hatte. »Big Black.«

Sein Mund verzog sich zu einem breiten Grinsen, und er schlug mit der Faust auf den Tisch. »Das hört sich schon besser an! Nächste Woche bring ich was aus *Songs about Fucking*.«

Ich war geknickt. Und wütend. Und ratlos. Ich hielt den Blick weiter auf ihn gerichtet, unfähig, die Zahnräder in meinem Kopf wieder ineinander greifen zu lassen, um eine Art von Antwort zustande zu bringen.

»Ich bin Owen Noone«, sagte er und streckte eine Hand über den Tisch. »Nett, dich kennen zu lernen.«

Ich schüttelte ihm die Hand und nannte meinen Namen, und er wiederholte, dass es nett sei, mich kennen zu lernen, und bot an, mir ein Bier auszugeben. Nach ein paar Minuten kam er mit zwei randvollen, überschwappenden Gläsern von der Bar zurück.

»Bist du Student?«, fragte er.

»Ja.«

»Was studierst du?«

»Englisch.«

»Lyrik oder Literatur oder beides?«

»Beides.«

»Was magst du lieber?«

»Lyrik.«

»Wer ist dein Lieblingsdichter?«

»John Berryman.«

»Tot oder noch am Leben?«

»Tot.«

»Was von ihm sollte ich mir zulegen?«

»*Dream Songs*.«

»Was ist dein Lieblingsroman?«

»*Unterwegs*.«

»Hab ich gelesen. Was ist dein Lieblingsroman, den ich noch nicht gelesen habe?«

»Ich weiß nicht, was du schon alles gelesen hast.«

»'ne Menge Mist und *Unterwegs*.«

»*Fiesta*.«

»Von wem?«

»Hemingway.«

»Was ist deine Lieblingsband?«

»Kid Tiger.«

»Warst du schon mal verliebt?«

»Nein.«

»Magst du Sport?«

»Nein.«

»Warum nicht?«

»Es gibt bessere Arten, seine Zeit zu verplempern.«

»Republikaner oder Demokrat?«

»Ich bin noch nie zur Wahl gegangen.«

Owens Frage-und-Antwort-Spiel dauerte den ganzen Abend. Er fragte so schnell, wie ich antwortete, und meistens folgte eine Frage der anderen ohne irgendeine erkennbare Logik, und er sprang von einem Thema zum nächsten, als hätten sie eine so offensichtliche Verbindung, dass keine Erklärung erforderlich war. Er nickte und lauschte jeder Antwort und nahm dann wieder auf Fragen Bezug, von denen ich längst vergessen hatte, dass er sie gestellt hatte, und grinste die ganze Zeit. Am Ende des Abends wusste ich nichts über ihn, außer, dass er vielleicht verrückt war, aber er wusste alles über mich, was es zu wissen gab, darunter auch den Namen meiner Grundschullehrerin Mrs Hamilton.

Die ganze Zeit über traten Musiker auf der Bühne auf, aber keiner von uns achtete auf sie. Zwischen den Fragen holte Owen noch zweimal Bier, und als ich aufsah, war die Kneipe fast leer und der Barkeeper kündigte die letzte Runde an. Owen leerte sein Bier und feuerte eine letzte Salve ab.

»Hast du schon manchmal das Gefühl, dass du großartig bist? Dass du was ganz Besonderes mit deinem Leben anfangen wirst? Dass du was bewegen wirst?«

»Eigentlich nicht. Nicht so richtig. Du?«

»Andauernd.«

Owen klatschte mit den Handflächen auf den Tisch, stand auf und blickte mir in die Augen. Er nickte einmal, nahm seine Jacke und ging, ließ mich einfach allein. Nachdem ich noch ein paar Minuten sitzen geblieben war, stolperte ich durch die Kälte nach Hause und versuchte, mich zu erinnern, ob Owen gesagt hatte, was er studierte.

Ich wachte verkatert auf, aß einen Teller Cornflakes und trank so viel Wasser, wie mein Magen verkraften konnte. Ich musste in die Bibliothek, um mir für ein Referat, das ich nächste Woche über Robert Lowell halten sollte, ein paar Bücher und Artikel zu besorgen. Nachdem ich mich warm eingepackt hatte, trat ich hinaus in die Kälte. Es war fast Mittag, aber der Campus war leer, denn alle mieden die Sonne, die die Welt nicht aufwärmte, sondern die Temperatur irgendwie noch tiefer runterzog, wenn sie von der dünnen Eis- und Schneeschicht reflektierte.

Ich ging die Elmwood Street hinunter – die denselben Namen hatte wie das Studentenheim, in dem ich wohnte, nichts weiter als ein brauner Backsteinklotz mit ein paar dürren Bäumen davor, kahl und grau im Sonnenlicht. Ein Wagen fuhr vorbei, wurde vom Dampf und von den Abgasen verschluckt, die aus dem Auspuff quollen. Ich schlug mir mit den Armen gegen den Körper, verfluchte mich, weil ich zu viel getrunken und bis zum allerletzten Wochenende gewartet hatte, um mit dem Referat anzufangen, dann bog ich in die Bradley Street. Als ich die Bibliothek erreichte, war ich von den vielen Schichten am Leib mal wieder völlig überhitzt.

Bibliotheken sehen immer seltsam aus, als ob die Architektenzunft irgendwann im Laufe der Geschichte beschlossen hätte, dass die einzigartige Funktion der Gebäude – die Aufbewahrung einer Ansammlung von Wissen, wie ein großes, träges Hirn – ihnen das Recht gäbe, jeden nur erdenklichen Entwurf in ihren Köpfen auszuprobieren, ungeachtet der Lage des Gebäudes. Die Cullom Davis Library ist der schlagende Beweis dafür. Umgeben von Bäumen, die in der richtigen Jahreszeit und mit ein wenig Fantasie den Eindruck einer ländlichen Idylle vermitteln, ist das Gebäude selbst eine große Schachtel aus Beton und Glas. Da die Bäume kahl waren – alle bis auf eine einsame Kiefer, die für die einzige Abwechslung in dem Spektrum aus Weiß- und Grautönen sorgte –, reflektierten die Glasscheiben der Bibliothek gnadenlos die Sonne, und ich wurde wütend, als wäre das Ganze ein Plan, der sich gegen mich und meinen blöden Kater richtete.

Drinnen war kein Mensch. Es war unheimlich ohne die leisen Bibliotheksgeräusche von raschelndem Papier, zuklappenden Büchern, kratzenden Stiften und knarrenden Stühlen. Ich wanderte zwischen den Regalen umher und suchte nach den Signaturen, die ich mir notiert hatte.

Ein Buch erregte meine Aufmerksamkeit. Es war kleiner als die übrigen, ungefähr halb so groß, aber länger, wie ein Blatt Notizbuchpapier. Ich zog es heraus. Es war das *Penguin Book of American Folk Songs* von Alan Lomax. Auf dem Umschlag war die Zeichnung einer Gitarre in den Farben der amerikanischen Flagge und mit einer lächelnden Sonnenblume in der Mitte, wo sich normalerweise das Schallloch befindet. Ich musste lachen. Auf der Rückseite fanden sich rote und weiße Streifen und ein kurzer Text. Ich wusste, wer Alan Lomax war, hatte mir auch Alben von Leadbelly gekauft, nachdem Nirvana auf MTV einen Song von ihm gespielt hatten. Und ich kannte ein paar von den Liedern – »Yankee Doodle«, »Old Smokey«, »The Midnight Special« –, aber die meisten waren mir vollkommen unbekannt. Sie hatten tolle Namen wie »Goober Peas«, »Ground-Hog« und »I'm a-Ridin' Old Paint«. Als ich den letzten Namen las, musste ich laut auflachen, aber durch den Klang meiner eigenen Stimme wirkte die Bibliothek noch leerer. Ich klemmte mir das Lomax-Buch zusammen mit den anderen unter den Arm und hastete nach unten zur Ausleihe.

An der St. James Ecke Elmwood Street stand jemand. Als ich näher kam, erkannte ich, dass es Owen Noone war. Er hatte eine Plastiktüte in der Hand und wirkte kein bisschen verkatert.

»Hi!«, rief er mir entgegen. »Ich hab mir die Bücher besorgt.«

Ich war verwirrt. Ich war in Gedanken immer noch bei der Bibliothek. »Was für Bücher?«

»Du weißt schon, John Berryman. Ernest Hemingway. Ich hab mir die Gedichte angesehen. Irre.« Beim Sprechen bewegte er viel die Arme, obwohl die Büchertüte schwer war. »Hör mal, ich hatte heute Morgen eine Idee. Kannst du ein Instrument spielen?«

Ich konnte nicht.

»Ich auch nicht, aber das können wir doch sicher lernen, oder? Die Sache ist die, hast du Lust, eine Band zu gründen? Wir mögen dieselbe Musik und so, wir könnten uns Gitarren kaufen, das wäre viel besser, als an Open-Mike-Abenden Songs von Guns N' Roses zu grölen.«

Ich konnte es mir unmöglich leisten, eine Gitarre zu kaufen, und das sagte ich ihm. Ich hatte ein National-Merit-Stipendium für Bradley, und das war für mich praktisch die einzige Möglichkeit, ein Studium zu finanzieren, ohne nebenbei jobben zu gehen.

Owen zögerte zum ersten Mal und blickte die Straße entlang. Dann drehte er den Kopf und sah mir in die Augen. »Ich könnte dir das Geld leihen. Zahl's mir irgendwann zurück. Ist egal. Komm, wir gehen.«

»Owen, nein, ich meine, wieso kannst du dir das leisten? Was studierst du überhaupt?«

»Ich bin kein Student«, sagte er. »Ich bin Baseballspieler.«

»Einer von den Bradley Braves«, sagte ich.

»Nein, von den Peoria Chiefs. Nachwuchsmannschaft. Ich bin Profi. Aber ich lebe das ganze Jahr über in Peoria, weil kein vernünftiger Grund dagegenspricht. Jetzt komm, wir gehen uns Gitarren kaufen.«

Ich ging mit, die Tasche mit den Büchern auf dem Rücken, mein Referat vergessen. Etwa einen Häuserblock weiter fragte ich ihn, was es denn sonst noch über ihn zu wissen gebe.

»Über mich?«

»Ja. Ich hab dir gestern Abend so ziemlich alles über mich erzählt. Aber von dir weiß ich nur, dass du Baseball spielst.«

Owen zuckte die Achseln. »Viel mehr gibt's da auch nicht zu wissen. Ich stamme aus Charlotte in North Carolina. Meine Eltern haben sich scheiden lassen, als ich noch keine zwei war, und an meinen Vater erinnere ich mich nicht. Als ich vierzehn war, hat meine Mutter einen Tabakmanager geheiratet. Wir sind in ein Riesenhaus gezogen, und als ich sechzehn war, sind die beiden auf die Virgin Islands gegangen, haben mir das Haus und einen Treuhandfonds hinterlassen. Ich hab in dem Riesenhaus allein gelebt und weiter Baseball gespielt. Ich bin direkt von der Highschool weg engagiert worden und hab einen halben Sommer in Michigan gespielt, ehe es dann weiter nach Peoria ging. Jetzt bin ich seit zwei Jahren hier. Ich weiß, das klingt verrückt, aber wenn man's macht, ist es ganz normal. Echt nichts Besonderes.«

Wir kamen zu dem Gitarrengeschäft. Eine Weile blieben wir davor stehen und sahen uns die Instrumente an, die im Schaufenster hingen: Stratocasters, Telecasters, Jaguars, Les Pauls und eine Reihe verschiedenfarbiger Sound Effects Boxes. Drinnen waren noch mehr. Ich hatte noch nie einen Fuß in einen Gitarrenladen gesetzt, und ich hatte irgendwie das Gefühl, verbotenes Terrain zu betreten. Hinten in einer Ecke probierte ein Typ mit langen Haaren, schwarzer

Jeans und schwarzem T-Shirt gerade eine Gitarre aus; seine Finger zupften die Saiten und bewegten sich sofort weiter, verweilten nicht eine Sekunde lang. Ein Wirrwarr von Tönen jagte aus einem Berg von Verstärkern. Überall an den Wänden hingen Gitarren – elektrische und akustische – und in der Ecke gegenüber der, wo der Typ spielte, ein paar Banjos. Owen und ich schlenderten durch den Laden, schauten uns die Namen, Formen und Farben der Gitarren an. Keiner von uns hatte auch nur die geringste Ahnung von Gitarren.

Ein mittelgroßer Mann mit schütterem Haar kam zu uns und lächelte. »Kann ich helfen, Gentlemen?«

»Nein, wir schauen uns nur mal um«, sagte ich.

»Ja, kann ich die mal ausprobieren?«, sagte Owen und zeigte auf eine.

Es war eine gelbe Telecaster mit schwarzem Pickguard. Ich kannte diese Gitarre. Ich hatte schon viele Bilder von Keith Richards gesehen, wie er so eine spielte. Der Verkäufer nahm sie vom Haken und ging mit Owen in die Ecke, wo der Typ mit den langen Haaren gerade seinen Probelauf beendet hatte. Ich wollte nicht zugucken, wie Owen versuchte zu spielen, deshalb ging ich mir die Banjos ansehen.

»Wie lange spielen Sie schon?«, hörte ich den Verkäufer fragen.

Owen grinste. »Hab noch nie in meinem ganzen Leben gespielt«, sagte er.

Der Verkäufer stöpselte die Gitarre ein und schaltete den Verstärker an. Owen spielte einen einzigen Ton. Es klang aber nicht wie ein richtiger Ton. Es klang irgendwie falsch, als wäre es gar kein Gitarrenton. Der Verkäufer lächelte wieder und bot an, sie zu stimmen. Als er fertig war, fing Owen noch einmal an, spielte den gleichen einzelnen Ton. Dann fiel ihm ein, dass er ja jede Menge andere so genannte Töne spielen konnte. Der Typ, der zuvor gejammt hatte, stand mit einem anderen Verkäufer an der Kasse. Sie schauten rüber, warfen sich dann einen Blick zu und lachten. Owen schien nichts zu merken, stümperte herum und lächelte. Schließlich hörte er auf und sagte, er würde sie nehmen und den Verstärker dazu. Er und der Verkäufer kamen dorthin, wo ich noch immer die Banjos in Augenschein nahm.

»Möchten Sie ein Banjo kaufen?«, fragte der Verkäufer.

»Nein, er bekommt auch eine neue Gitarre«, sagte Owen und schlug mir auf die Schulter. »Nur im Unterschied zu mir kann der Bursche wirklich spielen.«

Ich war entsetzt, als ich ihn das sagen hörte. Nicht verlegen oder peinlich berührt, nein, entsetzt. Ich würde in diesem Geschäft versuchen müssen, Gitarre zu spielen, vor diesen Leuten, bei denen sich doch alles um Gitarren drehte. Meine Füße fühlten sich an, als würden sie am Boden festkleben.

»Welche möchten Sie denn ausprobieren?«

Ich sah den Verkäufer an.

»Die da«, sagte Owen und zeigte auf eine andere Telecaster, schwarz mit gelbem Pickguard, genau die entgegengesetzten Farben von der, die Owen kaufen wollte. »Aber wir nehmen sie so. Und noch einen Verstärker bitte.«

Ich konnte mir die hämische Freude des Verkäufers vorstellen, zwei Trottel, die reinkommen und ein paar tausend Dollar für Instrumente hinblättern, die sie nicht mal spielen konnten. Er nahm einen weiteren Verstärker von dem Berg und ging mit uns nach vorn zur Theke. Der andere Verkäufer stand hinter der Kasse. Er lächelte uns an.

»Kann ich sonst noch was für Sie tun, Gentlemen?«, fragte der Verkäufer, der uns bedient hatte.

Unter der Glasabdeckung der Theke lag eine Reihe Effektpedale. Owen betrachtete sie und strich sich übers Kinn. »Ja«, sagte er. »Eine von den orangenen Packungen bitte.«

»Das Fuzz-Pedal?«, fragte der Verkäufer. Er nahm einen Schlüssel, schloss die Vitrine auf und holte es heraus. »Ich sag Ihnen was. Da Sie beide heute so viel Geld hier lassen, bekommen Sie das gratis. Und ich gebe Ihnen noch einen Satz Kabel und Plektrums dazu, auch gratis.«

Owen war ganz aus dem Häuschen. »Prima! Wie viel macht das alles zusammen?«

Der Verkäufer tippte die Preise in die Kasse ein. Ich fühlte mich, als wartete ich auf die Verkündung der Lottozahlen. »Zweitausenddreihundertdreizehn Dollar und siebenundsiebzig Cent.«

Owen zückte eine Kreditkarte. »Nehmen Sie Visa?«

Wir riefen ein Taxi und schafften unsere neuen Reichtümer in mein Zimmer in Elmwood Hall. Der Himmel hatte sich bewölkt, und es schneite, Schneeflocken wirbelten im Wind. Nachdem wir die Verstärker reingebracht hatten, war kaum noch Platz zum Sitzen da, und wir räumten schmutzige Wäsche, Bücher und CD-Hüllen beiseite, um auf dem Fußboden ein Fleckchen frei zu bekommen. Ich musste meinen Computer ausstöpseln, damit wir genug Steckdosen hatten. Als wir schließlich fertig waren, saß Owen auf meinem Schreibtischstuhl, und seine Gitarre war über das Effektpedal mit dem Verstärker verbunden, während ich auf dem Bett hockte und direkt am Verstärker angeschlossen war. Na ja, wir waren sozusagen startklar, aber es wollte einfach keiner von uns den Anfang machen. Wir saßen da, sahen uns an und grinsten.

»Hast du eine Ahnung, wie es jetzt weitergeht?«, fragte Owen.

Plötzlich fiel mir das Lomax-Buch ein. Es hatte hinten einen Anhang mit der Überschrift: »American Folk Guitar Style«. Unter der Abbildung von einem Typen, der Gitarre spielte, war ein Diagramm, in dem zu sehen war, wo man die Finger für die einzelnen Akkorde aufsetzen musste. Ich stellte das Buch aufgeklappt auf meinen Verstärker. E-Moll sah am einfachsten aus, also spielten wir das zuerst. Es tönte unwahrscheinlich real und sauber aus meiner Gitarre, füllte das kleine Zimmer mit einer Musik, die ich noch nie gehört hatte, ob nun aufgezeichnet oder live, als ob ein anderer sie spielen würde.

Owen beugte sich vor und schaute sich an, wie es ging, dann schlug er die Saiten an. Es klang, als würden mehrere Konzertflügel von einem Dach geworfen, ein Getöse, als würde der Raum explodieren, ehe er sich in ein markdurchdringendes Rückkopplungsjaulen auflöste. Owen hechtete vor und legte den Power-Schalter um, was der Qual ein Ende bereitete, stützte sich dann auf den Verstärker, um nicht umzufallen.

»Ich denke, wir sollten die Lautstärke ein bisschen runterdrehen«, sagte er.

Den Rest des Nachmittags und in den Abend hinein verrenkten wir uns die Finger, um die Akkorde hinzukriegen. Gegen neun Uhr merkten wir, dass wir Hunger hatten, und mir fiel ein, dass ich ein Referat schreiben musste. Owen bestand darauf, die Pizza zu bezahlen, über die wir regelrecht herfielen, als sie geliefert wurde.

»Hast du was dagegen, wenn ich den Kram vorläufig hier lasse?«, fragte Owen, als er schon an der Tür stand und seine Jacke anzog. »Ich hab keine Lust, alles heute Nacht durch die halbe Stadt zu schleppen, und außerdem will ich noch was lesen.« Er raschelte mit der Plastiktüte, ging und zog die Tür hinter sich zu.

Während ich an meinem Referat arbeitete, blickte ich immer wieder zu den Gitarren hinüber, die eine schwarz und gelb, die andere gelb und schwarz, wie sie so an den Verstärkern lehnten. Ich fragte mich, ob wir jemals wirklich gut damit würden spielen können. Ab und zu stand ich auf, nahm meine Gitarre, schaltete den Verstärker ein und zupfte ein paar Töne, rief mir ein paar Akkorde in Erinnerung. Dann gab ich frustriert wieder auf. Aber ich blieb am Ball, übte zwischendurch immer mal wieder bis spät in die Nacht hinein. Ich konnte es einfach nicht lassen, mir das schwere Instrument umzuhängen und Töne zu produzieren.

Owens Ausrüstung blieb bis zum Frühling in meinem Zimmer, ein echter Hindernisparcours, der ständig im Weg war, vor allem, wenn ich nachts aufstand. Aber nach einer Weile wurden die Gitarren, die Verstärker und das verschlungene Kabelgeflecht Teil des Mobiliars, und ich dachte nicht weiter darüber nach. Owen kam ein paar Mal die Woche vorbei, je nachdem, wie es seine Baseball-Termine erlaubten, und wir übten Akkorde, bis wir sie draufhatten und schnell zwischen ihnen hin und her wechseln konnten. Dann fingen wir an, die Songs aus dem Lomax-Buch zu proben.

Der Erste, den wir uns aussuchten, war »Yankee Doodle«, weil wir die Melodie kannten. Keiner von uns konnte Noten lesen – in der Grundschule hatte ich mal fünf Wochen lang Posaune gelernt und wusste noch ungefähr, was Viertel- und Halbnoten waren, aber damit hatte es sich auch schon –, wir waren also auf den Klang der Akkorde angewiesen, um in etwa rauszuhören, wie eine Melodie ging. Bei »Yankee Doodle« war diese Abhängigkeit nicht ganz so groß, und Mitte April kriegten wir es ganz anständig auf die Reihe. Ich klimperte und zupfte gelegentlich die Arpeggios, und Owen quälte die Akkorde mit dem Fuzz-Pedal und sang.

»Wir sollten beim Open Mike nächsten Freitag auftreten«, sagte Owen eines Sonntags.

Ich blickte auf. »Ausgeschlossen. Nicht vor so vielen Leuten.«

»Ach komm, wir können das Stück doch jetzt schon auswendig. Fast.«

»Nein.«

Owen starrte mich lange an. »Du blamierst dich schon nicht. Wir können das. Nach meinem Auftritt im Januar kann es für mich nur noch besser werden.«

Nachdem er mir noch ein Weilchen länger zugesetzt hatte, stimmte ich widerwillig zu. Es fiel mir schwer, nein zu sagen. Owen besaß eine Zuversicht, die mir abging, und er schaffte es immer irgendwie, mich zu überreden. In dieser Woche nutzte ich jede freie Minute, um »Yankee Doodle« zu üben, obwohl das Stück praktisch nur drei simple Akkorde hatte, G, D und C. Owen, der neun Strophen singen musste, hatte den schwierigen Part. Als der Freitagabend schließlich kam, konnte ich kaum noch etwas falsch machen. Aber ich schwitzte trotzdem Blut und Wasser. Was, wenn die Leute es nicht mochten?

Solche Fragen stellte Owen sich gar nicht erst. Sie waren irrelevant. Wie am ersten Open-Mike-Abend ging es für ihn nicht darum, bei den Leuten anzukommen, es ging darum, sich auf die Bühne zu stellen und die Augen zu schließen und loszulegen und dann zu sehen, was passierte.

Wir waren an dem Abend die Letzten auf der Liste, und als wir endlich an die Reihe kamen, glühten inzwischen alle in der Kneipe von der feuchten Hitze und dem Alkohol im Blut. Ich wollte bei unserem Auftritt nicht betrunken sein, und Owen hatte sich wegen der Baseballsaison ein Limit von zwei Drinks pro Abend gesetzt, aber um uns gegenseitig Mut zuzutrinken, kippten wir uns einen doppelten Jack Daniel's hinter die Binde, ehe wir die Bühne betraten.

Der Ansager trat ans Mikro. »Owen Noone and –«, begann er und blickte dann zu der Bühnenseite, wo wir standen. Owen versuchte ihm meinen Namen zuzuflüstern, aber der Typ verstand ihn nicht und sagte nur: »Owen Noone and Friend.«

Die Leute kannten Owen noch vom Januar her und johlten und pfiffen und manche riefen irgendwas von Guns N' Roses. Ich schlurfte hinterdrein. Wir schlossen unsere Gitarren an das PA-System an, Owen schaltete bei seiner noch das orangefarbene Fuzz-Pedal dazwischen, und dann bauten wir uns vor dem Publikum auf. Ich schlotterte am ganzen Leib und rechnete jeden Augenblick damit zusammenzuklappen. Ich hatte das Gefühl, nicht mal die Gitarre halten zu können, geschweige denn, einen Akkord hinzukriegen. Ich schaute zu

Owen hinüber, der meinen Blick erwiderte und sich dann zum Mikrofon vorbeugte. »Wir sind Owen Noone and the Marauders«, sagte er, dann schaute er wieder zu mir. »Marauder. Jetzt kommt ein Song, den ihr alle kennt, also singt bitte beim Refrain mit.« Er holte tief Luft, zählte one-two-three-four, und wir fingen an.

Einige Leute kicherten, und beim ersten Mal sang kein Mensch. Ohne Owens Pedal hörte sich für mich alles sauber und fremd an. Ich hielt den Blick auf meine Gitarre gerichtet, als könnte ich meine Hände durch reine Willenskraft zwingen, das Richtige zu tun, wenn ich sie nur immer im Auge behielt. Dann, als wir zum zweiten Refrain kamen, trat Owen aufs Pedal und ein Lärm- und Energiestoß pulste durch den Raum. Ich erschrak und sah rasch auf, ganz benommen von diesem jähen Schallausbruch. Owen hatte die Augen geschlossen und sang irgendwie leiernd und monoton, als wäre es ein Schlaf- oder Kinderlied, aber grottenfalsch. Noch immer sang keiner mit. Ich blickte wieder nach unten und spielte weiter, und als wir zur nächsten Strophe kamen, trat Owen erneut aufs Pedal. Dann spielten wir saubere Akkorde bis zum dritten Refrain, als er das dritte Mal aufs Pedal trat. Diesmal fiel das Publikum mit ein, ein Chor von Stimmen, der dumpf auf die Bühne drang und Owens Gesang unterstützte. Das Ganze war misstönend, aber die Leute klatschten, klopften mit ihren Gläsern und Flaschen den Rhythmus auf dem Tisch mit, während Owens Stimme lauter und zu einem heiseren Brüllen wurde. Dann wieder die Ruhe der Strophe. So ging es den Rest des Songs weiter, aber die Stimmung wurde immer ausgelassener, und selbst ich vergaß, dass ich spielte, und klimperte automatisch vor mich hin, beobachtete Owen, beobachtete, wie das Publikum Owen beobachtete, stampfte im Rhythmus unserer Gitarren, seiner Stimme, dem Klatschen und Flaschenklopfen der Leute. Beim letzten Refrain, den wir ohne zu überlegen zweimal spielten, sang ich mit, obwohl sich meine Stimme ohne

Mikro von der Bühne in den Zuschauerraum hinein verlor. Das war mir egal. Ich war glücklich.

Zwei Wochen später klopfte Owen an meine Tür. Ich las gerade *Maß für Maß*, und jeder Gedanke, den ich hatte, und alles, was ich sagte, schien in jambischen Pentametern daherzukommen.

»Gott zum Gruße, Sir«, sagte ich, nachdem ich die Tür geöffnet hatte.

»Hä?«

Ich hielt das Buch hoch, eine große senffarbene Shakespeare-Gesamtausgabe. »Schert Euch nicht drum, zu viel hiervon, deucht mir.«

Owen kratzte sich am Kopf. »Hör mal, ich hab schlechte Neuigkeiten. Ich will meine Gitarre und den Rest abholen. Ich bin ins Triple-A-Team befördert worden.«

»Das ist doch gut«, sagte ich.

»Ja, gut für den Baseball, schlecht für die Band.«

»Welche Band? Wir sind bloß zu zweit. Ich meine, hat echt Spaß gemacht, aber ich würde sagen, du hast Wichtigeres zu tun.« Ich hatte das Gefühl, dass ich mich selbst genauso überzeugen wollte wie ihn. Der Abend, als wir »Yankee Doodle« gespielt hatten, war einer der schönsten Augenblicke in den letzten paar Jahren gewesen. Ich hatte mich stark gefühlt, und nach unserem Auftritt hatten die Leute uns erzählt, wie viel Spaß er ihnen gemacht hatte, und ich hatte das Gefühl gehabt, nicht mehr nur der schüchterne Junge zu sein, der mit den Händen in den Taschen und niedergeschlagenem Blick herumlief. Und das alles nur wegen Owen. Er hatte die Gitarren gekauft, er hatte darauf bestanden, dass wir spielen, er hatte mich ein kleines Stückchen aus der Hülle herausgeholt, die ich mir geschaffen hatte. Und jetzt ging er fort. »Wo liegt Triple A überhaupt?«

»Iowa.«

»Iowa ist nicht so weit weg. Wo denn in Iowa?«

Er zog seine Augenbrauen nach unten und drehte leicht den Kopf weg. »Ich hab keine Ahnung.« Wir lachten beide. Ich half ihm, seine Gitarre, den Verstärker, das Pedal und die verschiedenen Kabel zusammenzupacken. »Weißt du was?«, sagte er, als er draußen vor meiner Tür stand und seine Sachen mit beiden Armen an sich gedrückt hielt. »Du machst doch in anderthalb Jahren Examen, nicht? Wenn ich es bis dahin nicht in die oberste Liga geschafft habe, komme ich zurück, und wir ziehen los und machen so richtig Dampf mit unserer Band.«

»Klar«, sagte ich und schnaubte belustigt durch die Nase, »hundertprozentig.«

Owen lächelte, stellte den Verstärker ab, salutierte übertrieben, hob den Verstärker wieder auf und ging den Gang hinunter, verschwand um die Ecke Richtung Treppe. Ich schloss die Tür und widmete mich wieder dem Herzog und Isabella.

Den Rest meiner Studentenzeit verbrachte ich so, wie ich sie bis dahin auch schon größtenteils verbracht hatte: Ich schrieb schlechte Gedichte, machte meine Radiosendung, las und schrieb Referate. Und ich spielte Gitarre. Es gelang mir, das Lomax-Buch aus der Bibliothek zu klauen, indem ich es wieder zurückbrachte und kurz darauf das »Rückgabe bis«-Schildchen von einem anderen Buch pulte und es auf den Lomax pappte. Als dann das Sicherheitssystem Alarm schlug, spielte ich den Unschuldigen und konnte beweisen, dass das Buch erst in zwei Wochen fällig war. Ich lernte sämtliche Akkorde, die hinten aufgeführt waren – so viele waren es gar nicht – und übte die verschiedenen Stile. Ich lernte auch Notenlesen, indem ich mit Songs anfing, deren Melodien ich mehr oder weniger kannte, und mich dann durchackerte. Am Tag meiner Abschlussprüfung kannte ich gut zwei Dutzend Songs, wenn auch nicht alle auswendig. Außerdem hatte ich einen Job bei Caterpillar in Peoria ergattert, wo ich den internen Rundbrief und Presseerklärungen schrieb und redigierte.

Die Abschlussfeier war lang, heiß und öde. An dem Tag waren es fast zweiunddreißig Grad im Schatten, und das Sitzen in der Sonne mit einer Robe über dem Anzug – meine Mutter hatte darauf bestanden, dass ich einen Anzug trug – war beinahe unerträglich. Die offizielle Rede hielt irgendein Senator, der uns erzählte, dass wir die Welt, in die wir jetzt entlassen würden, nach unseren besten Idealen formen könnten und dass wir bessere Möglichkeiten hätten als je eine Generation vor uns. Wir alle würden unsere Zukunft verschieden gestalten, manche von uns würden in die freie Wirtschaft gehen, andere würden weiter studieren, wieder andere, wie er, eine Laufbahn im öffentlichen Dienst einschlagen, doch wir alle würden, jeder auf seine Weise, einen Beitrag zur einzigartigen Zukunft Amerikas, ja, der Welt leisten. »Die Welt gehört euch«, schloss er. Daran erinnere ich mich noch genau. »Lasst nicht zu, dass irgendwer euch den Blick auf eure Welt, eure Träume verstellt.« Und wählt die Republikaner!, hätte ich mir als Zusatz von ihm erhofft, aber er sagte es nicht. Im Anschluss an die Rede hörten wir uns stundenlang Namen und Leistungen von Leuten an, die nacheinander auf die Bühne marschierten. Und am Ende wurden Hüte in die Luft geworfen.

Nachdem meine Eltern mich in einen Deli zu Riesensandwiches und Pommes eingeladen hatten, fuhren sie wieder ab. Sie hatten eine Fahrt von 200 Meilen vor sich, weil Dad früh am nächsten Morgen arbeiten musste. Es wäre nicht in Frage gekommen, so kurz vor den Sommerbetriebsferien ein oder zwei Tage frei zu nehmen, auch nicht für die Abschlussfeier des einzigen Sohnes. Nach dem Essen setzten sie mich vor Elmwood Hall ab – mir blieben noch zwei Tage für den Umzug in die neue Wohnung. Mein Dad schüttelte mir die Hand und sagte, er sei stolz. Ich war der Erste in der Familie mit einem Uniabschluss in der Tasche. Meine Mutter weinte und umarmte mich. Ich stand auf dem Bürgersteig, schaute dem Auto nach, das Richtung Main Street und Interstate 74, der sie nach Hause bringen würde, davonrollte. Als ich die Straße hinunterblickte, bis sie nicht mehr zu sehen waren, fühlte ich mich plötzlich leer und allein. Ich hatte an der Bradley University nicht viele Leute gekannt, aber die wenigen, die ich kannte, zogen alle weg, in Städte wie Chicago, St. Louis, Indianapolis, manche sogar nach New York oder San Francisco. Ich dagegen blieb in Peoria, das ich in den letzten vier Jahren kaum verlassen hatte und das nur wenige Autostunden von dem Ort entfernt war, wo ich mein ganzes Leben verbracht hatte. Natürlich war es meine Entscheidung gewesen zu bleiben, denn aus irgendeinem Grund scheute, ja schreckte ich davor zurück, mich weiter in andere Staaten, Regionen, Städte vorzuwagen, in denen ich noch nie gewesen war, die für mich nur Namen und Ansichtskartenbilder waren oder in den Fernsehnachrichten vorkamen. Nein, ich blieb lieber in Peoria, arbeitete bei Caterpillar, ein solider Job in einer soliden Firma, und sparte ein bisschen Geld. Ich könnte später immer noch überallhin gehen, wenn ich Erfahrung hätte, Geld und etwas an mir, das ich verkaufen könnte.

»Ich hab gehofft, dass ich dich hier finde.« Ich erkannte die Stimme und drehte mich um. Es war Owen Noone. Er sah noch genauso aus wie in den wenigen Monaten, die ich ihn anderthalb Jahre zuvor gekannt hatte, nur dass er braun gebrannt war und eine Sonnenbrille trug. Mir fiel nichts ein, was ich sagen konnte, doch dann erinnerte ich mich, was er bei seinem Weggang gesagt hatte. Er grinste und nahm die Sonnenbrille ab. »Hast du geübt?«

»Klar«, sagte ich. Owen war größer als ich, und deshalb kam ich mir jünger vor als er, wie ich so dastand und seine Fragen beantwortete.

»Gut so«, sagte er. »Wohin soll's denn gehen: Osten, Westen, Norden, Süden?«

»Owen.« Ich sprach langsam. »Was hast du – ich kann nicht –«

»Ich hab doch gesagt, ich komme wieder, wenn ich es nicht in die oberste Liga schaffe, und ich hab's nicht geschafft. Außerdem wird Baseball irgendwann langweilig. Bälle fangen, Homeruns schlagen, zur nächsten Base rennen. Da jubeln die Leute. Außerdem hab ich miserabel gespielt, und ich glaube, die wollten mich wieder hierher zurückschicken, also hab ich ihnen nur Kosten und Mühe erspart.« Er fuhr sich mit der Hand durchs Haar, und ich konnte sehen, dass sein T-Shirt kleine dunkle Flecken unter den Armen hatte. »Also, wo wollen wir hin?«

Am nächsten Morgen rief ich meine Eltern aus Iowa City an. Es hatte sich irgendwie angeboten – College-Stadt, einigermaßen groß, wahrscheinlich würden wir ziemlich leicht eine billige Wohnung und Gigs finden. Und es war nicht Peoria. Irgendwann wollten wir an die Westküste, entweder nach Kalifornien oder Portland oder Seattle, aber erst wenn wir ein ganzes Set von Songs auswendig konnten. Das war unser Plan.

Meine Eltern waren alles andere als begeistert. »Ach, mein Junge«, sagte mein Vater immer und immer wieder. »Ach, mein Junge«, und es klang, als wäre ich gerade ins Gefängnis gesteckt worden, »ach, mein Junge.« Meine Mutter sagte gar nichts, aber ich konnte sie am anderen Ende schluchzen hören. »Geh zurück in deinen Job, mein Junge«, sagte mein Vater, als er sich wieder einigermaßen gefasst hatte. »Du hast so gut angefangen. Vermassel dir nicht alles. So eine Gelegenheit kriegst du so schnell nicht wieder. Fahr zurück nach Peoria, zu deinem Job.«

Ich telefonierte von einem Münzapparat aus und hatte kein Kleingeld mehr, also wurden wir unterbrochen, und diese letzten Worte schwebten in dem kleinen Glaskasten über mir. Ich schaute durch die Scheibe zu Owen hinüber, der auf dem Bürgersteig vor dem Diner stand, in dem wir gerade gefrühstückt hatten. Er blickte auf den Bürgersteig und versuchte mit der Zehenspitze, irgendetwas in einer Ritze zwischen den Steinplatten zu lockern. Während ich auf den Boden der Telefonzelle starrte, wo die Glasscheibe rund dreißig Zentimeter über der Erde endete, vergaß ich die Worte meines Vaters allmählich. Ich atmete tief durch, legte den

Hörer auf und ging wieder zu Owen, der noch immer gegen einen Penny trat, der in der Ritze eingeklemmt war und zum Teil von einem platt getretenen Stück Kaugummi festgehalten wurde.

Wir zogen in ein Haus in der Gilbert Street, nicht weit vom Campus und der Innenstadt. Die Vermieterin war über siebzig und hatte langes, strähniges, graues Haar. Sie bestand darauf, dass wir sie Miss Kitty nannten, und während der ganzen Zeit, die wir dort wohnten, trug sie nie etwas anderes als langärmlige Baumwollkleider mit Blümchenmuster. Das Haus war ein zweigeschossiger quadratischer Holzkasten mit einem steilen, schwarzen Schindeldach. Die Außenwände sahen aus, als wären sie seit der Jahrhundertwende nicht mehr gestrichen worden, nacktes Holz kam großflächig unter der abblätternden grünen Farbe zum Vorschein. Ehemals weiße Fensterläden waren verdreckt und grau. Owen und ich bekamen im oberen Stock zwei Zimmer nebeneinander, erstaunlich groß, jedes mit einem Einzelbett mit Matratze und einer nackten Glühbirne, die in der Mitte von der Decke baumelte. Die Dielenbretter waren so abgewetzt, dass sie nur ganz am Rand, dicht an den Wänden, noch etwas lackiert waren. Owen und ich waren die einzigen Bewohner des Stockwerks, daher hatten wir das Badezimmer für uns allein. »Das warme Wasser läuft nicht so gut, vor allem nicht hier oben«, sagte Miss Kitty, während sie vor uns herschlurfte, Türen öffnete und uns jeden Lichtschalter und jede Steckdose zeigte. »Aber meine Jungs kommen alle irgendwie zurecht.«

»Meine Jungs«, so nannte Miss Kitty die anderen Männer, die in ihrem Haus wohnten – insgesamt sechs, uns eingeschlossen. Die anderen waren alle älter und lebten offenbar in unterschiedlichen Stadien der Mittellosigkeit. Al war ein fünfzigjähriger Futtermittelvertreter mit rosigem Gesicht, der unter der Woche ganz Iowa, Minnesota und Illinois bereiste und nur an den Wochenenden auftauchte. Dann verbrachte er zwei Tage vor dem Fernseher und schaute sich mit Miss Kitty Baseballspiele an. Brett war ein magerer Bursche von ungefähr dreißig Jahren mit braunem Haar und dünnem Schnurrbart. Er leitete eine McDonald's-Filiale in Iowa City. Carl, vierzig und kürzlich aus dem Gefängnis entlassen, verließ sein Zimmer nur, wenn er zu seinem Bewährungshelfer musste. Wir wussten nicht, weswegen oder wie lange er im Gefängnis gewesen war, und wir mochten ihm auch nicht mehr Informationen entlocken, als er von sich aus rausrücken wollte. Dennis, unser vierter Mitbewohner, war Miss Kittys Neffe. Er hatte anscheinend keinen Job, obwohl er jeden Morgen um acht mit dem Ruf: »Bye, Tante Kitty«, aus dem Haus ging und abends um acht mit großen Schweißflecken unter den Armen seines blauen Hemdes zurückkam. Dann rief er: »Puuh, das war vielleicht ein Tag«, und strich sich das schwarze Haar über die kahle Stelle. Es wusste offenbar keiner, wo er tagsüber hinging, am wenigsten Miss Kitty, die ihm fast ständig vorhielt, es sei höchste Zeit für ihn, sich wie ein richtiger Mann einen Job zu suchen. Brett sagte, Dennis tauche gelegentlich bei McDonald's auf, niemals zu den normalen Essenszeiten, sondern immer nachmittags, und er bestelle sich immer drei Cheeseburger und bezahle mit einem Zwanzigdollarschein. Ich dachte, dass er wahrscheinlich mit Pferde- oder Hundewetten Geld verdiente, vielleicht verkaufte er aber auch Drogen, doch Owen meinte, dass er dafür nicht clever genug sei.

Owen bot Miss Kitty an, das Haus von außen zu streichen, und überzeugte sie, uns dafür die ersten beiden Monatsmieten zu erlassen. Bis Ende Mai standen wir nun also morgens um sechs auf, kratzten in den ersten paar Tagen die alte Farbe ab, um dann in den nächsten zwei Wochen den Brettern einen erbsengrünen Anstrich zu verpassen, dreifach, weil das Holz die Farbe fast genauso schnell aufsaugte, wie wir sie auftragen konnten. Abends waren wir zu geschafft, um noch irgendwas zu unternehmen, geschweige denn, uns die Gitarren zu schnappen und zu üben. Allmählich beschlich mich das Gefühl, dass ich eine furchtbare Fehlentscheidung getroffen hatte, dass ich mir, wie mein Vater gesagt hatte, alles vermasselt hatte. Da saß ich nun in Iowa City, am Arsch der Welt, und strich ein baufälliges Haus an, während die Gitarre, die ich eigentlich in einer Band spielen sollte, seit unserer Ankunft ungenutzt in der Ecke stand. In einem Augenblick geistiger Umnachtung war ich Owen Noone hundert Meilen weit gefolgt und hatte einen anständigen, wenn auch langweiligen Job aufgegeben, und wozu? Auf einmal fand ich, dass ich Owen im Grunde gar nicht richtig kannte, und fing schon allein deshalb an, eine gewisse Abneigung gegen ihn zu entwickeln. Ich fragte mich mehr und mehr, ob überhaupt etwas von dem stimmte, was er mir erzählt hatte, oder ob er, genau wie die übrigen Jungs von Miss Kitty, einfach bloß ein Schmarotzer war und ob ich, der ich ihm wie ein Schatten folgte, nicht sogar noch schlimmer war, nämlich einer, der auf einen Schmarotzer hereingefallen war.

Während die Sonne mir Nacken und Arme verbrannte und mir der Rücken vom ständigen Die-Leiter-rauf-und-runter zunehmend wehtat, verfluchte ich mich insgeheim dafür, dass ich so blöd gewesen war, und noch mehr verfluchte ich Owen Noone dafür, dass er mich in seinen idiotischen Plan mit reingezogen hatte. Abends jedoch, wenn wir dann in einem unserer Zimmer saßen, Bier tranken, das Owen schnell noch im Supermarkt gekauft hatte, das Buch mit den Folksongs durchblätterten, einige davon lustig fanden, abgerissene Zettel zwischen die Seiten von denen steckten, die uns gefielen, und dabei mit halbem Ohr den Baseball-Übertragungen aus Chicago zuhörten, dann vergaß ich meine Verwünschungen vom Tage und hatte irgendwie das Gefühl, ein anderes Leben zu leben, in einer anderen Zeit, in der ich auf einem nackten Holzboden saß, Radio hörte und mit meinem Freund kaltes Bier trank. Keiner von uns verstand wirklich was vom Anstreichen, aber als wir am ersten Juni endlich fertig waren – unsere Arbeit war bestenfalls stümperhaft zu nennen –, war Miss Kitty so angetan, dass sie uns auch noch die dritte Monatsmiete erließ.

Endlich, am zweiten Juni, fingen wir wieder an, mit unseren Gitarren zu spielen. Wir hatten vorgehabt, früh aufzustehen, zu demselben Diner zu gehen, wo wir an unserem ersten Morgen in Iowa City gefrühstückt hatten, und dann wieder nach Hause zu gehen und den ganzen Tag zu spielen. Miss Kitty hatte uns erlaubt, im Keller eine Ecke frei zu räumen, wo wir üben konnten. Es war der einzige Platz im Haus, wo nicht jeder Laut durch die Risse in den Wänden und die dünnen Dielenbretter drang. Der Keller war groß und der reinste Dschungel aus kaputten Elektrogeräten, ungenutztem Gartenwerkzeug und Kisten, die mit dickem, schwarzem Staub bedeckt waren, mit dem wir so wenig wie möglich in Berührung kommen wollten. Fünfzehn Minuten Arbeit mit Hammer und Nägeln brachten zwei angeknackste Stühle in Ordnung, und dann konnten wir uns wieder dem widmen, weswegen wir hier waren. Owen hatte eine Steckdosenleiste an ein Verlängerungskabel angeschlossen, das sich zwischen einem Stapel Kisten und um einen alten Kühlschrank herum zur Wandsteckdose schlängelte. In die Steckdosenleiste stöpselten wir unsere Verstärker ein. Die Beleuchtung im Keller bestand wie in unserem Zimmer aus einer einzigen nackten Glühbirne, die aber nur spärliches Licht warf. Es war schwierig, die Akkorde im Buch zu erkennen, ohne sich weit vorzubeugen und die Augen zusammenzukneifen, deshalb stellten wir es auf einen weiteren kaputten Stuhl.

Owen schaltete die Verstärker an, und wir hörten ein lautes Plopp. Das Licht ging aus. Irgendwo hinten im Raum züngelte ein Flämmchen aus dem Ende des Verlängerungskabels oder aus der Steckdose oder aus beidem. Wir hasteten hin, stießen im Dunkeln gegen Kisten, denen wir ausweichen wollten, und Owen riss das Kabel aus der Wand und trampelte dann darauf herum, um auch ganz sicherzugehen, dass die Flamme gelöscht war. Er lachte. »Wir haben doch noch nicht mal angefangen. Das ist gemein.«

Eine Stunde später, nach einem Ausflug zum Elektrogeschäft, um ein Verlängerungskabel und eine neue Sicherung zu besorgen – Owen bestand darauf, gleich sechs auf einmal zu kaufen, damit wir nicht so bald wieder hinmussten –, und nachdem wir Miss Kitty beruhigt hatten, dass alles in bester Ordnung sei, fingen wir noch einmal an, und zwar mit dem einzigen Song, den wir beide kannten: »Yankee Doodle.«

Es war wie an dem Abend in Peoria, als ich zum ersten Mal in meinem Leben auf einer Bühne gestanden hatte und Owen beobachtete, während ich auf einer Gitarre, die er mir ein paar Monate zuvor gekauft hatte, Akkorde anschlug. In dem Augenblick hatte ich das Gefühl zu wissen, was ich tat, zu wissen, was ich wollte und wer ich war. Dieses Gefühl sollte anhalten, solange ich Owen kannte, Selbstbewusstsein, vielleicht, und mit nur einem Nicken und manchmal rein instinktiv wurden wir langsamer, schneller, änderten die Lautstärke oder den Stil, mitten im Song, ohne die geringste Unsicherheit. Der Keller war dunkel und verdreckt, aber ich merkte es kaum, denn ich ging im Klang meiner – unserer – Musik auf.

Den ganzen Sommer über nahmen wir neue Songs in unser Repertoire auf, übten jeden Wochentag von neun bis fünf, als wäre es ein ganz normaler Job, und unterbrachen nur einmal für zwei Wochen im Juli, als uns unser direkter Nachbar auf Empfehlung von Miss Kitty engagierte, sein Haus zu streichen. Schon Anfang August beherrschten wir außer »Yankee Doodle« auch noch »Old Smokey«, »The Wild Mizzourye«, »The Erie Canal«, »Ground-Hog«, »East Virginia«, »Worried Man«, »The Old Gray Goose«, »Blue-Tail Fly«, »Green Corn«, »Godamighty Drag«, »John Henry«, »My Government Claim« und »Careless Love«, dreizehn neue Songs plus »Yankee Doodle«, also insgesamt vierzehn. Etliche von den

Songs hatten die gleichen paar Akkorde, deshalb waren sie leichter zu lernen, und Owen hatte auch keine großen Probleme, sich die Texte einzuprägen. Die meisten entsprachen unserem erfolgreichen »Yankee Doodle«-Muster: leise, akkurat gespielte Strophen, gefolgt von lauten, Owen-verzerrten, ich-sauberen Refrains, aber manche, wie »Green Corn« und »My Government Claim«, spielten wir einfach nur laut, und andere hatten keinen Refrain, und dann alberten wir rum, probierten verschiedene Muster aus, bis wir eins gefunden hatten, das uns gefiel. »Old Smokey« spielten wir sehr sanft, ich zupfte Arpeggios, während Owen sachte die Akkorde schlug.

Eines Morgens Mitte August wartete Owen schon im Wohnzimmer, als ich zum Frühstück runterkam.

»Komm, wir müssen los.«

Ich rieb mir die Augen, versuchte, wach zu werden. »Wohin?«

»In Kneipen.«

»Owen, Himmel, es ist« – ich schaute auf mein Handgelenk, aber ich trug keine Uhr – »früh. Ich geh doch jetzt noch nicht saufen.«

»Nein, es wird Zeit, dass wir ein paar Gigs an Land ziehen. Bald fängt das Semester wieder an. Wir müssen das machen, bevor die ganzen Studenten zurückkommen.«

Natürlich hatte so früh noch keine Kneipe geöffnet, aber Owen ließ sich davon nicht aufhalten. Wir gingen in Cafés, machten Station in Plattengeschäften und streiften einfach durch die Gegend und hielten Ausschau nach Läden, die wir später wieder aufsuchen könnten. Als die Kneipen dann aufmachten, am späten Nachmittag, gingen wir wieder hin und versuchten, ein Engagement zu ergattern. Die erste Kneipe, die wir betraten, hieß Fuzzy's, ein großer, dunkler Laden mit einer langen Theke, Tischen in der vorderen Hälfte und einer Bühne im hinteren Bereich, die knapp einen halben Meter hoch war. Wie immer übernahm Owen das Reden.

»Wir sind ›Owen Noone and the Marauder‹«, sagte er und zeigte auf mich. »Er ist der ›Marauder‹.« Ich rang mir ein einfältiges Lächeln ab.

»Was für Musik macht ihr?« Der Inhaber war um die dreißig, blond und etwa so groß wie Owen. Er trug ein blaues Hemd und Jeans, und obwohl er ein lockerer Typ war, war ich wie gelähmt.

»Ich denke, man könnte es, ich weiß nicht genau, alternativen Folkrockpseudopunk nennen. Das trifft es so ungefähr, findest du nicht auch?« Er sah mich an.

»Ja«, krächzte ich.

»In Peoria haben wir eine ziemliche Fangemeinde«, fügte Owen hinzu.

»Habt ihr ein Demoband?«

Ich bekam Panik. Owen nicht. »Ja klar. Aber nicht dabei. Wir könnten es morgen vorbeibringen.«

Ich wollte Owen treten, aber meine Beine gehorchten nicht. Mein Blick wechselte zwischen den beiden hin und her.

Der Kneipenbesitzer lächelte. »Okay. Bringt es morgen vorbei. Ich hör's mir an und entscheide dann. Danke, Owen.« Er sah mich an. »Danke, Marauder.«

»Bis morgen dann, Fuzzy.« Ich war perplex, dass Owen das sagte, aber der Typ lachte, also hatte er wohl nichts dagegen.

Draußen drehte Owen sich zu mir um. »Wir müssen uns sofort irgend so ein Aufnahmegerät kaufen.«

»Ja.« Mir war schlecht. Songs auf Band aufzunehmen war irgendwie ein größerer, schlimmerer Schritt, als vor Publikum zu spielen. In einer Kneipe oder Bar tranken die Leute, achteten nicht auf die Musik, wenn sie keine Lust hatten, und kleine Schnitzer waren schnell wieder vergessen, falls sie doch jemand mitbekam. Auf Band blieb alles erhalten. Und konnte immer und immer wieder abgehört werden.

Wir gingen in ein Musikgeschäft, und Owen kaufte ein Vierspurbandgerät. Solche Ausgaben machten ihm nie was aus. Mit seinem Baseball-Gehalt und seinem Treuhandfonds war er es gewohnt, genug Geld zur Verfügung zu haben. Natürlich hatte er das Baseball-Einkommen jetzt nicht mehr, aber ich vermutete, dass er sich im Laufe seiner Karriere genug zusammengespart hatte, um eine ganze Weile sorglos leben zu können. Und das Geld aus dem Treuhandfonds erhielt er jeden Monat. Es musste mehr als nur ein bescheidenes Sümmchen sein. Er bezahlte grundsätzlich alles, Ausrüstung, Essen, Bier, und es kam mir fast so vor, als wäre ich sein Kind oder er mein Vormund, aber er war nie herablassend. Ich bedankte mich jedes Mal, wenn er bezahlte, aber er winkte einfach ab, aufrichtig, ohne sich über mich zu erheben. Für Owen war es einfach eine Selbstverständlichkeit.

In Miss Kittys Keller gingen wir die Liste mit unseren Songs durch und überlegten, welche wir für das Demoband nehmen sollten. »Yankee Doodle« war unerlässlich, weil es sozusagen den Auftakt unserer Musikerkarriere und unserer Freundschaft darstellte. Die drei anderen, die wir auswählten, waren »East Virginia«, »Ground-Hog« und »The Erie Canal«, die sich allesamt am ehesten wie richtige Rocksongs anhörten. Zum ersten Mal ging mir durch den Kopf, dass das, was wir spielten, eigentlich gar kein Rock 'n' Roll war, sondern rockig gespielte Folkmusic.

Die Aufnahme war ein Kinderspiel. Wir drapierten einfach die Mikrofone, die wir zusammen mit zusätzlichen Kabeln gekauft hatten, über unsere Verstärker, schlossen sie an das Vierspurbandgerät an, und Owen sang in ein weiteres Mikro. Wir hatten keinen Mikroständer oder sonst was in der Art, deshalb hängten wir es einfach über eine Wasserleitung, die unter der Decke verlief, und ließen es bis auf Mundhöhe runterbaumeln, sodass Owen gleichzeitig spielen und singen konnte.

Am nächsten Nachmittag brachten wir Fuzzy das Band. Er begrüßte uns als Owen und Marauder und sagte, sein Name sei Mike. Fuzzy war der Typ, dem er die Kneipe abgekauft hatte. Er schob das Band in ein Tapedeck, und nach einer Sekunde Rauschen setzten die munteren Akkorde von »Yankee Doodle« ein, gefolgt von Owens Stimme. Mikes Gesicht verzog sich zu einer verwunderten Grimasse und öffnete sich dann zu einem Grinsen.

»Das ist doch – ›Yankee Doodle‹, oder?«

»Hör einfach weiter zu«, sagte Owen.

Unsere Musik füllte den leeren Raum, klang aber noch immer mager und hohl. Hinten in der Kneipe räumte eine junge Frau saubere Gläser ein. Sie verharrte und lauschte aufmerksam mit einem verwunderten Ausdruck im Gesicht, als wüsste sie nicht recht, ob das ein Witz war und ob sie lachen sollte. Dann kam der zweite Refrain, bei dem Owen auf das Fuzz-Pedal trat und die Lautstärke sich verdoppelte. Ich stellte mir vor, wie die Nadeln am Receiver in den roten Bereich hüpften. Hinter dem verzerrten Klang von Owens Gitarre konnte ich noch immer mein eigenes Spiel hören. Alles klang erstaunlich gut, fand ich. »The Erie Canal« war der nächste Song, ein richtiges Spektakel, mehr auf der Punkschiene, mit der Owen uns angepriesen hatte, und weniger als Folksong erkennbar. Mike trommelte leicht mit, hielt den Rhythmus auf dem glänzenden Holz der Theke. Als das Band mit dem lächerlichen chaotischen Brüllen und Stampfen von »Ground-Hog« endete, bei dem man mein Geschrei im Hintergrund hörte und Owen mit dem Fuß auf dem Boden den Rhythmus vorgab, hatte Mike ein breites Grinsen aufgesetzt und die Frau war rübergekommen, um einen Blick auf uns zu werfen.

»Ich find's gut, Jungs«, sagte er, »aber ich hab keine Ahnung, wie das bei den Studenten ankommt.« Ich spürte, wie ich in mich zusammensank.

»In Peoria hatten wir eine ziemliche Fangemeinde«, rief Owen ihm ins Gedächtnis, obwohl das eigentlich nicht ganz stimmte.

»Tja, also schön, ich gebe euch einen Gig, und wir sehen mal, was passiert. Wenn die Sache gut läuft, können wir was Langfristigeres vereinbaren. Wie klingt das?«

Das klang fantastisch, fand ich. Aber Owen kratzte sich am Kopf, und ich dachte schon, dass er vielleicht mehr als einen Gig rausschlagen wollte. »Du wirst nicht enttäuscht sein«, sagte er. »Klingt gut.« Wir brauchten noch ein paar Minuten, um die Einzelheiten zu klären, und als wir das Fuzzy's verließen, hatten wir das Engagement in der Tasche, ein Auftritt am ersten Wochenende im Semester mit zwei Dollar Eintritt pro Person, wovon wir die Hälfte kassieren würden. Owen hatte die Verhandlung sehr geschäftsmäßig geführt und sich angehört wie ein alter Hase. Wir traten wieder hinaus in das Sonnenlicht des heißen Nachmittags und gingen die Straße hinunter.

»Ist das zu fassen?«, rief Owen plötzlich, nachdem wir einen Häuserblock weit gegangen waren. »Das ist einfach super! Wenn wir auftreten, platzt der Laden aus allen Nähten!«

Ich war auch aufgeregt, konnte aber seinen Optimismus nicht teilen. »Wieso? Wir kennen hier doch keine Menschenseele. Es gibt für niemanden einen Anlass, überhaupt zu kommen.«

»Wir machen Werbung. Hängen überall Plakate auf, verteilen Handzettel. Preisen uns an. Außerdem ist es das erste Wochenende im Semester. Da kommen sowieso jede Menge Leute.«

»Und wenn es ihnen nicht gefällt?«

Owen blieb stehen und wandte sich mir zu. »Bis jetzt hat es ihnen gefallen.«

»Wem denn? Einem Haufen Betrunkener in Peoria, und das war nur ein einziger blöder Song, und einem Kneipenbesitzer.«

»Plus einer hübschen Frau hinter der Theke.«

»Trotzdem, das ist nicht gerade repräsentativ.«

»Mach dir nicht so viele Gedanken. Außerdem haben wir gar keine Zeit, uns Gedanken zu machen. Wir haben noch zwei Wochen, um neue Songs zu üben. Mit vierzehn werden wir nicht lange hinkommen.«

Innerhalb von zwei Wochen verdoppelten wir unser Repertoire. Zu Anfang spielten wir immer die Songs, die wir kannten, und den Rest des Tages arbeiteten wir an neuen Stücken aus dem Lomax-Buch, die wir danach aussuchten, ob sie sich schnell erlernen ließen. Die neuen Songs machten unser Set abwechslungsreicher und ausgewogener und sorgten für ein paar frische Akkorde, und da wir beide so konzentriert probten und so gut zusammenarbeiteten, eigneten wir sie uns ohne größere Probleme an. In den letzten paar Tagen vor dem Gig legten wir die Reihenfolge fest und spielten das gesamte Set durch, um zu sehen, ob es ausreichte, um drei Stunden zu füllen. Außerdem stellten wir Plakate her, die wir auf jede freie Fläche klebten, und Handzettel, die wir an alle verteilten, die sie sich in die Hand drücken ließen.

OWEN NOONE
AND THE MARAUDER

FUZZY'S
Freitag, 29. August

22.00 Uhr

PSEUDOPUNKFOLK

PLUS:
„YANKEE DOODLE"

X

(BELIEBT IN PEORIA)
(BALD AUCH IN IOWA CITY)

Die Leute nahmen die Handzettel automatisch entgegen, und dann, wenn sie ein paar Schritte weiter gegangen waren, drehten sie sich um und sahen uns an, wahrscheinlich, weil sie herausfinden wollten, was der Quatsch eigentlich sollte und ob wir »Owen Noone and the Marauder« waren. Ich sah nicht gerade aus wie ein »Marauder«, ein Marodeur, aber Owen wahrscheinlich schon.

Der 29. August kam. Wir beschlossen, an diesem Morgen nicht mehr zu üben, um uns unsere Frische, falls wir überhaupt welche hatten, für den Gig nicht zu nehmen. Es war der erste Morgen seit fast drei Monaten, an dem unser Tag nicht unter der nackten Glühbirne in Miss Kittys Keller begann. Wir blieben fast die ganze Zeit in Owens Zimmer, vervollständigten unsere Set-Liste und wurden allmählich nervös.

»Was meinst du, was wir anziehen sollen?«, fragte Owen.

Darüber hatte ich noch nicht nachgedacht. »Na, das hier, denke ich.« Ich trug Jeans und ein kurzärmliges blau-grau kariertes Hemd. Owen hatte eine Khaki-Shorts an und ein weißes T-Shirt.

»Nicht unbedingt ein Rockstar-Outfit.«

»Wir sind ja auch nicht unbedingt Rockstars.«

»Noch nicht. Aber Recht hast du.« Er nahm das Blatt Papier, auf dem wir die Set-Liste notiert hatten. »Trotzdem, findest du nicht, wir sollten uns so anziehen, als wären wir welche?«

»Wie sieht man denn dann aus? Ich meine, Pseudopunkfolk, was soll das überhaupt sein? Und ich weiß nicht, wie die Kleiderordnung da aussieht. Overall mit Lederjacke und Filzhut? Außerdem hab ich keine Lust, irgend so eine alberne Verkleidung anzuziehen, und ich hab sowieso nur diese Sorte Klamotten.«

Owen schnaubte. »Klar. Ich find's bloß schade, nicht was Besonderes anzuziehen, wo wir doch bezahlt werden und so.«

Um sechs Uhr waren wir im Fuzzy's, um alles aufzubauen und einen Soundcheck zu machen. Wir hatten keine Ahnung, wie das ging, also hängten wir einfach Mikrofone vor unsere Verstärker, genau wie wir das für die Aufnahme des Demobandes gemacht hatten, und klimperten ein bisschen rum, während Owen sang. Ich stellte mich vorne hin, um zu hören, ob der Sound in Ordnung war, und ich fand ihn in Ordnung, sehr laut und mächtig, wie er da so über das PA-System der Kneipe kam. Um sieben waren wir fertig und hatten noch drei Stunden totzuschlagen, die wir nur rumsaßen und Bier tranken und versuchten, nicht betrunken zu werden. Wir schafften es mehr oder weniger, und als wir um zehn auf die Bühne gingen, hatten wir genug Alkohol im Blut, um entspannt, aber immer noch konzentriert zu sein. Das heißt, bis wir einen Blick ins Publikum warfen.

Genau genommen, bis ich es tat. Wir betraten die niedrige Bühne und schalteten unsere Verstärker ein und schlugen ein paar Akkorde an, um den Sound zu checken, und drehten uns zum Publikum um. Die Tische zur Vorderseite des Hauses hin waren alle besetzt, und in dem Bereich direkt vor der Bühne herrschte ein einziges Gedränge. Es war so dunkel, dass ich die Gesichter der Leute weiter hinten nicht ausmachen konnte, aber die ersten paar Reihen waren klar und deutlich zu sehen. Ich kannte niemanden, aber ich war wie gelähmt, als ich da zirka hundert Leute vor mir sah, die am ersten Freitagabend des neuen Semesters in die Kneipe gekommen waren, oder an ihrem ersten freien Freitagabend, egal. Ich ging rüber zu Owen und tippte ihm auf den Arm.

»Ich bin scheißnervös«, flüsterte ich vom Mikrofon weggedreht.

»Weswegen?«, fragte er, trat einen Schritt zurück und beugte sich zu mir. »Wir kennen die Leute doch gar nicht. Außerdem sind wir gut. Wenn's denen nicht gefällt, scheiß drauf.« Dann trat er wieder ans Mikro. »Hi, Leute. Ich bin Owen

Noone.« Er zeigte auf mich. »Und das ist der ›Marauder‹. Wir haben noch nie vor so vielen Leuten gespielt, und er ist ein bisschen nervös, also seid nett.« Ich spürte, wie mein Gesicht rot wurde, als er das sagte. »Der erste Song heißt ›John Henry‹.«

»Jaaaaaaaaaaaawwwwwwn«, begann Owen und zog das Wort in die Länge, während ich einen C-Akkord auf der Gitarre ansetzte, und zu den schnellen Silben »Henry« spielte ich wie entfesselt, knallte das C raus, während Owen sang. »Was a little baby boy, / You could hold him in the palm of your hand.« Ich beugte mich über die Gitarre, blickte abwechselnd auf meine linke Hand, die die Akkorde griff, und auf meine rechte, die schemenhaft über die Saiten wischte, und mein Arm pumpte wie wild, um die Akkorde durch das Kabel und aus dem Verstärker rauszupressen.

Beim ersten Refrain schmetterte Owen: »Gonna be a steel-drivin' man, Lawd, Lawd«, und trat auf das Pedal, sodass die Klangwand über mich hereinbrach und ich meine Umgebung gar nicht mehr wahrnahm. Ich hämmerte einfach nur meine drei Akkorde C-F7-G7 und wieder zurück zu C, und der Schweiß lief mir über Gesicht und Arme. Erst als wir ans Ende der dreizehnten und letzten Strophe kamen und Owen verkündete, John Henry sei »nothin' but a Lou'siana man, / Leader of a steel-drivin' gang, Lawd, Lawd«, und die Leute johlten und klatschten und pfiffen, fiel mir wieder ein, dass noch andere da waren. Ich lächelte und musste wieder an meine Nervosität denken. Als sie mir erneut durch Arme und Beine kroch, holte ich tief Luft und schickte sie zum Teufel.

Owen bedankte sich, wir legten mit »Careless Love« los, und Owens Stimme klang vor dem Hintergrund der langsameren, melancholischen Blues-Akkorde wie die Parodie eines Schnulzensängers. Den Rest des Abends spielte ich ohne nachzudenken, lauschte unserem Sound und sang halblaut mit, genoss es aus vollen Zügen. Wir endeten mit »Yankee

Doodle«, und alle sangen die Passagen mit, die sie kannten. Als wir zum Ende kamen, verlangten einige lautstark eine Zugabe.

»Wir haben sonst nichts mehr auf Lager«, sagte Owen und stöpselte seine Gitarre aus. Das Kabel machte ein laut knallendes Geräusch durch den Verstärker, als es auf den Boden fiel. Dann blieb es schrill pfeifend neben Owens Effektpedal liegen. Er schaltete den Verstärker aus und das Pfeifen verschwand, hinterließ nur Stille auf der Bühne und die Hintergrundgeräusche der Leute, die sich unterhielten und ihre Gläser leerten.

Als ich zwölf Jahre alt war, träumte ich oft davon, in einer Rockband wie Mötley Crüe oder Poison zu spielen. Mein Freund Ben sollte an den Drums sitzen, sein älterer Bruder Jeff und ich würden Gitarre spielen, und ich würde singen. Ich sang Songs von Kassetten oder aus dem Radio mit, eine imaginäre Gitarre in den Händen, stellte mir langes, hin und her peitschendes Haar vor, ein imaginäres Publikum, das die Arme reckte und brennende Feuerzeuge hochhielt, alle Augen auf mich gerichtet. Ohne die Kostüme und das Make-up wurde dieser Kindheitstraum für mich am 29. August 1997 wahr, in einer Kneipe in Iowa City.

Nach dem ersten Gig vereinbarten wir mit Mike, dass wir während des gesamten Semesters einmal pro Monat im Fuzzy's spielen würden. Wir spielten auch noch in anderen Kneipen in Iowa City und auf ein paar Studentenpartys, wo wir jedoch nicht so gut ankamen, weil die Leute tanzen wollten, und die Musik, die Owen und ich machten, einfach nicht zum Tanzen geeignet war. Mittlerweile verdienten wir auch ganz ordentlich, rund dreihundert Dollar pro Auftritt, im Fuzzy's allerdings weniger, wo wir immer einhundert bekamen, plus die Hälfte des Eintritts bei im Schnitt 150 Besuchern. Andererseits war das Fuzzy's ein regelmäßiges Einkommen, und da wir dort den allerersten Auftritt gehabt hatten, störte es uns nicht, wenn wir ein bisschen weniger verdienten. Es gefiel uns dort. Wir fühlten uns wie zu Hause. Ich wollte Owen das Geld für die Gitarre zurückgeben, aber er nahm es nicht an. »Warte damit, bis wir richtig Geld verdienen«, sagte er immer. Hundertfünfzig Dollar bar in der Hand zu haben, das war schon richtiges Geld, dachte ich, hielt aber den Mund.

Als der Frühling kam, machte der kalte, trockene Winter Regen, Schlamm und einer viel schlimmeren Kälte Platz, einer Kälte, die in der Luft zu hängen schien, weil sie wärmer und nasser war, und die einem durch die Haut drang. Wir waren ziemlich bekannt und hatten jedes Wochenende einen Gig. Wir fingen außerdem an, uns zu langweilen.

»Ich denke, wir sollten was anderes machen«, sagte Owen eines Nachmittags, als wir gerade »Come All You Virginia Girls« übten, das wir, weil wir das lustig fanden, in »Come All You Iowa Girls« umtexten wollten.

»Was willst du spielen?«

»Nein, ich meine, was anderes machen, was Neues, weiterziehen, irgendwo anders hin, wo mehr Leute sind, mehr Möglichkeiten zu spielen, mehr Geld.«

»Okay.« Ich wusste nicht so recht. Ich fühlte mich wohl in Iowa City. Die Stadt war nicht zu groß, wir verdienten genug. Es war gemütlich, wenn auch ein wenig öde. Ich dachte an New York und Los Angeles, weit entfernte Städte, wo ich noch nie gewesen war, oder an Chicago, wo ich einmal gewesen war und das in meiner Erinnerung genauso groß und einschüchternd war. Iowa City, etwas mehr als hundert Meilen von Peoria und rund dreihundert von meinem Heimatort entfernt, war für meinen Geschmack weit genug von der Mitte entfernt. Aber das sagte ich Owen nicht. »Nach Osten oder nach Westen?«

»Nicht nach Westen. Ich will nicht durch Des Moines.«

Ich konnte mir nicht erklären, was an Des Moines so schlimm sein sollte, bis mir einfiel, dass Owen dort seine

Baseball-Karriere beendet hatte. »Es gibt noch andere Wege nach Westen.«

»Aber ich hab mir gedacht, wir könnten nach Osten fahren, nach Charlotte. Da können wir umsonst wohnen, in meinem Haus.« Seit seinem Fortgang hatte Owen sein Haus dort vermietet, aber seit Neujahr stand es leer. Ich staunte über seinen Geschäftssinn. Er wusste anscheinend stets, worauf es bei solchen Sachen ankam, Dinge, von denen ich nichts verstand, die man mir nie beigebracht hatte, die ich nie hatte lernen müssen.

Nach North Carolina zurückzugehen, so hatte ich gedacht, wäre das Letzte, was Owen machen wollte, aber Charlotte war weder besonders groß, noch jagte die Stadt mir Angst ein, also erklärte ich mich einverstanden. Und außerdem, eine kostenlose Unterkunft, ein neues Zuhause, das nur noch auf mich wartete, ließ das Ganze weniger fremd erscheinen. Am 30. März hatten wir unser letztes Konzert im Fuzzy's, und am 6. April setzten wir die Segel.

Auszug aus der *University Times* der University of North Carolina-Charlotte von Dienstag, dem 6. Mai 1997:

... *Owen Noone and the Marauder*, wie sie auf den Plakaten angekündigt waren, erwiesen sich als die einzige originelle und zugleich völlig verwirrende Nummer des gesamten Abends. Die Band, bestehend aus lediglich zwei Gitarristen, brachte etwa ein Dutzend Songs, mal spielerisches Geklimper, mal irgendwas in Richtung Grunge, und gab gegen Ende noch einen sanften Lovesong zum Besten. Die von Noone unmelodiös gesungenen, anachronistischen Texte ließen Schiffer auf dem Eriekanal und verlassene Geliebte auf dem Lande wieder auferstehen, ehe ein »Yankee Doodle« in voller Länge die Zuhörer zum Mitsingen animierte. Zu dem Zeitpunkt war die Hälfte des Publikums bereits gegangen, doch diejenigen, die ausgeharrt hatten, mussten sich fragen, was da auf der Bühne eigentlich vor sich ging, wo »Yankee Doodle« aus dem Mund eines falsch singenden Bandleaders erklang, begleitet von einer verzerrten Gitarre und einem waschechten »Marodeur« ...

Aus heutiger Sicht war das der wichtigste, prägendste Augenblick meines Lebens. Wichtiger als die Entscheidung, meinen Job zu schmeißen oder auf welches College ich gehen sollte. Als ich Iowa City verließ und in einen anderen Teil des Landes ging, wagte ich mich in unbekannte Regionen, stieß ich so weit vor, dass eine Rückkehr nicht mehr in Frage kam. Trotz der Rede des Senators auf unserer Abschlussfeier hatte ich eigentlich nicht das Gefühl, dass die Welt mir gehörte. Ich hatte keine Ahnung, wie sie eigentlich war. Sie gehörte anderen Menschen, die es wussten, und angesichts dessen, angesichts einer Welt mit so vielen Angeboten und Erwartungen, Dingen, die ich nicht verstand, die mir egal waren oder die mir einfach falsch vorkamen, fand ich, dass mir drei Möglichkeiten offen standen: einen Job suchen und mitmachen, in einem großen leeren Zimmer sitzen und außen vor bleiben, oder in einer Rockband spielen. Owen Noone und ich spielten in einer Rockband. Ob das so viel anders war als die ersten beiden Optionen, kann ich nicht sagen.

Am 6. April zogen wir bei Miss Kitty aus. Wir packten unsere Sachen und Gitarren und unsere Ausrüstung in Owens weißen Ford Bronco, bevor wir ihr den Scheck für die Aprilmiete gaben, den sie ablehnen wollte, aber Owen bestand darauf. »Gott segne euch, Jungs«, sagte sie und schloss uns beide fest in die Arme. »Wenn ihr mal wieder nach Iowa City kommt, habt ihr bei mir immer ein Zuhause. Miss Kitty bemuttert euch dann schon.«

Es war zehn Uhr morgens. Wir hatten eine sauschlechte Straßenkarte, auf der nur ein paar Highways und Interstates eingezeichnet waren. Wir beabsichtigten, am ersten Tag bis

Champaign zu fahren und dort, je nachdem, was der Ort für einen Eindruck machte, zu versuchen, einen Gig zu ergattern. Dann sollte es weitergehen. Wir fuhren über den Interstate 74, denselben Weg zurück, den wir gekommen waren, raus aus dem Tal des Iowa River und erneut über die Grenze, die nicht nur vom Mississippi River markiert wurde, sondern auch von einem Schild, das behauptete, die Bevölkerung von Illinois heiße uns im Lande Lincolns willkommen. Wir folgten den weißen gestrichelten Linien, die uns von einem Flusstal zum nächsten führten, diesmal dem Tal des Illinois, und plötzlich sausten wir an Peoria vorbei, und die Landschaft wurde flacher, und man sah nichts mehr außer kahlen, matschigen Maisfeldern und dem Horizont. Ich faltete die Straßenkarte zusammen und warf sie auf die Rückbank.

Champaign war eine Stadt, die keinerlei erkennbare Existenzberechtigung hatte. Kein Fluss, keine Industrie. Nur eine Ansammlung von Gebäuden, eine Universität und ein Eisenbahnknotenpunkt irgendwo im ländlichen Illinois.

Wir nahmen uns ein Zimmer im Holiday Inn und fuhren dann in die Stadt, um nach Kneipen zu suchen, wo wir unser Demoband vorspielen könnten. Die erste, die wir sahen, hieß Scruffy's, ein Name, der irgendwie an Fuzzy's erinnerte, und das hielten wir für ein gutes Zeichen. Die Kneipe war klein, nur ein einziger Raum mit einem Billardtisch in der Mitte und einem Flipperautomaten hinten an der Wand. Zwei Männer mittleren Alters sortierten gerade die Kugeln auf dem Billardtisch, aber ansonsten waren keine Gäste zu sehen. Owen und ich gingen zum Barkeeper.

»Habt ihr hier auch schon mal Live-Musik?«, fragte Owen nachdem er uns zwei Bier bestellt hatte.

»Jeden Freitag- und Samstagabend«, erwiderte der Mann, dann stellte er die Gläser vor uns hin und nahm Owens Geld.

»Wir haben eine Band, die ihr engagieren könntet.«

»Ach ja? Was spielt ihr denn so?«

»Wir sind eine Rockband.«

Der Barkeeper blickte zwischen uns hin und her, und ich versuchte, nicht wegzusehen. »Bloß ihr beide, oder was?«

»Genau, bloß wir beide. Wir kommen aus Iowa City, da waren wir ziemlich erfolgreich.« Owen klang wie ein Zirkusdirektor, der nach einer Stadt sucht, wo er sein Zelt aufschlagen kann.

»Habt ihr ein Demo?«

Owen reichte ihm eine Kopie von unserem Demoband über den Tresen und trank dann einen Schluck von seinem Bier. Mein Glas war schon halb leer. Der Barkeeper legte die Kassette ein und drückte auf Play. »Ist das – ›Yankee Doodle‹?«

»Klaro. Einer unserer beliebtesten Songs in Iowa. Und auch in Peoria.«

Der Barkeeper blickte skeptisch. Als das erste Stück zu Ende war und »The Erie Canal« anfing, wandelte sich seine Miene von Skepsis zu Widerwillen, als hätte er eine Kiste Zitronen gegessen. Alle Achtung, dass er sich das Band komplett anhörte, doch dann drückte er die Auswurftaste und gab Owen die Kassette zurück.

»Hört mal, Jungs.« Er kratzte sich am Kopf, und sein rechter Mundwinkel zog sich leicht verlegen nach oben. »Ich glaube nicht, dass meine Stammkundschaft viel mit zwei Jungs aus Iowa anfangen kann, die ›Yankee Doodle‹ spielen und ›The Erie Canal‹ und ›Ground-Hog‹ singen. Ich meine, das klingt alles ziemlich daneben.« Er tippte auf die Kassette, die Owen auf den Tresen gelegt hatte. »Viel Glück, Jungs, schade. Ihr seid in Ordnung. Nur nicht für hier.«

Einer der Billardspieler fluchte, und ich sah rüber zum Tisch, auf dem drei Halbe und eine Volle lagen, keine Acht. Der andere grinste und warf wieder Münzen in den Schlitz, während sein Mitspieler den Kopf schüttelte und seinen Queue mit Kreide einrieb. Owen und ich tranken rasch unser Bier aus, Owen nahm die Kassette, schob sie in die Jackentasche, und wir gingen. Die Luft fühlte sich an, als müsste es regnen, aber es regnete nicht. Der Himmel war hell, nur ein paar dünne Wolkenstreifen veränderten gemächlich ihre Form, während sie vom Wind nach Osten getrieben wurden. Ich schlang mir die Arme um die Rippen und fröstelte. Wir versuchten unser Glück in der nächsten Kneipe, aber da interessierten sie sich nicht für Live-Musik. Ein paar andere sagten, sie wären möglicherweise interessiert, aber für die nächsten zwei Monate ausgebucht. Nach fünf Versuchen wollte ich zurück ins Hotel. Die Stadt war ein ödes Nest, und ich wollte schlafen und so bald wie möglich weiter. Wir waren nicht erwünscht. Owen bestand darauf, es noch zweimal zu versuchen, was wir auch taten, erfolglos, also holten wir auf dem Rückweg zum Hotel eine Pizza und guckten uns den Rest des Abends im Fernsehen das Eröffnungsspiel der Baseballsaison an, bei dem die Cubs Null Drei gegen die Braves verloren.

Am nächsten Morgen brachen wir früh auf, weil wir möglichst weit kommen wollten, hoffentlich bis Nashville, und das waren rund 400 Meilen. Um acht Uhr waren wir wieder auf dem Interstate 74, kamen durch eine Kleinstadt namens Danville und überquerten die Grenze nach Indiana, wo uns ein Schild mit der Aufschrift THE CROSSROADS OF AMERICA – der Verkehrknotenpunkt Amerikas – willkommen hieß. Allmählich hatte ich das Gefühl, dass diese Schilder das Einzige waren, das einen Staat vom anderen unterschied, da sich die Landschaft kaum veränderte. Bloß Meile um Meile sattes Ackerland, über das der unvermeidliche grüne Traktor rumpelte und Furchen in den Boden zog, um ihn für die Aussaat vorzubereiten. In einer anderen Jahreszeit hätte alles anders ausgesehen, wenn auch genauso eintönig, Felder mit hohem Mais, der niedrigen Sojapflanzen Platz machte, dann und wann eine Kuhweide oder ein Schweinepferch, stets eine Scheune, die einen neuen Anstrich gebrauchen könnte, ein oder zwei alte Eichen vor dem Haus, aber niemals mehr. Wenige Stunden später umfuhren wir Indianapolis, wo sich gläserne Bürogebäude aus dem flachen Land erhoben und das Sonnenlicht spiegelten.

Dieser Tag, der zweite Tag unserer Reise, erschien uns um einiges zielgerichteter. Am ersten Tag waren wir einfach gefahren, um möglichst irgendwohin zu kommen, egal wohin. Jetzt hatten wir einen bestimmten Ort im Kopf – Nashville, eine Stadt, ein Ziel, ein Stern mitten in der grünen Weite unserer Landkarte. Nach dem Mittagessen setzte ich mich ans Steuer und fuhr das erste Mal wieder Auto seit Weihnachten in meinem letzten Collegejahr, als ich zuletzt zu Hause gewesen war.

»Was meinst du, wonach suchen die die Farben aus?«, fragte Owen, als ich wieder auf den Interstate einfädelte. Ich hatte keine Ahnung, was er meinte. »Für die Landkarte. Wonach entscheiden die, dass Iowa rosa sein soll, Illinois orange, Kentucky wieder rosa und Tennessee grün? Wieso fahren wir zweimal durch Rosa, ehe wir das erste Grün kriegen?«

»Was wäre gewesen, wenn wir nach Norden oder Süden oder Westen gefahren wären? Das hätte vielleicht besser funktioniert.«

»Ein bisschen besser, aber längst nicht perfekt. Aber warum gerade diese Farben? Bloß eine Primärfarbe.«

»Ist für die Augen angenehmer«, sagte ich mit der Autorität eines Menschen, der seit anderthalb Tagen die Karte gelesen hatte.

»Wahrscheinlich hast du Recht.«

Er faltete die Karte zusammen und warf sie aufs Armaturenbrett, als ob wir sie jetzt, wo die Frage geklärt war, nicht mehr bräuchten. Ich konzentrierte mich auf die Straße, überholte Sattelschlepper und wurde von Sattelschleppern überholt, die die wenigen Pkws winzig erscheinen ließen. Nach anderthalb Stunden fuhren wir auf eine andere Brücke über einen anderen Fluss in einen anderen Staat, aber diesmal wurden wir nicht bloß vom »Bluegrass State« willkommen geheißen, sondern auch von der City of Louisville, der Heimat der Slugger, des Derbys, der University of. Knapp hinter der Brücke kamen wir an der Rennbahn Churchill Downs vorbei, und Owen sagte, er wünschte, es wäre die richtige Jahreszeit, um zum Pferderennen zu gehen.

Wir fuhren zügig durch Louisville und weiter durch Kentucky nach Süden. Nach einer weiteren Stunde gelangten wir zum Mammoth Cave Nationalpark und brauchten eine Pause, also verließ ich den Interstate und hielt nach einer Rastmöglichkeit Ausschau. Jeder Laden, an dem wir vorbeikamen, bot Zigaretten, Lebensmittel und Souvenirs von der Mammuthöhle an. Schließlich sahen wir ein niedriges, rechteckiges Diner mit einem großen weißen Schild, auf dem in grünen Lettern RANDALL'S prangte. An einer Seite des Gastraums standen Tische mit vinylgepolsterten Stühlen, und auf der anderen Seite erstreckte sich eine Esstheke. Wir setzten uns an die Theke und bestellten Pommes und Cola. Einige Tische waren mit Familien besetzt, und neben uns saß ein Trucker, der ein paniertes Steak mit Pommes aß. Der große, glatzköpfige, muskulöse Mann mit Schnurrbart, der unsere Bestellung entgegengenommen hatte, kam zurück und brachte unsere Getränke. Als er uns das Essen servierte, fragte Owen ihn, ob er Randall sei.

»Bin ich«, sagte er und rieb sich mit Daumen und Finger über die Gesichtsbehaarung.

»Ich bin Owen Noone. Ich habe gesehen, dass Sie draußen eine Außensteckdose haben. Haben Sie was dagegen, wenn mein Partner und ich unsere Gitarren einstöpseln und ein paar Songs für die Leute spielen, die hier rein- und rausgehen?«

Randall kniff das rechte Auge zusammen und streichelte sich erneut den Schnurrbart. »Was für eine Musik spielt ihr denn so?«

Ich sah Owen an. »Folksongs«, sagte er. »Alle möglichen Folksongs.«

Randall hörte auf, seinen Schnurrbart zu streicheln, und lächelte schwach. »Von mir aus. Aber wenn's mir nicht gefällt, ist Sense.«

»Alles klar.«

Wir aßen die Pommes und nahmen unsere Colas mit raus zum Wagen, wo wir unsere Gitarren, die Verstärker und die Steckdosenleiste ausluden. Das orangefarbene Fuzz-Pedal lag auf dem Boden einer Milchkiste, unter Kabelrollen und Verlängerungskabeln, Mikros und dem Vierspurbandgerät. »Ich glaub, das Ding lass ich lieber im Wagen«, sagte Owen.

Wir bauten alles neben der Tür auf und legten einen aufgeklappten Gitarrenkoffer vor uns. Ich wollte mit »Yankee Doodle« anfangen, hatte die Finger schon für den G-Akkord gesetzt. Dann besann ich mich eines Besseren. »Owen«, sagte ich. »Wir können hier nicht ›Yankee Doodle‹ spielen, oder?«

»Wieso nicht?«

»Sind wir nicht schon in den Südstaaten?«

Er sah mich an und zuckte die Achseln. »Irgendwie schon, glaub ich. Aber immer noch nördlich der Mason-Dixon-Linie, oder?«

»Ich will hier keinen provozieren.«

»Ja, unten in Carolina würde ich's, glaub ich, nicht spielen. Wir sollten ›Dixie‹ lernen.«

»Aber jetzt lassen wir es weg. Nur vorsichtshalber.« Ich wurde schon nervös, wenn ich bloß daran dachte, vom Spielen ganz zu schweigen. Ich war noch nie so weit südlich gewesen und merkte, dass ich im Grunde keine Vorstellung davon hatte, wie die Südstaaten waren. Aus irgendeinem unerfindlichen Grund war ich immer davon ausgegangen, dass hier alles anders war, im Süden. Fast wie ein fremdes Land. »Yankee Doodle« war etwas, das ich gar nicht erst austesten wollte.

Wir fingen stattdessen mit »The Big Rock Candy Mountain« an, das wir schon immer ohne jede Verzerrung gespielt hatten. Es war warm an dem Tag. Nachdem wir mit dem ersten Song fertig waren, zog ich meine Jacke aus und spielte im T-Shirt, spürte die Sonne auf der Haut und spielte Gitarre und lächelte den Leuten zu, die ein Weilchen stehen blieben, wenn sie ins Randall's gingen oder herauskamen, um sich ein paar Refrains von »Blue-Tail Fly« oder »The Midnight Special« anzuhören, ehe sie zum Essen gingen oder zurück auf den Highway fuhren. Die meisten warfen ein bisschen Kleingeld in den Koffer, ein paar sogar Dollarscheine. Ich lächelte immer und nickte ein Dankeschön, wenn sie das taten. Wir spielten »Come All You Virginia Girls« als »Kentucky Girls«, und zwei Mädchen im Teenageralter kicherten, als sie das hörten. Wir spielten ungefähr anderthalb Stunden, bis zum späten Nachmittag. Einige vorbeifahrende Autos hupten. Gelegentlich hielt eins an, und der Fahrer oder manchmal auch eine ganze Familie stiegen aus und hörten eine Weile zu, um dann weiterzufahren, nachdem sie etwas Geld in unseren Koffer geworfen und sich Pommes oder Cola gekauft hatten. Es waren noch immer hundert Meilen bis Nashville, und wir wollten nicht zu spät abends dort ankommen, deshalb hörten wir mit »Old Smokey« auf und packten unsere Sachen zusammen.

Randall kam lächelnd heraus. »Jungs, das war schön, ehrlich. Drinnen im Restaurant haben wir alles gehört und es hat uns richtig Spaß gemacht. Seid ihr auf der Durchreise?«

»Ja«, sagte Owen. »Auf der Durchreise. Auf dem Weg nach North Carolina.«

»Na denn, alles Gute. Danke für das Konzert.« Randall schüttelte uns beiden die Hand und gab Owen zehn Dollar. Wir verstauten unsere Sachen im Wagen und fuhren zurück auf den Interstate Richtung Nashville.

»Ich hab mir was überlegt«, sagte Owen und wechselte die Spur, um einen langsam fahrenden Laster zu überholen. Ich saß gegen das Fenster gelehnt und empfand ein leichtes, leeres Glücksgefühl nach unserem Nachmittag. Vor dem

Randall's zu spielen war, als wäre man mit einer Zeitmaschine an einen Ort gereist, der eher in die Fünfzigerjahre gehörte als ans Ende des Jahrhunderts, als wären wir so eine Art einheimisches Barbershop-Quartett oder eine herumreisende Dixie-Band, die gut in eine idyllische Vorabendserie aus der Zeit gepasst hätte.

»Ich hab mir was überlegt«, wiederholte Owen, und ich wandte den Kopf und sah ihn an. »Das könnten wir doch überall machen. Einfach ganz normal spielen, ohne Verzerrung. Dann könnten wir uns jeweils auf die Situation einstellen. In den entsprechenden Kneipen Punkrock spielen und in der Provinz einfachen Folk.« Er grinste. »Jedem das Seine.« Ich lachte und stimmte zu und sah wieder aus dem Fenster auf die Wiesen mit Wildblumen, die an unserem Wagen vorbeirasten.

Die Grenze nach Tennessee war wie die Grenze nach Indiana. Kein Fluss, keine Brücke, bloß eine Reihe von Schildern, die uns im »Volunteer State« willkommen hießen, an das Tempolimit erinnerten und das Touristenzentrum eine Meile weiter ankündigten. Bis Nashville waren es noch über vierzig Meilen.

»Mason-Dixon«, sagte Owen.

Ich wusste nicht gleich, was er meinte.

»Jetzt sind wir südlich der Mason-Dixon-Linie, im tiefen Süden. Vor dem du Angst hast.«

»Ich hab nicht gesagt, dass ich Angst habe.«

»Du hast aber ziemlich besorgt ausgesehen, als du mir vor dem Diner in Kentucky ins Ohr geflüstert hast.«

Ich merkte, wie sich meine Kiefermuskulatur verkrampfte, und meine rechte Hand umklammerte die Armstütze. »Ich war einfach unsicher, mehr nicht. Ich wollte niemandem auf den Schlips treten. Das ist ein Unterschied.«

»Klar.« Owen hatte eine Hand am Lenkrad, die andere lehnte aufrecht am Fenster. Er schielte zu mir herüber. »Menschenskind, du bist ja echt sauer deswegen, nicht?«

»Nein«, log ich.

»Hör mal, ich hab das nicht so gemeint. Ich wollte bloß sagen, dass wir jetzt richtig da sind. Ich wollte damit nicht andeuten, dass du wirklich Angst hast. Ich hab dich nur ein bisschen hochgenommen. Tut mir Leid, wenn ich dich geärgert hab.«

Ich knurrte irgendwas Unverständliches und starrte auf das Heck des Wagens vor uns. Keiner von uns sagte etwas, bis wir in Nashville waren, und selbst dann waren es nur Banalitäten. Wir suchten uns ein Motel und gingen schlafen.

Am nächsten Morgen wachte ich vor Owen auf und fühlte mich schlecht. Ich duschte und überlegte, ob ich deshalb wirklich sauer war und wenn ja, warum. Vielleicht hatte ich ja Angst, mich so tief in ein Gebiet vorzuwagen, über das ich nichts wusste, auf dem Weg zu einem Ziel, von dem mir nur Owen erzählt hatte. Er hatte einen wunden Punkt getroffen, als er das sagte, und auf einmal fühlte ich mich allein, obwohl mein Freund ganz in der Nähe war, weil er offenbar mehr wusste als ich. Er schien das Sagen zu haben, und ich trieb einfach so mit ihm mit, hinter ihm her, versuchte, ihn einzuholen, und entfernte mich auch dann noch immer weiter von etwas, während ich mit Owen Noone Schritt hielt.

Ich öffnete die Badezimmertür, ließ den Dampf entweichen. Owen war schon aufgestanden und angezogen. Ich stammelte irgendeine Entschuldigung, aber er sagte, ich solle nicht weiter drüber nachdenken, es sei unwichtig. »Außerdem hab ich eine Idee.« Ich nahm meine Zahnbürste und wartete auf seine Erläuterung. »Wir sind doch in Nashville, nicht? Die Heimat der Countrymusic. Da sollte es uns doch gelingen, diese Folknummer zu unserem Vorteil zu nutzen.«

»Klar«, sagte ich und quetschte einen Klecks Zahnpasta auf die Bürste. »Aber das ist doch nicht dasselbe. Country und Folk, meine ich.«

»In Nashville ist bestimmt Platz für alle Spielarten von Country, Folk und so weiter. Wir sollten ein paar Tage bleiben, uns ein bisschen umhören, zu Aufnahmestudios und Plattenfirmen gehen, in Kneipen. Mal sehen, was wir so auftun.«

Nachdem ich mir die Zähne geputzt hatte, zogen wir los, frühstückten und schlugen ein paar Plattenfirmen im Telefonbuch nach. Owen war sicher, dass wir bis zum Mittag erste Erfolge zu verzeichnen hätten, aber so war es dann doch nicht. Kein Mensch hatte Zeit für uns. Immer war Mr Soundso in einer Besprechung, ob wir eine Nachricht hinterlassen wollten, sorry, Leute, Folk liegt nicht auf unserer Linie, wir sind hier in Nashville, wir machen Country und nichts als Country. Der Boss eines Aufnahmestudios entdeckte offenbar eine Spur Elvis in Owen und betrachtete sich selbst als Colonel Tom Parker, denn er ließ sich tatsächlich was von uns vorspielen. Wir kamen bis zur Hälfte von »My Government Claim«, bis er uns abwürgte und erklärte, wir wären völlig untalentiert und er suche nach einer guten Countrygruppe, die er promoten wolle. Ein Typ meinte, wir könnten was erreichen, wenn wir unseren Look verändern würden, und empfahl uns einen Laden, wo wir uns »ein bisschen aufmotzen« könnten. Wir gingen hin, rein interessehalber. Im Schaufenster standen Puppen mit großen Cowboyhüten, Jacken in den unterschiedlichsten Farben und Stoffen, aber alle mit Fransen an den Armen, und Hosen mit aufgestickten Mustern. Wir hätten drüber lachen können, wenn wir nicht am Ende der Fahnenstange gewesen wären, wenn wir nicht überall abgewiesen worden wären, wo wir es versucht hatten, wenn es nicht beleidigend gewesen wäre, uns Klamotten zu kaufen, in denen wir ausgesehen hätten wie die Lustknaben der Village People.

Wir hatten die Idee gut gefunden, nach Nashville zu fahren, hatten gedacht, es wäre ein Leichtes, ins Schallplattengeschäft einzusteigen. Schließlich hatten wir genug Countrymusic gehört und wussten, dass sie nicht gerade kritisch waren. Aber man kann nun mal nicht einfach hereinspaziert kommen und den Laden schmeißen, als wäre er eine Kneipe in Peoria. Da machte selbst Owens sonst unbeugsamer Optimismus schlapp.

Am nächsten Morgen standen wir früh auf, weil wir abends in Charlotte sein wollten. Owen war niedergeschlagen. Um sieben Uhr waren wir auf der Straße und fuhren auf dem Interstate 40 nach Osten. Ich saß am Steuer, und die niedrige Sonne funkelte mir entgegen. Ich hatte keine Sonnenbrille und musste die Augen zusammenkneifen, um sie vor dem grellen Licht zu schützen.

Ich legte eine Kassette von einer Radiosendung ein, die ich zwei Jahre zuvor gemacht hatte, und hörte mir Songs an, die ich total vergessen hatte, obwohl es früher meine Lieblingssongs waren. Bands, von denen ich damals jedem was vorgeschwärmt hatte, der es hören wollte, und als ich die Stücke jetzt hörte, erinnerte ich mich und musste schmunzeln. Owen schlief ein, sein Kopf sank nach links gegen den Schulterteil des Sicherheitsgurts. Es war das erste Mal, seit wir vor vier Tagen aufgebrochen waren, anders als vor Nashville, dass Owen nicht redete oder mitsang, und es kam mir seltsam vor, am Steuer zu sitzen, während mein Freund stumm neben mir schlief.

Dreieinhalb Stunden später hatten wir Tennessee schon fast hinter uns gelassen und waren in den Great Smoky Mountains, wo der Interstate sich höher und höher wand. Es regnete. Ich fuhr mit eingeschalteten Scheinwerfern und mit hektisch arbeitenden Scheibenwischern. Während wir uns über die Berge schlängelten und die Straße enge Kurven beschrieb, ehe sie in Tunneln verschwand, die mitten durch den Fels schnitten, warf ich ab und zu einen Blick über die Leitplanke in Täler, die zu tief waren, um sie bei diesem Wetter richtig sehen zu können, denn der Nebel hatte sich gesenkt und ließ die Baumwipfel aussehen, als trieben sie auf einem weißlichen Meer. Doch sie waren so weit unten, dass ich mir gut vorstellen konnte, wie steil es bis zur Talsohle hinabgehen musste. So hoch war ich noch nie gewesen, mit einem so tief unter mir lauernden Abgrund, und nach einer Weile konnte ich einfach nicht mehr hinsehen. Ich merkte, dass ich das Lenkrad fester umklammerte und die Zähne aufeinander presste. Ich wünschte, Owen würde aufwachen, damit ich ihm sagen könnte, dass ich zu müde zum Weiterfahren war, oder damit ich wenigstens jemanden zum Reden hatte. Ich konnte immer bloß an die Täler denken, den Regen und die nicht unbedingt vertrauenerweckende Leitplanke.

Wir kamen aus den Bergen heraus, fuhren hinunter nach Asheville und dann wieder hinauf, aber nicht mehr so hoch wie zuvor. Schließlich ließen wir die Great Smoky Mountains endgültig hinter uns, und die Landschaft wurde wieder flacher. Es war früher Nachmittag, mir taten die Arme weh und ich hatte Hunger. In einem Ort namens Hickory hielt ich an, um zu tanken, und weckte Owen. Ich wusste nicht, wann wir die Grenze zu North Carolina überquert hatten, aber es musste irgendwo in den Bergen gewesen sein, als ich voll und ganz damit beschäftigt war, auf die Straße vor mir zu stieren. Nach dem Tanken gingen wir in ein Subway, wo wir fast eine Stunde sitzen blieben und aßen und tranken und es weidlich ausnutzten, dass unsere Gläser immer wieder kostenlos aufgefüllt wurden. Den Rest der Strecke fuhr Owen.

Inzwischen schien die Sonne wieder, und schon bald bogen wir in die Einfahrt zu Owens Haus. Es war das größte Haus, in dem ich je gewesen war. Das Erdgeschoss hatte einen großen Eingang, und der Boden war aus glänzendem Holz. Es gab auch zwei große, mit Teppich ausgelegte Wohnzimmer, ein kleineres Esszimmer und eine Küche, beide mit Kiefernholzböden. Von der Küche führten Schiebetüren auf die Terrasse und in den Garten, in dem ganz hinten ein Bach floss. Eine breite Treppe schwang sich hinauf in den ersten Stock, wo es vier Schlafzimmer und zwei Badezimmer gab, und im Keller standen zwei Sofas und ein Poolbillardtisch. Anscheinend hing mir die Kinnlade bis zum Boden, denn Owen lachte leise und sagte: »Na ja, so toll ist es nun auch wieder nicht.«

Wir verwandelten den Keller in einen Probenraum, indem wir die Sofas so verschoben, dass sie eine Grenze zwischen dem Musikbereich und dem Rest bildeten. Wir nahmen zwei Demobänder auf, eins, das lediglich eine bessere Kopie des Ersten war, und ein anderes, das mehr in dem Folkstil gehalten war, den wir vor dem Randall's in Kentucky gespielt hatten. Auf diese Weise konnten wir, je nachdem, was verlangt wurde, aus zwei Bändern auswählen. Anderthalb Monate lang probten wir unsere fünfundzwanzig Songs und machten die besten Kneipen für Auftritte ausfindig. Owen meinte, jetzt, wo wir in einer größeren Stadt wären, sollten wir versuchen, das Ganze professioneller aufzuziehen.

Im Mai verschafften wir uns einen Gig auf der Semesterabschlussparty der University of North Carolina-Charlotte, indem wir uns als Studenten ausgaben. Unser Auftritt zwischen einer schrillen Acoustic/Electric-Light-Rock-Band und einer anderen Gruppe, die klassische Rocknummern coverte und jeden Break in ein selbstquälerisches Gitarrensolo gefolgt von einem Keyboard-Solo gefolgt von einem Drum-Solo gefolgt von einem weiteren Gitarrensolo verwandelte, fiel ziemlich aus der Rolle.

Die Feier fand auf dem Sportplatz neben dem Baseballfeld statt, einer riesigen Rasenfläche, an deren Rand der Toby Creek verlief – der Bach, der auch Owens Garten begrenzte. Es gab ein paar Karussells sowie einige andere Belustigungen – Leute, die sich als Sumo-Ringer verkleidet hatten, eine Hüpfburg –, aber hunderte von Studenten sahen sich den Gig an, wahrscheinlich weil die Musiker der anderen Bands ihre Freunde waren, in ihrer Studentenverbindung oder einfach Kommilitonen. Der Ansager war irgendein Typ aus der Studentenselbstverwaltung, der uns als »Owen Noone and the Marauders« ankündigte und dann ein bisschen perplex aussah, als nur wir zwei auf die Bühne kamen. Es gab höflichen Applaus vom Publikum, und wir legten gleich mit »Worried Man« los, spielten den ganzen Song mit durchgetretenem Fuzz-Pedal. Dieser unkomplizierte, gleichmäßige Song schien die Leute zu packen, und sie johlten und pfiffen und klatschten. Wegen der Beleuchtung auf der Bühne war es schwierig, ihre Gesichter zu erkennen, aber ich konnte Gestalten sehen, sich bewegende Körper.

»Danke«, sagte Owen ins Mikrofon. »Ich bin Owen Noone, und das ist der ›Marauder‹. Wir sind die Rucksack-Thraker.«

Mein Kopf fuhr herum, und ich starrte ihn verwundert an. Den Namen hatte er vorher noch nie genannt. Ich konnte nicht lange drüber nachdenken, weil wir gleich mit »East Virginia« weitermachten.

Da ich das Publikum nicht sehen konnte, hatte es auch keinen Sinn, nervös zu sein. Ich beobachtete meine Hände, die über die Saiten glitten und Akkorde griffen, und ich beobachtete Owen, der die Augen schloss, wenn er sang, aber während der Instrumentalpassagen zu mir rüberschaute und sich unnötigerweise versicherte, dass wir noch im Einklang waren. Unnötigerweise, weil wir immer im Einklang waren, oder besser gesagt, nie exakt im Einklang, weil es ohne einen Drum-Rhythmus schwierig war, genau im Takt zu bleiben, aber immer ganz nah dran, was unsere Songs irgendwie fahrig wirken ließ, als ob wir nicht genug geprobt hätten, als ob jeder sie spielen könnte. Klar hätte sie jeder spielen können – sie stammten ja alle aus einem Buch. Aber genau das, glaube ich, machte unseren Charme aus, die Vorstellung, wenn diese beiden Jungs die Songs spielen und andere unterhalten konnten, dann konnte das jeder.

Die Tempo- und Lautstärke-Wechsel bei »East Virginia« kamen in dieser Umgebung nicht gut rüber – große Bühne, großer Rasen, große Menschenmenge –, und der Applaus und der Jubel am Ende klangen eher höflich. Der nächste Song war jedoch das ausgelassene »The Erie Canal«, und die Leute fingen an mitzuklatschen, was uns energischer, kraftvoller spielen ließ. Dann aber kam »Ground-Hog«, und wieder machten unsere Tempowechsel und Verzerrungen das Publikum etwas ratlos. Der ganze einstündige Gig ging so weiter, war abwechselnd mitreißend und befremdlich, und die Reaktionen wurden immer leiser, je länger wir spielten, und die Ersten gingen schon. Unser letztes Stück war »Yankee Doodle«, nach Owens Ansage, dass der »Marauder« den Lebensstil der Yankees in keinster Weise befürworte und deshalb nicht gleich gelyncht werden sollte. Wenn er sich zwischen den Songs ans Publikum wandte, nahm seine Stimme wieder ein wenig die Südstaaten-Klangfarbe an, die in den Jahren, die er nicht in Charlotte gelebt hatte, verblasst war, und das schien gut anzukommen, denn ein paar Leute in den vorderen Reihen lachten, und beim Refrain waren vereinzelte mitsingende Stimmen bis auf die Bühne zu hören. Nach dem letzten Akkord schaffte ich es, zum Abschluss die Melodie von »Dixie« zu improvisieren, was bei den Leuten, die bis zum Ende geblieben waren, einen lauten Begeisterungssturm auslöste. Owen sah zu mir rüber und schmunzelte und lachte.

Wir stöpselten unsere Gitarren und Verstärker aus und trugen alles hinter die Bühne. Die klassischen Rocker waren weg, aber die Typen von der schrillen Acoustic/Electric-Light-Rock-Band waren noch da und tranken Bier. Sie lächelten uns mitfühlend zu, als wären wir junge Nachwuchsleute und sie eine Gruppe erfahrener Veteranen. »Gut gemacht, Jungs«, sagte ihr Leadsänger. »Das war, äh –« Er trank einen großen Schluck von seinem Bier. »Das war interessant.« Er und die anderen prusteten los.

Ich wollte den Mund aufmachen, doch Owen trat vor und packte den Kerl am Kragen seines T-Shirts. »Im Gegensatz zu deinem hirnlosen, vertrottelten Scheißrock, und deshalb wirst du auch nie mehr sein als der Partyclown auf Studentenfeten.«

Ich wusste nicht recht, ob das Hand und Fuß hatte, aber die Art, wie er es gesagt hatte, ruhig, fast geflüstert und sehr bedächtig, während er dem Typ aus etwa fünfzehn Zentimeter Entfernung in die Augen starrte, wirkte jedenfalls so, als hätte es Hand und Fuß.

»Denk an meine Worte, wenn du uns auf dem Cover vom *Rolling Stone* siehst.« Einer aus der Band kicherte. Owen warf ihm einen Blick zu. »Du darfst mein Klo putzen, wenn ich die Welt erobert habe.«

Er ließ das T-Shirt des Typen los und ging weg. Ich hob mein Equipment auf und folgte ihm, achtete nicht darauf, was sie hinter uns herriefen. Owen hatte mir Angst gemacht. Ich war genauso wütend wie er, aber diese Kerle waren doch eigentlich egal. Das war die Sache nicht wert. Wir packten unseren Kram in den Bronco, und auf der Fahrt nach Hause schimpfte Owen vor sich hin und wechselte alle zehn Sekunden den Radiosender. Ich sagte nichts.

Zu Hause tranken wir Bier und spielten im Keller Poolbillard. Owen besiegte mich, aber ich spielte gut genug, um es ihm hin und wieder schwer zu machen.

»Was zum Teufel sind eigentlich Rucksack-Thraker?«, fragte ich ihn, nachdem er das vierte Spiel hintereinander gewonnen hatte.

Er zuckte die Achseln. »Weiß nicht. Thraker, das hat irgendwas mit Mythologie zu tun, glaube ich, und Rucksack, na ja, das gibt dem Ganzen so einen Touch von Weltenbummler. Ist mir einfach so eingefallen. Ergibt eigentlich keinen Sinn, was?« Er lachte. »Ich glaub nicht, dass ich es nochmal benutze.«

Wir ergatterten ein paar Gigs in Charlotte und verdienten etwas Geld. Die meisten Auftritte hatten wir in Kneipen wie dem Fuzzy's, wo überwiegend Studenten verkehrten, denen unsere Musik gefiel. Wir schickten unser Demoband an ein paar kleine Plattenfirmen, erwarteten aber im Grunde nicht, etwas von ihnen zu hören. Auf eine Anzeige in der Zeitung hin schickten wir die Folk-Version des Demobandes an den Veranstalter eines Musikfestivals in Asheville. Auf dem Band waren »Old Smokey«, »The Wild Mizzourye«, »The Big Rock Candy Mountains«, »Blue-Tail Fly« und »I Love My Love«. Zu unserer Überraschung rief uns der Veranstalter an und sagte, wir würden in einem Hotel untergebracht und bekämen zusätzlich zweihundert Dollar, wenn wir mitmachten. Ende Juli fuhren wir nach Asheville, um auf dem *Great Smoky Mountains Music and Art Festival* aufzutreten.

Asheville war geschmacklos. Was auch immer es einmal gewesen sein mochte, jetzt diente es sich nur noch dem Tourismus an, verkaufte T-Shirts, Schmuck und Lederwaren an Durchreisende. Die Ladenfronten mit den überdachten hölzernen Gehwegen erinnerten an ein Wildweststädtchen, nur dass die Geschäfte nicht mehr den Warenbedarf der Bewohner abdeckten, sondern allesamt nahezu unterschiedslos die gleichen Sachen zu den gleichen Preisen verkauften. Anlässlich des Festivals waren die Schaufenster einiger Läden extra mit Bildern und Kunstgewerbeartikeln – handgeflochtene Körbe, Steppdecken, Holzarbeiten wie kleine Tische und Stühle – von ortsansässigen Künstlern und Handwerkern dekoriert, die an ausgewiesenen Stellen im Ort im Freien malten oder schnitzten oder nähten und sich mit Passanten unterhielten.

Wie sich herausstellte, war der musikalische Teil des Festivals ziemlich locker organisiert. Er erstreckte sich über zwei Tage, und jede Nummer – wir kamen nie dahinter, wie viele es waren, zumal manche offenbar von denselben Musikern bestritten wurden, nur unter anderem Namen und mit einer anderen Musikrichtung – kam jeweils einmal tagsüber und einmal abends dran. Owen und ich spielten am ersten Tag tagsüber und am zweiten Abend als Vorgruppe für die

Hauptattraktion des Festivals, eine Gruppe von einheimischen Bluegrass-Legenden. Der Auftritt tagsüber machte richtig Spaß, weil wir auf der Straße spielten, während die Leute herumschlenderten, eine musikalische Variante dessen, was die Kunsthandwerker machten. Wir hatten einen Eimer für Kleingeld und die vereinzelten Ein- und Fünfdollarscheine. Wir spielten drei Stunden lang und nutzten die Steckdosen in einem der Läden als Stromquelle. Gelegentlich versammelte sich eine kleine Zuhörerschaft von rund zwanzig Leuten, aber die meisten spazierten einfach vorbei, und wir lieferten die Hintergrundmusik, einen Soundtrack für die Künstler, die Käufer, die T-Shirt-Anbieter. Das Geld im Eimer wurde am Ende des Wochenendes unter allen Musikern aufgeteilt. Das brachte Owen und mir noch einmal fünfzig Dollar pro Nase extra ein.

Am zweiten Tag schliefen wir lange und gingen nachmittags bummeln. Unser Gig war für abends sieben Uhr angesetzt. Um sechs mussten wir da sein, um aufzubauen und mit dem Organisator zu sprechen, einem Mann namens Bill Freem. Bill war ein sechzigjähriger Tischler und Geiger und hatte einen buschigen schwarzen Kinn-, aber keinen Schnurrbart. Seine Glatze verbarg er unter einer blauen Kordmütze, die aussah wie die von einem Schiffskapitän, nur dass sie ausgeblichen und abgegriffen war und der Schirm schlaff vor Altersschwäche. Er trug Bluejeans und ein kariertes Hemd, das seinen überhängenden Bauch hielt. Bevor wir spielten, gab er uns den Scheck über zweihundert Dollar und bedankte sich für unser Kommen. »Es ist schön, dass jüngere Menschen und noch dazu Stadtmenschen wie ihr an so was teilnehmen und sich für Folkmusic interessieren. Ich muss zugeben, ich hatte so meine Bedenken, wegen der elektrischen Gitarren und so, aber es gefällt mir. Es funktioniert, peppt die alten Rezepte etwas auf.«

Für die Gigs am Abend war eine Bühne aufgebaut, und die rund hundert Klappstühle davor waren alle besetzt. Es standen sogar noch Leute dahinter und am Rand. Bill stellte uns vor, sagte, dass wir den Altersdurchschnitt um dreißig Jahre absenken und den Stromverbrauch um mehrere hundert Watt steigern würden. Wir spielten ein mehr oder weniger ruhiges Set, die Songs vom Demoband plus »I'm a-Ridin' Old Paint«, »Hush Little Baby« und zwei etwas schnellere Songs, »The Midnight Special« und »Green Corn«. Das Publikum sang bei jedem Song mit, was Owen und ich noch nie erlebt und was wir auch nicht erwartet hatten. Wenn wir »Yankee Doodle« in den Kneipen spielten, trieb der Gesang uns an und war ein trunkenes, polterndes, grölendes Spektakel. Hier war er eher wie ein Chor, die Leute sangen mit, weil sie die Lieder in vielen verschiedenen Versionen kannten, weil sie die Lieder mochten, und es war weniger so, als würden wir ihnen etwas vorspielen oder sie unterhalten, sondern vielmehr, als böten wir ihnen die Gelegenheit, einen Raum, einen Rahmen für die Unterhaltung, die sie sich selbst schufen. Als wir mit »I Love My Love« endeten, klatschten und pfiffen die Leute begeistert. Bill kam wieder auf die Bühne, lächelte und applaudierte und schüttelte uns die Hand. Wir bauten schnell unser Equipment ab, um der Bluegrass-Gruppe Platz zu machen, einer Ansammlung älterer Männer mit Banjo, Kontrabass, Gitarre, einem kleinen Schlagzeug und einer Geige. Es war eine schwüle Nacht, und Owen und ich schlugen nach Mücken, während wir hinter der Bühne standen und zuschauten, der Musik und dem gelegentlichen Donnergrollen in der Ferne lauschten.

»Ach du Scheiße.« Owens Stimme weckte mich. Er war schon seit einer guten Stunde wach und hatte sich die leise gestellten Fernsehnachrichten angesehen. Ich rollte herum und sah ihn auf der Bettkante sitzen, er starrte mit offenem Mund den Fernseher an. »Hurrikan Danny«, sagte er. Ich war noch ganz verschlafen und wusste nicht, was er meinte. »Hurrikan Danny hat letzte Nacht Carolina heimgesucht. Es gibt überall Überschwemmungen bis weit ins Landesinnere hinein, sogar in Charlotte. Und rate mal, wessen Haus die gerade gezeigt haben, fast bis zum ersten Stock unter Wasser?«

Hurrikan Danny war ein tropischer Sturm gewesen, als wir nach Asheville aufbrachen. Ich schaute zum Fernseher hinüber und sah gerade noch Owens Haus – unser Zuhause –, das aus dem Wasser ragte, das Erdgeschoss halb überflutet. Der Bach, Toby Creek, hatte sich praktisch in einen See verwandelt. Andere Häuser wurden gezeigt, Autos, die fast bis zum Dach unter Wasser standen, Leute, die in Gummibooten durch die Straßen ruderten.

»Ich glaube, wir müssen nach Hause«, sagte Owen.

Das war das Gebot der Stunde. Wir gingen nacheinander schnell unter die Dusche, dann packten wir unsere Sachen zusammen, checkten aus und fuhren los, in banger Erwartung dessen, was wir vorfinden würden.

Als wir Charlotte erreichten, war das Wasser schon etwas zurückgegangen. Wir wateten durch die knietiefe braune Brühe zur Vorderveranda, die jetzt knapp oberhalb des Wasserspiegels lag, und blieben kurz stehen, weil wir beide Angst davor hatten, die Tür zu öffnen. Ich stellte mir eine zeichentrickartige Szene vor, Wasser, das rauschend durch die offene Tür flutet, Fische, die in der Strömung zappeln. Ich hielt die Luft an, als Owen den Schlüssel ins Schloss steckte und ihn drehte. Das Ergebnis war beinahe enttäuschend. Im Haus gab es kein stehendes Wasser mehr. Stattdessen bedeckte eine Schicht aus Schlamm und Kies den gesamten Boden. Die Teppiche waren durchnässt, und als wir die Räume durchquerten, quoll bei jedem Schritt dreckiges Wasser heraus. Die Wasserspuren an den Möbeln reichten nicht sehr hoch, daher konnte das Erdgeschoss doch nicht so stark überflutet gewesen sein, wie es im Fernsehen den Anschein gehabt hatte. Das ganze Haus roch muffig nach Schlamm und faulenden Pflanzen. Wir gingen durch bis in die Küche und blickten in den Garten, der, soweit wir sehen konnten, jetzt ein See war, in dem der Bach nicht mehr vom Rest zu unterscheiden war.

Plötzlich fiel mir der Keller ein. Ich rannte förmlich zur Tür, als könnte es nicht ganz so schlimm sein, wenn ich nur schnell genug hinkäme. Owen folgte mir. Ich holte tief Luft und öffnete sie. Er griff nach dem Lichtschalter, besann sich dann aber eines Besseren. Das Wasser reichte bis auf die halbe Höhe der Treppe.

Owen starrte in die Flut hinunter, als suchte er darin eine geheime Botschaft. »War da unten irgendwas Wichtiges?«

»Abgesehen vom Billardtisch, den Sofas, dem Kühlschrank? Aufnahmegeräte.« Ich konnte regelrecht spüren, wie mir die Farbe aus dem Gesicht wich. »Aufnahmegeräte.«

Wir blieben oben an der Treppe stehen und starrten jetzt beide in die Dunkelheit und ins Wasser. »Ich hab die Mikros mitgenommen«, sagte Owen leise. Er dachte eher laut, als dass er mit mir sprach. »Die sind im Wagen. Mein Pedal auch. Und das Masterband.«

»Aber das Vierspurgerät.«

»Ich weiß.«

»Das Songbook.«

»Ich weiß.«

Wir starrten weiter ins Wasser, dann holte ich eine Taschenlampe und leuchtete in den Raum unter uns. Wo ich hinzielte, breitete sich ein cremefarbener Kreis auf dem bräunlichen Wasser aus.

»Das Songbook.«

»Ich weiß.«

»Nein – ich seh es.« Es trieb knapp vor der Treppe. Das lächelnde Blumengesicht auf dem Cover war mir ins Auge gesprungen, als ich den Lichtstrahl hin und her wandern ließ.

»Wir müssen es rausfischen.«

Owen nahm die Taschenlampe und hielt sie auf das Buch gerichtet, während ich die Treppe hinunterging. Das Buch war außerhalb meiner Reichweite. Ich hielt mich am Geländer fest und reckte mich so weit ich konnte, aber es reichte noch immer nicht. Owen lief nach oben und kam mit einem Baseballschläger zurück. Ich hielt ihn am dicken Ende fest, fasste erneut das Geländer und beugte mich über das schmutzige Flutwasser. Zuerst stieß ich das Buch nur an, und ich dachte schon, es würde untergehen, aber es blieb oben, und es gelang mir, den Griff des Schlägers hinter den äußeren Rand zu schieben und es so nahe heranzuziehen, dass ich es greifen konnte. Die Seiten waren pitschnass, und auf dem Cover war eine Schicht aus schmierigem Dreck, aber es würde trocknen. Wir würden weiter Songs zu spielen haben.

Wir gingen ins trockene Obergeschoss, setzten uns in Owens Zimmer, ich auf den Boden, Owen auf sein Bett, und keiner von uns sagte etwas, wir starrten einfach nur die Wand an. Es war klar, dass wir viel Arbeit in das Haus würden stecken müssen, viel Geld, viel Zeit. Es war versichert, aber unser Haus war nicht das Einzige, das überschwemmt worden war, und natürlich konnten wir hier nicht ohne Strom wohnen, mit einem Keller voller Wasser und Gott weiß was für Krankheiten, die im Schlamm im Erdgeschoss auf uns warteten. Wir saßen mindestens eine Stunde so da, ehe Owen das Schweigen brach.

»Lass uns abhauen.«

Ich hatte mit dem Finger einen Kreis auf den Teppich gemalt, war ganz in diese idiotische Aufgabe versunken, und deshalb verstand ich ihn nicht gleich, als er es das erste Mal sagte.

»Lass uns von hier abhauen«, sagte er. »Raus aus Charlotte. Es kotzt mich sowieso an. An dem Tag, als meine Mom und mein Stiefvater abreisten, hab ich meine Mom umarmt und ihm die Hand gegeben und ihrer Limousine nachgeschaut, wie sie aus der Einfahrt setzte. Dann hab ich den Rest des Tages einfach nur auf der Vordertreppe gesessen und gewünscht, ich würde mich glücklich fühlen oder frei. Aber es war nicht so, und genauso fühle ich mich jetzt. Wir machen hier nichts Vernünftiges, erschleichen uns Gigs am College, fahren zu Folk-Festivals, langweilen uns in diesem Drecksloch zu Tode. Ich weiß gar nicht, warum wir überhaupt hergekommen sind, es war eine blöde Idee, ich hätte nie nach Charlotte zurückkommen sollen.«

Ich sah ihn an. Er sprach nicht mit mir, sondern mit dem Raum zwischen uns, seine Augen nahmen nichts außer unsichtbaren Luftpartikeln wahr. Sein Gesicht schien sich zur Mitte hin zusammenzupressen, als er die Lider so fest er konnte zukniff, ehe er sie wieder öffnete und alle Muskeln entspannte. »Morgen fahren wir nach New York.«

Ich hatte Owen noch nie gut widersprechen können. Er hatte für uns beide eine Entscheidung getroffen, und mir blieb nichts anderes übrig als mitzuspielen. New York. New York, das war in meinem Kopf gleichbedeutend mit Groß. Nicht bloß eine große Stadt, sondern Groß an sich, ein Eigenname in Verbindung mit Gefährlich und Unbekannt. Ein Ort, der in Filmen und im Fernsehen vorkam, aber kein Ort, an dem normale Menschen lebten. Keiner von uns beiden war je dort gewesen, wir kannten dort niemanden. Wir würden zum ersten Mal in einer Großstadt sein, ohne eine Bleibe, und wir würden nicht einfach in Kneipen reinmarschieren und herumtönen können, dass wir in Iowa oder Peoria oder Charlotte bekannt waren, ohne uns zum Gespött der Leute zu machen. In New York würden wir herausfinden, ob wir tatsächlich was taugten oder ob ich zu meinen Eltern würde zurückschleichen müssen, der verlorene Sohn, der zwar nicht willkommen wäre, aber bleiben dürfte, bis er irgendeinen miesen Job gefunden hatte, schlimmer als der, den er in Peoria nie richtig angetreten hatte. Ich hockte zwei Stockwerke über einem gefluteten Keller in North Carolina auf dem Teppich und wusste, dass ich wieder hunderte von Meilen fahren würde, ohne zu wissen, ob ich etwas verfolgte oder selbst verfolgt wurde, aber in dem Wissen, dass ich das in New York herausfinden würde.

Es war dunkel, als Owen mich am nächsten Morgen wachrüttelte, mir mit der Taschenlampe ins Gesicht leuchtete und immer und immer wieder sagte: »Los, wach auf, mach schon.« Als ich schließlich die Augen öffnete, schaltete er die Taschenlampe aus, und ich versuchte, mich im Zimmer umzusehen, aber ohne Licht, ohne Laternen, die von außen durchs Fenster schienen – die ganze Gegend war ohne Strom –, konnte ich mich nicht orientieren. Das Zimmer war eine einzige leere Schwärze mit blitzenden Punkten, während meine Pupillen versuchten, die Wirkung des grellen Taschenlampenscheins abzuschütteln.

»Pack deine Sachen. Ich will hier weg.«

Eine halbe Stunde später waren wir wieder unterwegs, unsere erste lange Fahrt nach fast vier Monaten, diesmal nicht nach Osten, sondern nach Norden. An diesem Morgen kam mir der Richtungswechsel bedeutsam vor, als ich auf die Karte schaute und abzuschätzen versuchte, wie viele Meilen es bis New York waren, welche Strecke wir am besten fuhren. Als wir aus Charlotte hinausbrausten, aus dem Hochwasser Richtung trockenes Land, vergaß ich meine Angst für eine Weile. Ein weiterer Neuanfang.

»Wie weit willst du heute kommen?«

»Bis New York.«
»Die ganze Strecke?«
»Ja.«
»Owen, das sind siebenhundert Meilen und ein paar gequetschte.«
»Das schaffen wir.«
»Vierzehn Stunden, mindestens.«
»Das schaffen wir.«
»Du bist der Boss.« Ich faltete die Karte zusammen und warf sie aufs Armaturenbrett und ließ mich von den Scheinwerfern der entgegenkommenden Autos und Lastwagen in den Schlaf lullen.

Als ich aufwachte, war es früher Nachmittag, und die Sonne brannte durchs Fenster seitlich auf mein Gesicht. Owen ließ den Arm aus dem Wagen hängen. Wir waren nicht auf dem Interstate, sondern fuhren in einem kleinen Ort eine Einkaufsstraße entlang, die hauptsächlich von Fast-Food-Filialen, Lebensmittelläden und Tankstellen gesäumt wurde. Ich rieb mir über Augen und Mund und richtete mich im Sitz auf.

»Wo sind wir?«, fragte ich und rollte meine Scheibe runter.

»Mahlzeit«, sagte Owen. »Willkommen in Martinsburg, West Virginia, der Heimat deines Mittagessens.«

»West Virginia?« Ich griff nach vorn, schnappte mir die Karte und versuchte, sie rasch und elegant aufzuklappen. Eine unmögliche Kombination. »Was zum Teufel machen wir in West Virginia?«

»Die Straße führt da durch.«

»Ja, aber das kapier ich nicht. Welche Straße? Wo –?« Endlich bekam ich die Karte auf und sah nach. Zu meinem Erstaunen führte der Interstate 81 tatsächlich durch den äußersten westlichen Rand von West Virginia. Ich faltete die Karte wieder zusammen und legte sie zurück aufs Armaturenbrett.

»Alles koscher, du Schlauberger?« Owen grinste wie immer, wenn ich wegen nichts in Panik geriet. »Was hältst du von

McDonald's?« Er lenkte den Wagen auf einen McDonald's-Parkplatz und hielt an.

Wir hatten nicht gefrühstückt, und jetzt war es ein Uhr mittags. Wir bestellten uns jeder ein Big-Mac-Menü plus Apple Pies und verdrückten alles innerhalb von zehn Minuten. Das gebratene, fettige Essen lag mir wie ein Stein im Magen, und ich bekam Bauchschmerzen.

»Hör mal, ich glaub, wir schaffen es heute doch nicht mehr bis New York«, sagte Owen, als wir wieder hinaus in die heiße Mittagssonne traten. »Sieh doch mal auf der Karte nach, wo wir am besten –«

»Mein Schwein!«, brüllte irgendwer.

Owen verstummte, und wir sahen uns verblüfft an.

»Mein Schwein!«, ertönte es erneut. Hinter dem McDonald's tauchte ein Schwein auf, das einen Strick hinter sich herzog und grunzend und quiekend über den Parkplatz auf uns zurannte, die Ohren vom Wind flach an den Kopf gedrückt. Gleich hinterdrein kam ein silberhaariger Mann mittleren Alters, der eine verwaschene Bluejeans und ein weißes T-Shirt trug und dessen Bauch bei jedem Schritt wippte, während er »Mein Schwein!« schrie.

Owen schwang sich über das Geländer, das den Bürgersteig vom Parkplatz trennte, und starrte das heranflitzende Schwein an. Als sie fast auf gleicher Höhe waren, machte er einen Hechtsprung, rammte dem Schwein eine Schulter in die Seite und riss es zu Boden, wo es laut quiekend und wild grunzend von Owens Gewicht gehalten wurde. Das ganze Manöver sah aus wie ein absurdes Footballspiel.

»Oh, vielen Dank, mein Junge, vielen Dank.« Der Mann, der das Schwein verfolgte, kam angetrabt, packte den Strick, der, wie sich jetzt herausstellte, eine Leine war. »Ich weiß nicht, was ich gemacht hätte, wenn meine gute Frances auf die Straße gerannt wäre. Sie gehört zu unserer Familie.«

Owen stand auf und klopfte seine Jeans ab. Sein Ellbogen war aufgeschürft und blutete. Das Schwein – Frances – zerrte heftig an der Leine, die etliche Male um die Hand des Mannes gewickelt war, und quiekte. Sie schien keinen Kratzer abbekommen zu haben. Owen sah auf seinen Arm, das Schwein, mich, den Mann und lächelte. »So was mach ich andauernd.«

Der Mann lachte. »Sie sind ein guter Kerl, ein guter Kerl. Hier« – er griff in seine Tasche und holte ein Portemonnaie heraus – »Ich möchte Sie für Ihre Mühe belohnen.« Er hielt Owen einen Zwanzigdollarschein hin.

»Nein«, sagte Owen und wedelte mit den Händen vor der Brust. »Nein. Das war bloß eine Reaktion. Wenn ich vorher überlegt hätte, hätte ich das nie und nimmer gemacht. Ich will kein Geld.« Er sah sich wieder seinen Ellbogen an und schnippte ein Steinchen aus der Wunde. »Wir müssen los. Sind auf dem Weg nach New York.« Er schloss die Autotür auf, und ich stieg hastig ein, und wir fuhren davon, ließen den Mann und Frances, die immer noch quiekend an der Leine zog, auf dem Parkplatz zurück.

»Owen«, sagte ich fünf Minuten später mit Blick auf die Karte, als wir wieder auf dem Interstate 81 fuhren. »Wir könnten es heute bis New York schaffen, mit Leichtigkeit. Es sind nur ein paar hundert Meilen.«

»Klar«, sagte er. »Aber dann kommen wir nachts an, und wir wissen nicht, wo wir hinwollen und so. Es wäre besser, wenn wir möglichst nah ranfahren, damit wir dann morgens ankommen und Zeit haben. Vielleicht sogar schon im Voraus eine Bleibe organisieren.«

Wir entschieden uns für Philadelphia, eine Großstadt, in der man leicht ein billiges Zimmer finden konnte, und wir kamen am frühen Abend an, suchten uns ein Hotel, aßen zu Abend, kauften uns einen Stadtplan von New York und reservierten ein Hotelzimmer für drei Übernachtungen. Am nächsten Morgen waren wir auf dem Interstate 95 und fuhren durch den Regen unserem endgültigen Ziel entgegen.

New York hatte mehr Autos, als ich je zuvor irgendwo gesehen hatte. Als wir endlich am Hotel ankamen, hatten wir schon mindestens zwei Stunden in der Stadt im Stau verbracht, und uns dröhnten die Ohren vom Autogehupe und Motorenlärm. Ich kam mir vor wie in einem real gewordenen Klischee – gelbe Taxis, entnervte Autofahrer, jeder unterwegs nach nirgendwo.

Unser Hotel bestand eigentlich nur aus ein paar Zimmern – wir hatten jeder ein eigenes, meins mit Bad – über einem kleinen Restaurant auf der East Houston Street, einer großen, belebten Straße voller koreanischer Restaurants und Lebensmittelläden. Aber auf allen Straßen war viel los, egal, wie groß sie waren oder ob es Einbahnstraßen oder mehrspurige Straßen waren, und an jeder Ecke schien sich eine neue ethnische Gemeinde aufzutun, was anhand der Restaurants oder Mietshäuser zu erkennen war. Überquerte man die Straße und ging nach rechts, waren auf einmal alle Puerto Ricaner, ein paar Querstraßen weiter war das Viertel indisch, und gleich danach kam eine Reihe chinesischer Läden. Die größte Stadt in Amerika, musste ich ständig denken, und wir mittendrin: Was machen wir jetzt?

Wir machten Folgendes: Wir gingen in die nächstbeste Bar und ließen uns volllaufen. Owen sagte, wir würden feiern, und ich fragte ihn, was es denn eigentlich zu feiern gebe.

»Dass wir in New York sind.«

»Mehr nicht?« Ich hatte vier Bier intus und war schlecht drauf. In New York zu sein erschien mir mies, falsch, sinnlos, zumal wir nichts zu tun hatten, nirgendwo spielen und hier nicht so ohne weiteres jemandem einen Gig abschwatzen konnten.

»Und dass wir aus Charlotte weg sind.«

»Wir sind aber immer irgendwo weg. Wir bleiben nie irgendwo.«

»In Iowa City waren wir ganz schön lange.«

»Nicht mal ein ganzes Jahr.«

»Aber fast.«

»Und in Charlotte waren wir mal eben ein paar Monate.«

»Aber Charlotte war tot, und unser Haus war –«
»Na und? Das Haus wäre nach einer Weile repariert worden. Es ist versichert.«
»Ja schon, aber –«
»Aber was, Owen? Aber du wolltest nicht bleiben, du wolltest weiterziehen.«
»Du doch auch.«
»Hab ich das gesagt?«
»Nein.«
»Hast du mal gefragt?«
Owen blickte in sein Bier. »Nein.«
»Also was machen wir nun hier, verdammt nochmal?« Ich hatte die Fäuste geballt und starrte Owen an, der noch immer die Botschaften in seinem Bier deutete. Er antwortete nicht sofort, aber als er es tat, sah er zu mir hoch und sprach leise und bedächtig.
»Wir werden hier bleiben, versprochen. Und wir werden bald ein paar Gigs kriegen. Wir werden richtig Geld scheffeln, wir werden eine richtige Band sein, Schluss mit dem Quatsch, den wir bisher gemacht haben. Morgen fangen wir an.«
»Das glaub ich erst, wenn ich's sehe.« Sobald ich das gesagt hatte, bereute ich es auch schon. Owen meinte es ehrlich, und ich tat es einfach so ab. Er schaute wieder nach unten in sein Bier, und als wir beide ausgetrunken hatten, ohne dass einer von uns noch ein Wort gesagt hätte, standen wir auf und gingen.
Irgendwann am Nachmittag wachte ich auf und blieb noch eine Stunde im Bett liegen, weil ich keine Lust hatte, mich zu bewegen. Mein Kopf fühlte sich an, als wäre er zu fest um mein Hirn gewickelt, und die Augen taten mir weh. Schließlich stand ich auf und trank ein Glas Wasser, während ich auf einem Stuhl am Fenster saß und nach unten auf die Straße starrte. Nach etwa einer Stunde stieß Owen die Tür auf und kam mit einer kleinen Plastiktüte ins Zimmer marschiert.

»Super Neuigkeiten«, rief er oder schien es zu rufen. »Wir haben einen Gig.« Er kam ans Fenster. »Und ich hab eine Frau kennen gelernt.«

Ich drehte mich um und sah ihn an. Offensichtlich hatte er viel zu erzählen, und Kater hin oder her, ich würde es mir anhören.

Owen war früh aufgewacht, leicht verkatert, und da er nicht wieder einschlafen konnte, beschloss er, einen Spaziergang zu machen, um einen klaren Kopf zu bekommen und zu frühstücken. Es war schon heiß, obwohl es erst neun Uhr war, und schwül, was das Atmen erschwerte. Die einzigen Geräusche kamen vom Lärm der Autos – Motoren, quietschende Bremsen, Hupen –, die über die Houston Street fuhren. Er bog in die Avenue B ein, ging in einen kleinen Laden, wo er eine Flasche Wasser kaufte, und schlenderte dann weiter die Straße hinunter, bis er zu einem Park kam – Tompkins Square. Die Bürgersteige und der Park waren überfüllt, aber daran schien sich niemand zu stören. Viele Leute hatten Hunde. Nachdem er einmal um den Park herumgegangen war, überquerte er die Straße zur Avenue A, wo er einen Bagel-Laden fand und etwas aß.

Nachdem er gegessen hatte, fühlte er sich besser und setzte seinen Spaziergang fort, um die Gegend zu erkunden und herauszufinden, was für Geschäfte und Restaurants es gab. So gut wie an jeder Ecke war entweder ein Kramladen oder eine Kneipe oder beides, und es gab auch noch jede Menge Plattengeschäfte – richtig gute. Auf der St. Marks Street ging er in ein Gitarrengeschäft, sah sich ein paar Vierspurbandgeräte an und kaufte ein paar Saiten. Der Laden hatte Visitenkarten, auf denen stand, wie viel Elvis auf den verschiedenen Planeten wiegen würde, und von denen nahm er sich auch eine mit.

Schließlich führte ihn sein Weg auf die Bowery, und auf einmal merkte er, dass er an der Ecke Bowery und Bleecker

Street war und gerade am CBGB's vorbeiging. Er blieb stehen und riss die Augen auf. Er wusste, dass der Club nicht mehr das war, was er in den Siebzigern gewesen war, aber trotzdem, wenn man noch nie in New York war und wenn man die Geschichte kennt – es war so ähnlich wie nach Graceland zu kommen oder zum Parthenon oder zum Kolosseum. Oder eher so, als würde man die Bar betreten, in der Jefferson die Unabhängigkeitserklärung geschrieben hatte, oder das Yankee Stadium oder Wrigley Field, einen historischen Ort, wo sich Dinge ereignet hatten und unsere Helden zu Helden geworden waren. Ganz gleich, welche Analogie nun passte, Owen stand auf der anderen Straßenseite, sah sich das Haus an, das Schild, und stellte sich vor, wie es drinnen aussehen musste. CBGB – *Country Blue Grass Blues*. Er ging über die Straße.

Der Club war noch nicht geöffnet, aber er probierte trotzdem, ob die Tür auf war. Sie war es, also ging er hinein. Es war dunkel; nur wenige Lämpchen brannten. Ein paar Jungs schoben Equipment herum und ein anderer fegte den Boden. Er kam auf Owen zu.

»Wir haben geschlossen.«

»Ich weiß«, sagte Owen, »aber ich möchte den Manager sprechen.«

Der Mann hörte auf zu fegen und lehnte sich auf den Besen. »Suchst du einen Job, oder was?«

»Ja, sozusagen.«

»Scheiße, du bist doch wohl nicht in irgendeiner Band, oder?«

»Doch.«

»Scheiße, Junge, wenn ich für jeden Typen mit einer Band zehn Cent kriegen –«

»Jaja, klar, ich kann mir vorstellen, dass hier dauernd irgendwelche lausigen Bands aufkreuzen, aber dazu gehör ich nicht. Lass mich mit ihm reden.«

»Ja, alles klar. Die Sprüche kenn ich. Zisch ab.«

Owen holte zwanzig Dollar aus der Tasche und drückte sie dem Mann gegen die Brust. »Ich will den Manager sprechen.«

Die Augenbrauen des Mannes schnellten hoch, und er nahm den Schein. »Du meinst es ernst, hä? Junge, ich wette die zwanzig Mäuse hier, dass du nur deine Zeit und dein Geld zum Fenster rauswirfst.«

Owen lächelte. »Du darfst den Zwanziger behalten, und wenn ich hier mit einem Gig rausgehe, kriegst du nochmal zwanzig.«

Der Mann lachte und rief den anderen, die gerade eine Kiste auf die Bühne hoben, über die Schulter zu: »Jungs, ich muss euch gleich was erzählen.« Er drehte sich um und sah Owen an. »Meinetwegen. Aber ich rechne mit nichts.« Er stellte den Besen weg und führte Owen durch eine Tür, eine Treppe hinauf und klopfte an eine weitere Tür. Sie hörten eine Stimme, und der Mann öffnete die Tür. »Hier möchte Sie jemand sprechen«, sagte er.

»Was will er denn?«

»Weiß ich nicht. Hat gesagt, Sie erwarten ihn.«

»Kann mich nicht erinnern – na schön, schick ihn rein.«

Der Mann sah Owen an und sagte: »Ab hier weiß ich von nichts, Junge. Viel Glück.«

Owen ging in das kleine Büro, das praktisch bloß aus einem Schreibtisch, einem Safe und einem Sofa bestand. Der Manager war so um die vierzig, fast kahl, aber mit einem mönchischen Halbkreis von schwarzem Haar, und er trug ein blaues Oberhemd und schwarze Jeans. Er stand auf und schüttelte Owen die Hand. »Was wünschen Sie, Mr –«

»Noone. Owen Noone.«

»Richtig. Hatten wir einen Termin?«

»Nein, das war gelogen, aber irgendwas musste ich ihm erzählen, weil ich Sie unbedingt sehen wollte, um Ihnen zu sagen, dass es eine Ihrer besten Entscheidungen wäre, wenn Sie meine Band, Owen Noone and the Marauder, für ein paar Gigs in Ihrem Club engagieren würden.«

Der Mann setzte sich. »Soso. Hör mal, Kleiner, hast du überhaupt eine Ahnung, wie viele miese Bands wie deine hierher kommen und bei mir –«

»Nicht wie meine. Wir sind nicht mies. Wir sind nicht wie die. Wir sind anders.«

»So wie alle.«

»Nein. Owen Noone and the Marauder sind was Neues, und wir haben schon jede Menge Fans in –«

»Moment mal.« Der Mann zog eine Schublade auf und fing an, darin herumzukramen. Er holte eine Kassette hervor. »Hast du gerade Owen Noone and the Marauder gesagt?«

Owen nickte. »Ja.«

Der Mann hielt die Kassette hoch und lächelte. »Ich hab euer Band.«

Owen bekam kein Wort heraus, wahrscheinlich zum ersten Mal in seinem Leben. Er starrte das Demoband an. Er wiederholte ein einziges Wort: »Band?«

»Ja. Ihr habt das an Pulley Records geschickt, nicht? Da arbeitet ein Freund von mir, und er fand's gut und hat's mir neulich geliehen, weil er meine Meinung hören wollte. Ich glaube, er hat versucht, euch anzurufen, aber in North Carolina geht ja nichts mehr, nicht mal die Telefone. Setz dich.«

Owen plumpste auf das Sofa. Sein ganzer Körper fühlte sich schlapp an, fast gelähmt. Er hatte im Grunde nicht damit gerechnet, sehr weit zu kommen, und in diesem Moment wusste er nicht, wie er reagieren sollte. Der Mann zog ein großes Buch aus einer anderen Schublade und fuhr mit der Hand über eine Seite. »Bleibt ihr jetzt in der Stadt?«, fragte er, blätterte die Seite um, suchte noch immer mit Augen und Finger.

»Welche Stadt?«

Der Manager blickte hoch. »New York.«

»Ach so«, sagte Owen und grinste verlegen. »Ja, klar bleiben wir.«

»Super.« Er schaute wieder nach unten auf das Buch, blätterte eine Seite weiter, hielt inne, verweilte mit dem Finger auf einer Stelle. »Freitag in einer Woche.« Er sah auf. »Da spielt Kid Tiger. Kennst du die?«

Owen nickte. »Der Marauder findet die klasse.«

»Gut, ihr macht die Vorgruppe.«

Sie brauchten noch ein paar Minuten, um die Einzelheiten zu klären, und als sie fertig waren, schüttelte Owen ihm die Hand. »Darf ich Sie um einen Gefallen bitten?«

»Klar, was denn?«

»Würden Sie mir zwanzig Dollar leihen? Die schulde ich dem Typen unten.«

Er lachte. »Kein Problem.«

Owen ging nach unten und hatte das Gefühl zu schweben, als er zu dem Mann rüberging, der noch immer den Boden fegte. Er trat hinter ihn und klopfte ihm auf die Schulter. »Deine zwanzig Mäuse«, sagte er. »Wir sehen uns dann beim Konzert.«

Draußen fühlte sich die heiße, schwüle Luft, die ihn vorher irgendwie niedergedrückt hatte, auf einmal an, als schmiege sie sich an ihn. Er stieß einen Jubelschrei aus, und eine Frau, die gerade vorbeiging, fuhr herum und sah ihn an, dann hastete sie weiter. Er wusste nicht genau, wie er nach Hause kommen sollte, um mir die Neuigkeit zu erzählen. Er konnte eigentlich nur den Weg zurückgehen, den er gekommen war, bis er eine Straße wiedererkannte. Also ging er zurück zur St. Marks Street und dann weiter, bis dahin, wo sie auf die Avenue A und den Tompkins Square stieß. Eine junge Frau stand mit einem schwarzen Labrador neben ihm an der Ecke, als er darauf wartete, die Straße überqueren zu können. Sie hatte braunes Haar und trug eine Sonnenbrille, ein graues T-Shirt, Fußballshorts und Sandalen und hatte einen kleinen Rucksack auf dem Rücken. Owen lächelte sie an, und sie lächelte zurück. Dann hob ihr Hund ein Bein und pinkelte ihn an.

»George!«, schrie sie den Hund an, dann wandte sie sich Owen zu. »Scheiße, tut mir furchtbar Leid.« Sie nahm die Sonnenbrille ab. »Ehrlich, tut mir Leid.«

Sie hatte grüne Augen. »Hm«, sagte Owen, dem es zum zweiten Mal innerhalb einer Stunde die Sprache verschlug.

»Ich gebe dir Geld für die Reinigung«, sagte sie und zeigte auf seine nassen Bluejeans. Georges Schwanz klopfte ihr gegen die nackten Beine.

»Nein, schon gut. Das ist – ich werd's überleben. Kein Problem.« Er sah sein Bein an, dann sie. »Hast du Lust auf einen Kaffee?«

Sie grinste. »Ein bisschen heiß für Kaffee, oder? Und ich hab George dabei. Ist nicht mein Hund, gehört meinem Nachbarn. Ich verdien mir ein bisschen was dazu, indem ich mit ihm Gassi gehe.« Sie zog an der Leine. »Hast du Lust, zur Hundewiese mitzukommen?«

Auf der Hundewiese ließ sie George von der Leine, und er flitzte sofort rüber zu ein paar Hunden, die sich gegenseitig den Hintern beschnüffelten. Owen und Anna hatten sich einander vorgestellt, und Anna behielt George im Auge, der immer mal wieder zu ihnen zurückgerannt kam, ehe er zu einer weiteren Gruppe von Hunden davonstob. Sie erzählte Owen, dass sie in einem Restaurant in Manhattan arbeitete. Er fragte sie, was für Musik sie gern hörte.

»Och, ich weiß nicht. Eigentlich höre ich nicht viel Musik. Einfach das, was so im Radio kommt. Es gibt hier einen Sender – WFMU. Der ist ziemlich abgefahren. Den höre ich manchmal.«

»Ich geh Freitag in einer Woche in ein Konzert. Ein paar echt gute Bands. Hast du Lust mitzukommen?«

»Welche denn?«

»Welche was?«

»Die Bands.«

»Es sind zwei. Kid Tiger?« Er sah sie forschend an, ob sie schon mal von ihnen gehört hatte, aber noch mehr, um sich irgendwas zur zweiten Band einfallen zu lassen, weil ihm klar war, dass er sich zum Volltrottel machen würde, wenn er ihr seinen eigenen Namen nannte. Sie machte ein verwirrtes Gesicht und er sagte: »Die sind jedenfalls gut. Die Lieblingsband von 'nem Freund von mir.«

»Und die andere?«

»Och, die andere. Die hab ich auch noch nicht gehört.« Ihm fiel ein Name ein, den er benutzen konnte. »Die nennen sich, glaube ich, ›Rucksack-Thraker‹.«

Anna zuckte die Achseln. »Sagt mir auch nichts.« Sie blickte zur Hundewiese hinüber, wo George kauerte. »Scheiße«, murmelte sie und zog Zeitungspapier aus dem Rucksack. Sie sah Owen an. »Ja, okay, ich komm mit.«

»Super! Ein Freund von mir arbeitet da, deshalb kann ich deinen Namen einfach auf die Gästeliste setzen lassen, und wir treffen uns dann drinnen, okay? Es ist im CBGB's. Weißt du, wo das ist?«

Sie lächelte. »Klar.« George hatte sein Geschäft erledigt. »Ich muss das wegmachen.«

»Ich muss sowieso los. Bis Freitag in einer Woche.«

Sie standen beide auf, und Owen hob die Hand, um ihren Arm zu berühren, ließ sie aber dann wieder fallen. Sie lächelte und verabschiedete sich, und er ging zum Tor, wo er stehen blieb und sich genau in dem Moment umdrehte, als sie Georges Haufen mit dem Zeitungspapier aufhob.

»Du hast dir keine Telefonnummer von ihr geben lassen oder irgendwas?«, fragte ich.

»Nein. Hätte ich wohl besser.«

»Allerdings. Hoffentlich kommt sie auch.«

»Ja. He! Was sagst du dazu? Klasse Gig, hä?«

Erst da begriff ich. In etwas über einer Woche würden wir im CBGB's spielen, als Vorgruppe für meine Lieblingsrockband. Ich fing an zu zittern, und mir wurde schlecht. Ich stand auf, sprintete ins Bad und klappte den Klodeckel hoch, würgte aber nur ein paar Mal, spülte nach, wusch mir das Gesicht, ging zurück ins Zimmer und kam mir ein bisschen blöd vor. Owen lachte.

Den Rest des Wochenendes und die folgende Woche probten wir. Wir konnten nicht sehr laut spielen, also klimperten wir bloß auf den Gitarren, ohne sie anzuschließen, und Owen sang leise. Als Vorgruppe hatten wir nur vierzig Minuten, deshalb suchten wir uns zehn Songs aus, die wir spielen würden: »John Henry«, »East Virginia«, »The Erie Canal«, »Jesse James«, »The Big Rock Candy Mountains«, »Careless Love«, »The Midnight Special«, »Worried Man«, »The Wild Mizzourye« und natürlich »Yankee Doodle«. Die meiste Zeit während der Proben stritten wir uns über die beste Reihenfolge – einig waren wir uns nur darin, dass »Yankee Doodle« wie immer am Schluss kommen sollte. Owen war nicht davon abzubringen, dass wir mit »Worried Man« anfangen sollten, und zwar um der Ironie willen, weil wir uns todsicher vor Angst in die Hose machen würden. Ich dagegen wollte mit »John Henry« anfangen, weil ich an unseren ersten Gig damals im Fuzzy's dachte und daran, dass ich total selbstvergessen einfach nur noch die Akkorde heruntergehämmert hatte, als Owen die ersten Worte herausbrüllte. Ich wusste nämlich, wenn wir in New York spielten, als Vorgruppe für meine Lieblingsband, vor mehr Menschen als je zuvor oder zumindest vor wichtigeren Menschen, kritischeren Menschen, Menschen, die gute Musik kannten und mochten, würde ich die totale Panik kriegen.

Als der Freitag endlich kam, hatten wir die Songs so oft geprobt, dass ich nachts, wenn ich im Bett lag und einschlafen wollte, immerzu vor Augen hatte, wie meine Finger die Akkorde griffen. Ich wachte früh auf an diesem Freitag, und sobald mir klar wurde, was für ein Tag war, fühlte ich mich wie ein Kind am Weihnachtsmorgen, das vor Aufregung nicht mehr liegen bleiben kann. Ich stand auf und ging raus, um einen langen Spaziergang zu machen und irgendwo zu frühstücken. Es nieselte stark, und der Regen schien eher in der Luft zu hängen als herunterzukommen, sodass es mir vorkam, als ginge ich durch ein verschneites Fernsehbild. Nach zehn Tagen in New York hatte ich noch immer nicht viel gesehen – die Freiheitsstatue, das Yankee Stadium, das Empire State Building –, aber ich kannte mich ziemlich gut in unserem kleinen Winkel der Lower East Side aus. Ich ging in ein Restaurant an der 7th Street Ecke Avenue A und verdrückte ein Riesenfrühstück mit Eiern, Schinken, Würstchen, Bratkartoffeln mit Cornedbeef, Kaffee und Orangensaft. Ich saß mit dem Blick zum Fenster und beobachtete die Menschen, die im Regen vorbeihasteten, manche mit Schirmen, andere mit Zeitungen, die sie sich über den Kopf hielten, oder einfach nur vorgebeugt, die Augen auf die Erde gerichtet, während sie dahineilten. Anschließend schlenderte ich eine Weile in der Gegend herum, schaute nach, wenn ich an einem Plattenladen vorbeikam, ob im Schaufenster ein Plakat hing oder drinnen Handzettel auslagen. Ich hatte das schon die ganze Woche tun wollen, hatte es mir aber verkniffen. Jetzt musste ich es sehen, musste es mir gönnen. Ich wollte meinen Namen sehen – na ja, nicht meinen Namen, aber einen Teil von mir, unseren Namen, Owen Noone and the Marauder, für die Öffentlichkeit gedruckt, auf Papier, etwas Dauerhaftes, etwas, das wir nicht selbst gemacht hatten.

In sämtlichen Läden lagen Handzettel aus, und ein paar hatten Plakate im Schaufenster, aber auf keinem wurden wir erwähnt. Es gab eins mit einer Art Strichmännchenkatze, und darüber prangte in großen Lettern: KID TIGER. Darunter stand: PLUS SPECIAL GUESTS. Dann folgten die ganzen Was-Wann-Wo-Informationen. In einem Geschäft nahm ich mir einen Handzettel und fragte möglichst beiläufig: »Weißt du, wer die Gastband ist?«

»Nee«, sagte er. »Niemand Wichtiges.«

Ich rang mir ein Lächeln ab und bedankte mich und ging wieder raus in den Regen, den ganzen Weg bis zum Washington Square, dann rauf zum Union Square, wo ich ein paar Minuten Zwischenstation in einem Buchladen machte. Ich nahm eine Ausgabe der *Village Voice* zur Hand und hoffte, dass wir zumindest da namentlich erwähnt würden. Wieder nichts. Da stand nur etwas von Kid Tiger, noch nicht mal was von SPECIAL GUESTS. Ich ging nach Hause. Owen war wach und weg, also duschte ich, um mir den Regen abzuspülen, und setzte mich auf meinen Stuhl am Fenster, zupfte geistesabwesend ein paar Akkorde auf meiner nicht angeschlossenen Gitarre und wartete auf seine Rückkehr.

»Weißt du, dass unser Name nicht mal auf einem einzigen beschissenen Handzettel oder Plakat in der ganzen Stadt steht?«, verkündete er und knallte die Tür hinter sich zu, während ihm Wasser aus dem verfilzten braunen Haar lief.

Ich hörte auf zu spielen. »Ja. Wir hätten uns nicht zu viel erhoffen sollen.«

Owen war jetzt im Bad. »Schon bald«, rief er, als er die Dusche aufdrehte und sie eine Weile laufen ließ, damit das Wasser warm wurde. »Schon bald steht unser Name auf den Dingern.«

Es war fast Mittag, bis Owen endlich geduscht und angezogen war. In den folgenden zwei Stunden probten wir zweimal unser Set, einmal ohne und einmal mit angeschlossenen Verstärkern, spielten die vertrauen Songs, die wir beherrschten, ohne auch nur drüber nachzudenken, bewegten bloß automatisch die Finger, während Owen immer mal wieder sein Pedal antippte und unsere Köpfe sich bemühten, konzentriert zu bleiben. Auf der Bühne würde es anders sein, deshalb mussten wir üben; die Fähigkeit, auf Autopilot zu schalten, würde unerlässlich werden, wenn wir nervös wurden. Außerdem machte es auf der Bühne immer Spaß, auch deshalb, weil wir weder über diesen oder jenen Wechsel nachdenken mussten noch darüber, ob wir gemeinsam den Takt hielten. Wir entspannten uns einfach und hörten uns selbst zu und genossen es fast genauso, wie wenn wir im Publikum gesessen hätten, lösten uns von dem Teil von uns, der den Sound ja überhaupt produzierte.

Um drei Uhr gingen wir in einen Imbiss und aßen ein Sandwich, kamen dann zurück und packten unsere Sachen in den Wagen. Um halb fünf luden wir alles vor dem CBGB's ab.

»Wird bestimmt super für dich, Kid Tiger kennen zu lernen«, sagte Owen.

»Sicher.« Ich gab mich möglichst gelassen, aber insgeheim dachte ich an nichts anderes.

Nachdem wir unser Equipment abgeladen hatten, bauten wir auf und machten einen Soundcheck. Wir hatten noch nie einen richtigen Soundcheck mit einem Toningenieur gemacht. Im Grunde spielten wir einfach immer wieder »Worried Man« mit seinen vielen dynamischen Wechseln, bis der Ingenieur die Pegel markiert hatte. Er sagte, es sei bei uns wesentlich einfacher, weil wir kein Schlagzeug oder so hatten. Dann räumten wir unsere Verstärker und die Gitarren zur Seite, damit Kid Tiger, wenn sie kamen, aufbauen und ihren Soundcheck machen konnten. Wir hatten noch ein paar Stunden totzuschlagen, also holten wir uns zwei Bier und spazierten im Club herum, wobei Owen laut darüber spekulierte, wie es hier in den Siebzigern gewesen sein musste, als andauernd Bands wie die Ramones, Television, New York Dolls und so weiter auftraten. Für uns war es, als würden wir aufs Feld des Yankee Stadium laufen, um dort zu spielen. Ich fragte mich, ob Owen das so sah, als würde ein Traum durch einen anderen ersetzt, und ich versuchte mir vorzustellen, was für Gefühle er dabei hatte, aber ich wollte ihn nicht danach fragen.

»Meinst du, Anna kommt?«, fragte ich und leerte meine Flasche Bier.

»Ich hoffe. Ich hab ihren Namen auf die Liste setzen lassen.« Owen schaute zur Decke hoch, sah dann wieder mich an. »Meinst du, das imponiert ihr?«

Ich zuckte die Achseln. »Wenn nicht, hält sie dich bestimmt für ein arrogantes Arschloch.«

»Bin ich das?«

»Nein. Sie wird's wahrscheinlich kapieren.«

Kid Tiger kamen mit einiger Verspätung, und es war keine Zeit mehr, mit ihnen zu plaudern, ehe wir unseren Kram wieder aufbauen und uns fertig machen mussten. Ich war enttäuscht, aber sie machten ohnehin keinen so interessanten Eindruck. Bloß vier ganz normale, leicht angesäuerte Typen. Ihr Anblick und die Tatsache, dass wir gleich würden auftreten müssen, machten mich nervös. Das hier war ein echter Gig, nicht irgendeine Kneipe oder ein College-Campus oder ein Folk-Festival, und je öfter mir dieser Gedanke im Kopf herumkreiste, desto aufgeregter wurde ich. Ich trank ein Bier so schnell ich konnte. Owen machte es genauso. Sein Gesicht war blass, und er starrte zu Boden. Ich denke, ich sah nicht viel anders aus.

»Alles wird gut«, redete ich mir selbst und Owen ein, »sobald wir da rausgehen und anfangen. Steel-drivin' man, Lawd, Lawd«, fügte ich hinzu.

Der Mann, der für die gesamte Koordination zuständig

war, kam zu uns. »Jungs, seid ihr so weit?« Es war weniger eine Frage als die Aufforderung, auf die Bühne zu gehen und mit der Show anzufangen.

Owen atmete tief durch. »Los geht's.«

Wir nahmen unsere Gitarren und stiegen auf die Bühne. Bei dem Licht konnte ich nicht viel erkennen, aber ich merkte, dass der Laden noch nicht voll war. Ein spärlicher Applaus und ein paar beiläufige Beifallsrufe begrüßten uns. Kein Mensch wusste, wer wir waren. Wir stöpselten unsere Gitarren ein und schlugen beide ein paar Akkorde, um uns zu beruhigen und sicherzugehen, dass die Dinger tatsächlich funktionierten und wir sie wirklich spielen konnten. Wir sahen einander an und versuchten zu lächeln.

»Hi, ich bin Owen Noone und das da ist der ›Marauder‹. Der erste Song heißt ›John Henry‹«. Owen klopfte mit dem Fuß den Rhythmus vor und fing an. Ich schloss die Augen und tat so, als wären wir im Fuzzy's. »Jaaaaaaaawwwwwwnnnnn Henry was a little baby boy –«

Ich haute meine Hand über die Saiten, ließ meinen C-Akkord durch den Verstärker, durch die Monitore und hinein ins Publikum krachen, ohne nachzudenken, die Augen geschlossen, um meine Gitarre gekrümmt, spielte die Akkorde und hörte Owen singen und spielen. Unsere Gitarren hämmerten einen unruhigen Takt unter seine kratzige Stimme bis zum Refrain, als er aufs Pedal trat und der Sound und die Energie um einen Grad anstiegen, und ich öffnete die Augen und blickte vorne ins Publikum, wo Leute fußwippend und kopfnickend unserer Musik zuhörten. Wir jagten schneller denn je durch den Song, legten wegen unserer nervösen Energie noch an Tempo zu, sodass mein Arm am Ende nur ein Schemen war, der versuchte, mit Owen Schritt zu halten, und als ich den letzten Akkord ausklingen ließ, senkte ich den rechten Arm und schüttelte ihn ein bisschen, um ihn zu lockern. Die Leute applaudierten, und Owen bedankte sich, und ich trat zu ihm.

»Lassen wir's ein bisschen langsamer angehen, ja? Bei der Geschwindigkeit sind wir in drei Minuten durch.«

»Klar. Gib das Tempo vor.«

Ich schlug den G-Akkord zu Beginn von »The Midnight Special« an, absichtlich langsamer, als wir das normalerweise taten, weil ich argwöhnte, dass ich wahrscheinlich schneller spielte, als ich dachte. Owen fing an, diesen Song zu singen, ohne selbst zu spielen, nur beim Refrain fügte er seine verzerrten Gitarrenklänge hinzu, und ich schaltete wieder auf Autopilot, starrte über die ersten paar Reihen im Publikum hinweg, wo die unbekannten Gesichter miteinander verschmolzen. In Iowa City waren immer dieselben Leute zu unseren Gigs gekommen, und ich konnte hinsehen und Gesichter erkennen und mich geborgen fühlen. In Charlotte war es mir ziemlich egal gewesen. Hier wirkten sie alle wie ein und dasselbe Gesicht, New Yorker, und weil wir nicht die Hauptattraktion waren, blickten sie teilnahmslos.

Wir spielten weiter. Je mehr wir mit unserem Set vorankamen, desto mehr Leute tauchten auf, und die Reaktion des Publikums wurde stärker, begeisterter, sodass die Gesichter, als wir das fetzige »Worried Man« beendeten, nicht mehr ausdruckslos blickten, sondern lächelten, johlten und pfiffen. Der nächste Song war »The Wild Mizzourye«. Ich schlug die ersten Takte an, aber Owen unterbrach mich.

»Einen Augenblick«, sagte er. »Ich hab neulich eine Frau namens Anna kennen gelernt. Dieser Song ist für sie.«

Er nickte, und ich fing wieder an zu spielen. Wir machten es jetzt anders. Ich spielte den ganzen Song, während Owen nur bei den Refrains von »Away, You Rolling River« – und »Across the Wild Mizzourye« – mitspielte und so die unterbrochenen Geräuschstöße produzierte, die im Jahr darauf ein paar hunderttausend Menschen vertraut werden sollten. Es war das erste Mal, dass wir ihn so spielten, und als wir ans Ende kamen und der abschließende E-Akkord von unseren beiden Gitarren dröhnte, war das Publikum schier aus dem

Häuschen, jubelte entfesselt und klatschte. Owen und ich grinsten einander wie Idioten an. Der nächste Song war ein zahmeres, unverzerrtes »Big Rock Candy Mountains«, gefolgt von »Careless Love«, an dessen Ende Owen förmlich heulte, während seine überschnappende Stimme versuchte, sich über den Akkord hinweg Gehör zu verschaffen, als sie »See what careless love will do« lamentierte, woraufhin wir direkt in das stürmische »The Erie Canal« hinüberglitten, weil wir beides fast als Medley spielten und eine Energiewelle erzeugten, die uns hineintrug in »Yankee Doodle«.

Wir bewahrten uns »Yankee Doodle« immer bis zum Schluss auf. Ein Grund dafür war unsere Skepsis. Wir waren uns nie so ganz sicher, wie das Stück ankommen würde. Ein weiterer war, dass es danach nichts mehr gab, was wir spielen konnten; es löste eine beschwingte Mitsingstimmung aus, und dieser mitreißende Eindruck und das gute Gefühl waren ein guter Abschluss, der alle zufrieden zurückließ. Die Reaktion des Publikums war immer gleich, und das CBGB's bildete da keine Ausnahme: Owen forderte die Leute zum Mitsingen auf, ohne jedoch den Namen des Songs zu verraten. Wir fingen beide an zu spielen, und zuerst gab es erstaunte Blicke, gefolgt von allgemeiner Verwirrung, wenn Owen anfing zu singen, bis schließlich die ersten vereinzelten und dann immer mehr Stimmen ertönten und hinauf auf die Bühne drangen, bei jedem Refrain von Anfang bis Ende mitsangen und immer lauter und stärker wurden, bis schließlich bei der letzten Zeile ausnahmslos alle, selbst ich, mit Owen mitbrüllten, und nach den letzten Worten, »with the girls be handy«, tosender Beifall ausbrach, in den hinein Owen »Danke schön, ich danke euch allen« sagte und wir unsere Gitarren ausstöpselten, die Verstärker abschalteten und von der Bühne gingen.

Wir plumpsten in zwei Sessel, sowohl körperlich als auch emotional ausgepumpt. Wir hatten fünfundvierzig Minuten gespielt, und das Ganze war ein Wirrwarr von Eindrücken und Gefühlen gewesen. Kid Tiger hatten zwei Roadies, die unsere Verstärker und Kabel von der Bühne zogen, bevor sie das andere Equipment aufbauten. Der Bassist und der Leadgitarrist der Band kamen zu uns und sagten, wir wären super.

»Hat mir echt gefallen, Leute«, sagte der kahl geschorene, magere Bassist.

»Richtig super«, sagte der Gitarrist. Er war groß und lugte über seine Sonnenbrille hinweg, während er sprach.

Es war wie Weihnachten und mein erster Kuss zusammen. Ich stammelte ein Dankeschön und versuchte, mir irgendeine originelle Erwiderung einfallen zu lassen, aber vergeblich.

»Ich geh Anna suchen.« Owen stand auf und ging durch eine Tür ins Publikum.

Kid Tiger übernahmen die Bühne, und ich saß allein da, angenehm benommen, trank eine Flasche Wasser und sah meiner Lieblingsband bei der Arbeit zu. Doch noch vor Ende des zweiten Songs wurde ich aus meinen Träumen gerissen.

»Klasse Auftritt, Mann.«

Ich erschrak, wandte den Blick von der Bühne ab, um den Besitzer der Stimme anzusehen, einen etwa dreißigjährigen Mann, so groß wie ich, der ein kurzärmliges kariertes Hemd und Jeans trug.

»Danke«, sagte ich und fragte mich, wer er sein mochte.

»Ich bin Dave Ferris.« Er hielt mir die Hand hin, und ich stand auf und schüttelte sie. »Ich leite Pulley Records. Ihr habt uns ein Demoband geschickt? Ich bin interessiert. Sehr interessiert. Ist Owen irgendwo in der Nähe?«

Ich war erschöpft, und mein Gehirn konnte ihm nicht ganz folgen. »Owen? Der ist – nein. Ich glaube – ich weiß nicht, wo er steckt.«

»Na, egal. Das hier können wir auch allein besprechen. Ich würde euch Jungs gerne ins Studio holen, damit ihr das Demoband neu aufnehmt, das bringen wir dann als Maxi raus, schauen mal, wie's ankommt, und dann machen wir uns an ein richtiges Album. Wir sind zwar kein großes Label, wie ihr wahrscheinlich wisst, aber der Laden läuft, wir verschaffen vielen Bands gute Sendezeiten im College-Radio und ein paar Promotiontourneen. Ich denke, ihr Jungs würdet gut zu uns passen. Was meinst du?«

Ich kratzte mir ratlos den Kopf. »Ja. Ich meine, wahrscheinlich. Ich müsste erst mal mit Owen reden und sehen –«

»Ja, klar, natürlich. Wir besprechen das Ganze zusammen mit Owen, bevor wir einen richtigen Vertrag machen. Heute Abend hätte ich nur gern vorab eine schriftliche Zusage, dass wir im Geschäft sind, und dann treffen wir uns nächste Woche und setzen den Vertrag auf. Was sagst du dazu?« Er bewegte beim Sprechen hektisch die Hände, und ich achtete mehr auf ihre Bewegungen als darauf, was er sagte, beobachtete, wie sie in dem Raum zwischen uns Spiralen und Bögen malten.

Ich schaute zur Bühne, wo Kid Tiger gerade einen weiteren Song beendeten, sah dann wieder Dave Ferris an. »Alles klar«, sagte ich und fragte mich, was Owen so trieb.

Owen erzählte es mir später. Nachdem unser Set zu Ende war, ging er Anna suchen. Er stellte sich an den Rand des Publikums, das sich jetzt, da die Leute zur Bar oder zum Klo gingen, in kleinere, losere Grüppchen aufteilte. Nachdem er die Gesichter abgesucht, sie aber nicht gefunden hatte, schlenderte er zu Bar, bestellte ein Bier und bezahlte es, weil er nicht mehr daran dachte, dass er es gratis bekommen hätte. Er stützte einen Arm auf den Thekenrand und bemerkte, dass ein paar Leute ihn ansahen und redeten. Während er noch das Gefühl genoss, erkannt zu werden, sah er sie.

Sie stand allein an der hinteren Wand und starrte in den Hals ihrer Bierflasche. Owen kaufte noch ein Bier und ging zu ihr. Sie bemerkte ihn nicht, bis er sie ansprach.

»Anna. Danke, dass du gekommen bist. Hat's dir gefallen?«

Ihr Kopf schnellte hoch. »Hä? Oh – Owen. Hi.« Sie lächelte und blickte auf die beiden Bierflaschen in seinen Händen. »Ist eins davon für mich?«

Er sah auf seine Hände und sah dann sie an. »Ja.« Er hielt ihr die frische Flasche hin und nahm ihre leere. »Hat's dir gefallen?«

Sie trank aus der Flasche und schluckte. »Äh – na ja, eher nicht, ehrlich gesagt, ich meine, das ist nicht unbedingt mein Geschmack.« Owen war am Boden zerstört. »Aber es war lustig«, fügte sie hinzu. »Danke für die Einladung. Allen andern scheint's gefallen zu haben. Der Typ neben mir hat seinem Freund dauernd erzählt, wie super ihr seid. Jedenfalls, ich bin nur wegen dir gekommen, nicht um mir irgendwelche albernen Bands anzuhören. Womit ich nicht sagen will, äh, dass ihr albern seid.« Sie lächelte.

Owens Brustkorb pumpte sich wieder auf, und er bekam erneut Luft. Ihm kam der Gedanke, dass er niedergeschlagen sein müsste – es hatte ihr nicht gefallen –, aber er war zu sehr in ihr Lächeln vertieft, um sich daran zu stören.

Dave Ferris schrieb irgendwas auf ein Blatt Papier und kopierte es dann auf ein anderes. Ich weiß nicht mehr, was da stand. Irgendwas in der Art, dass Owen Noone and the Marauder, vertreten durch mich, sich einverstanden erklärten, einen Vertrag mit Pulley abzuschließen, blabla, nähere Einzelheiten würden später geklärt. Ich konnte mich nicht richtig drauf konzentrieren. Ich unterschrieb beide Blätter ganz unten, Dave Ferris tat es ebenso, und er gab mir eins und steckte das andere ein. Dann schüttelten wir uns die Hand. Er reichte mir eine Visitenkarte und sagte, ich solle ihn Montag anrufen, um einen Termin zu vereinbaren, an dem Owen und ich zu ihm kommen und einen »Vertrag machen« sollten.

Plötzlich war ein lautes, tonlos krachendes Geräusch zu hören – es klang in etwa wie »kerannnkk« –, gefolgt von einem ähnlichen, aber leiseren Geräusch, und dann kam das wütende, durchdringende Jaulen einer schrillen Rückkopplung. Ich blickte zur Bühne, wo Kid Tiger aufgehört hatten zu spielen. Der Sänger-Rhythmusgitarrist kam mit finsterem Blick auf mich zugetrottet und hielt den abgebrochenen Hals seiner Gitarre in der linken Hand. Die übrige Band stand noch auf der Bühne und sah ihm nach, ihre Gesichter waren blass, die Überreste seiner Gitarre lagen tot vor dem Mikroständer auf dem Boden. Irgendwer – wahrscheinlich der Toningenieur – beendete die Rückkopplung. Der Gitarrist klatschte mir im Vorübergehen den abgebrochenen Hals gegen die Brust und in die Hände.

Auf der Bühne trat der Bassist ans Mikro und kickte den Rest der Gitarre beiseite. Das Publikum sah schweigend zu. »Ich glaube, Roger ist nicht mehr Mitglied unserer Band«, sagte er. »Wir werden ohne ihn weiterspielen.« Der Drummer zählte an, und sie brachten einen Song, bei dem der Bassist als Sänger sein Bestes gab, aber ziemlich oft schief lag, und ohne richtigen Rhythmusteil klang das Ganze irgendwie hohl. Sie beendeten den Song, kündigten an, dass der nächste der letzte sein würde, und spielten noch eine hohle Version von einem meiner Lieblingssongs. Sobald sie fertig waren, fing ich an, unsere Ausrüstung zu Owens Wagen zu schaffen, damit ich sie nicht sehen oder mir anhören musste, was sie sagten. Ich packte alles ein, schloss ab und machte mich auf die Suche nach Owen, aber er war nicht da. Ich wartete noch eine Weile, sprach mit niemandem, dachte darüber nach, was ich gerade getan hatte, was ich gesehen hatte, und fragte mich, wo Owen wohl steckte. Schließlich ging ich, weil ich mir denken konnte, dass er irgendwo mit Anna unterwegs war.

Irgendwie schaffte ich es in New York einfach nicht, ohne die Hilfe von Alkohol länger zu schlafen. Um acht Uhr war ich hellwach und tigerte ruhelos durchs Zimmer, rückte die

Gitarren zurecht, die an die Verstärker gelehnt waren, die an der Wand standen, wo ich sie am Vorabend abgestellt hatte. Als ich Owens Gitarre in die Hand nahm, erinnerte ich mich plötzlich glasklar an die Ereignisse des Gigs, als wären sie ein einziges Bild: Wir spielen, Owen zieht los, um Anna zu suchen, Kid Tiger brechen auseinander, ich unterschreibe das Memo. Ich unterschreibe das Memo. Ich fischte in meiner Tasche danach und zog es raus. Ein Blatt schlichtes weißes Schreibmaschinenpapier, mit einem Haufen Text drauf, der im Grunde besagte, dass wir eine Pulley-Records-Band waren, wie durch die beiden unten stehenden Unterschriften bestätigt. Ich fragte mich, ob der Wisch rechtlich bindend war oder was. Mir war nicht klar, was für uns besser wäre. Eine Platte zu machen war doch eigentlich gut, und ich wusste von meiner Radiotätigkeit in Bradley, dass Pulley Records ein seriöses Label war, also war es wohl alles in allem gut. Aber ich kannte mich mit so juristischem Kram nicht aus, ich meine, wir könnten übers Ohr gehauen werden – es hing alles davon ab, wie ehrlich Dave Ferris war. Er schien in Ordnung zu sein, und er wirkte weiß Gott nicht wie irgend so ein widerlicher Geschäftsmann, aber andererseits konnte man nie wissen. Ich würde abwarten müssen, bis wir die Besprechung mit ihm hatten.

»Was hast du da?« Owen war reingekommen, ohne dass ich es gemerkt hatte. Er war in ein Handtuch gewickelt und stand neben der Badezimmertür.

»Das ist – na ja, ich hab gestern Abend sozusagen einen Plattenvertrag für uns unterschrieben.«

»Du hast was?«, schrie Owen und hielt das Handtuch fest, als er auf mich zusprang. Ich konnte nicht sagen, ob er froh oder sauer war.

»Bei Pulley Records«, sagte ich. »Dave Ferris.« Ich merkte, dass ich unverständliches Zeug redete. »Die wollen eine Platte mit uns machen.« Owen nahm das Memo und fing an, es durchzulesen. »Das ist noch kein Vertrag«, redete ich weiter.

»Das ist bloß – bloß eine Erklärung, eine Vorstufe, glaube ich, zu einem Vertrag. Wir sollen nächste Woche einen Termin machen. Ich hab seine Telefonnummer.«

Owen hörte auf zu lesen und sah mir mit einer Eindringlichkeit in die Augen, aus der ich nicht schlau wurde. »Wie spät ist es?«, fragte er.

»Neun.«

»Okay. Ich muss duschen. Wir treffen uns in einer Stunde mit Anna zum Frühstück.« Er ging Richtung Badezimmertür, und als er sie erreichte, drehte er sich um. »Das ist eine prima Neuigkeit«, sagte er und schloss die Tür.

Als er wieder rauskam, duschte ich, und als ich fertig war, saß er auf dem Bett und las das Memo. »Das ist super«, sagte er immer wieder, dann faltete er es zusammen, ließ es auf dem Bett liegen und stand auf. »Nun komm schon, wir sind mit Anna verabredet.«

»Ich dachte, du hättest sie mit hergebracht«, sagte ich, als wir die Treppe runtergingen und auf die Straße traten, hinein in den schwülen, hellen Morgen.

»Nix da.« Owen blickte mich bohrend durch seine Sonnenbrille hindurch an. »Das wär nicht richtig. Nicht am ersten Abend.«

»Okay«, sagte ich, und damit war das Thema beendet.

Anna war noch nicht im Café, also setzten wir uns an einen der vorderen Tische am Fenster und bestellten Kaffee, aber noch nichts zu essen. Eine *USA Today* vom Vortag lag auf dem Tisch, und wir nahmen uns jeder einen Teil und blätterten ihn ziemlich desinteressiert durch. Nach ein paar Minuten ging die Tür auf, und wir blickten hoch, und ich wusste, dass es Anna war. Sie trug Khaki-Shorts und ein blaues Tanktop, das die Ränder ihrer Sonnenbräune auf den Schultern erkennen ließ. Sie lächelte und kam an unseren Tisch, und sie und Owen küssten sich schüchtern, fast verlegen, und sie schüttelte mir die Hand, als Owen uns vorstellte. Der Kellner kam und goss uns Kaffee nach und nahm unsere Bestellung auf. Owen entschuldigte sich und ging zur Toilette, und Anna und ich saßen uns plötzlich allein gegenüber, ohne zu wissen, was wir sagen sollten. Wir lächelten uns entschuldigend zu, versuchten, das Schweigen zu füllen.

»Ist das die Zeitung von heute?«, fragte sie und nahm sich den Hauptteil.

»Nein, von gestern«, sagte ich.

Sie fing an, ziellos herumzublättern, ohne richtig zu lesen. Dann stockte sie und sah genauer hin, und ihre Miene veränderte sich von Desinteresse zu Aufmerksamkeit, und sie beugte sich mit leicht gerunzelter Stirn vor. »Das ist ja komisch«, sagte sie.

»Was ist komisch?« Owen schob sich wieder auf seinen Platz mir gegenüber neben Anna.

»Der Typ, der in Kalifornien für den Senat kandidiert, hat denselben Nachnamen wie du.«

USA TODAY, Freitag, 8. August 1997:

Kalifornien: Jack Noone, der republikanische Kongressabgeordnete für den neunten Distrikt, hat seine Kandidatur für den frei werdenden Senatssitz des Demokraten Alf Reiniger angekündigt, der sich aus dem politischen Leben zurückzieht.

Es war nur ein Satz. Auf einer der Innenseiten stand zu jedem US-Staat eine ein oder zwei Sätze lange Nachricht, und das war die für Kalifornien. Irgendwie war sie Anna aufgefallen. Wir schauten sie uns mehrmals abwechselnd an, und zuerst wollte keiner so recht daran glauben. Natürlich hatte Owen bestimmt mal an seinen Vater gedacht, aber er hatte ihn mir gegenüber nie mehr erwähnt, nachdem er mir damals die ganze Geschichte erzählt hatte. Ich starrte einfach nur über den Tisch, in Annas Gesicht, die Owen ansah, dann in Owens, dem der Mund offen stand und dessen Augen ausdruckslos waren. So sah er auch noch aus, als unser Essen kam und wir die Zeitung zusammenfalten mussten.

»Dieser –« Owen zog sein Besteck aus der Serviette, in der es steckte. »Dieser –« Er seufzte und sank nach hinten gegen die Rückenlehne. »Dieser Scheißkerl.«

Weder Anna noch ich wussten, was wir sagen sollten. Wir fingen an, unsere Eier auf Toast zu essen, und das Kratzen von Messern und Gabeln auf den Tellern klang für mich wie Fingernägel auf einer Schiefertafel. Der Kellner kam und goss uns Kaffee nach und fragte, ob alles in Ordnung sei. Ich murmelte irgendwas Bejahendes und versuchte, beruhigend zu lächeln.

»Owen, denk nicht mehr drüber nach. Das ändert doch nichts, oder? Ich meine, der war schon die ganze Zeit im Kongress«, sagte ich.

Owen beugte sich vor und starrte mich an. »Es ändert alles. Herrgott, er steht in einer überregionalen Zeitung. Er wird im Fernsehen auftreten. Irgendeinen selbstgefälligen Scheiß ablassen. Sich in mein Leben drängen. Und ich will ihn nicht.

Ich werde ihn nicht reinlassen.« Er warf die Gabel auf den Teller. »Wir fahren nach Kalifornien.«

»He«, sagte ich. »Wir sind gerade erst hier angekommen. Wir sind kurz vor einem Vertragsabschluss. Wir fahren nirgendwohin. Außerdem, was hast du davon, wenn du ihm bis nach Kalifornien hinterherjagst, was willst du damit erreichen?«

Owen presste seine Serviette in der Faust zusammen, und seine Knöchel wurden vor Anstrengung weiß. »Seine Erinnerung an mich wecken. Ihm zeigen, wie das ist. Dafür sorgen, dass er nicht gewählt wird.«

»Owen –« Anne hob die Hand und berührte ihn am Arm.

»Er hat das nicht verdient.« Owen sah Anna an, dann mich, dann wieder Anna. »Habt ihr Lust, nach Kalifornien zu fahren?«

Montagmorgen waren wir wieder unterwegs, und ich saß auf der Rückbank. Owen fuhr mit Anna neben sich. Wir nahmen den Interstate 80 Richtung Westen und hofften, bis Ende der Woche in Kalifornien zu sein. Ich hatte Dave Ferris angerufen und ihm gesagt, dass wir eine Weile weg müssten, dass wir aber definitiv interessiert seien und uns bald wieder melden würden. Ich gab mir redlich Mühe, ihn zu beruhigen, obwohl ich wusste, dass wir vielleicht nie wiederkommen oder zumindest lange fortbleiben würden. Er sagte, er sei enttäuscht, aber wir sollten tun, was wir tun mussten, und er würde sich an dem Memo festhalten, dass wir unterschrieben hatten. Er sagte, falls wir durch Chicago kämen, könnte er ein paar Beziehungen spielen lassen und uns kurzfristig einen Gig besorgen, also sagte ich, ja, wir kämen da durch und zwar am Dienstag, und er nannte mir Namen und Anschrift des Clubs.

Kurz und gut, wir waren wieder unterwegs, diesmal Richtung Westen, und jagten irgendwelchen vagen Ideen in Owens Kopf hinterher. Owen und Anna unterhielten sich vorn. Es gefiel mir nicht, dass sie da war, auf meinem Platz. Sie war ein Eindringling. Ich verstand sowieso nicht, warum sie überhaupt mitgekommen war. Sie kannte ihn nicht mal. Oder zumindest kaum. Und dann gab sie einfach so ihr Leben auf, um mit ihm quer durchs Land zu fahren? Aber ich hatte ja das Gleiche gemacht. Owen Noone zog Menschen mit sich, brachte Menschen dazu, ihm folgen zu wollen. Vielleicht war ich bloß eifersüchtig. Ich hörte ihre Stimmen, konnte aber nicht verstehen, was sie sagten, und ich betrachtete die verschwommene Landschaft durchs Fenster, bis meine Augen schwer wurden und ich einschlief.

An dem Tag schafften wir es bis Cleveland und suchten uns ein Hotel. Vorher hatten Owen und ich immer ein Doppelzimmer genommen, aber jetzt nahmen Owen und Anna ein Zimmer, und ich hatte eins für mich. Wir mussten am nächsten Tag früh aufstehen, um rechtzeitig für unseren Gig abends um acht in Chicago zu sein, deshalb lag ich um zehn Uhr im Bett, sah mir ein Baseballspiel im Fernsehen an und fühlte mich einsam. Seit einem Jahr hatte ich jeden einzelnen Tag mit Owen verbracht, Musik gemacht, im Auto gesessen, gestritten, rumgealbert, und jetzt war da auf einmal diese Trennung. Ich kam mir ausgeschlossen vor, als ob wir unversehens wegen irgendwelcher Dinge, die sich meiner Kontrolle – und auch seiner Kontrolle – entzogen, wieder einem Traum nachjagten, aber dieser Traum war nicht mehr Owen Noone and the Marauder, es war jetzt Owen Noone mit dem »Marauder« und Anna als Anhängsel, oder vielleicht war ich ja auch das Anhängsel, oder wir waren es beide, aber so oder so, der Traum, dem wir nachjagten, hatte nichts Positives. Im Augenblick schien er zwangsläufig als Alptraum enden zu müssen.

Der Weckruf des Telefons gellte. Ich war noch angezogen und der Fernseher lief, zeigte irgend so eine Frühstücksnachrichtensendung. Ich schmeckte Schlaf im Mund. Ein paar Minuten später klopfte es kräftig an meiner Tür. Ich machte auf, und Owen und Anna standen Arm in Arm vor mir, frisch geduscht und strahlend.

»Du siehst aus, als hättest du in deinen Klamotten gepennt.«

»Klappe, Owen«, knurrte ich. Ich war nicht richtig wach, und irgendwelche diffusen Restbestände meines Grolls auf Owen schwebten mir noch im Kopf herum.

»Du hast in deinen Klamotten gepennt, nicht?«

»Klappe, Owen.«

»Bist du in zehn Minuten fertig? Wir kommen um vor Hunger.«

Fünfzehn Minuten später frühstückten wir in einem McDonald's, und zehn Minuten danach verließen wir Cleveland und waren auf dem Weg nach Chicago und zu unserem zweiten Großstadt-Gig. Anna saß auf der Rückbank, hatte sich vorgebeugt, um sich zu unterhalten und unserer Unterhaltung zuzuhören. Owen und ich debattierten wie üblich über die Reihenfolge der Songs und wie wir sie spielen würden. Wir hatten uns telefonisch vergewissert, dass wir wirklich spielen sollten. Wir würden zusammen mit zwei einheimischen Bands in einem Laden auftreten, der The Metro hieß. Ohio tat sich vor uns auf und verschwand dann wieder, als wir nach Indiana kamen. Es war noch nicht mal Mittag.

Es lief mir kalt über den Rücken, als wir die Grenze überquerten und ich das Schild mit der Aufschrift THE CROSSROADS OF AMERICA sah.

Anna hatte wohl etwas mitbekommen. »Alles in Ordnung?«

Ich drehte mich in meinem Sitz um. »Ja. Ich hab nur gerade gemerkt, dass wir in Indiana sind.«

»Na und?«, fragte Owen.

»Meine Heimat. Meine Eltern.«

»Wann hast du sie zuletzt gesehen?«, fragte Anna.

Ich sank in mich zusammen. »Ich weiß nicht. Vor anderthalb Jahren oder so. Bei meiner Uni-Abschlussfeier. Und dann am nächsten Tag – hab ich sie aus Iowa City angerufen und –« Ich wusste nicht, was ich sagen wollte.

»Sind wir in der Nähe?«, fragte Owen. »Willst du sie besuchen? Wir könnten einen Zwischenstopp einlegen.«

»Nein«, sagte ich. »Nein. Nein. Ich kann nicht. Sie würden – ich glaube, lieber nicht.«

Ich will nicht, wäre der Wahrheit näher gekommen. Ich hatte Angst davor, bei meinen Eltern aufzutauchen und zu versuchen, mein Leben zu rechtfertigen. Ihnen in die Augen zu sehen und ihnen zu sagen, dass ich Gitarre spielte, mich von jemand anderem durchfüttern ließ und mit einer jungen Frau, die wir irgendwo unterwegs aufgelesen hatten, nach Kalifornien unterwegs war, weil jemand anderer dorthin wollte. Wie sollten sie darauf reagieren? Ich liebte meine Eltern, und ich wollte sie nicht enttäuschen, also würde ich ihnen gar nichts erzählen, bis ich ihnen – und mir selbst – beweisen konnte, dass ich die richtige Entscheidung getroffen hatte.

Wir überquerten eine Mautbrücke und wurden von Bürgermeister Richard M. Daley oder zumindest von einem Schild mit seinem Namen darauf in der Stadt Chicago willkommen geheißen. Als wir über den Highway fuhren, der parallel zu einer Hochbahnstrecke verlief und von hohen Gebäuden gesäumt war, kam es mir vor, als durchquerten wir ein sehr enges und steiles Tal. Dann bogen wir vom Freeway auf den Lake Shore Drive, und die Skyline von Chicago präsentierte sich links von uns wie eine Wand, während der Lake Michigan sich rechts von uns bis zum Horizont erstreckte, sodass er aussah wie ein großer friedlicher Ozean. Wir suchten uns unseren Weg bis zum Metro, das in Sichtweite von Wrigley Field lag.

»Ich bin einmal drin gewesen«, sagte Owen, als er auf dem Bürgersteig stand und die Straße hinunter auf das Baseballstadion blickte, dessen rotes Schild verkündete, dass es die

Heimat der Chicago Cubs war. »Als ich in Iowa gespielt hab. Nur auf Besuch. Ich bin übers Feld spaziert, hab mich ein bisschen in der Umkleide rumgedrückt. Das war das einzige Mal, dass ich nicht bloß als Zuschauer in einem Major-League-Stadion war. Näher bin ich nie rangekommen.« Er starrte die Straße hinunter und schien mit sich selbst zu reden, anstatt mit Anna und mir. »Wisst ihr was? Manchmal fehlt's mir. Habt ihr – gibt's für euch irgendwas Ähnliches, was ihr vermisst?«, fragte er und drehte sich zu uns um.

»Kuhscheiße«, sagte Anna, und ein Grinsen zog sich über ihr Gesicht. »Ich vermisse Kuhscheiße. Den Geruch. Jedes Jahr haben wir im Frühling und im Herbst die Ställe ausgespritzt, Großreinemachen vor und nach dem Winter, und dabei sind immer die Duftpartikel durch die Luft geflogen. Alle Farmer haben das etwa zur gleichen Zeit gemacht, und dann roch es eine ganze Woche überall nach Kuhscheiße. Ich bin zum Studium nach New York, und hinterher bin ich einfach geblieben, weil es da nun mal mehr Jobs gibt. Seit drei Jahren arbeite ich als Kellnerin und bin nur noch über Weihnachten auf der Farm. Es klingt blöd, aber was ich am meisten vermisse, das ist dieser Geruch.«

»Das ist nicht blöd«, sagte Owen. Die beiden sahen mich an. »Und du?«

»Nein«, sagte ich, obwohl es gelogen war. »Eigentlich nichts. Mir fällt nichts ein.«

An meinem zwölften Geburtstag kam mein Vater abends von der Arbeit nach Hause und hatte ein verrostetes Autowrack im Schlepptau, das einmal ein '74er Chevelle SS gewesen war. Wenn du sechzehn bist, so erklärte er mir, haben wir die Karre wieder schön am Laufen, und du kannst deinen Führerschein drin machen. In den folgenden vier Jahren verbrachten wir abends im Sommer und an den Wochenenden jede freie Minute in der Garage, auf dem Rücken unter dem Wagen liegend oder über den Motor gebeugt, und mein

Vater erklärte mir die verschiedenen Teile und zeigte mir, wie man mit den Werkzeugen umging. Manchmal besorgten wir Ersatzteile auf Schrottplätzen, wo wir stundenlang in den Überbleibseln von anderen Wracks herumstöberten, bis wir fanden, was wir brauchten. An meinem sechzehnten Geburtstag bestand ich die Führerscheinprüfung in einem einwandfrei laufenden, glänzenden, königsblauen Chevelle SS. Nach meinem siebzehnten Geburtstag verscherbelte ich ihn und kaufte mir einen Ford Escort. Meinem Vater erzählte ich, ich mache mir nichts aus Autos und sei es leid, meine Samstagnachmittage mit irgendwelchen Reparaturen zu vergeuden. Es gebe angenehmere Arten des Zeitvertreibs. Das hatte eine deutliche Verschlechterung unserer Beziehung zur Folge, eine Verschlechterung, deren jüngster Tiefpunkt ein Anruf aus Iowa City gewesen war, der endete, als mir das Kleingeld ausging.

Wir schafften unser Equipment ins Metro und spazierten dann eine Stunde in der Gegend herum, bevor wir zurückgingen, um unseren Soundcheck zu machen. Anna, die unbedingt helfen wollte, schleppte Sachen und schloss Verstärker und Gitarrenkabel an.

»War doch gut von mir, uns einen Roadie zu besorgen, hä?«, witzelte Owen, und sie warf eine Rolle Kabel nach ihm, die ihn an der Brust traf.

Wir spielten etwas über eine Stunde zwischen zwei einheimischen Bands. Sie hatten eine ganz ansehnliche Fangemeinde, und der Laden war voll. Es war das beste Publikum, für das wir bis dato gespielt hatten. Ein DJ von einem Chicagoer Sender stellte die Bands vor, und als wir an die Reihe kamen, trat er ans Mikrofon und sagte: »Über die nächste Gruppe wissen wir nichts, außer dass sie auf der Durchreise sind und in New York Furore gemacht haben. Wie wir hören, können wir uns auf etwas ganz Besonderes freuen. Also bitte begrüßt jetzt Owen Noone and the Marauder.« Als wir unter kräftigem Applaus auf die Bühne traten, kam er an uns vorbei und sagte: »Viel Glück, Jungs. Ich hab gehört, dass ihr gut seid.«

Wir waren gut. Wie wir uns inzwischen angewöhnt hatten, fingen wir mit »John Henry« an, machten dann keine Pause, sondern leiteten direkt zu »The Midnight Special« über. Owens Stimme war rauer als sonst, was noch besser klang, und jedes Mal, wenn er auf sein Pedal trat, hörte ich auf, die Saiten zu schlagen, und zupfte Arpeggios, was dem Sound eine gewisse Unausgewogenheit gab und ihm irgendwie noch mehr Energie verlieh. Als Drittes spielten wir »The Erie Canal«. »Der nächste Song«, sagte Owen, bevor wir anfingen, »handelt von einem Teil des Landes, in dem die Kuhscheiße, nach Aussage meiner Freundin, göttlich riecht.« Er sah zu Anna hinüber, die am Rand der Bühne stand, und zwinkerte. Wir tobten durch unser Set, brachten noch ein paar Songs, die wir gar nicht eingeplant hatten, und als wir zum Ende kamen und mit »Yankee Doodle« anfingen, waren die Stimmen aus dem Publikum lauter als Owens. Nachdem wir zum Schluss den Refrain dreimal wiederholt hatten, zupfte ich die Melodie von »Dixie« – den Song hatten wir noch immer nicht drauf – und zog das Kabel aus meiner Gitarre. Aber Owen blieb am Mikro stehen, und seine Gitarre summte mit einer tiefen Rückkopplung. Er fing an, das Kinderlied aus *Der Zauberer von Oz* zu singen, ohne Begleitung und völlig falsch. »Ding-dong, the witch is dead«, sang er unmelodiös. »Ding-dong, the witch is dead, Ding-dong, the witch is dead.«

Ich schloss meine Gitarre wieder an und brüllte aus vollem Halse: »Which old witch?«

Owen kicherte. »The wicked witch.«

Er sagte es, er sang es nicht. Ich riet gefühlsmäßig, welchen Akkord ich spielen sollte, und schlug ihn, während wir beide: »Ding-dong, the wicked witch is deaaaaaaaaad«, sangen, Owen ins Mikro, ich in die Luft.

Das Publikum jubelte, und wir fingen von vorn an, während Owens Gitarre noch immer summte, ich einfach drauflos spielte und das Publikum wie auf Stichwort johlte: »Which old witch?«, und alle lachten, klatschten, spielten, sangen. Ich hab keine Ahnung, woher Owen den Text kannte.

»Spitzenmäßig!«, rief Owen, als wir von der Bühne kamen, und schloss mich in eine verschwitzte Umarmung. »Du. Nur du kannst so was. Es war super. Wie du mit genau dem richtigen Akkord im genau richtigen Zeitpunkt eingesetzt hast, ganz spontan, einfach so. Super, super, super!« Er drückte mich nochmal und grinste Anna an. »Sorry, Schatz, ich glaub, ihn liebe ich noch mehr.«

»Tja, dann werd ich mal wieder meinen Roadie-Kram erledigen«, sagte sie lächelnd und ging an uns zwei sich umarmenden, grinsenden Idioten vorbei, um die Verstärker wegzuschleppen.

In dem Moment wurde mir klar, dass die ganzen Bedenken, die ich wegen mir und Owen gehabt hatte, albern gewesen waren. Wir waren eine Band. Wir waren Freunde. Anna und Jack Noone – die änderten nichts daran. Wir hatten unsere Musik.

Wir stellten uns ganz hinten ins Publikum und hörten uns die letzte Band an, eine Viermann-Punkband. Während wir da standen, merkte ich, dass die Leute uns beobachteten. Sie schielten rüber und glotzten, wenn sie an uns vorbeikamen, oder sie drehten sich einfach dort, wo sie waren, um und stupsten ihre Freunde an und versuchten, unauffällig auf uns zu zeigen. Owen hatte einen Arm um Anna gelegt, starrte auf die Bühne und hörte der Musik zu, aber ich konnte mich kaum konzentrieren. Ein Typ, der ein paar Jahre jünger aussah als Owen und ich, kam zu uns.

»Hi«, sagte er. »Gute Show.«

»Danke.« Ich richtete den Blick wieder auf die Bühne.

»Und ihr seid also aus New York?« Er lächelte nervös. Er hatte den Kopf gesenkt, aber seine Augen schauten zu mir hoch.

»Nein – doch. New York.« Ich musste brüllen, um mich über die Musik hinweg verständlich zu machen.

»Habt ihr schon ein Album gemacht?«

»Nein – ich meine, noch nicht. Wir haben einen Vertrag.«

»Cool. Welches Label?«

»Pulley. Ist aber noch nicht ganz spruchreif.«

»Cool.«

Ihm schien nichts mehr einzufallen, was mir nur recht war. Der Junge behandelte mich, als wäre ich ein Rockstar, und ich merkte, dass ich ihm was vorlog – na ja, jedenfalls Halbwahrheiten erzählte. Das gefiel mir nicht.

»Cool«, sagte er nochmal und fügte dann hinzu: »Also denn, danke, Kumpel. Bis demnächst«, und er drängelte sich wieder ins Publikum.

»Was wollte der Typ?«, fragte Owen dicht an meinem Ohr.

»Keine Ahnung. Wahrscheinlich nur mal mit einer Rockband reden.«

»Cool.«

»Genau das hat er auch gesagt.«

»He, wo zum Teufel übernachten wir eigentlich heute?«

Daran hatte ich noch gar nicht gedacht. Wir hatten kein Zimmer für die Nacht. Wir hatten vergessen, uns ein Hotel zu suchen. »Wir könnten doch im Wagen schlafen oder so.«

»Das ist ätzend. Falls noch irgendeiner das Bedürfnis hat, mit einer Rockband zu reden, dann frag ihn doch bitte, ob er nicht Lust hat, eine für eine Nacht unterzubringen.«

Letztendlich übernachteten wir bei einem Freund von einer der anderen Bands. Sie hatten ein Extrazimmer mit Doppelbett im Haus. Als wir dort ankamen, fragten wir uns, ob wir nicht doch besser im Auto hätten schlafen sollen. Von außen sah das Haus ganz passabel aus, obwohl der Rasen eher einem Dschungel glich und Plastiktüten und Essensverpackungen in den hohen Grasbüscheln hingen. Es war ein kleines doppelstöckiges Haus aus braunem Backstein, das aussah, als wäre es in den Fünfzigerjahren gebaut worden.

Drinnen herrschte Chaos. Das Wohnzimmer, das man direkt durch die Haustür betrat, war mit schmutzigem Geschirr und noch mehr Fast-Food-Verpackungen übersät: Pizzaschachteln, McDonald's-Tüten, Pappbecher. Die zwei Sofas waren gesprenkelt mit Zigarettenbrandlöchern, und auf dem Couchtisch dazwischen lagen ein paar Spritzen, Löffel, Feuerzeuge und ein kleiner Beutel, in dem ich Heroin vermutete.

»Äh, dann zeig ich euch mal euer Zimmer«, sagte einer der drei Gastgeber und zupfte sich dabei an seinen dünnen braunen Haaren. »Es sei denn, ihr wollt noch –«, er machte eine einladende Handbewegung Richtung Couchtisch.

»Nein«, sagte Owen. »Danke. Wir müssen morgen in aller Frühe weiter.«

»Ja, klar, okay«, sagte der Typ und führte uns in unser Zimmer.

Bis auf das Bett war der Raum leer. Und abgesehen von der Staubschicht auf dem Holzboden war er sauber. Unser Gastgeber zeigte uns, wo das Bad war, und sagte dann, er wäre unten, falls wir unsere Meinung änderten oder sonst irgendwas brauchten.

»Meinst du, unsere Ausrüstung ist sicher?«, fragte ich Owen, als die Schritte sich dem unteren Ende der Treppe näherten.

»Klar. Wir haben den Wagen doch abgeschlossen, oder?«

»Aber trotzdem. Ich weiß nicht. Ich glaub, ich schlaf lieber im Wagen. Nur für alle Fälle.«

»Ach was, mach dir keine Gedanken.«

»Tu ich aber. Ich krieg bestimmt kein Auge zu. Ich glaube, es ist besser.«

Owen zuckte die Achseln. »Okay. Dann haben wir mehr Platz. Zu dritt im Bett wäre es sowieso ein bisschen zu gemütlich gewesen.«

Ich sagte gute Nacht und ging nach unten, durch das Wohnzimmer zur Haustür und nickte den drei Leuten zu, die auf den Sofas saßen, zwei von ihnen in die Kissen gesunken, die Zigaretten lässig zwischen den Fingern, während der dritte – der uns das Zimmer gezeigt hatte – gerade ein Dosis Heroin aufkochte. »Hast du's dir anders überlegt?«, fragte er, als ich vorbeikam, aber ich sagte einfach nichts und ging zur Tür hinaus in die feuchte Nachtluft. Es war noch immer unangenehm heiß. Ich blieb einen Moment auf der Veranda stehen, schlug nach den Mücken, die sich auf Armen und Hals niederließen, öffnete dann den Wagen und kletterte auf die Rückbank. Ich rollte das Fenster halb runter, verriegelte die Türen und versuchte zu schlafen. Obwohl ich müde war, lag ich bestimmt zwei Stunden wach, lauschte in die Nachtluft und starrte auf die Laterne, die alle paar Minuten an- und ausging, ehe ich endlich einschlief.

Ich schreckte hoch, als Owen gegen die Seite des Wagens bollerte. »Aufwachen, Schlafmütze«, rief er. »Der Treck zieht weiter. Bei Sonnenuntergang reiten wir in Kalifornien ein.«

»Owen«, sagte ich, rieb mir den Schlaf aus den Augen und versuchte, mich zu orientieren. »Bis Kalifornien sind wir noch Tage unterwegs.«

»Weiß ich doch. Ich fand bloß, dass es gut klingt.«

Wir fuhren durch Chicago zurück zum Interstate 55 und dann nach Süden Richtung St. Louis, wo wir auf den Interstate 70 nach Westen wechseln wollten, um dann Missouri, Kansas, Colorado, Utah und Nevada zu durchqueren, ehe wir Kalifornien erreichen und Jack Noone und was sonst noch alles finden würden. Für den Gig in Chicago hatten wir vierhundert Dollar bekommen und waren stolz drauf. Gegen Mittag passierten wir St. Louis, und am Abend stiegen wir in einem Motel am Highway in der Nähe von Kansas City ab.

Um fünf Uhr am nächsten Morgen ging es weiter, und wir hofften, bis zum Abend in Denver zu sein, eine Strecke von rund 700 Meilen, für die wir ungefähr elf Stunden veranschlagten. Kansas war flach, lang und uninteressant, Prärie so weit das Auge reichte. Es kam uns vor, als bewegten wir uns gar nicht vom Fleck, als träten wir auf der Stelle, weil die immer gleichen Farmhäuser vorbeiglitten und die Sonne glitzernde Wasserpfützen vor uns auf der Straße entstehen ließ, die stets schon ausgetrocknet waren, wenn wir sie erreichten. Ich dachte, dass Colorado bald eine gute Abwechslung bieten würde, der Anblick der schneebedeckten Granitgipfel der Rockys, die sich in die Luft reckten, eine natürliche Version der Chicagoer Wolkenkratzer. Aber als wir am frühen Nachmittag die Grenze überquerten, unterschied es sich bloß durch das Willkommensschild und die neue Farbe auf der Straßenkarte von Kansas. Wieder meilenweit nur flaches Farmland.

Doch kurz vor Limon passierte etwas. Ein knirschendes Geräusch kam aus dem Motor. »Verdammt, was ist das?« Owen stoppte den Wagen am Straßenrand. Wir hatten Musik gehört und stellten sie jetzt ab. Der Motor schabte und knirschte.

»Versuch's mal mit Ausmachen und Neustarten«, sagte Anna.

Owen tat es, vergeblich.

»Ich seh nach dem Öl.« Ich stieg aus, und Owen öffnete die Haube. Wir hatten weder Lappen noch ein Stück Papier, also zog ich mein T-Shirt aus und wischte den Messstab damit ab, dann überprüfte ich den Ölstand. Nichts. »Owen, wann hast du zuletzt das Öl gewechselt?«

»New York.« Das stimmte. Wir hatten noch letzte Woche einen Ölwechsel gemacht, um uns von den Proben für den Gig abzulenken.

»Das kapier ich nicht«, sagte ich. »Starte nochmal, mit offener Haube, damit ich ihn besser hören kann. Er drehte den Schlüssel, und ich stellte fest, dass die ungeölten Kolben im Motor knirschten. »Der ist im Arsch.« Ich knallte die Haube zu. »Wir brauchen einen neuen Motor.« Ich legte die Ellbogen auf die Haube und stützte das Kinn auf. »Oder ein neues Auto.«

Wir drei standen am Straßenrand gegen den Wagen gelehnt und starrten über das Weizenfeld, und keiner traute sich, das Offensichtliche auszusprechen: Wir saßen fest. Ich blinzelte ins Licht und dachte mal wieder darüber nach, wieso ich eigentlich hier mit einem kaputten Auto in Colorado war, wo ich doch irgendwo anders sein könnte. Vor allem jetzt, wo wir in New York sein könnten, wir alle, Owen und ich, um ein Album aufzunehmen, richtig Geld zu verdienen, echte Gigs zu spielen. Ein für alle Mal Schluss mit den mühsam ergatterten Auftritten für ein paar miese Kröten. Doch stattdessen gondelten wir quer durchs Land, um einen Vater anzubrüllen, den wir nicht kannten, weil er irgendwas getan hatte, das uns nichts anging. Vielleicht war das unfair. Vielleicht ging es uns doch was an, oder zumindest Owen, aber er sprach praktisch nie über seinen Vater, und ich hatte einfach angenommen, dass er ihm egal war, bis wir die Zeitung aufgeschlagen hatten.

»Owen, was willst du machen, wenn wir in Kalifornien sind?« Offensichtlich hatte Anna ganz ähnliche Gedanken.

Langes Schweigen trat ein, und ich hörte nur noch die Sattelschlepper hinter uns auf dem Highway. Der Wagen erbebte jedes Mal, wenn einer vorbeiraste, und ich starrte aufs Land.

»Ich weiß nicht. Ich weiß nicht, wie er sein wird – na ja, ich glaube, es ist ziemlich egal, wie er ist. Ich weiß nur, dass ich dahin muss, mit ihm reden muss, ihm begreiflich machen muss, dass er mich nicht einfach – ignorieren kann. So tun kann, als wäre er jemand, der er nicht ist. Damit ist er schon viel zu lange durchgekommen. Ich denke, ich hab so eine Art – wir haben so eine Art Werkzeug, versteht ihr? Leute wie wir mit unserer Musik. Und das müssen wir irgendwie einsetzen, damit sie mal richtig zuhören, damit er mal richtig zuhört. Ich glaube, das werde ich tun – werden wir tun.«

Anna sah mich an. »Willst du das auch?«

»Im Augenblick will ich nur dieses Scheißauto reparieren und weiterfahren«, sagte ich. Ich wusste nicht, was ich überhaupt in Kalifornien wollte.

Ein Abschleppwagen hielt ein Stück weiter am Straßenrand und setzte bis zu uns zurück. Ein zottelhaariger, dünner Mann stieg aus und kam auf uns zu. »Müsst ihr abgeschleppt werden?« Sein blaues Hemd trug über der Tasche ein Namensschildchen, auf dem handschriftlich »Barry« stand.

»Eigentlich schon«, sagt Owen. »Aber –«

»Ein Trucker hat mich angefunkt. Hat gesagt, er hätte 'ne Kiste gesehen, die eine Panne hat. Und da bin ich.« Er zog den Bronco auf die Ladefläche, und wir drängten uns alle Mann vorn auf die Bank im Abschleppwagen. »Wo wollt ihr denn hin?«

»Kalifornien«, sagte ich.

Barry stieß einen Pfiff aus. »Da habt ihr ja noch was vor euch. Wisst ihr, was mit eurer Kiste los ist?«

»Kolbenfresser«, sagte ich, und es war mir peinlich, dass ich es wusste.

»Dann ist er hinüber.«

»Wahrscheinlich.« Ich ergriff die Initiative. »Wissen Sie, wo wir einen neuen kaufen können? Und für den alten noch einen anständigen Preis kriegen?«

Barry grinste und ließ die Lücken sehen, wo die Mehrzahl seiner Zähne hätte sein sollen. »Da seid ihr genau an den Richtigen geraten, Leute. Mein alter Herr und ich, wir bringen Unfallwagen wieder auf Vordermann. Ich hab ein paar ganz anständige da – kein Scheiß, ich will euch nicht übers Ohr hauen. Ich hab auch ein paar echte Rostlauben, aber die werd ich euch nicht andrehen.« Er schien unfähig, nicht zu reden. »Ich hab gesehen, dass ihr da hinten ziemlich viel Zeugs drin habt. Was macht ihr denn so?«

»Wir sind eine Rockband«, sagte Owen.

Wieder stieß Barry einen Pfiff aus. »Ernsthaft? Was macht ihr denn für Musik?«

»Rock.«

Der Tacho zählte eine Meile weiter, ehe Barry wieder was sagte. Wir kamen an einer Gruppe weißer Kreuze neben einem Zaunpfahl vorbei. Barry zeigte darauf. »Das war der schrecklichste Unfall, bei dem ich je abgeschleppt hab. Ein Betrunkener ist mit ein paar Jugendlichen zusammengekracht, am Wochenende vor ihrem Highschool-Abschluss. Fürchterlich. Beide Autos platt, die jungen Leute tot. Der Betrunkene ist im Krankenhaus gestorben. Hab die Kisten aber wieder hingekriegt. Hat ein bisschen gedauert, aber am Ende hab ich noch einen ordentlichen Preis dafür gekriegt.«

Zwanzig Meilen und etliche Geschichten weiter nahm Barry eine Ausfahrt und fuhr gut eine Meile über eine kleine Landstraße, ehe er vor einer Scheune abbog und hielt. Da standen rund ein Dutzend verschiedene Pkws und Pick-ups, und über der Tür hing ein Schild: NORTON & NORTON, ABSCHLEPPDIENST. Etwa hundert Meter hinter der Scheune standen drei Wohnwagen. »Da wären wir, Leute. Ich glaube, ich hab genau das Richtige für euch. Kommt, seht euch mal die Kisten an.« Barry sprang aus dem Wagen, wir kletterten auf der anderen Seite heraus und folgten ihm zu den, wie es aussah, neusten Fahrzeugen in seinem Wagenpark: ein marineblauer Ford F-150 und ein roter Jeep Cherokee. Barry ratterte in Windeseile herunter, in was für Unfälle die beiden »Kisten« verwickelt gewesen waren, aber die Unfallgeschichten hörten sich alle gleich an. Ich blendete ihn einfach aus, bis ich eine Frage einwerfen konnte. »Wie viel?«

»Tja, also ich hätte gern zwei Riesen für die beiden. Zwei Riesen für jeden. Ich meine, nicht für beide zusammen. Aber ich schätze, euer Bronco ist noch siebenhundert wert, also sucht euch einen aus, und für dreizehnhundert gehört er euch.«

»Super«, sagte Owen und ging auf den Pick-up zu.

»Moment.« Ich legte ihm eine Hand auf die Brust und sah Barry an. »Sie wissen ganz genau, dass der Wagen mehr als siebenhundert wert ist, auch mit kaputtem Motor. Sie kriegen ihn für zwölf, und wir geben Ihnen achthundert für den Wagen, den wir uns aussuchen.«

Barry blinzelte mich an und strich sich über die Kinnstoppeln. »Du kennst dich mit fahrbaren Untersätzen aus, hä? Ich geh auf achthundertfünfzig, okay?«

»Eintausend. Er ist viel mehr wert, und das wissen Sie auch. Sie kriegen einen Bronco in Topzustand, abgesehen vom Motor, der im Handumdrehen repariert ist, plus noch einmal tausend von uns. Ja oder nein?«

Barry grinste und streckte die Hand aus. »Abgemacht.« Wir schüttelten uns die Hand.

Eine Stunde später waren wir auf der F-150 wieder unterwegs Richtung Interstate, Owen am Steuer, Anna neben ihm und ich saß seitlich auf dem Klappsitz hinter Anna, die Beine quer durchs Führerhaus gestreckt. Die Ladefläche des Pick-ups hatte eine Abdeckung, also war unser Equipment vor den Elementen geschützt. Ehe wir losfuhren, holte Anna ihre Kamera hervor und machte ein Foto von dem weißen Bronco, unserer ehemaligen Kiste, wie Barry sagte. Jetzt wollten wir nur noch so schnell wie möglich nach Denver.

»Willst du heiraten?«, fragte Owen. Wir saßen auf einem der Doppelbetten in unserem Hotelzimmer, studierten die Karte und versuchten abzuschätzen, wie weit wir am nächsten Tag kommen könnten.

»Schätze ja, irgendwann mal«, sagte ich, ohne den Blick von den roten und schwarzen Linien zu heben. »Aber vorläufig noch nicht.«

Owen schlug mir auf den Hinterkopf. »Du doch nicht. Anna. Möchtest du heiraten? In Vegas, meine ich. Wir könnten morgen Abend da sein.«

Ich blickte von der Karte hoch. Owen starrte Anna an, ein breites Grinsen im Gesicht. Sie starrte zurück, aber ihr Ausdruck war vielschichtiger. Doch dann ging er in ein strahlendes Lächeln über, und sie schlang die Arme um Owens Hals und küsste ihn.

Ich fuhr die ganze Strecke von Denver bis Las Vegas, durch die Berge und dann durch die Wüste, rund siebenhundert Meilen an einem Tag, insgesamt zwölf Stunden Fahrzeit, während Owen die meiste Zeit auf dem Rücksitz schlief und Anna neben mir über die Landschaft redete, über das, was sie in New York gemacht hatte, über die Farm, auf der sie aufgewachsen war.

»Findest du es blöd, dass ich Owen heirate?«, fragte sie, als wir auf einer Raststätte an den Pick-up gelehnt standen und darauf warteten, dass Owen von der Toilette kam.

»Nein. Ich bin ja selbst seit zwei Jahren praktisch mit ihm verheiratet.«

»Aber ich meine, nach so kurzer Zeit.«

Ich blickte über den Parkplatz zum Interstate hinüber. »Wieso kommst du mit uns?«

»Ist irgendwie komisch, nicht? Aber – mir ist einfach kein Grund eingefallen, der dagegen gesprochen hätte. Mein Leben in New York war nicht meins, und ich glaube, ich hab immer gedacht, wenn ich mal sechsundzwanzig bin, gibt es Wichtigeres zu tun als Kellnern. Und Owen – es hört sich blöd an, aber ich glaube, ich liebe ihn wirklich. Ich hab's fast gleich von Anfang an gewusst. Nach eurem Konzert sind er und ich was trinken gegangen, und ich wusste es einfach. Männer kommen und gehen, aber bei Owen ist das was ganz anderes. Ich kann es nicht richtig ausdrücken. Ich meine, es war schon ein ziemlich spontaner Entschluss, mit euch mitzufahren, aber es kam mir einfach richtig vor, und jetzt kommt mir das mit dem Heiraten richtig vor, und ich glaube nicht, dass ich mit meinen spontanen Entscheidungen oft falsch liege.«

»Wir leben seit zwei Jahren von spontanen Entscheidungen«, sagte ich, »und obwohl es mir die Hälfte der Zeit eine

Heidenangst macht, fällt mir nichts ein, was ich bereuen würde.«

Ich beobachtete, wie ein Sattelschlepper aus seiner Parkbucht setzte, dann wandte ich mich Anna zu. »Vielleicht kommt es ja genau darauf an.«

Owen kam aus dem Gebäude auf uns zugetrabt, und das Gespräch war zu Ende. »Worüber redet ihr zwei?« Er lächelte und küsste Anna auf den Mund, mich auf die Wange. »Du sollst dich nicht ausgeschlossen fühlen.«

Las Vegas. Es leuchtete in der Ferne wie ein Raumschiff in der Wüste, und als wir näher kamen, war das, was wir sahen, einfach überwältigend. Neonreklamen mit am Rand entlangflitzenden Lichtern, überall Kasinos, von den schicken und berühmten bis hin zu den schäbigen. Frauen in Cocktailkleidern, Männer in Anzügen und Smokings spazierten auf den Bürgersteigen und verschwanden dann durch die bombastischen Eingänge gewaltiger Hotels. Etwas vom Zentrum entfernt fanden wir eine Unterkunft und suchten dann in den Gelben Seiten nach einer Hochzeitskapelle in der Nähe. Es war zehn Uhr abends, und wir dachten uns, wenn wir rasch was fänden, hätten wir hinterher noch genügend Zeit, um ordentlich zu feiern, und dann würden wir nachmittags aufstehen und weiter nach Kalifornien fahren.

Wir entdeckten eine, die zu Fuß erreichbar war, und vereinbarten einen Termin, obwohl der Mann am Telefon meinte, das sei nicht nötig. Um zwanzig vor elf waren wir in der Fortune's Love Matrimony Chapel, schrieben uns ins Gästebuch ein und bezahlten Reverend Jimmy Swale hundert Dollar in bar, ehe die Zeremonie beginnen konnte. Die so genannte Kapelle war außen komplett weiß und zeigte innen verschiedene Weiß- und Rosaschattierungen. Der Altar war weiß und hatte ein weißes Kreuz, und auf dem rosa Teppich standen zwei Reihen mit jeweils drei Klappstühlen. Die Wände waren weiß mit rosa Verzierungen.

Owen und Anna standen vor Reverend Jimmy Swale, und ich stand hinter ihnen, neben der Frau des Reverend, die als zweite Trauzeugin fungierte. Auf dem Altar glimmten zwei grässlich riechende Räucherstäbchen, und dünne Fähnchen aus dunklem Rauch stiegen in die Luft und trieben auf uns zu, und der Luftzug von der Klimaanlage verbreitete den billigen Geruch im ganzen Raum. Reverend Jimmy Swale stellte ein paar symbolische Betrachtungen über die Heiligkeit der Ehe und die Bedeutung von Aufrichtigkeit an, bevor er dann in Windeseile zur eigentlichen Zeremonie kam und fragte, ob er – an dieser Stelle musste Owen seinen Namen nennen – diese Frau – hier musste Anna ihren Namen sagen – zu seiner rechtmäßig angetrauten Ehefrau nehmen wolle. Reverend Jimmy Swale hatte ein Grinsen, das aussah, als wäre sein Mund chirurgisch in dieser Position fixiert worden. Der Weihrauch wurde immer unangenehmer, brannte uns in den Augen, bis sie tränten, selbst die vom Reverend. Owen und Anna trugen beide Bluejeans und T-Shirt, Annas war grau, Owens war orange mit einer aufgedruckten Reklame für das Fuzzy's. Schließlich erklärte Reverend Jimmy Swale sie gemäß den Gesetzen des Staates Nevada und des Herrn, unseres Gottes, zu Mann und Frau und forderte sie auf, sich zu küssen, und wir rasten aus der Kapelle, und unsere Tränen wurden zu Lachtränen, sobald wir zur Tür hinaus waren.

»Geschafft!«, sagt Owen und legte einen Arm um Annas Schultern. »Wir haben's getan.«

Ich hatte die Urkunde und hielt sie hoch in die Luft, wie zum Beweis, dass Owen die Wahrheit sagte.

»Verwahr die gut«, sagte Owen, und ich faltete sie zweimal und steckte sie in die Tasche. Dann gingen wir über die Straße in ein Kasino, wo sie uns die ganze Nacht lang mit kostenlosen Cocktails versorgten, solange wir so taten, als würden wir spielen.

Um vier Uhr am nächsten Nachmittag, nachdem wir lange geschlafen und lange gefrühstückt hatten, fuhren wir nach Kalifornien rüber und wurden von einem Schild begrüßt, das uns im GOLDEN STATE willkommen hieß. Uns war nicht danach, sehr weit zu fahren, also verbrachten wir die Nacht in Barstow, einem kleinen Nest, das genau wie Champaign in Illinois nur ein Knotenpunkt von Eisenbahnlinien und Interstates zu sein schien. Owen telefonierte ein bisschen herum und fand heraus, wo die frisch eingerichtete Wahlkampfzentrale von Jack Noone war.

»Der Kongressabgeordnete Noone ist im Augenblick wieder in Washington, Sir«, erklärte die Frau am Telefon geschäftsmäßig. »Kann ich Ihnen vielleicht weiterhelfen?«

»Wann kommt er zurück nach Kalifornien?«

»Erst im Dezember, Sir.«

»Haben Sie eine Nummer, unter der man ihn in Washington erreichen kann?«

»Sir, ich bin nicht befugt, Ihnen eine solche Nummer zu geben. Darf ich fragen, wer Sie sind und worum es geht?«

»Mit wem spreche ich denn?«

»Sir, ich bin die Wahlkampfsprecherin von Jack Noone.«

»Ach so, gut. Wissen Sie, ich bin sein Sohn. Würden Sie ihm ausrichten, dass ich angerufen habe, um mich mal zu melden, und dass er sich mit mir in Verbindung setzen soll?«

»Sir, welcher Sohn? Der Kongressabgeordnete Noone hat gar keinen Sohn.«

»Das hätte er gern. Bitte übermitteln Sie ihm einfach meine Nachricht. Sagen Sie ihm, Owen wünscht ihm viel Glück, und es könnte ihm vielleicht noch Leid tun, dass er mir je diese Gitarre geschenkt hat.« Owen knallte den Hörer auf die Gabel und drehte sich zu Anna und mir um. »Wir haben bis Dezember Zeit, uns vorzubereiten.« Es sagte nicht, worauf.

TEIL II

Irgendwann, irgendwie vergaßen wir, was wir eigentlich machten. Ich glaube, es fing an dem Morgen an, als wir es im Radio hörten, und danach wurde es unmerklich immer stärker, bis wir schließlich überhaupt nicht mehr wussten, was eigentlich los war. Wir hatten ein Haus in L.A. gemietet und wohnten da seit ungefähr zwei Wochen, in denen wir so gut wie nichts unternahmen, einfach nur lange schliefen und den ganzen Tag herumsaßen, Gitarre spielten, wenn uns danach war, und ab und an in eine Kneipe in der Nähe gingen. Dann weckte mich eines Morgens lautes Geschrei von unten. Ich dachte, Anna und Owen hätten Streit, und ich zog mir das Kissen über den Kopf, um nichts davon mitzubekommen, aber es nützte nichts, und ich hörte trotzdem die Schritte, die die Treppe heraufgepoltert kamen. Owen stürzte in mein Zimmer und rief mir zu laut und zu schnell irgendwas zu, das ich nicht verstand. Ich rollte mich herum und versuchte, einen klaren Blick zu bekommen. Er hetzte durch mein Zimmer und sagte unablässig: »Mach es an, mach es an, wo hast du's, mach es an.« Ich dachte, dass er vielleicht betrunken war, doch dann schaltete er mein Radio an, und ich hörte das Rauschen verschiedener Frequenzen, als Owen den Sender einstellte, den er suchte. »Hör dir das an!«, befahl er mit einem strahlenden Lächeln und zeigte aufs Radio, die andere Hand in die Hüfte gestemmt. Ich setzte mich auf, und als mir klar wurde, was ich da hörte, hatte ich ein Gefühl, als hätte man mir ein Schmerzmittel gespritzt; mein ganzer Körper prickelte und fühlte sich fremd an, wie losgelöst von meinem übrigen Ich.

»Ist das – ›Yankee Doodle‹?«

»Jawohl!«, schrie Owen. »Das sind wir. Wir! Im Radio – verdammt, wir sind im Radio!«

Anna war inzwischen auch nach oben gekommen, und wir hörten zu dritt zu, Anna gegen den Türpfosten gelehnt, Owen neben dem Radio und noch immer den Finger darauf abgerichtet, ich im Bett, die Knie an die Brust gezogen, das Kinn darauf abgestützt. Keine Frage, das waren wir – die schrillen Gitarren, Owens leicht schräge Stimme, der Geräuschangriff beim Refrain. Das waren wir.

Wir lauschten gebannt, und keiner von uns sagte etwas, bis der Song zu Ende war. Ich weiß nicht genau, was wir erwarteten – Luftballons, die vom Himmel schwebten, eine besondere Ankündigung, den Weltuntergang –, aber als der letzte Akkord verklang, kam ein anderer Song, und irgendwie fand ich das enttäuschend, irgendwie gemein und respektlos. Wo blieb die lobende Erwähnung, wieso spielten die einfach den nächsten Song? Aber so lief das, weil Radiosender nun mal so funktionieren. Irgendjemand anders spielte das Stück ab, stellte es zusammen mit anderen Songs von anderen Leuten in die Warteschlange. Es war wie eine Aufwertung und eine Abwertung zugleich. Owen rannte nach unten, um den Sender anzurufen.

»Was war das, der letzte Song?«, fragte er, nachdem er mit dem DJ verbunden worden war.

»Ich weiß nicht«, sagte der Mann. »Haben wir heute Morgen frisch reingekriegt. Ich such's mal raus. Moment.« Owen konnte hören, wie CD-Hüllen mit Geklapper hin und her geschoben wurden. »Da ist es. Owen Noone and the Marauder. Ist bloß eine Maxi mit vier Songs. Pulley Records. Wie fandest du's?«

»Ausgezeichnet. Einfach klasse. Riesig, super.«

»Dann ist ja gut. Wie heißt du?«

»Owen Noone.«

Der DJ lachte. »Ja, schon klar«, sagte er, und Owen legte auf.

Wir standen ein paar Minuten ums Telefon herum und mussten das erst mal verdauen. Dann zeigte Owen auf mich. »Ruf Dave Ferris an. Finde raus, was los ist.«

Ich erreichte Dave Ferris, und sobald er meine Stimme hörte, sagte er, er habe auf meinen Anruf gewartet.

»Ja«, sagte ich. »Ich hab heute Morgen was Interessantes im Radio gehört.«

»Wo seid ihr?«

»L.A.?«

»Super. Wir haben sie gestern erst offiziell rausgebracht. Wir hätten eine Party gegeben oder so, wenn ihr Jungs hier gewesen wärt. Aber ich bin froh, dass sie schon so schnell über den Äther geht.«

»Klar.« Mir fiel nichts mehr ein, was ich sagen konnte. Auf einmal war ich mir nicht mehr sicher, warum ich überhaupt angerufen hatte. Ich wusste ja schon, dass unser Demoband veröffentlicht worden war; ich hatte es im Radio gehört. Ich brauchte keinen Dave Ferris, um mir das sagen zu lassen. Ich kam mir blöd vor, während ich dem Schweigen am anderen Ende lauschte.

»Kriegen wir dafür Geld?«, sagte Owen und wiederholte sich dann nochmal: »Kriegen wir dafür Geld? Frag ihn, ob wir Geld kriegen.«

»Dave«, sagte ich. »Kriegen wir dafür Geld? Ich meine, wie viel kriegen wir dafür? Wir haben doch noch gar keinen richtigen Vertrag, oder?«

»Nein. Ich meine, klar kriegt ihr Geld. Nein, wir haben noch keinen Vertrag. Aber wir haben hier einen aufgesetzt, und wir können ihn euch zuschicken. Wenn ihr ihn habt, lest ihn gründlich durch und ruft mich dann an. Wir besprechen anschließend alles. Keine Sorge, ich hab nicht vor, euch über den Tisch zu ziehen.«

Dave Ferris hatte Recht. Er hatte nicht vor, uns über den Tisch zu ziehen. Der Vertrag kam wenige Tage später, und wir lasen ihn und versuchten zu verstehen, was er besagte.

Wir fanden heraus, dass wir mit fünfzehn Prozent am Verkauf beteiligt waren, was uns ganz anständig erschien. Wir bekamen keine Vorauszahlung oder so, aber die brauchten wir wohl auch nicht, weil wir keine Vorleistung erbringen mussten und die Maxi ja sowieso schon draußen war und gespielt und hoffentlich auch gekauft wurde. Der Vertrag verpflichtete uns außerdem, zwei weitere Alben bei Pulley aufzunehmen, und das fanden wir auch gut. Wir waren jetzt eine Profiband. Wir unterschrieben den Vertrag und schickten ihn zurück.

»Yankee Doodle« wurde immer öfter gespielt, meistens im College-Radio und in kleinen Lokalsendern. Ein paar Pulley-Bands waren auf Tournee, und wenn sie nach Südkalifornien kamen, traten wir als Vorgruppe auf, mit der Folge, dass wir in Los Angeles und San Diego ziemlich bekannt wurden, bei den Gigs jede Menge CDs verkauften und unsere Songs – nicht bloß »Yankee Doodle«, sondern auch die anderen, »The Erie Canal«, »East Virginia« und »Ground-Hog« – nach ein paar Monaten bei sämtlichen Lokalsendern in der Gegend liefen. Anna kam immer mit, half uns beim Aufbau und hörte sich jeden Gig hinter der Bühne an. Und dann eines Abends sang sie.

Wir spielten bei einem Gig in Los Angeles als Vorgruppe für eine Band namens Neptune. Wir waren beim vorletzten Song angekommen, »Careless Love«, und als ich gerade den ersten Akkord anschlug, sagte Owen, ich solle stoppen. »Ladys und Gentlemen«, sagte er. »Ich bitte um einen herzlichen Applaus für – Anna.« Die Leute fingen an zu johlen und zu klatschen, und ich spähte in die Dunkelheit hinter der Bühne, wo Anna auf sich selbst zeigte und den Kopf schüttelte und »Nein« mit den Lippen formte, während Owen nickte und mit dem rechten Arm auffordernd winkte. Unter dem Druck des immer stärker werdenden Jubels ging Anna schließlich auf die Bühne. Sie zitterte, als sie an mir vorbeikam, und in Erinnerung an unsere ersten Gigs im

Fuzzy's sagte ich: »Mach einfach die Augen zu. Das klappt schon.« Owen nickte mir zu, und ich fing wieder an zu spielen. Wir hatten das nicht geprobt, und ich hatte Anna noch nie singen hören. Er sang die erste Zeile, »It's on this railroad bank I stand«, aber Anna blieb stumm, und ich fragte mich, ob sie einsetzen würde. Natürlich kannte sie den Text – er war simpel, mit vielen Wiederholungen, und sie hatte schon tausendmal zugehört, wenn wir ihn spielten. Dann, nach dem ersten Refrain, stieg sie ein.

Es begann als einfaches Duett, bei dem beide unisono sangen. Der Unterschied war nur, dass Owen nicht singen konnte – seine Stimme lag immer schräg zu unseren Gitarren –, Anna dagegen wohl, wie sich herausstellte. Sie schwebte mit weichen, verschlungenen, schönen Tönen über Owens kratziger, beinahe tonloser Stimme. Der Song fing leise an und wurde von Strophe zu Strophe immer rauer, und Anna war voll dabei, gab den Unisonogesang auf und wiederholte Teile von einzelnen Zeilen bis zum letzten Refrain, der sich zu einem beinahe unerträglichen Radau entwickelte, als Owen so viel Rückkopplung aus seiner Gitarre schlug, wie er nur konnte, und die Worte unverständlich herauskreischte, während Anna den Mikroständer packte und selbst anfing zu heulen, sodass ihre Stimme heiser klang wie die einer echten Bluessängerin oder einer verdammten Seele in der Hölle. Das Publikum reagierte mit Schreien, Klatschen, Pfeifen, Stampfen und noch mehr Geschrei. Ohne jede Unterbrechung rauschten wir direkt in »Yankee Doodle« hinein, und das Publikum sang die erste Strophe und die Refrains mit, während Anna am Mikrofon blieb und Owen fast von der Bühne sang, eine Leistung, die ich für unmöglich gehalten hatte.

Hinter der Bühne schlang Owen den linken Arm um Anna, und die beiden küssten sich. Seine Gitarre knallte auf den Boden und schabte ein Stück darüber, als einer unter dem Gewicht des anderen ein paar Schritte rückwärts taumelte.

Die Neptune-Roadies räumten unsere Sachen von der Bühne und fingen an, das Equipment für den Rest des Konzerts aufzubauen. Ich stand daneben, beobachtete Owen und Anna, beobachtete die Roadies, und hatte meine Gitarre noch immer über die Schulter gehängt, als wollte ich gleich spielen. Das PA-System beschallte den Raum mit irgendeiner Techno-Musik, und die dumpfen Bässe und Drums schienen sich mir in den Hinterkopf zu bohren. Ich legte meine Gitarre weg und schlenderte nach hinten ins Publikum, wo ich mir die Band ansehen und mich unauffällig, aber nicht allein fühlen konnte. Neptune war eine Punkband, die eine Reihe von zwei- bis dreiminütigen Songs mit zwei bis drei Akkorden spielte. Das Publikum sprang auf der Stelle im Gedränge und brüllte mit dem Sänger mit, und ich stand ganz hinten, trank eine Flasche Wasser, guckte und hörte zu.

»Gute Band, was?« Ich wandte mich um und sah einen Typen neben mir stehen, der wie ein Idiot grinste und auf eine Antwort wartete.

Ich zuckte die Achseln. »Ganz okay.«

»Aber nicht so gut wir ihr.«

»Das hab ich nicht gesagt. Bloß, dass sie ganz okay sind.« Wir mussten beide über die peitschenden Gitarren und Drums hinwegbrüllen und uns dicht zueinander beugen, um uns verstehen zu können.

»Nein, aber ihr seid besser. Ehrlich.«

»Wenn du meinst. Danke.« Ich wandte den Kopf wieder Richtung Bühne, spürte aber seine Hand, die mir auf die Schulter klopfte. »Was ist?«, sagte ich und blickte ihn gereizt an.

Er streckte mir die Hand hin, aber als ich sie nicht ergriff, ließ er sie wieder sinken. »Stuart Means«, sagte er. »Ich mach A&R bei Pacific Records. Wir suchen immer nach viel versprechenden Newcomern, wie ihr welche seid, und ich glaube, ihr würdet prima zu uns passen.«

»Wir haben schon unterschrieben«, sagte ich.

»Jaja, bei Pulley. Ich hab die Maxi gehört. Deshalb bin ich ja hier. Das spielt keine Rolle. Wie viel springt denn für euch dabei raus? So gut wie nichts, wette ich. Ein paar tausend. Bei einem großen Label wie Pacific können wir viel für euch tun.« Er legte mir eine Hand auf die Schulter und bedeutete mir zu folgen, was ich unerklärlicherweise auch tat. Wir gingen durch eine Tür ins Foyer, wo es leiser war und wir – besser gesagt, Stuart Means – nicht brüllen mussten, um gehört zu werden. »Wir haben sehr viel bessere Möglichkeiten als die«, fuhr er fort. »Ein größeres Team. Wir können euch mehr bezahlen, mehr in euch investieren, einen bekannteren Produzenten für euch holen, der sein Handwerk versteht. Wir haben Kontakte zu MTV, wir können ein auffälliges Video produzieren, dafür sorgen, dass es gesendet wird – kurz gesagt, wir können euch richtig groß rausbringen.«

»Klar, aber Pulley war bis jetzt fair zu uns. Ich glaube, wir sind ganz zufrieden mit den Aussichten, die wir zur Zeit haben. Trotzdem, vielen Dank.« Ich wollte wieder zur Tür.

»Sekunde noch, Mann.« Wieder legte er mir eine Hand auf die Schulter, und ich blieb stehen. »Was glaubt ihr, wie weit ihr mit denen kommt? Ich bin sicher, wir können ihnen genug anbieten, sodass es keinen Ärger gibt. Warum wollt ihr euch damit begnügen, immer nur die Vorgruppe zu sein, wenn ihr mit der richtigen Unterstützung Stars werden und in Läden auftreten könnt, die um ein Vielfaches größer sind als der hier?«

»Hör mal, ich gehe jetzt wieder da rein. Außerdem treffe ich solche Entscheidungen nicht, ohne vorher mit Owen geredet zu haben.«

Er wedelte abwehrend mit den Händen vor der Brust, Handflächen nach außen. »Okay, ja, alles klar, schon verstanden. Hier.« Er holte eine Visitenkarte hervor. »Nimm die mit, besprich das mit Owen, ruft mich an. Wenn ihr irgendwelche Probleme habt, fragt mich, okay? Ich versteh das, Mann. Hab früher selbst in ein paar Bands gespielt, ich weiß, dass ihr das Sagen haben wollt und so, und glaub mir, das sollt ihr auch behalten. Das ist mein Job, deshalb bin ich hier – um dafür zu sorgen, dass ihr genau das werdet, was ihr sein wollt, und dass ihr noch dazu anständig davon leben könnt. Ruft mich an, wenn ihr drüber nachgedacht habt. Ihr werdet es nicht bereuen.« Er versuchte wieder, mir die Hand zu schütteln, also machte ich meine Hand für ihn unerreichbar, indem ich die Visitenkarte einsteckte, und sah zu, wie er die Hand an den Kopf hob, sich kratzte und dann wieder reinging, wobei ein Schwall Neptune aus der Tür quoll, als sie aufging und sich dann hinter ihm schloss.

Als ich am nächsten Morgen nach unten ging, saß Owen am Küchentisch, trank eine Tasse Kaffee und drehte Stuart Means' Visitenkarte unablässig zwischen den Fingern.

»Was ist das?«

Ich nahm mir eine Tasse aus der Spüle, wusch sie aus und goss mir Kaffee ein. »Die hat mir gestern Abend ein Typ von Pacific gegeben.«

»Das sehe ich. Du hast doch keinen Vertrag unterschrieben oder so?«

»Nein. Ich hab ihm gesagt, dass wir bei Pulley sind. Ich hab ihm gesagt, dass ich ohne dich gar nichts machen würde.«

Er stellte die Tasse auf den Tisch. »Hast du aber schon mal. Mit Pulley. In New York.«

»Das war was anderes.« Sobald ich es ausgesprochen hatte, überlegte ich, ob und inwiefern das etwas anderes war.

»Inwiefern?«

Ich stand an die Küchentheke gelehnt, nahm einen Schluck Kaffee und hielt ihn einige Sekunden im Mund, ehe ich schluckte und mir die warme Flüssigkeit durch die Brust rinnen ließ. »War es einfach.«

»Nein, war es nicht.«

»Owen, warum machst du so einen Aufstand? Ich hab dem Kerl gesagt, er soll abzischen, mehr oder weniger. Er hat nicht locker gelassen und hat mir diese dämliche Karte gegeben. Ich hab mich auf nichts eingelassen, hab sogar kaum was gesagt. Der hat einfach immer weiter gequasselt, wie viel Geld die uns geben würden und was für tolle Videos sie für uns machen würden und so'n Scheiß.« Ich trank noch einen Schluck Kaffee, um mich selbst zum Schweigen zu bringen.

»Okay, tut mir Leid. Ich wollte – ich wollte bloß klarstellen, dass ich auch ein Wörtchen mitzureden habe. Es ist nicht deine Band, es ist nicht meine Band, es ist unsere Band, richtig? Außerdem gefällt mir das mit Pulley. Aber ich dachte, du wärst vielleicht auf irgendeine Masche reingefallen oder so, als ich die Karte hier gesehen hab. Mehr nicht. Sorry. Ich bin ein bisschen durchgedreht.«

»Ja, okay, ich auch.« Ich rieb mit dem großen Zeh über einen Fleck auf dem cremefarbenen Linoleumboden. »Ist schon gut. He – wo ist Anna?«

Owen lachte auf. »Sie will sich was für ihren Hals kaufen. Sie konnte heute Morgen kaum reden. Ich glaube, sie hat gestern ihre Stimmbänder überstrapaziert.«

Wir hörten die Tür auf- und zugehen, und dann kam Anna mit einer Supermarkttüte und einer Zeitung unter dem Arm herein. Owen und ich blickten sie an und grinsten. »Was ist?«, flüsterte sie, und wir prusteten beide los. »Ihr zwei seid bescheuert«, flüsterte sie wieder und knallte die Tüte und die Zeitung auf die Arbeitsplatte, was uns noch mehr zum Lachen brachte.

»Hast prima gesungen gestern Abend«, sagte ich.

Annas Grimasse verwandelte sich in ein Lächeln, und dann fing sie an zu lachen. Sie nahm die Zeitung und schlug mir damit auf den Arm. Sie lachte noch immer, als sie die Zeitung aufklappte, doch plötzlich erstarb ihr Lächeln, ihre Augenbrauen zogen sich zusammen, und sie machte große Augen. Sie warf die Zeitung vor Owen auf den Tisch und stieß dabei fast seinen Kaffee um.

Los Angeles Times, Freitag, 24. Oktober 1997:

Noone eröffnet Krieg der Worte zum Thema Moral

WASHINGTON, D.C. – Der republikanische Kongressabgeordnete Jack Noone, Anwärter auf den Senatssitz des Demokraten Alf Reiniger, der nächstes Jahr in den Ruhestand geht, hat schon jetzt den Krieg der Worte eröffnet, indem er die kalifornischen Demokraten als »eine Partei der losen Sitten« kritisierte.

Die Äußerung fiel im Rahmen einer Rede, die er gestern Abend bei einem Wahlkampfdinner für Freunde und Förderer der Partei in Washington hielt. Noone, der Kongressabgeordnete für den 9. Distrikt, tritt bei den Vorwahlen ohne Gegenkandidaten an, und es werden ihm gute Chancen eingeräumt, den Sitz für die Republikaner zurückzugewinnen.

Noone, der seine Rede mit einer harmlosen Rückschau auf seine Leistungen in der Vergangenheit begann, um dann seine Ziele für die noch verbleibende Legislaturperiode zu umreißen, holte am Ende zu einem heftigen Rundumschlag gegen seine möglichen Gegner aus. »Machen wir uns nichts vor«, sagte er, »die Kasse der Demokraten ist randvoll mit schmutzigem Geld aus Hollywood von der Musik- und Fernsehindustrie. Sie werden unmittelbar von den Interessengruppen kontrolliert, in deren Schuld sie stehen und die unsere Kinder verderben mit ihrem ordinären, zotigen, brutalen Schund, den sie uns unter dem Mäntelchen der Kunst und Meinungsfreiheit schmackhaft machen wollen. Bei mir sind sie da an der falschen Adresse.«

Obwohl die Wahl erst in über einem Jahr stattfindet, hat Noone mit seinen Äußerungen bereits den Ton für die Schlacht angeschlagen, die sich, wie allgemein erwartet, hart und erbittert gestalten wird.

Noone, der seit 1980 im Kongress sitzt, ist bekannt für seine konservative Haltung im Hinblick auf Hollywood und die Unterhaltungsindustrie, die er auch bei anderen republikanischen Schlüsselthemen wie Abtreibung und Steuerkürzungen vertritt. Sein Sprecher sagte auf Anfrage: »Jack Noone wird mit den Themen, für die er sich stets stark gemacht hat, erfolgreich in den Wahlkampf gehen. Die Tatsache, dass er schon zu einem so frühen Zeitpunkt seine Positionen klarstellt, spiegelt seine tiefe Überzeugung von der amerikanischen Lebensart und dem Wert der amerikanischen Familie wider.«

Während Owen den Artikel vorlas, wippte ich vor und zurück, verlagerte das Gewicht von den Zehen auf die Fersen und wiegte meine Kaffeetasse hin und her. Ich rechnete damit, dass er mit der Faust auf den Tisch hauen und irgendwas zerschlagen würde, aber das tat er nicht. Als er fertig gelesen hatte, klappte er die Zeitung genau an der Falz zusammen, dann faltete er sie noch einmal und drückte behutsam entlang dem Knick eine zweite Falz hinein. Nur das Summen des Kühlschranks war zu hören, während Anna und ich mucksmäuschenstill dastanden und Owen beobachteten. Die Worte des Artikels – die Worte von Owens Vater – kreisten uns im Kopf herum. »Unsere Kinder verderben« waren die Worte, die ich Owen immer wieder lesen hörte, und Owen hörte nicht seine eigene Stimme, sondern die seines Vaters, des Mannes, der zu beschäftigt gewesen war, um am sechzehnten Geburtstag seines Sohnes Zeit für ihn zu haben.

Owen strich die Kante der Zeitung glatt und nochmal glatt, dann blickte er Anna und mich an.

»Wir werden einen Brief schreiben«, sagte er.

»Was soll das heißen, ›wir‹?«, sagte ich. »An wen?«

Owen lächelte und sagte leise: »An den Kongressabgeordneten Jack Noone sowie an verschiedene andere, zum Beispiel an die *Los Angeles Times*, die Fernsehnachrichten, egal. Mit ›wir‹ meine ich dich und mich – schließlich hast du ein geisteswissenschaftliches Studium absolviert.« Er schob seinen Stuhl zurück, stand auf und nahm die Zeitung und seine leere Kaffeetasse. »Fangen wir an.«

»Jetzt?«, sagten Anna und ich wie aus einem Munde.

»Ja, jetzt.«

Das Telefon klingelte, aber keiner machte Anstalten ranzugehen. Nach dreimaligem Klingeln ging Owen nach nebenan und hob den Hörer ab. Das Gespräch dauerte ungefähr fünf Minuten, und obwohl nur Owens Hälfte zu hören war, merkte ich, dass er eine Reihe von Fragen beantwortete, weil immer wieder lange Pausen eintraten, auf die er mit knappen Erwiderungen reagierte. »Ja, seit ungefähr zwei Jahren. Nein, zu viele, um sie alle aufzuzählen. Das hoffe ich. Kann ich nicht sagen. Baseballprofi, ja. Die Welt verändern, ja.« Dann rief er in die Küche. »Möchte der ›Marauder‹ dem *College Music Journal* ein paar Fragen beantworten?«

»Möchte er nicht«, rief ich zurück.

»Möchte er nicht«, wiederholte Owen ins Telefon. »Nein, vielen Dank.« Er legte den Hörer auf, und als er zurück in die Küche kam, grinste er ein klugscheißerisches glückliches Grinsen. »Wir kommen in die Zeitung.«

»Das hab ich mir schon gedacht. Weswegen?«

»Hab nicht gefragt. Die Lady hat bloß gesagt: ›Wir wollen ein kurzes Feature bringen. Würden Sie uns ein paar Fragen beantworten?‹, und ich hab sie beantwortet.« Das Telefon klingelte erneut. »Du bist dran«, sagte Owen.

Es war Dave Ferris. »Hört mal«, sagte er. »Eine Frau vom *CMJ* will ein Interview mit euch machen, und ich hab ihr eure Nummer gegeben. Ich hoffe, ihr habt nichts dagegen.«

»Zu spät, Dave«, sagte ich.

»Die haben schon angerufen? Herrje. Kann man nichts machen. Ich wollte sowieso mit euch reden, wird nämlich Zeit, dass wir ein paar Aufnahmen machen. Jetzt, wo die Sache sich so gut anlässt, müssen wir was tun. Ich will euch ja nicht unter Druck setzen oder so, aber habt ihr schon mal darüber nachgedacht? Habt ihr noch mehr Songs auf Lager?«

»Ja, klar.« Ich brannte darauf, mehr zu tun, als bloß in diesem Haus in Los Angeles rumzusitzen, und natürlich hatten wir noch mehr Songs – ein ganzes Buch mit Songs. »Ich rede mit Owen drüber, und wir melden uns dann nächste Woche bei dir, Dave.«

Owen war nicht begeistert. »Aber wir müssen doch den Brief schreiben.«

»Owen, wir brauchen nicht monatelang, um einen Brief zu schreiben.«

»Wahrscheinlich nicht. Aber was, wenn noch andere Sachen passieren?«

»Zum Beispiel?«

»Na ja – andere Sachen. Ich weiß nicht. Sachen eben.«

»Owen, ich denke, um die ›Sachen‹ können wir uns kümmern, wenn es so weit ist. Schließlich sind wir hier, weil wir eine Band sind, ein Album aufnehmen wollen, oder? Da bleibt bestimmt noch Zeit für was anderes. Außerdem wird es uns gut tun, wieder ein wenig zu arbeiten, statt bloß den lieben langen Tag rumzuhängen. Das wird dann so ähnlich wie damals in Iowa City, als wir jeden Morgen aufgestanden sind und Musik gemacht haben.«

»Ja«, sagte Owen, setzte sich an den Tisch und griff nach der Zeitung. »Hast ja Recht.« Er schwenkte die Zeitung. »Lass uns jetzt den Brief schreiben.«

Owen Noone
352 King Street
Los Angeles, CA 90010

An den Kongressabgeordneten
Jack Noone
9. Distrikt, Kalifornien
Rayburn HOB
Washington, D.C. 20515

25. Oktober 1997

Sehr geehrter Kongressabgeordneter Noone,
erinnern Sie sich noch an mich? Ich war mal Ihr Sohn. An meinem sechzehnten Geburtstag vor acht Jahren bin ich von North Carolina nach Washington gefahren, um Sie zu sehen. Ihr Lakai hat mir eine Gitarre überreicht, aus der ich dann auf den Stufen des Kapitols Kleinholz gemacht habe.
Tja, inzwischen habe ich eine neue Gitarre und verdiene mein Geld damit, Musik zu machen, gehöre also zu den Interessengruppen, die, wie Sie es neulich formuliert haben, »unsere Kinder verderben«. Das war wohl nichts, lieber Kongressabgeordneter. Mir scheint, andere Interessengruppen haben unsere Kinder schon längst verdorben, bevor Rock 'n' Roll und Filme überhaupt dazu kamen.
Bestimmt wäre es Ihnen lieber, wenn ich noch immer irgendwo als völlig Unbekannter vor mich hindümpeln würde, vielleicht mit einem Job an einer Tankstelle gerade so über die Runden käme, jedenfalls zu beschäftigt wäre, um darauf zu achten, wer sich um den Senatssitz für Kalifornien bewirbt. Ihr Pech. Sie haben es nicht verdient, gewählt zu werden, Sir. Es gibt schon viel zu viele Heuchler in der Politik.
Sie dürfen beruhigt davon ausgehen, dass dieser Brief die offizielle Ankündigung einer unabhängigen, öffentlichen Kampagne darstellt, die Ihre Wahl verhindern soll.

Mit freundlichen Grüßen, Ihr Sohn,
Owen Noone

Kopie an: Los Angeles Times
San Francisco Examiner

Das meiste in dem Brief stammte von Owen. Ich brachte nur die Grammatik auf Vordermann. Vor allem der letzte Satz war von ihm. Ich versuchte, ihn davon abzubringen, aber er bestand darauf. Als wir fertig waren, zeigten wir ihn Anna. Auch sie riet ihm, den letzten Satz rauszunehmen, aber er ließ sich nicht überzeugen. Sie und ich fragten ihn beide, was es mit der Gitarrenvernichtung auf sich hatte, aber er winkte nur ab und sagte, es sei nichts, keine große Sache, und so, wie er es sagte, war klar, dass wir nicht weiter nachfragen sollten. Wir tippten den Brief ab, machten in einem Kopierladen vier Kopien und schickten ihn noch am Nachmittag an Jack Noone und die Zeitungen. Eine Ausfertigung behielten wir. Danach wirkte Owen zufriedener, weniger aufgewühlt als nach dem Anruf von Dave Ferris. Am Wochenende gingen wir zusammen das Buch durch und überlegten, welche Songs wir aufnehmen würden und ob wir noch neue einstudieren sollten. Am Montag rief ich Dave Ferris an, und am Donnerstag gingen wir in Los Angeles in ein Tonstudio namens *Mindful Studios*, um unser erstes Album aufzunehmen.

Die Arbeit im Studio war für uns beide Neuland, und ich hatte es mir ganz anders vorgestellt. Für die Aufnahmen unserer Demobänder hatten wir einfach nur die Gitarren und Mikros eingestöpselt, die Gitarren mehr oder weniger gestimmt und den Aufnahmeknopf gedrückt. Das hier war ganz anders. Der Produzent war ein großer, hagerer Typ namens Steve Wood, und er schien sein Handwerk zu verstehen. Owen und ich hatten gedacht, die Sache wäre in zwei Tagen über die Bühne, aber am Donnerstagabend hatten wir gerade mal zwei Titel fertig. Zuerst ließ Steve uns den Song spielen, um sich anzuhören, wie er klang. Dann flitzte er im Studio herum, richtete Mikros aus, regulierte die Verstärker, nahm unsere Gitarren mit und brachte sie wieder zurück, dann rannte er in den Kontrollraum und schob an den Reglern herum, ehe er uns aufforderte zu spielen. Dann spielten wir den kompletten Song durch, und diesmal wurde er aufgenommen. Anschließend regulierte er wieder einiges, wir spielten ein neues Take, er regulierte neu, wir spielten noch ein Take, und irgendwann sagte er dann, das reicht. An dem Donnerstag machten wir vier Versionen von »John Henry« und fünf von »Take a Sniff on Me.«

»Dauert ganz schön lange, was?«, sagte Owen am Abend. Wir waren beide müde und hatten es satt, ständig die zwei Songs zu spielen.

»Aber es lohnt sich«, sagte Steve. »Viele Alben könnten erheblich besser klingen, wenn der Typ, der sie aufgenommen hat, was von seinem Job verstehen würde. Außerdem würde es noch länger dauern, wenn wir jeden Track einzeln aufnehmen würden, statt live zu spielen, was ohnehin besser klingt.« Er wurde sehr lebhaft, während er sprach, und wedelte mit den Händen vor der Brust herum, wie ein Football-Schiedsrichter. Steve hatte auch die erste CD von Kid Tiger produziert, eins meiner Lieblingsalben, deshalb war ich bereit, mir alles von ihm sagen zu lassen und alles zu tun, was er von uns wollte. Nachdem wir unsere Gitarren weggeräumt hatten, gingen wir in einer Kneipe um die Ecke was trinken, und als wir nach Hause kamen, wartete da schon ein Brief aus Washington, D.C.

Kongressabgeordneter Jack Noone
9. Distrikt, Kalifornien
Rayburn HOB
Washington, D.C. 20515

Mr Owen Noone
352 King Street
Los Angeles, CA 90010

28. Oktober 1997

Sehr geehrter Mr Noone,
ich habe Ihr feindseliges Schreiben erhalten und nehme mir die Zeit, Ihnen persönlich zu antworten. Ich finde Ihre Unterstellungen verwirrend, vor allem, da ich mich beim besten Willen nicht an dergleichen Geschehnisse erinnern kann und darüber hinaus nicht weiß, wer Sie überhaupt sind.
Mr Noone, mag ja sein, dass wir tatsächlich den gleichen Nachnamen haben, aber das ist auch schon die einzige Verbindung zwischen uns. Dass Sie Ihre weit hergeholten Behauptungen in Kopie an zwei renommierte Zeitungen geschickt haben, lässt mich vermuten, dass Sie lediglich ein publicitysüchtiger Mensch sind, der seine Karriere ankurbeln und sich einen Namen machen möchte. Sollten Sie tatsächlich Ihre so genannte »unabhängige öffentliche Kampagne« weiter verfolgen, um meine Wahl zu verhindern, werden Sie, davon bin ich überzeugt, feststellen, dass Sie sich auf etwas eingelassen haben, das Ihre Möglichkeiten und Ihre Kontrolle weit übersteigt. Ich sage das nur zu Ihrem Besten, Mr Noone. Die Bundespolitik ist eine ernste Angelegenheit. Sie ist in der Tat eine der ernstesten Angelegenheiten im Leben unseres Landes, und sie sollte nicht von Möchtegern-Medienstars, wie Sie einer sind, in den Schmutz gezogen und der Lächerlichkeit preisgegeben werden. Ich fordere Sie eindringlich auf, Ihr Verhalten zu überdenken, ehe Sie mir, meinen Mitarbeitern und sich selbst im Rahmen des Wahlkampfs einen nicht wieder gutzumachenden Schaden zufügen.

Mit freundlichen Grüßen
Jack Noone, Kongressabgeordneter
9. Distrikt, Kalifornien

Der Brief bebte in Owens Händen, während er ihn las, einmal für sich selbst, und dann zweimal lauter. Wir standen in der Küche, Owen beugte sich über den Tisch und starrte auf den Brief, als könnte er irgendein Geheimnis zwischen den Zeilen ergründen, wenn er nur genau genug hinsah. Anna und ich lehnten auf beiden Seiten der Spüle an der Arbeitsplatte. Ich hievte mich hoch und setzte mich auf die Platte. Ein paar Minuten lang sagte keiner etwas. Der Name Jack Noone, Kongressabgeordneter, blieb mir im Ohr, wiederholte sich immer und immer wieder, bis er bedeutungslos war, nur noch ein Geräusch.

»Was will er damit sagen?« Anna durchbrach das Schweigen.

Owen blickte finster auf. »Was willst du damit sagen, ›Was will er damit sagen?‹ Er will damit sagen, dass er ein gottverdammtes Arschloch ist.«

»Aber wie kann er so was in einem Brief schreiben? Das macht es so offiziell, ist praktisch ein Beweis oder so. Wenn die Wahrheit an die Öffentlichkeit kommt, hat er sie hiermit offiziell abgestritten. Ich meine, über genau so was stürzen solche Leute doch, oder?«

Owen sah sie weiter wütend an. »Was soll das heißen? Dass er nicht lügt? Dass ich mir das nur ausgedacht habe?« Seine Stimme hob sich in einem Crescendo auf volle Brülllautstärke. »Denkst du, das ist alles bloß ein Hirngespinst in meinem dusseligen Kopf? Verdammte Scheiße! Ich hab gedacht, wenigstens du würdest mir vertrauen, Anna.« Er wandte sich mir zu. »Und was ist mit dir? Auf wessen Seite stehst du?«

»Owen«, sagte ich so ruhig ich konnte. »Kein Mensch hat gesagt, dass er dir nicht glaubt. Wir wundern uns nur. Und versuchen rauszufinden, was das alles zu bedeuten hat.«

»Du glaubst mir also auch nicht. Ihr könnt mich mal. Ihr könnt mich beide mal.« Er stopfte sich den Brief in die Tasche und stürmte aus der Küche. Wir hörten die Haustür aufgehen und dann hinter ihm zuknallen.

»Das hab ich nicht gesagt.« Anna hatte die Arme fest um sich geschlungen. Sie schüttelte langsam den Kopf hin und her. »Das hab ich überhaupt nicht gesagt.« Ich sah ihr an, dass sie mit Mühe die Tränen zurückhielt, die ihr in die Augen stiegen und überzulaufen drohten. »Manchmal hört er einfach nicht zu. Dann hört er überhaupt nicht zu.«

Ich kam mir überflüssig vor. Es gab nichts, was ich hätte sagen können, außer, stimmt, oder keine Sorge, wird schon wieder werden, oder lass ihm ein bisschen Zeit zum Nachdenken, aber nichts davon war sonderlich intelligent. Ich rutschte von der Arbeitsplatte runter, meine nackten Füße landeten leise auf dem Linoleum, und ich streckte die Hand aus, um Annas Schulter zu berühren. Sie drehte sich um und fing an zu weinen. Ich legte meine Arme um sie und zog sie an mich, sagte nichts, weil ich nicht wusste, was ich sagen sollte.

»Hast du Lust, zum Strand zu gehen?«, fragte Anna und hob den Arm, um sich über die Augen zu wischen.

Ich ließ die Arme sinken und machte einen Schritt zurück. Der Strand. Irgendwie klang das seltsam. Das Wort. Die Vorstellung, der Strand. Wir lebten nun schon über zwei Monate in Los Angeles, waren in New York und North Carolina gewesen, aber ich war noch nie zum Strand gegangen, hatte noch nie den Ozean gesehen. Ich erinnerte mich, dass ich einmal als Kind mit meinen Eltern in Michigan City war und am Ufer des Lake Michigan gespielt hatte. Der Horizont war Wasser, und der See kam mir so riesig vor wie ein Ozean, obwohl er nicht mal annähernd an die Größe heranreichte. Wenn ich in die andere Richtung blickte, konnte ich die Wolkenkratzer von Chicago sehen, die aus der Uferlinie aufragten und die Illusion zerstörten. Das war die größte Wasserfläche, die ich je gesehen hatte. Während der ganzen Zeit, die wir in Los Angeles waren, hatte ich nicht mal daran gedacht, zum Strand zu gehen.

Wir gingen runter zum Dockweiler Beach, schirmten unsere Augen gegen das brennende Rosa der untergehenden

Sonne ab. Der Strand lag ziemlich nah am Flughafen, und alle paar Minuten landete ein Flugzeug und erfüllte die Luft mit Getöse, wurde größer und größer, hob sich gegen die Sonne ab, das Fahrwerk schon aus dem Bauch geklappt, bis es über unsere Köpfe hinweggeflogen war. Ich dachte an den Spruch, »Rote Abendsonne ist der Matrosen Wonne.«

»Meinst du, da ist was dran?«, dachte ich laut.

»Wo dran?« Anna drehte sich um und sah mich mit zusammengekniffenen Augen an.

»Rote Abendsonne ist der Matrosen Wonne. Und zählt Rosa als Rot?«

Anna zuckte die Achseln. »Ich bin auf einer Farm aufgewachsen. So was weiß ich nicht.«

»Vielleicht ist Rosa nur ein bisschen schwächer als Rot, und wenn die rote Sonne Wonne bringt, bringt die rosa Sonne eben nur Zufriedenheit oder leichte Vorfreude, und wenn es die Morgensonne ist, dann ist sie weniger eine Warnung als vielmehr, ich weiß nicht, eine sanfte Ermahnung. Aber vielleicht rede ich ja auch nur Unsinn.«

Wir erreichten den Rand des Strandes, und ich zog meine Schuhe aus und trat barfuß auf den Sand, spürte wie er mir zwischen die Zehen drang. Die Sonne war fast untergegangen und warf eine immer breiter werdende, rosa glänzende Säule über das Wasser. Die Wellen waren nicht so groß, wie ich gedacht hatte, aber sie drängten zum Strand, krochen den Sand hinauf, um dann unversehens wieder zurückzuweichen, sich zusammenzurollen und zurück in den Ozean zu gleiten, bis die nächste Welle sich darüber schob. Ich wollte mich reinstellen und meine Füße nass machen, also gingen wir näher ans Wasser.

»Was hältst du davon?«, fragte Anna.

»Es ist umwerfend«, sagte ich. »So groß und so schön.«

»Nein, ich meine von Owen und seinem Vater und allem.«

»Ach so.« Ich wurde verlegen. Eine Welle leckte um meine Knöchel. »Schande! Das ist arschkalt!« Ich wich der Antwort aus. »Ich weiß nicht. Ich versteh's nicht – kann es ehrlich nicht verstehen, aber ich denke, er steigert sich da in was rein. Zumindest im Moment. Wahrscheinlich wäre es besser, wenn er sich nur darauf konzentrieren würde, das Album zu machen.« Wir gingen am Wasser entlang, sprangen zur Seite, wenn eine Welle bis dicht an unsere Füße rollte. »Das will ich machen, nicht diesen Politikscheiß. Ich meine, der Typ sitzt seit einer Ewigkeit im Kongress, und Owen hat nie etwas dagegen unternommen, warum also jetzt? Ich will bloß das Album aufnehmen, Musik machen. Wir können doch nicht wirklich was verändern. Ich weiß nicht, vielleicht bin ich ja egoistisch.«

»Nein, ich versteh das. Er ist einfach immer bei allem so intensiv. Er muss ein bisschen lockerer werden. Du hast ja Recht, diese Wahlgeschichte kann er sowieso nicht steuern. Ich weiß nicht, was er sich davon erhofft, was er damit erreichen will. Seinen Vater stürzen, wahrscheinlich. Was immer das auch bringen soll. Ich glaube nicht, dass er sich dann besser fühlt.«

»Er muss begreifen, dass es nicht immer nur um ihn geht.«

»Genau. Und dass er es nicht an uns auslassen kann.«

Anna blieb stehen. Ich wandte mich ihr zu. Sie sah mir in die Augen. Ich merkte, dass ich mich nach vorn neigte und langsam die Füße vorschob, sodass unsere Körper sich näher kamen, und ich legte meine Hände auf ihre Armbeugen. Sie sah mich immer noch an. Unsere Gesichter näherten sich einander. Unsere Nasen berührten sich. Annas Arme schlangen sich um meinen Oberkörper, und sie drehte den Kopf weg, drückte ihn gegen meine Schulter und räusperte sich. »Nicht«, sagte sie leise in mein T-Shirt, und ich fühlte, wie das Wort mich traf.

Wir lösten uns voneinander und gingen weiter. Ich weiß nicht, warum ich versucht hatte, sie zu küssen. Vielleicht wollte ich wissen, wie es war, sie zu küssen, wie es war, Owen zu sein.

»Tut mir Leid«, murmelte ich, die Augen auf den Boden gerichtet.

»Sag nicht, dass es dir Leid tut.« Sie nahm meine Hand und drückte sie sacht.

Es war jetzt fast dunkel. Wir sahen jemand den Strand entlang auf uns zukommen. Als ich erkannte, dass es Owen war, ließ ich Anna los und stopfte die Hände in die Taschen. Es schien lange zu dauern, bis unsere Wege sich endlich trafen, und ich war unruhig, weil ich nicht wusste, was ich ihm sagen sollte, ob es überhaupt irgendwas zu sagen gab. Ich wollte ihn nicht da haben.

»Hi«, sagte Owen. »Hört mal, ich muss mich bei euch beiden entschuldigen. Tut mir Leid. Ich bin vorhin ein bisschen durchgedreht. Und deshalb ...« Er breitete die Arme aus und ließ sie dann seitlich gegen seine Oberschenkel fallen. »Tut mir Leid.«

Schon gut, danke, verpiss dich und ich versteh dich, all das waren mögliche Reaktionen, aber keine kam mir echt vor. Ich bohrte die Zehen in den Sand.

»Owen«, sagte Anna, »denk doch einfach mal ein Weilchen nicht dran und mach das Album fertig. Im Augenblick kommst du mit der Sache sowieso nicht weiter. Lass sie eine Weile ruhen. Du kannst nicht alles kontrollieren.«

»Ich weiß. Aber wäre doch schön, wenn ich's könnte, nicht? Für mich jedenfalls.« Owen legte Anna und mir eine Hand auf die Schulter. »Gehen wir nach Hause.«

Am nächsten Morgen waren wir wieder im Studio, und je vertrauter Owen und mir der ganze Ablauf wurde, desto reibungsloser ging er vonstatten. Eine Woche später hatten wir die vierzehn Songs aufgenommen, die wir für das Album brauchten, plus vier weitere. Owen und ich wachten jeden Tag früher auf, weil wir es nicht erwarten konnten anzufangen. Oft waren wir morgens die Ersten am Studio, warteten draußen vor der Tür, bis irgendwer mit dem Schlüssel anrückte, und saßen dann zwischen den Geräten, klimperten auf unseren Gitarren, blödelten herum, bis jemand an die Glasscheibe zwischen Aufnahmeraum und Technikraum klopfte, wo das riesige Mischpult und die Bandspulen untergebracht waren. Am Mittwoch kam Anna mit, und wir nahmen eine Version von »Careless Love« auf, bei der sie wie auf dem Neptune-Gig mitsang. Als wir zwei Tage später fertig waren, gingen wir mit dem ganzen Team – Steve, ein angehender Toningenieur, ein paar Leute aus dem Studio – in eine Kneipe in der Nähe, und Owen gab allen einen aus. Wieder einmal war Musik das Entscheidende. Das Einzige, was uns wirklich am Herzen lag, was uns durch den Kopf ging, das Einzige, was wir tatsächlich machten. Dave Ferris rief an, um uns zum Abschluss der Aufnahmen zu gratulieren und uns zu sagen, dass sie eine kleine Promotiontournee für uns planten. Er nannte ein paar Städtenamen, aber wir hörten gar nicht richtig hin. Es war uns ziemlich egal. Wir hatten ein Album fertig, unser Album, und wir spürten die gleiche Begeisterung, den gleichen Energiestoß in der Brust wie damals, als wir zum ersten Mal in Peoria gespielt hatten, im Fuzzy's und im CBGB's. Der Rock 'n' Roll war für uns wieder das, was er sein sollte – das Größte und Beste, was man in dieser Welt machen konnte.

Wer sind Owen Noone and the Marauder?

Angesichts des wachsenden Erfolgs der *Yankee Doodle*-EP fand *CMJ*, es sei höchste Zeit, einmal nachzufragen, wer Owen Noone and the Marauder eigentlich sind. *Kate Litman* konnte sich bei Mr Owen Noone höchstselbst schlau machen.

KL: Ihr seid also nur zu zweit in der Band.
ON: Ja, nur ich und der Marauder.
KL: Wie lange spielt ihr schon zusammen?

ON: Seit ungefähr zwei Jahren.
KL: Wo habt ihr euch kennen gelernt?
ON: In Peoria, Illinois.
KL: Hat einer von euch schon mal in anderen Bands gespielt?
ON: Nein.
KL: Was hast du sonst so beruflich gemacht?
ON: Baseballprofi.
KL: Im Ernst?
ON: Ja.
KL: Was sind die stärksten Einflüsse für euch?
ON: Das sind zu viele, um sie alle aufzuzählen.
KL: Wann können wir ein richtiges Album von Owen Noone and the Marauder erwarten?
ON: Kann ich nicht sagen.
KL: Bald, hoffe ich?
ON: Kann ich nicht sagen.
KL: Letzte Frage, was sind eure Ziele?
ON: Die Welt verändern.
KL: Im Ernst?
ON: Ja.

CMJ hat ein wenig nachgeforscht und herausgefunden, dass es tatsächlich einen Owen Noone gibt, der bei den Profi-Baseballclubs Peoria Chiefs und Iowa Cubs gespielt hat. Der Marauder war nicht erreichbar, und es ist uns nicht gelungen, seiner Plattenfirma irgendwelche Informationen über ihn zu entlocken. Ein erstes Album soll im November oder Dezember erscheinen. *Yankee Doodle* ist bereits auf dem Markt und steht diesen Monat auf Platz sieben in den *CMJ*-Charts.

Dave Ferris schickte uns eine Ausgabe der Zeitschrift. Wir waren beide nicht erfreut. »Das klingt ja, als wäre ich nicht in der Lage, einen vollständigen Satz zustande zu bringen, als wäre ich ein Neandertaler.« Wie üblich saßen wir in der Küche.

»Was soll der Scheiß mit ›war nicht erreichbar‹? Ich war genau hier« – ich stampfte mit dem Fuß auf – »und durchaus erreichbar. Ich habe entschieden, keine Fragen zu beantworten. Das ist ja wohl ein Unterschied.«

»Und warum zum Teufel müssen die rumschnüffeln und nachforschen, ob ich die Wahrheit gesagt hab? Als wäre es unmöglich, dass ich Baseballprofi war, und was wollen sie denn über dich rausfinden? Dass du auf der Bradley-Uni warst? Dass du aus Indiana stammst? Was spielt dieser Mist für eine Rolle?«

Anna lachte. »Ihr seht das zu eng. Wieso interessiert euch überhaupt, was die schreiben? Das ist alles Publicity. Schließlich haben sie euch nicht beleidigt oder so. Ihr seid Nummer sieben in den Charts. Denkt nicht so viel drüber nach.«

»In den *CMJ*-Charts«, sagte ich und ließ meine Sachkenntnis aus DJ-Zeiten aufblitzen. »Das nehmen doch nur so ein paar Loser vom College-Radio ernst.«

»Warst du nicht selbst mal so ein Loser?«

»Schnauze, Owen.«

»Warst du doch.«

»Schnauze, Owen.«

»Und hast du's damals ernst genommen?«

»Ja, schon.«

»Dann hilft es uns, Platten zu verkaufen.«

»Ein paar.«

»Dann wollen wir uns mal nicht aufregen. Außerdem liest das doch im Grunde sowieso keiner, oder?«

»Nur Loser wie ich, die unsere Platten kaufen.«

Am selben Tag kam Jack Noone zurück in unser Leben, besser gesagt, wir ließen ihn herein. Owen erhielt einen Anruf vom *San Francisco Examiner*.

»Mr Noone, wir haben Nachforschungen angestellt, und wie es aussieht, sagen Sie die Wahrheit«, begann der Reporter, ein Mann namens Paul Danielson. »Wir möchten Ihre Story bringen, aber nicht ohne Ihre Einwilligung, und wir möchten abwarten, bis sie womöglich die größte Wirkung entfaltet. Ich würde mich gerne mit Ihnen treffen.«

Zwei Tage später kam Paul Danielson aus San Francisco und unterhielt sich eine Stunde lang mit Owen in unserem Wohnzimmer. Er war ein Mann mittleren Alters, nicht ganz so alt wie meine Eltern, mit hellbraunem Haar und einer kahlen Stelle am Hinterkopf. Er trug zwar einen Anzug, wirkte aber trotzdem nachlässig gekleidet – schiefe Krawatte, schlecht sitzendes Jackett. Aber er war ganz nett und machte einen aufrichtigen Eindruck. Anna und ich sollten bei dem Gespräch nicht dabei sein, also lauschten und lugten wir von der Küche aus ins Wohnzimmer. Paul saß mit einem Notizbuch in der Hand auf der Sofakante Owen gegenüber, der es sich in einem Polstersessel bequem gemacht hatte. Paul hatte außerdem einen Kassettenrekorder dabei und balancierte ihn auf den Knien.

»Owen, Ihnen ist doch klar, dass wir, der *Examiner*, Ihnen nichts für die Story bezahlen können.«

»Paul, ich brauche kein Geld. Ich will kein Geld. Wenn es mir ums Geld ginge, hätte ich mich an andere Zeitungen gewandt, und zu einem anderen Zeitpunkt. Das hier hat nichts mit Geld zu tun.«

»Okay, gut. Die *Los Angeles Times* hat sich nicht mit Ihnen in Verbindung gesetzt, oder? Nur damit ich weiß, wo wir stehen?«

»Nein. Wenn sie es getan hätte, wäre das hier Zeitverschwendung für uns beide, und sollten sie mich doch noch anrufen, werde ich ganz sicher nicht deren Zeit verschwenden.«

»Gut, Owen, würden Sie Ihre Unterstellungen noch einmal genau darlegen?«

»Das sind keine Unterstellungen. Ich sage, dass Jack Noone mein Vater ist, und ich verlange bloß, dass er, wenn er bei diesem Wahlkampf schon von Familienwerten redet und von den verderblichen Einflüssen auf unsere Kinder und dieser ganzen gequirlten Scheiße« – Paul Danielsons Augenbrauen hoben sich, als Owen Scheiße sagte. Wohl weniger wegen des

Wortes, sondern wegen der zunehmenden Lautstärke von Owens Stimme – »und wenn er den großen Kreuzritter spielen will, der diese Tugenden hochhält, dass er dann Rechenschaft darüber ablegen sollte, oder etwa nicht?«

»Was meinen Sie mit Rechenschaft, Owen?«

»Einfach, dass er seine Rolle beim Verderben der Jugend einräumt, wenn er es schon so nennen will. Er sollte endlich zugeben, dass er sein einziges Kind bislang nicht beachtet hat, dass er mir das vermeintlich ach so wunderbare und tugendsame Kernfamilienleben vorenthalten hat, für das er sich angeblich einsetzt. Er kann über Musik und Kino und das alles reden, aber ehrlich gesagt, wenn es nicht solche Dinge wie Musik und Kino gegeben hätte, wäre ich aufgrund seines mangelnden Verantwortungsgefühls und seines bedingungslosen Egoismus, was seine Vaterpflichten angeht, wahrscheinlich kriminell geworden.«

»Was ist mit Ihrer Mutter, Owen?«

»Was soll mit ihr sein?«

»Welche Rolle spielt sie dabei? Unterstützt sie Ihre Unterstellungen?«

Owen beugte sich im Sessel ganz nach vorn und umfasste die Armlehnen. »Hören Sie, ich hab Ihnen doch schon gesagt, dass es hier nicht um Unterstellungen geht. Nur um simple Fakten.«

Paul Danielson hob die Hände und schwenkte sie entschuldigend. »Ja, ich weiß, Owen, aber wir Journalisten müssen uns einer bestimmten Sprache bedienen, um nicht dauernd vor den Kadi gezerrt zu werden. Könnten wir auf die Frage nach Ihrer Mutter zurückkommen?«

Owen deutete auf den Kassettenrekorder. »Nur wenn Sie den ausschalten. Meine Mutter bleibt, wie Sie sagen würden, ›unerwähnt‹.« Paul schaltete den Kassettenrekorder aus. »Meine Mutter hat wieder geheiratet und lebt im Ausland. Egal, was für Probleme ich mit ihr habe oder nicht habe, sie haben nichts mit dieser Angelegenheit zu tun. Die Sache betrifft meine Mutter nicht, und ich möchte Sie bitten, meine Wünsche und ihre Privatsphäre zu respektieren und sie komplett aus allem rauszuhalten.«

Paul sah Owen direkt in die Augen. »Ich gebe Ihnen mein Wort drauf.« Er schaltete den Kassettenrekorder wieder an. »Was haben Sie von Ihrem Vater in Erinnerung?«

»Das ist es ja, Paul – nichts. Mein Vater verschwand, als ich zwei war, ich meine, meine Eltern ließen sich scheiden, er ist nicht einfach abgehauen. Seitdem habe ich einmal versucht, ihn zu sehen, an meinem sechzehnten Geburtstag, aber er war zu beschäftigt. Er wusste, dass ich komme. Er hatte ein Geschenk für mich. Aber er war nicht bereit, sich mit mir zu treffen. Ich bin extra nach Washington gefahren, und er musste nur ein Stück den Flur runtergehen, aber dazu war er nicht bereit. Er hat irgendeinen Lakaien geschickt. Ich wollte meinen Vater kennen lernen – was anderes hab ich gar nicht verlangt. Ich wollte, dass er stolz auf seinen Sohn ist, und er wollte mich bloß so schmerzfrei wie möglich loswerden – schmerzfrei für ihn.«

»Was war das für ein Geschenk?«

Owen lehnte sich zurück und verschränkte die Finger hinter dem Kopf. »Eine Gitarre.«

»Haben Sie die noch?«

Owens Lächeln wurde ernst. »Nein. Nein, nicht mehr.«

Dann sprach Paul ihn auf die Band an. »Wie ich höre, sind Sie in einer Rockband?«

»Ja, und?«

»Na ja, das ist jetzt ein bisschen pikant, Owen, aber meine Redakteure haben gewisse Bedenken, dass Ihre Absichten nicht rein selbstloser Natur sind.«

»Ich verstehe nicht.«

»Offen gesagt, sie sind in Sorge, dass Sie diese Gelegenheit nutzen, um Ihre Musikkarriere anzukurbeln.«

Wieder rückte Owen auf die Sesselkante vor. »Dann will ich ebenso offen sein, Paul.« Er zeigte auf den Kassettenrekorder.

»Und das können Sie Ihren dämlichen Redakteuren vorspielen, okay? Das hier hat verdammt nochmal nichts mit meiner Band zu tun. Meine verdammte Band ist überhaupt nicht meine verdammte Band. Wir sind zu zweit, und es ist unsere Band, und ehrlich gesagt, eine derartige Unterstellung, um Ihren Ausdruck zu benutzen, beleidigt mich. Unsere Musikkarriere läuft auch ohne schamlose Publicity ziemlich gut. Wenn ich könnte, würde ich beides voneinander trennen. Aber das kann ich nicht. Das ist nicht mein Problem. Wir haben es nicht nötig, dass irgendeine Scheißzeitung einen Artikel bringt, der überhaupt nichts mit Musik zu tun hat, um weiter nach oben zu kommen. Sie und Ihre dämlichen Redakteure können sich jede Erwähnung meiner Band in dem Scheißartikel sparen. Kapiert?«

Kaum war Owen fertig, war Paul Danielsons Band zu Ende. Das Klicken hallte förmlich durch den Raum. »Ich verstehe, Owen, aber ich musste das ansprechen. Vielen Dank, dass Sie sich Zeit für mich genommen haben. Wenn wir die Story bringen, sage ich Ihnen ein paar Tage vorher Bescheid und schicke Ihnen eine Kopie zu.«

Zwei Wochen später gab Pulley in Los Angeles für uns eine Party zur Veröffentlichung der CD. Dave Ferris kam mit dem Flugzeug aus New York und mietete eine Bar, wo das Album ungefähr tausendmal lief und alle sich betranken. Es waren massenhaft Leute da, von denen wir die meisten nicht kannten – Leute aus der Branche, denke ich, ein paar Bands, etliche Musikjournalisten, der eine oder andere Halbpromi. Wir hatten gehofft, dass Steve Wood dabei sein könnte, aber der war schon nach Chicago abgereist, um für irgendjemand anderen ein Album aufzunehmen. Owen und Anna und ich hingen zusammen an der Bar rum, um uns irgendwie gegen die Schwärme von fremden Leuten zu schützen. Hin und wieder sahen wir, dass jemand auf uns zeigte und sich zu jemand anderem rüberbeugte, um ihm oder ihr ins Ohr zu flüstern. Dann kamen die beiden meistens zu uns rüber und stellten sich vor. So lief das mindestens ein Dutzend Mal ab.

»Hi, ich bin Soundso, schön, euch kennen zu lernen.« Allgemeines Händeschütteln. »Na dann, äh, Glückwunsch zu eurem Album. Es ist wirklich super.« Wir bedankten uns. Dann Schweigen, durchdrungen von dem Gekrächze und Getöse von Owen Noone and the Marauder. »Tja, war schön, euch kennen zu lernen. Bis bald mal.« Und sie schlurften von dannen.

Als »Old Smokey« so ungefähr zum zehnten Mal lief, fing eine kleine Gruppe – etwa sechs Leute – an, betrunken Walzer zu tanzen, was nur halbwegs klappte, zum einen, weil keine Drums den Takt vorgaben, und zum anderen, weil wir es nur ungefähr im Dreivierteltakt spielten, wobei Owen im richtigen Rhythmus sang, die Gitarren aber die meiste Zeit ein schlampiges Viervierteltel spielten und meine Arpeggios ständig ein paar Noten zu viel oder zu wenig hatten, um im Rhythmus zu bleiben. Eine Frau, in der ich eine Filmschauspielerin erkannte, kam zu uns rüber. Sie war etwas größer als ich, aber kleiner als Owen, und sie hatte kinnlanges, glänzendes schwarzes Haar. Sie trug ein tief ausgeschnittenes, ärmelloses Kleid mit blauen Pailletten, in dem sie im Vergleich zu allen anderen extrem overdressed war.

»Hi«, sagte sie und sah Owen direkt an. »Ich bin Ellen Trelaine. Ich liebe das Album. Ich liebe es. Möchtest du tanzen?«

Owen sah Anna an, dann wieder Ellen. Die zweite Strophe, »For meetin' is pleasure / And partin' is grief«, fing gerade an. »Nein, ich glaube nicht.«

»Oooch, komm schon.« Ellen versuchte einen Schmollblick aufzusetzen, als wäre sie Bette Davis oder Marilyn Monroe und keine B-Movie-Schauspielerin, die bald in der Versenkung verschwinden würde. Dann wandte sie sich mir zu. »Was ist mit dir, Marauder?«

Es gibt eine Szene in einem Film, in der Ellen Trelaine auf einer schicken Dinnerparty von einem reichen Sack mit einem anderen reichen Sack tanzt, und ich muss gestehen, ich hatte mir so einige Male vorgestellt, wie ich in dieser Szene mit ihr tanze. Nie im Leben hätte ich Nein gesagt. Sie nahm meine Hand und führte mich zu den anderen Tänzern, und wir fingen an, walzerähnlich herumzustolpern. Auch die anderen tanzten miserabel, deshalb war es nicht weiter schlimm, und ich konnte meine kleine Fantasie ausleben. Gegen Ende des Songs lehnte Ellen sich an mich.

»Wer ist das Mädchen?«

»Welches Mädchen?«

»Die Frau neben Owen.« Sie neigte den Kopf in deren Richtung.

»Anna?« Auf einmal wurde mir klar, was die richtige Bezeichnung für Anna war. »Anna ist Owens Frau.«

Ein enttäuschter Ausdruck glitt über ihr Gesicht. »Oh. Na ja, danke für den Tanz.« Sie küsste die Luft neben meiner Wange, und ich erwiderte die Geste automatisch, ohne recht zu wissen, warum. Ich ging wieder zurück zur Bar und bestellte einen neuen Drink.

»Du Glückspilz«, sagte Anna. »Worüber habt ihr geredet?«

Ich bekam ein großes Glas Whiskey und trank einen kräftigen Schluck, spürte, wie sich das Brennen in meinem Mund durch die Brust bis hinein in den Bauch ausbreitete. »Sie wollte wissen, wer die Frau neben Owen ist.«

Anna und Owen fingen an zu lachen. »Was hast du gesagt?«, fragte Owen.

»Die Wahrheit.« Ich leerte mein Whiskeyglas.

Rolling Stone, 11. November 1997:

Owen Noone and the Marauder

Owen Noone and the Marauder

(Pulley)

****

Seit der Veröffentlichung der *Yankee Doodle*-EP sind Owen Noone and the Marauder immer bekannter geworden, und mit dem Erscheinen ihres ersten Albums hat sich das Duo schon jetzt einen festen Platz im derzeit vorherrschenden Indie-Rock-Rampenlicht gesichert. Mit einer in ihrer Simplizität jeder Logik widersprechenden Formel pflügen, stottern und wühlen sich die beiden Gitarristen durch vierzehn Folksongs, machen sie sich zu Eigen und hauchen ihnen ein neues, wenn auch blasphemisches (man sieht förmlich, wie sich John Lomax im Grabe umdreht) Leben ein. Die meisten Titel halten sich an das gleiche Grundmuster: Misstönend schrille Gitarrenstrophen explodieren mit dem Refrain, wenn Noones Gitarre in eine rückkopplungsschwangere Ekstase stürzt, während sein Partner weiterhin Akkorde schlägt oder Arpeggios zupft. Der unmelodiöse, mitunter kreischende Gesang trägt zu dem Gefühl eines nahenden Desasters bei, einer Katastrophe, die zwar immer knapp bevorsteht, aber nie wirklich passiert. Besonders erfreulich sind das Auftaktstück, »John Henry«, und das gedämpftere »Big Rock Candy Mountains« sowie die furios gespielten Leadbelly-Songs »The Midnight Special« und »Green Corn«. Die größte Überraschung des Albums ist »Careless Love«, das sich, als sollte die inhärente Dissonanz des Duos dadurch betont werden, durch eine schöne, schwebende Frauenstimme abhebt (die bislang unbekannte Anna Penatio), ein Kunstgriff mit hinreißender Wirkung. Ob unharmonischer, auf Drums verzichtender Folk das Potenzial für eine nachhaltige Karriere hat, muss sich noch erweisen, aber im Augenblick sorgen Owen Noone and the Marauder für eine frische und höchst willkommene Gegenwart.

CHARLIE WHEELER

Die Besprechung im *Rolling Stone* brachte uns ins Blickfeld eines breiteren Publikums, und das Album hatte schon kurz nach Erscheinen gute Verkaufszahlen. Unsere kleine Promotiontournee weitete sich plötzlich aus, und anstatt fünf Gigs an der Ostküste zu spielen, wurden wir auf eine Elf-Städte-Tour geschickt, die uns in knapp über zwei Wochen durchs ganze Land führen sollte. Wir würden in New York im CBGB's anfangen, wo wir unseren ersten richtigen Gig gespielt und Dave Ferris kennen gelernt hatten, dann würde es weitergehen nach Boston, Washington, D.C., Cleveland, Detroit, Chicago, Milwaukee, Seattle, Portland und San Francisco, und die letzte Station war Los Angeles, wo wir für zwei Gigs gebucht waren. In unserem Abschlusskonzert sollten wir als zweite von drei Bands auf einer Silvesterparty spielen. Am 7. Dezember packten wir den Pick-up und brachen nach New York auf, die gleiche Fahrt, die wir im August gemacht hatten, nur umgekehrt, und wir nahmen den Interstate 15 nach Barstow, wo wir aber, statt weiter Richtung Las Vegas zu fahren, auf den Interstate 40 wechselten, um auf einer südlicheren Route durch Arizona, New Mexico, Oklahoma und so weiter ein für uns neues Gebiet zu erkunden, bis wir in Tennessee wieder einen Teil der Strecke fuhren, die uns damals nach Charlotte gebracht hatte, etwas, das mir inzwischen ganz weit weg erschien. Der Raum zwischen den Ereignissen in unserem Leben schrumpfte, drängte sie tiefer in unsere Erinnerungsspeicher, weiter weg von dem, was wir waren und wurden.

Es gibt eine romantisch verklärte Vorstellung von langen Autofahrten auf amerikanischen Straßen: das ungebundene Leben, die Landschaft, die vom Wind vorbeigetrieben wird. Aber das stimmt nicht. Hat man erst einmal die Berge und Wüsten von Arizona und New Mexico hinter sich gelassen, gibt es kaum etwas Langweiligeres als die Fahrt durch Texas, an dessen Grenze einen ein Schild im LONE STAR STATE mit der berühmten Ermahnung willkommen heißt, keinen Abfall zu hinterlassen, und dann weiter durch das flache, karge Prärieland hinein nach Oklahoma, bis die Landschaft schließlich in die welligen Flusstäler von Arkansas übergeht. Das hat nur sehr wenig mit Jack Kerouacs großartigem weiten amerikanischen Kontinent zu tun, aber dafür sehr viel mehr mit Woody Guthries »Dust-Bowl«-Balladen.

Nach drei langen, eintönigen Tagen erreichten wir Memphis und wussten sofort, was wir uns ansehen mussten.

Es hat nicht viel Sinn, Graceland zu beschreiben. Es ist ein Geld-Monument, nicht nur für Elvis, sondern auch des schlechten Geschmacks. Ich konnte über den Kitsch nicht mal lachen. Der herzförmige Sessel im Annex, die Suiten, die lila Polster. Der Meditationsgarten, den ich mir kaum als einen Ort vorstellen kann, wo irgendjemand inneren Frieden findet, mit seinen weißen ionischen Säulen, Buntglasscheiben, einem Brunnen und, um die Gräber herum, Blumen Blumen Blumen, ein Arrangement unterschiedlich geformter Gestecke. Nur das Musikzimmer ist ganz schlicht. Lediglich ein kleiner, weißer Raum mit einem Flügel darin, als ob Elvis keinerlei Ablenkung haben wollte, wenn er sich hinsetzte und sang.

Aber das Erstaunlichste an einem Besuch in Graceland ist nicht das Haus selbst. Es sind die Fans, obwohl ihnen das Wort kaum gerecht wird. Sie sind eher Gläubige oder Jünger. Ihr Verhalten hat etwas inbrünstig Frommes an sich. Alte und junge Frauen in schwarzen T-Shirts mit retuschierten Bildern vom King weinen an seinem Grab, tupfen ihre Wimperntusche mit zusammengeknüllten Kleenextüchern ab und taumeln dann in die Arme ihrer Ehemänner oder Freunde. Wir schlurften etwa eine Stunde lang herum, sahen uns Elvis' Küche an, wo er sich Erdnussbutter-Bananen-Toasts gemacht hatte, sein Wohnzimmer im Dschungellook, sein Schlafzimmer mit dem wuchtigen Bett, seinen Grabstein mit dem falsch geschriebenen Namen, aber zu unserer Enttäuschung nicht die Toilette, auf der er sich die letzte Pille einwarf und die letzte Silbe rauskrächzte. Andererseits hätten wir wohl nicht erwarten sollen, sie zu sehen; das ist nicht der Elvis der Ladys mit den T-Shirts. Ein so unrühmlicher Tod passte einfach nicht zu ihrem Gott. Die Toilette würde ihnen nur deutlich in Erinnerung rufen, dass es keine Auferstehung gibt, trotz der Videos von jener letzten Show auf Hawaii, für zwanzig Dollar im Souvenirladen.

Wir übernachteten in Memphis, und am nächsten Morgen waren wir wieder auf dem Interstate und fuhren nach Osten auf die Smoky Mountains zu. Dort bogen wir nach Norden ab, erreichten zunächst die Appalachen und dann das Allegheny-Gebirge und verließen schließlich diese niedrigen, lang gezogenen Gebirgszüge, um durch Pennsylvania hindurch nach New Jersey zu fahren. Sechs Tage nachdem wir Los Angeles und drei Tage nachdem wir Memphis verlassen hatten, unterquerten wir den Hudson River durch den Holland Tunnel und kamen in Manhattan wieder ans Tageslicht. Obwohl wir nur eine Woche hier gewohnt hatten, war es in vielerlei Hinsicht der Ursprung, der Anfang unseres Erfolgs. Die Rückkehr nach New York war wie eine Heimkehr. Stärker als das für Charlotte oder Peoria galt. Wir fuhren direkt zum CBGB's, wo unser Leben die entscheidende Wende genommen hatte und wo wir in drei Stunden wieder spielen würden, diesmal als Stars, als die Band, die die Leute sehen wollten, die Band, deren Name auf den Plakaten stand, deren T-Shirts sie kaufen wollten, deren Songs sie hören und mitsingen wollten.

Village Voice, 16. Dezember 1997:

Owen Noone and the Marauder

CBGB, 12. Dezember

Zwei Jungs mit Telecaster-Gitarren schlagen die Akkorde zu dem Folksong »John Henry«, und sie spielen beinahe zusammen. Der eine singt oder jault – ohne im Grunde irgendeine Melodie zu halten. Dann steigt der Sänger auf ein Verzerrerpedal, und eine kreischende Rückkopplung und ein Adrenalinstoß krachen durch den Raum, seine Stimme wird lauter und rauer, sein Arm fetzt über die Saiten der Gitarre, als wolle er sie windelweich prügeln. Der andere Typ steht da und spielt seine klirrenden Akkorde, ein anscheinend ganz in sich selbst versunkener Kontrapunkt zu seinem heulenden bacchantischen Freund. Derweil scheint der Lärm der beiden Gitarren immer noch unsynchroner zu werden.

Hochverehrtes Publikum, das sind Owen Noone and the Marauder, die unmöglichste Punkband aller Zeiten. Es gibt keine Drums, keinen Bass, bloß diese beiden Jungs, die Songs rausknallen, die siebzig Jahre vor ihrer Geburt geschrieben wurden. Und die Kids im Publikum sind ganz verrückt danach, hüpfen herum und schreien mit, vor allem beim Schlusssong des Abends, »Yankee Doodle«, dem unvorstellbaren Überraschungsrenner des Jahres im College-Radio. Unmöglich ist das passende Wort für das gesamte Erlebnis. Es ist absolut genial.

Dave Ferris war da, und Anna sang bei »Careless Love« mit uns. Diesmal fühlte ich mich sogar noch besser als an jenem allerersten Abend im August vor vier Monaten, weil jetzt alle unseretwegen gekommen waren. Wir waren die Hauptgruppe, die angekündigte Attraktion, der Grund, warum die Leute Eintritt gezahlt hatten. Als Vorgruppe spielte irgendeine Punkband aus New Jersey, und sie schien bei den Leuten gut anzukommen, aber nachdem ihr Equipment von der Bühne geräumt und unseres aufgebaut worden war, als die Mikrofone getestet und die Gitarren gestimmt waren, wurde das Publikum aufgeregt. Manche pfiffen, dann und wann ertönte ein »Yeah!« Und plötzlich begriff ich, dass es eine Art gespielter Anspannung gibt, ehe eine Band rauskommt, am Rande der Bühne steht, knapp außerhalb des Gesichtsfeldes der Zuschauer, als ob die Möglichkeit bestände, dass die Band vielleicht doch nicht erscheint. Dahinter steckt sowohl Vorfreude als auch der Umstand, dass man sich ja wirklich nicht sicher sein kann, bis die Musiker auch tatsächlich auftreten, ihre Gitarren nehmen und loslegen.

Es war Zeit. Ich ging als Erster auf die Bühne, und ein paar Leute, wahrscheinlich die, die uns schon einmal hier hatten spielen sehen, erkannten mich und jubelten. Dann kam Owen heraus, und der Jubel wurde stärker. Als ich mir den Gitarrengurt über die Schulter legte, nahm Owen den Mikroständer in die Hand, beugte sich vor und sagte: »Hallo Leute. Ich bin Owen Noone und das da ist der Marauder. Wie wär's mit ein bisschen Musik?« Das war der doofste Spruch, den es nur gab, aber er verfehlte seine Wirkung nicht. Das versammelte Publikum klatschte und pfiff. Owen hängte sich seine Gitarre um, und wir spielten.

Ehe wir New York am nächsten Morgen verließen, um nach Boston zu fahren, frühstückten wir in demselben Laden, in dem wir nach unserem ersten Gig in New York gefrühstückt hatten. Derselbe Diner, wo wir die Nachricht über Jack Noone gelesen hatten. Es war ein seltsames Gefühl, da reinzugehen, wieder an den Satz in der Zeitung zu denken, daran, wie sehr er alles verändert hatte, und sich kurz zu fragen, ob die Veränderung gut gewesen war. Immerhin entwickelte sich unser Leben in die richtige Richtung. Wir würden nicht im warmen L.A. leben, dachte ich, wenn das nicht gewesen wäre. Wir säßen hier in dem grauen, kalten Ostküstenwinter fest. Wahrscheinlich hatte es uns eine klare Orientierung gegeben, den Antrieb, Dinge zu Ende zu bringen, bevor Owens Energie sich wieder anderen Plänen zuwandte.

Im Fenster des Cafés hing ein Plakat mit der Ankündigung des Gigs vom Vorabend. OWEN NOONE AND THE MARAUDER stand da dick und fett ganz oben und dann kleiner darunter PLUS SPECIAL GUEST. An den Namen des *special guest* konnte ich mich nicht mehr erinnern. Während wir schweigend unsere Eier mit Speck aßen und darauf warteten, dass der Kaffee seine Zauberwirkung entfaltete, kam ein Teenager an unseren Tisch.

»Verzeihung«, hörten wir und blickten auf. Er trat von einem Bein aufs andere und rieb sich mit dem Finger über einen Pickel am Nasenflügel. »Ihr seid doch, äh –« Er stieß ein nervös stotterndes, tonloses Lachen aus. »Ich meine, ihr seid doch Owen Noone? And the Marauder? Könnte ich – ich meine, ich hab gestern Abend euer Konzert gesehen. War super. Echt super. Die beste Show, die ich in diesem Jahr gesehen hab. Meint ihr, ich dachte, könnte ich, könnte ich wohl ein Autogramm von euch auf meinem CD-Booklet haben?« Er holte die CD aus seinem Rucksack und legte sie auf den Tisch neben Owens Teller. Mir fiel auf, dass er unser T-Shirt trug – Dave Ferris hatte welche bestellt, dunkelblau, vorne unser Name in orangefarbener Schreibmaschinenschrift und hinten der Text des Yankee-Doodle-Refrains:

Yankee Doodle, keep it up,
Yankee Doodle Dandy,
Mind the music and the step
And with the girls be handy.

Owen schrieb seinen Namen quer über die Vorderseite des Booklets und schob es mir dann über den Tisch zu.

»Wie heißt du?«, fragte ich.

Der Junge stieß wieder dieses Lachen aus. »Oh, ich, äh, ich heiße Ed.«

Ich schrieb. »Für Ed, danke, dass du unsere Scheibe gekauft hast, der Marauder.«

»Hast du schon gefrühstückt, Ed?«, fragte Anna.

Wieder dieses nervöse Lachen. »Nein.«

»Dann setz dich doch zu uns.« Sie deutete auf den leeren Platz neben mir.

Also frühstückten wir mit Ed und fragten, welche Bands ihm gefielen, wo er zur Schule ging, was er später mal machen wollte. Er spielte auch Gitarre, aber nicht in einer Gruppe. Er kannte sonst niemanden, der dieselbe Musik mochte wie er. Er versuchte, ein Stipendium für das Filmprogramm an der Uni New York zu bekommen.

»Du könntest Regie bei unserem Video führen, falls wir je eins machen«, sagte Owen.

Ed lachte – er schien dauernd zu lachen, und das fanden wir lustig. Wir lachten alle. Dann hörte Owen auf. »Nein, jetzt mal im Ernst. Du könntest das. Du musst was davon verstehen.«

»Na ja, irgendwie schon.«

»Da –« Owen schrieb unsere Adresse und Telefonnummer auf eine Serviette und legte sie vor Ed hin. »Schick uns eine Postkarte mit deiner Anschrift, Ed. Du wirst der Erste sein, den wir anrufen.«

Ed nahm die Serviette und lächelte ohne zu lachen. »Danke. Ist das dein Ernst?«

Alle sahen Owen an, und ich dachte an die Kneipe in Peoria, wo er mir die Ohren heiß geredet hatte, und dann an den nächsten Tag, als er vor meinem Studentenwohnheim mit der Büchertüte gewartet hatte, und dann über ein Jahr danach, als er aufgetaucht war, um die Band zu gründen. Ich wusste, dass er es ernst meinte.

Er nickte. »Auf deinem T-Shirt steht mein Name«, sagte er.

Es machte Spaß, in Boston zu spielen, und es waren jede Menge Studenten da. Während wir spielten, konnte ich hören, wie die Leute mitsangen, Leute, die das Album gekauft hatten, die es sich angehört hatten, denen es gefallen hatte. Von Boston aus hatten wir eine Achtstundenfahrt nach

Washington, D.C. vor uns. Wir fuhren am Sonntagmorgen los und kamen nachmittags an, womit uns noch viel Zeit bis zu unserem Gig am Montagabend blieb. Weder Anna noch ich waren je in Washington gewesen, und Owen auch nur einmal, als er seinen Vater besuchen wollte, wie er sagte. Wir wollten das Weiße Haus sehen, das Kapitol, die berühmten Denkmäler, und so verbrachten wir den größten Teil des Tages mit Sightseeing, spazierten wahllos von einer Sehenswürdigkeit zur nächsten. Auf den Stufen des Kapitols wurde Owen plötzlich quicklebendig.

»Genau hier«, sagte er und hüpfte von einem Fuß auf den anderen, »hab ich diese Scheißgitarre zertrümmert. Was Besseres hätte ich nicht machen können. Ich wünschte nur, er hätte es gesehen.«

Es war bewölkt und windig, und Anna und ich standen bibbernd in der Kälte ein paar Stufen unterhalb von ihm.

»Okay«, sagte Anna. »Du erzählst uns jetzt auf der Stelle, was damals genau passiert ist.«

Owen hatte gelächelt, doch jetzt sackten seine Mundwinkel nach unten, und er verschränkte die Arme vor der Brust. »Als ich sechzehn wurde, hat meine Mutter mir von meinem Vater erzählt. Dass er Kongressabgeordneter ist. Ich hatte nie viel über ihn gewusst, und ich hatte mich auch nie sonderlich für ihn interessiert oder über ihn nachgedacht. Sie und mein Stiefvater kauften mir ein Flugticket und sagten, ich sollte nach Washington reisen und ihn kennen lernen, dass das schon immer so geplant gewesen war, dass ich ihn mit sechzehn kennen lernen sollte, damit er mir die Sache mit der Scheidung erklären könnte und warum er und meine Mutter – warum er und ich – nie miteinander geredet hatten.« Owen, der gerade seinen Führerschein gemacht hatte, bestand darauf, mit dem Auto zu fahren. Sie gaben klein bei. »Ich kam mir wie ein Erwachsener vor, wie ein richtig reifer Mensch, als ich durch North Carolina und Virginia rauf nach Washington fuhr, zum ersten Mal auf mich allein gestellt. Es war toll. Ich fuhr die Strecke in einem Tag und nahm mir ein Hotelzimmer. Diese erste Nacht wollte ich allein verbringen und dann am nächsten Tag meinen Vater im Kapitol besuchen.« Er stand am nächsten Morgen früh auf und fuhr schnurstracks hin. »Ich hatte einen Baseballschläger dabei, den meine Mom mir zum Geburtstag geschenkt hatte und der meinem Vater gehört hatte, ein Geschenk zu seinem sechzehnten Geburtstag, wie sie sagte. Ich wollte ihm den Schläger zeigen, ihm erzählen, was für ein guter Baseballspieler ich war, dass ich schon in der College-Mannschaft spielte, obwohl ich noch auf die Highschool ging und so, aber die Wachmänner nahmen ihn mir am Eingang ab. Ich wollte es ihnen erklären, aber sie hörten gar nicht zu. Dann, nachdem ich ihnen gesagt hatte, dass ich Jack Noones Sohn sei, riefen sie in seinem Büro an. ›Er will wissen, wie du heißt‹, sagte der Wachmann. Er war ein kräftiger Kerl, Footballspielerstatur und kahlköpfig, aber mit einem dicken braunen Schnurrbart. ›Owen Noone‹, sagte ich. Ich war stolz. Es klingt blöd, aber ich war stolz darauf, der Sohn von Jack Noone zu sein, dem republikanischen Kongressabgeordneten. Der Wachmann wiederholte meinen Namen ins Telefon, lauschte und blickte ein paar Mal zu mir hoch, ehe er ›Okay‹ ins Telefon sagte und auflegte. ›Warte kurz hier‹, sagte er.

Ich stand an den Metalldetektoren, wo ununterbrochen Leute durchgingen, die ihre Ausweise vorzeigten und dann die Korridore hinunter zu ihren Arbeitsplätzen eilten. Nach einer Weile kam so ein Büromensch auf uns zu. Er kam wahrscheinlich frisch vom College, sah gar nicht so viel älter aus als ich, aber er lächelte, hatte einen Anzug an, rote Krawatte, und trug einen kleinen Gitarrenkoffer. Ehrenwort, ich kam mir auf einmal vor wie im Film, als würde der das Ding gleich aufklappen und anfangen rumzuballern oder so. Er kam zu mir und sagte: ›Owen? Mr Noone hat leider keine Zeit für dich. Er hat mich gebeten, dir das hier zu geben, dir seine Glückwünsche zum Geburtstag auszurichten und dir eine gute Heimreise nach Charlotte zu wünschen.‹ Er reichte mir den Koffer, drehte sich um und ging wieder. Ich blieb einfach stehen und sah ihm nach, bis er um eine Ecke verschwand. Und niemand schien irgendwas mitzukriegen.«

Owen sprach sehr gelassen, sehr beherrscht, als hätte er die Geschichte schon hundertmal geprobt. »Ich drehte mich um und sah den Wachmann an, aber der war beschäftigt. Ich ging aus dem Kapitol und machte den Gitarrenkoffer auf. Es war eine nagelneue Martin-Akustikgitarre drin. Ich nahm sie raus und zerschmetterte sie auf den Stufen. Dann fing ich an zu weinen.«

Das war's. Er hatte seinen Vater ja ohnehin nicht gekannt, und diese Beleidigung war der Beweis, dass er es auch gar nicht wert war, dass er ihn kennen lernte. Aber das hieß nicht, dass es Owen nichts ausmachte. Voller Zorn fuhr er zurück nach Charlotte und fragte sich, ob seine Mom gewusst hatte, was passieren würde, oder ob sie keinerlei Schuld traf. Aber als er wieder nach Hause kam, stellte er sie nicht zur Rede. »Meine Mom lächelte und fragte, wie es gewesen sei, und mir kam der Gedanke, dass sie es die ganze Zeit gewusst hatte und dass dieses Lächeln bloß böse war. Aber ich war mir nicht sicher, und ich wollte ihr nichts erzählen, also lächelte ich zurück und sagte, es war schön, wir haben zusammen zu Mittag gegessen, und beließ es dabei.«

Immer wenn Owen über seinen Vater sprach, fühlte ich mich sprachlos und leer. Das waren Emotionen, die ich nicht nachvollziehen konnte und die irgendwie absurd waren. Ich hatte ein schlechtes Gewissen, weil ich sie für absurd hielt, weil dann auch Owen absurd wirkte, und das wollte ich nicht mal denken, vor allem, weil ich wusste, wie ernst ihm alles war. Ich verabscheute die Vorstellung, dass mein bester Freund – mein einziger Freund außer Anna – absurd war. Also sagte ich nie was dazu.

»Wir sollten ihm eine Eintrittskarte schicken.« Owen klatschte in die Hände. »Meint ihr, er kommt?«
»Willst du das denn?«, fragte Anna.
»Und ob ich das will. Ich würde ihn bei jedem Song ansingen, nur damit er's weiß.«
»Was weiß?« Sie stieg zwei Stufen höher, halbierte den Abstand zwischen ihnen.
»Dass ich wer bin. Er wollte, dass ich ein Nichts bin. Als ich ihn an dem Tag besuchen wollte, um ihm zu sagen, dass ich ein Baseballstar war, da dachte ich, er wäre begeistert, würde Interesse zeigen, aber er hat mir bloß diese beschissene Gitarre geschenkt, die ich gar nicht wollte, und kein einziges Wort mit mir gesprochen. Es war ihm völlig egal. Und jetzt schreibt er nur deshalb einen Brief, weil er weiß, dass die Wahrheit ihm schaden kann. Ich will ihm von der Bühne aus in die Augen sehen und auf das Fuzz-Pedal treten und ihn einfach nur anstarren, ihm zeigen, dass ich es geschafft habe, auch ohne ihn. Dass er mir nichts bedeutet.«
Owen schickte Jack Noone eine Eintrittskarte, aber er kam nicht. Es war ein kleiner Club, und wir konnten jeden im Publikum sehen. Er war nicht da. Wir spielten schlecht, spulten unser Programm eher lustlos runter, aber die Leute schienen trotzdem begeistert zu sein. Das Einzige, was wir richtig gut machten, war die Zugabe.
Nachdem wir unsere Gitarren weggelegt hatten und von der Bühne gegangen waren, standen wir hinter der Wand und hörten das Klatschen und Rufen, und ich sagte zu Owen: »Komm, wir gehen nochmal raus und spielen.«
»Ich weiß auch schon was«, sagte er, und ich wusste, was er meinte. Als wir wieder auf die Bühne kamen und die Leute noch lauter riefen und klatschten, beugte sich Owen zum Mikro vor. Er sagte: »Danke schön. Hier in Washington lebt ein Mann, den wir kennen und dem wir eine Eintrittskarte geschenkt haben, aber er ist nicht gekommen. Findet ihr das

nett?« Das Publikum reagierte mit lautem Buhen. »Der Mann heißt Jack, und er ist Kongressabgeordneter, und der nächste Song ist für ihn.«

Ich wusste, was Owen wollte. Ich fing an, auf meiner verstimmten Gitarre den Akkord zu hämmern, und er sang mit heiserer Stimme: »Ding-Dong, the witch is dead«, und bei »Which old witch?« brüllte das Publikum ohne Zögern: »The wicked witch!« Beim letzten Akkord riss die A-Saite, schnellte zum Gitarrenkopf hoch und hing dann runter. Ich legte die Gitarre weg und nahm die von Owen, und wir spielten »Yankee Doodle« mit nur einer Gitarre, aber wir spielten beide. Ich schlug die Akkorde, und Owen spielte beim Singen Luftgitarre, trat vor und nach den Refrains aufs Pedal und sah ein bisschen so aus wie Joe Cocker in Woodstock. Es war seltsam, meine eigenen Akkorde so verzerrt zu hören und diese Veränderung geschehen zu lassen, ohne einen Einfluss darauf zu haben. Aber es funktionierte, und wir retteten ein bisschen was von dem Auftritt.

Für die Fahrt nach Cleveland nahmen wir uns zwei Tage Zeit, durchfuhren die südwestliche Ecke von Pennsylvania und übernachteten in Pittsburgh, ehe wir die letzten drei Stunden hinter uns brachten. Dave Ferris hatte uns im Hotel in Pittsburgh angerufen und gesagt, dass der *Plain Dealer* um ein Interview mit uns gebeten hatte. Also trafen wir uns eine Stunde vor dem Konzert mit dem Musikkritiker Frank Newlun und beantworten bei Cheeseburgern seine Fragen.

KEINE VERLOGENE GEFÜHLSDUSELEI

Frank Newlun, der Musikkritiker des *Plain Dealer*, trifft Owen Noone and the Marauder.

Owen Noone and the Marauder sind das faszinierendste Phänomen im Rock 'n' Roll, und sie wären es auch im Folk, wenn sie in den Appalachen mit dem Musikmachen angefangen hätten und nicht im Mittleren Westen. Schlagzeuglos wirbeln sie durch ein Repertoire von Folksongs, die geradewegs dem Werk von John und Alan Lomax entstammen, als hätte die gesamte Carter Family ihre Gabeln auf einmal in den Toaster gesteckt. Die simple Formel hat sie fast über Nacht zu Lieblingen des College-Radios gemacht, und jetzt, wo sie eine kurze Tournee durchs ganze Land machen, scheinen sie vor dem Durchbruch zum Mainstream zu stehen.

Ich betrete die McDonald's-Filiale, wo sie sich unbedingt mit mir treffen wollten. »Das heißt nicht, dass wir immer hier essen oder so«, erklärte Noone, groß mit strubbeligen Haaren. Sie haben nur begrenzt Zeit, fährt er fort, und die Entscheidung für McDonald's ist rein pragmatisch. »Ich mag die Burger hier nicht mal besonders.«

Noone ist derjenige, der am meisten redet – praktisch ausschließlich. Der Marauder ist der Kleinere von beiden und scheint ganz damit zufrieden, seinen Partner alle Fragen beantworten zu lassen, während er einen Erdbeer-Milchshake trinkt und sich zwischendurch das lockige schwarze Haar aus dem Gesicht streicht. Ich frage ihn, wo er aufgewachsen ist, und Noone antwortet für ihn: »In Indiana.« Noone selbst kommt aus Charlotte, North Carolina, aber paradoxerweise hat sich das Duo in Peoria, Illinois, kennen gelernt. Noone erzählt mir außerdem, dass er Baseballprofi war. Zuerst glaube ich ihm nicht, aber er bleibt dabei, bis er schließlich einen Zeitungsausschnitt mit einer Spielertabelle aus der Tasche zieht, in der auch sein Name steht.

Hat einer der beiden als Jugendlicher gern Folk gehört? Nein. »Ehrlich gesagt, wir wollten eine Band gründen und sind auf dieses Buch mit den ganzen Songs drin gestoßen, und die waren leicht zu spielen, leicht zu lernen.« Dann war also keiner von euch vorher schon in einer Band? »Nein. Richtig spielen konnte keiner von uns.«

Wie erklärt ihr euch den Erfolg von »Yankee Doodle« und dem neuen Album? »Das liegt daran, weil jeder ›Yankee Doodle‹ kennt. Alle können mitsingen und haben das Gefühl dazuzugehören. Die anderen sind gute Songs, deshalb sind wir beliebt. Die Leute mögen einfache, gute Songs, die von echten Menschen gespielt werden, nicht dieses elektronische wirre Zeugs, das man sonst so hört.« Noone lässt einen Vortrag über elektronische Musik vom Stapel und hört sich fast wie ein alter Knacker an. Als ich ihm das sage, lacht er. »Ich mag nun mal Musik, die von echten Menschen gemacht wird.«

Glaubt ihr, diese Songs können uns, dem heutigen, modernen Publikum noch eine Botschaft vermitteln? »Nein, eigentlich nicht. Sie machen Spaß. Sie sind laut. Aber eine Botschaft? Nein. Sie machen einfach gute Laune. Deshalb spielen wir sie.« Trifft das auf Rockmusik im Allgemeinen zu? »Ja. Ich glaube schon. Schließlich kann man die Welt nicht mit Rockmusik verändern, oder? Das hat noch keiner geschafft.« Was ist mit John Lennon? »Der ist tot, oder? Und er hat sowieso miese Songs geschrieben. ›War is Over‹, ›Imagine there's no heaven‹, blablabla. Das Gute an unseren Songs, wenn überhaupt, ist, dass sie nicht so dämliche seichte Lügen sind.«

Ich will gerade sagen, dass viele seiner Fans eine andere Meinung über den verstorbenen Beatle haben, als eine junge Frau in etwa demselben Alter wie das Duo an unseren Tisch kommt. Noone stellt sie als seine Frau vor, und obwohl ich skeptisch bin – ich sehe keine Eheringe –, behalte ich meine Zweifel für mich, sonst holt er am Ende noch den Trauschein hervor. Sie sagt, es sei Zeit, sich auf den Gig vorzubereiten, und der Marauder trägt die Tabletts mit den Cheeseburger-Packungen weg. Noone bedankt sich bei mir, und sie gehen über die Straße in den Club, ohne von den Fans erkannt zu werden, die vor der Tür Schlange stehen.

Nach dem Mittwochsauftritt in Cleveland hatten wir an drei Tagen hintereinander drei Gigs in drei verschiedenen Städten, Donnerstag in Detroit, dann Chicago und dann Milwaukee, und danach blieb uns fast eine ganze Woche, um nach Seattle zu fahren. Wir verließen Chicago am Sonntagmorgen. Ich fuhr, Owen saß neben mir und studierte die Karte.

»Wir könnten nach Iowa City fahren.«

»Ist das kein Umweg?«

»Und wenn schon. Wir könnten Miss Kitty besuchen und im Fuzzy's was trinken. Damit Anna mal sieht, wo wir so richtig angefangen haben. Wir haben doch reichlich Zeit.«

Als wir den Stadtrand von Iowa City erreichten, wurde ich nervös. Ich weiß nicht genau, weswegen. Beim Anblick der vertrauten und doch längst vergessenen Gebäude fühlte ich mich entlarvt. Es war anders als in den anderen Städten, die wir bereisten, denn sie wussten irgendwie, dass wir nichts Besonderes waren, bloß zwei Typen, die in einer Studentenkneipe Songs zum Besten gaben. Ich wurde noch nervöser, als wir die Gilbert Street entlangfuhren und uns Miss Kittys Haus näherten.

Aber als wir dort ankamen, war das Haus weg. Es gab nur noch ein leeres Grundstück und Erde um das offene Fundament – der Keller, in dem wir geübt hatten, jetzt umfriedet von einem orangefarbenen Plastikzaun. Auf einem Pappschild am Rande des Grundstücks stand in großen, roten Lettern ZU VERKAUFEN. Wir gingen dicht an den Zaun heran. Kleine braune Dreckklumpen hingen an dem wuchernden, aber jetzt dürren und braunen Gras. Der Zaun war zu schwach, um viel Gewicht auszuhalten, aber ich stützte mich trotzdem darauf und spähte in das gähnende Loch, das einmal der Keller gewesen war. Die Wände waren streifig vom Regen, und vor der hinteren Wand lagen kleine Häufchen Erde, die der Wind reingeweht hatte – geblieben waren nur die Kisten und kaputten Stühle, die den Raum gefüllt hatten. Wir klopften beim Nachbarn an – der, dessen Haus wir auch angestrichen hatten – und fragten, was passiert war.

»Ach, Jungs«, sagte er und zog seine Hose bis zum Bauch hoch, »hat euch denn keiner Bescheid gesagt? Hat wohl keiner dran gedacht oder gewusst, wo ihr wart. Ja, also Miss Kitty ist gestorben, wisst ihr, ungefähr im Juni, am Samstag vor dem Fernseher, beim Baseballgucken. Der Vertreter hat direkt neben ihr gesessen und gesagt, sie hätte so ein bisschen gespuckt und dann aufgehört zu atmen. Als der Krankenwagen kam, war sie schon tot. Der Neffe hat das Haus geerbt, und alles lief weiter wie gehabt, nur eben ohne die alte Dame. Und dann, das war im September, komme ich eines Tages vom Supermarkt, und da stehen zwei Polizeiwagen vor dem Haus. Ihr wisst doch noch, dass der Neffe jeden Morgen aus dem Haus gegangen ist, aber nie irgendwas gearbeitet hat oder so? Anscheinend hat er mit Drogen gehandelt, und die Polizei hat ihn erwischt. Das Haus ist versteigert worden, und der neue Besitzer hat es einfach abgerissen – ihr wisst ja, in welchem Zustand die Hütte war – und das Grundstück zum Verkauf angeboten. Hört mal, bleibt ihr über Nacht? Braucht ihr ein Dach überm Kopf?«

Die Nachricht, dass Miss Kitty gestorben war, machte uns trauriger, als wir gedacht hätten. Mr Simmons, der Nachbar, zeigte uns sein Gästezimmer, in dem ein Doppelbett stand, und holte noch eine Klappliege heraus. Dann gab er uns einen Ersatzschlüssel und sagte, wir sollten uns keine Gedanken machen, falls wir erst spät wiederkämen. Nachdem wir mit Mr Simmons einen Kaffee getrunken und ein paar Miss-Kitty-Anekdoten ausgetauscht hatten, machten wir uns auf den Weg zum Fuzzy's, um Mike hallo zu sagen. Es tat unheimlich gut, sich auf so vertrautem Terrain zu bewegen. Iowa City war unser erstes Zuhause, wo wir Tag für Tag von morgens bis abends geübt hatten, wo aus den zwei Jungs, die an einem Open-Mike-Abend in Peoria gespielt hatten, eine richtige Band wurde, die in einer Kneipe auftrat. Genau wie New York symbolisierte die Stadt einen riesengroßen Schritt in unserer Entwicklung; anders als New York war sie vertraut und heimelig; hier hetzte nicht alles unentwegt irgendwo anders hin. In Iowa City konnten wir atmen, locker werden, ohne darauf zu warten, dass irgendwas Neues passierte.

Das Fuzzy's sah noch genauso aus wie früher, was eigentlich nicht weiter verwunderlich war. Ich weiß nicht, warum wir erwartet hatten, es verändert vorzufinden, wir waren schließlich nur acht Monate fort gewesen, aber bei uns hatte sich in der Zeit allerhand getan, und wahrscheinlich dachten wir, alles andere wäre ebenfalls anders. Wir blieben einen Moment blinzelnd in der Tür stehen, während sich unsere Augen an das Licht gewöhnten, dann gingen wir an die Bar, wo Mike gerade mit dem Rücken zu uns Bierflaschen in den Kühlschrank räumte.

»Wird man hier auch mal bedient?«, sagte Owen.

Mike drehte sich um, und als er uns erkannte, wandelte sich der erboste Blick in seinen Augen zuerst in Fassungslosigkeit, dann in Freude. »Was macht ihr denn hier?«, fragte er grinsend und schüttelte uns die Hand. Owen stellte Anna vor, und Mike gab ihr ebenfalls die Hand, ehe er drei Flaschen Bier auf den Tresen stellte. Er wollte kein Geld von uns nehmen. »Ihr Jungs seid doch jetzt Rockstars, oder? Was treibt ihr dann in Iowa City? Ihr spielt doch heute nicht hier, oder? Ich hab keine Plakate gesehen.«

»Nein, wir sind nur auf der Durchreise«, sagte ich. »Unterwegs an die Westküste. Wir machen eine Tournee, um unsere Platte zu promoten.«

»Ja, ich hab die Besprechung im *Rolling Stone* gelesen. Bin aber noch nicht dazu gekommen, sie zu kaufen.«

»Bitte sehr«, sagte Owen und zog eine CD aus seiner Jackentasche. »Ich hab dir eine mitgebracht.«

Mike nahm sie und fragte, ob wir was dagegen hätten, wenn er sie auflegte. Es war eigenartig, wie immer, unseren Sound zu hören. »Habt ihr heute Abend schon was vor?«

Wir zuckten beide die Achseln.

»Ich kann euch wohl nicht überreden, hier zu spielen, was? Ich hab nichts auf dem Programm, und ich könnte bestimmt dafür sorgen, dass es sich ziemlich schnell rumspricht und genug Leute kommen. Ihr kriegt sämtliche Eintrittsgelder.«

Owen, Anna und ich sahen uns an. »Okay, wir spielen. Aber ohne Gage«, sagt Owen. »Wir wollen kein Geld. Ein Auftritt hier ist so, als würden wir in unserem eigenen Wohnzimmer spielen.«

Wir gingen zurück und holten den Pick-up, und als wir wieder bei Mike ankamen, hatte er schon herumtelefoniert und im Fenster ein riesiges, handgemaltes Schild hängen, auf dem in breiten, schwarzen Buchstaben stand: NUR HEUTE ABEND. IOWA CITYS VERLORENE SÖHNE: OWEN NOONE & THE MARAUDER. 21.00 UHR. KEIN VERZEHRZWANG.

Um neun Uhr abends war die Kneipe hoffnungslos überfüllt. Wir fingen um Viertel nach mit »John Henry« an und spielten jeden, aber auch jeden Song, den wir kannten, zwei Stunden ohne Pause. Am Ende kam natürlich »Yankee Doodle«. Erst als wir fertig waren, merkte ich, dass ich total erschöpft war, und dann fiel mir wieder ein, wie nervös ich gewesen war, als wir das erste Mal auf dieser Bühne gespielt hatten. Diesmal hatte es einfach nur Spaß gemacht, und ich glaube nicht, dass wir je so gut gespielt hatten wie an diesem Abend. Wir waren wie ein Baseballteam bei einem Heimspiel in der Finalrunde, das durch die vertraute Umgebung und die Unterstützung des Publikums zu Höchstleistungen angetrieben wird. Nachdem wir gespielt hatten, kamen viele Leute zu uns und sagten, wie gut es ihnen gefallen hatte und wie gut wir ihnen gefielen, und das war komisch, weil es das erste Mal in meinem Leben war, dass Frauen mit mir reden wollten und mich ansahen, als wäre ich interessant. Ich weiß noch, wie ich dachte, so muss das sein, wenn man ein Rockstar ist, und ich weiß auch noch, wie ich merkte, dass ich selbst bei den offensichtlichen Chancen, die sich mir aufgrund meiner Popularität boten – Sex, meine ich –, noch immer schüchtern war und nur nervös vor mich hinstammelte und den Boden anstarrte.

Am nächsten Morgen, nachdem Mr Simmons es sich nicht hatte nehmen lassen, uns ein riesiges Frühstück bestehend aus Pancakes, Würstchen, Speck und Toast zu servieren, brachen wir nach Seattle auf. Ich war nicht nur müde, ich war auch bedrückt, weil wir die Behaglichkeit und Vertrautheit von Iowa City verließen. Aber wir mussten weiter, und so erreichten wir nach viertägiger Fahrt über die langweiligen, windigen Ebenen von South Dakota, Wyoming und Montana und die Gebirgszüge der Rockys und Cascades schließlich Seattle. Nach einem lustlosen Auftritt – nach der langen Fahrt, den Übernachtungen in Hotels und dem dauernden Junkfood waren wir ausgelaugt –, der aber trotzdem gut ankam, fuhren wir weiter nach Portland, wo wir wieder nur unser Programm runterspulten, ehe es dann weiterging, über die Grenze nach Kalifornien und runter nach San Francisco. Wir hatten einen Tag zur Erholung bis zu unserem letzten Gig vor Los Angeles, wo wir dann wieder in unseren eigenen Betten in unserem eigenen Haus schlafen konnten und nirgendwo mehr hinfahren mussten.

Wir hatten uns bereits am Vortag angesehen, wo wir spielen würden, damit wir die Strecke kannten und uns nicht verfuhren, wenn es so weit war. Schon seit Thanksgiving war überall alles weihnachtlich geschmückt, deshalb nahmen wir es schon gar nicht mehr wahr, und erst als wir zum Hotel kamen und die Frau an der Rezeption uns frohe Weihnachten wünschte, merkten wir, welcher Tag war. In der Nähe hatten die Lokale geschlossen, also schlugen wir in den Gelben Seiten nach und riefen ein Chinarestaurant mit Lieferservice an und aßen am Weihnachtsabend Frühlingsrollen, Chow-Mein und Glückskekse. Wir hatten alle denselben Spruch in unseren Glückskeksen: »Haustiere sind Freunde fürs Leben, nicht bloß zu Weihnachten.« Darunter stand die Telefonnummer und Adresse des örtlichen Tierschutzvereins.

Als wir am Abend des Gigs zu dem Club fuhren – es war der 26. Dezember –, sagte Anna: »Wäre toll, wenn ihr mal im Filmore spielen könntet.«

»Die Hochburg dämlicher Hippiemusik«, sagte ich, weil meine Rock-DJ-Persönlichkeit aus Collegezeiten sich ungehindert zu Wort meldete. »Nein, danke.«

»Genau«, sagte Owen. »Ich würde da nicht mal spielen wollen, wenn's möglich wäre.«

»Idioten.« Anna sank tiefer in ihren Sitz, sodass der Sicherheitsgurt ihr übers Kinn schabte. »Snobs.«

Keiner von uns hatte Zeit für eine Erwiderung, denn wir waren vor dem Club angekommen, und der Anblick, der sich uns bot, überstieg alles, was wir bisher erlebt hatten. Eine Menschenschlange wand sich um das Gebäude herum und noch ein Stück weiter die Straße hinunter, und unmittelbar neben der Tür standen Reporter mit Mikrofonen in der Hand vor Fernsehkameras. Auch Fotografen waren da. Es sah aus wie eine Szene aus einem Gerichtsfilm gleich nach der Urteilsverkündung, wenn der Angeklagte versucht, sich einen Weg durch das Gedränge von Journalisten auf den Stufen vor dem Gerichtsgebäude zu bahnen. Wir fuhren um die Ecke zum Hintereingang und fingen an, unsere Ausrüstung abzuladen.

»Was ist denn da draußen los?«, fragte ich den Manager.

»Das müsstet ihr doch am besten wissen.« Er deutete mit dem Kinn auf Owen. »Schließlich hat er das Interview gegeben.«

Eine Sekunde lang sah es so aus, als würde Owen den Verstärker fallen lassen, den er gerade trug. Aber er hielt ihn fest, blieb stehen und sagte: »Der *Examiner*? Scheiße. Er hat gesagt, er würde uns Bescheid sagen, bevor er den Artikel bringt.«

»Tja, er hat ihn gebracht«, sagte der Manager. »Ohne euch vorher Bescheid zu sagen. Weihnachten auf der ersten Seite.«

Als die Vorgruppe fertig war und ihr Equipment weggetragen wurde, bereiteten wir uns darauf vor, auf die Bühne zu gehen. Owen drehte sich zu mir um und sagte: »Meinst du, ich sollte irgendwas dazu sagen? Über den Artikel – über meinen Vater?«

»Wir wissen doch nicht mal, was drinsteht. Und außerdem hat das nichts mit der Musik zu tun. Deshalb sind die Leute nicht gekommen. Sag nichts, was du sonst auch nicht sagen würdest. Das ist meine Meinung.«

Owen sagte nichts über seinen Vater, und wir spielten nicht »Ding-Dong the Witch is Dead«. Irgendwann rief jemand aus dem Publikum, »Scheiß auf Jack Noone«, aber Owen ging nicht darauf ein und fing sofort an, den nächsten Song zu spielen. Nach dem Konzert ließen wir uns Zeit damit, den Pick-up zu packen, und als wir den Club verließen, war die Straße leer. Die Fernsehteams waren abgefahren, ohne etwas berichtet zu haben oder zumindest ohne etwas Neues über uns, über Owen, berichtet zu haben. Wir wollten so schnell wie möglich nach Hause und brachen früh am nächsten Morgen nach Los Angeles auf. Wir waren geschafft, wir hatten jedes Zeitgefühl verloren, und in Los Angeles konnten wir einfach nur spielen und Spaß haben. Irgendwo unterwegs auf dem Highway zwischen New York und San Francisco hatten wir vergessen, dass wir eigentlich Spaß haben wollten, und nur in Iowa City hatten wir uns für ein paar Stunden wieder daran erinnert.

20.12.97

Owen,

ich habe schon mehrmals versucht, Sie telefonisch zu erreichen, um Ihnen zu sagen, dass wir die Story bringen werden. Ich konnte meine Redakteure überreden, sie noch ein paar Tage länger zurückzuhalten, um Sie vorher informieren zu können, aber sie wollen unbedingt, dass sie vor Weihnachten erscheint, deshalb wird sie leider, falls Sie meine Nachricht nicht rechtzeitig erreicht, ohne Ihr Wissen in Druck gehen. Ich bitte um Verzeihung. Ich werde weiter versuchen, Sie anzurufen, bis ich Sie erwische. Eine Kopie des Artikels füge ich bei. Ich hoffe, Sie sind einverstanden.

Mit herzlichen Grüßen
Paul Danielson

JACK NOONE – DIE KLUFT ZWISCHEN ANSPRUCH UND WIRKLICHKEIT

von unserem Reporter Paul Danielson

Der *Examiner* kann exklusiv berichten, dass der Kongressabgeordnete und Senatsanwärter Jack Noone trotz seiner hochtrabenden Polemik über Familienwerte sein eigenes Verhalten in diesem Bereich keineswegs offen und ehrlich dargelegt hat. Der in Los Angeles lebende Owen Noone ist mit der Behauptung an die Öffentlichkeit getreten, dass er der Sohn des Kongressabgeordneten aus erster Ehe sei, und diese Behauptung wird durch eine Geburtsurkunde aus den Akten des Krankenhauses in Charlotte, North Carolina, erhärtet. Nach Owen Noones Darstellung ließ sich Jack Noone, damals noch ein erfolgreicher Anwalt in North Carolina, zwei Jahre nach der Geburt des Kindes von der Mutter scheiden, und Vater und Sohn haben sich seitdem trotz der Bemühungen des Juniors nicht mehr gesehen. Owen Noone sagt, seine Kontaktversuche mit dem Vater seien entweder auf Missachtung oder Häme gestoßen und hätten ein Abstreiten der Vaterschaft zur Folge gehabt.

»Ich möchte den Menschen eines klar machen«, sagt Owen Noone, der seinen Lebensunterhalt als Musiker bestreitet, »wenn dieser Mann schon über Familienwerte predigt, sollte er wenigstens einräumen, dass er an der Verdorbenheit der Jugend, wie er es gern nennt, nicht ganz unschuldig ist.« Nach eigener Darstellung fuhr Owen Noone im Alter von sechzehn Jahren nach Washington, um seinen Vater zu sehen, der damals bereits seine derzeitige Aufgabe als Kongressabgeordneter für den 9. Distrikt von Kalifornien ausübte. Der junge Noone wurde abgewiesen, und Kongressabgeordneter Jack Noone hat in den Jahren danach zu keinem Zeitpunkt in irgendeiner Weise versucht, Kontakt zu seinem Sohn aufzunehmen, sah sich aber dennoch durch einen Brief, der an ihn gesandt wurde und dem *Examiner* in Kopie vorliegt, zu einem Dementi veranlasst.

In seinem Antwortschreiben behauptet der Kongressabgeordnete, er könne sich »beim besten Willen« nicht erinnern, Owen Noones Vater zu sein, und er wisse nicht, so heißt es weiter, »wer Sie überhaupt sind.« Die Bemühungen des *Examiner* um eine Stellungnahme seitens des Kongressabgeordneten blieben bislang vergeblich. Die einzige Reaktion war die Standardfloskel: »Kein Kommentar.«

»Es geht nicht an, dass er Film und Fernsehen und Rockmusik weiterhin für die Probleme amerikanischer Kinder verantwortlich macht«, meint Owen Noone. »Er muss einsehen, dass er nicht ständig anderen die Schuld an Problemen geben kann, die er persönlich geschaffen hat, nicht durch seine Politik, sondern durch sein eigenes Verhalten und seine Verantwortungslosigkeit. Leute wie er sollten keine Gesetze für unser Land machen dürfen, solange sie nicht einräumen, dass sie selbst an der Verschlechterung der Lebensbedingungen anderer nicht unbeteiligt sind.« [...]

Der Artikel ging fast über die gesamte erste Seite, und dazu war ein Foto von Jack Noone abgedruckt. Im Grunde stand nicht viel drin, denn Paul Danielson konnte sich nur auf das Interview mit Owen und auf die Geburtsurkunde berufen. Es gab keine anderen Verwandten, und Jack Noones Büro äußerte sich nicht dazu. Jetzt, wo die Wahrheit an die Öffentlichkeit gekommen war, musste Jack Noone reagieren. Er würde nicht drum herumkommen.

Am Morgen nach unserer Rückkehr rief die *Los Angeles Times* an und bat um ein Interview. »Tut mir Leid«, sagte Owen. »Ich hab schon mein einziges Interview zu dem Thema gegeben. Sie hatten Ihre Chance.«

Zehn Minuten später klingelte das Telefon erneut. Ich ging ran. Es war der Rockmusikkritiker der *Los Angeles Times*, und er bat um ein Interview mit Owen. »Sie machen Witze«, sagte ich und hielt die Sprechmuschel zu. »Owen, die *LA Times* will ein Musikinterview haben.«

»Und ob«, sagte er. »Gib du ihnen doch eins.«

Ich nahm die Hand von der Muschel. »Owen ist nicht da, aber Sie können mich interviewen.«

Langes Schweigen am anderen Ende. »Ja, gut«, sagte der Mann. Er fragte mich, wer uns am meisten beeinflusst hatte, wie uns die Arbeit mit Steve Wood gefallen hatte, was wir langfristig mit der Band planten. Endlich, ganz zum Schluss, sagt er: »Ich vermute mal, äh, dass Sie, äh, keinen Kommentar zu, äh, dem Kongressabgeordneten abgeben können, oder?«

»Welcher Kongressabgeordnete?«

»Äh, Sie wissen schon, Jack Noone.«

»Ach so, der. Doch, klar. Er ist Owens Vater, wissen Sie.«

»Ja.« Langes Schweigen folgte. »Und könnten Sie, äh, einen Kommentar dazu abgeben?«

»Ich dachte, das hätte ich gerade getan«, sagte ich und legte auf. Der Mann tat mir Leid. Natürlich hatten sie ihn darauf angesetzt, aber wenn Owen nichts mehr dazu sagen wollte, würde ich das ganz sicher nicht tun. Es versteht sich von selbst, dass das Interview nie gedruckt wurde.

Endlich kam Silvester. Das Telefon stand nicht mehr still. Nach dem Artikel im *Examiner* wollte jede Zeitung in Kalifornien, jeder Fernseh- und Radiosender die Sache aufgreifen.

Nach dem dritten Anruf weigerte Owen sich, überhaupt noch ans Telefon zu gehen, und Anna und ich taten immer öfter so, als wären die Anrufer falsch verbunden. Wir schauten unsere Gitarren nicht mal mehr an, bis zu dem Tag vor dem Gig, als wir uns hinsetzten und die Songs durchspielten, die wir bringen wollten, und unseren Fingern in Erinnerung riefen, wie sie greifen mussten. Als wir den Pick-up beluden, um uns auf den Weg zu machen, klingelte das Telefon. Anna war mit Rangehen an der Reihe, und sie kam zur Tür und rief nach Owen.

»Sag, ich bin nicht da.« Er schob einen Verstärker über die Ladefläche.

»Es ist das Büro deines Vaters.«

Owen ging über den Rasen zum Haus, und ich folgte ihm. Er nahm den Hörer und sagte hallo. »Tut mir Leid«, sagte er nach einer Pause, »kann Mr Noone nicht selbst telefonieren?« Wieder entstand eine Pause. »Zu beschäftigt? Ich würde doch meinen, dass diese Angelegenheit seine persönliche Aufmerksamkeit verdient hätte. Ganz sicher ist er im Augenblick damit beschäftigt, seinen verlogenen Hintern in einen Smoking zu quetschen, aber ich lasse meine Lakaien ja auch nicht bei ihm anrufen, und ich finde es nicht besonders respektvoll von ihm, dass er seine Pflichten auf andere abwälzt. Bestellen Sie ihm, wenn er irgendwas zu sagen hat, soll er selbst anrufen, und nicht gerade an Silvester. Ich hab heute Abend Besseres zu tun.« Er knallte den Hörer auf die Gabel, hob den anderen Verstärker auf, der neben dem Sofa stand, und trug ihn ohne ein weiteres Wort zum Wagen.

Eigentlich sollten drei Gruppen spielen, Neptune, wir und noch eine Pulley-Band namens Customer. Aber Customer mussten absagen, weil zwei von den Musikern die Grippe hatten. Unversehens waren wir die Hauptgruppe geworden, und wir mussten ein längeres Set spielen, um den Gig bis Mitternacht in Gang zu halten. Dann würde es eine kurze Pause für den Countdown geben, und danach sollten wir nochmal eine halbe Stunde spielen. Wir erweiterten die Liste um einige Songs – fast alles, was wir kannten. Die Show fing so gegen halb neun mit Neptune an, die Band, für die wir noch vor ein paar Monaten die Vorgruppe gemacht hatten. Wir sahen eine Zeit lang von hinter der Bühne zu und gingen dann nach hinten ins Publikum, wo wir vor den Lautsprechern besser hören konnten.

»Wie geht's, Jungs?« Ich drehte mich zu der Stimme um und erkannte sofort Stuart Means wieder, den A&R-Typen von Pacific Records. »Glückwunsch zu eurem Album. Ist echt gut geworden, gefällt mir ehrlich.« Er grinste, ließ seine Augen von Owen zu mir und wieder zurückhuschen, ohne Anna auch nur eines Blickes zu würdigen. »Ach, Owen, ich glaube, wir sind uns noch nicht begegnet. Ich bin Stuart Means. Ich bin bei Pacific für A&R zuständig. Dein Partner und ich haben uns vor ein paar Monaten kennen gelernt.« Er streckte die Hand aus, aber Owen sah ihn nur unverwandt an, ohne sich zu bewegen. »Wir sind noch immer sehr an euch interessiert und würden euch gern zu uns ins Team holen.«

»Was heißt hier ›Team‹?«, fragte Owen. Er musste brüllen, um sich verständlich zu machen. »Das ist doch wohl eher eine Firma?«

»Na ja, wir sehen uns gerne als Team, versteht ihr? Wo jeder mit den anderen zusammen auf ein Ziel hinarbeitet.«

»Welches Ziel?«

»Gute Musik. Musik von guter Qualität für unsere Kun... äh, für Rockfans.«

»Wie viel zahlt ihr uns?«, fragte Owen, und Anna und ich wandten beide den Kopf in seine Richtung. Ich sah meinen verzerrten Gesichtausdruck in Annas finsterem Blick gespiegelt. Er hatte gesagt, es wäre nicht seine oder meine Band, es sei unsere Band und wir würden solche Dinge gemeinsam entscheiden.

Stuart fuhr sich mit einer Hand durchs Haar. »Na ja, ich bin sicher, wir werden uns da schon einig, falls ihr interessiert seid. Wir bieten euch jedenfalls mehr, als ihr von eurem derzeitigen Arbeitgeber kriegt, und noch dazu mehr Engagement und Loyalität.«

»Was zum Teufel soll das heißen, Loyalität?«, platzte ich heraus. »Wie kommst du dazu, das Engagement unseres Labels in Frage zu stellen, du Arsch?«

»Holla, ist ja gut.« Stuart wedelte abwehrend mit den Händen. »Das war nicht meine Absicht, Mensch. Ich meine ja nur, okay? Weißt du noch, das letzte Mal, als wir uns gesehen haben? Das war hier, und ihr wart die Vorgruppe für die Band, die jetzt eure Vorgruppe ist. Was macht euch so sicher, dass ihr in ein paar Monaten, wenn der Verkauf so ziemlich eingeschlafen ist – was zu erwarten ist, weil Indie-Alben so gut wie nie über fünf- oder sehr niedrige sechsstellige Zahlen hinauskommen –, nicht wieder weg vom Fenster seid und euch als Aufwärmtruppe für die nächsten Newcomer verdingen müsst? Bei Pacific passiert euch das nicht. Wir haben mehr Möglichkeiten, eure Verkaufszahlen und euren Bekanntheitsgrad zu steigern, und wenn ihr erst mal oben seid, bleibt ihr es auch.« Stuart schlug uns beiden auf die Schulter. Ich spürte, wie sich meine Muskeln verkrampften. »Hört mal, ich weiß, ihr habt gleich euren Gig – freu mich ja selbst schon drauf –, also lasse ich euch jetzt mal in Ruhe. Aber ich möchte euch wirklich gern an Bord holen und euch die Unterstützung geben, die ihr verdient. Denkt drüber nach. Ich weiß jedenfalls, was ich an eurer Stelle machen würde.« Er wünschte uns viel Glück und ging. Als er sich umdrehte, fiel mir das Rückenteil seines T-Shirts auf. Es war blau mit dem orangefarbenen Refrain von »Yankee Doodle« drauf. Er trug unser T-Shirt.

»Wieso hast du ihn nach dem Geld gefragt?«, wollte ich wissen, als wir durchs Publikum zum Backstage-Bereich gingen.

»Reine Neugier. Wollte nur mal hören, was er sagt. Ich wollte nichts unterschreiben oder so. Beruhige dich.«

Ich atmete tief durch und sah zu Neptune rüber. Ihre Arme pumpten so schnell über die Gitarrensaiten, dass sie kaum noch zu sehen waren. »Okay«, sagte ich. »Ich wollte es nur wissen.« Neptunes letzter Akkord erklang, und in wenigen Minuten waren wir an der Reihe.

Los Angeles Times, 2. Januar 1998:

OWEN NOONE AND THE MARAUDER

Roxy, 31. Dezember 1997

Seit sich dieses Duo aus dem Mittleren Westen im Spätsommer in Los Angeles niedergelassen hat, ist es in Südkalifornien recht bekannt geworden, und mit Hilfe der zusätzlichen Publicity durch die Anschuldigungen gegen den Kongressabgeordneten Noone waren die wenigen Eintrittskarten, die es für das Silvesterkonzert noch gab, im Handumdrehen verkauft. Halbherzige Fans waren neugierig, ob sie im Verlauf eines Rockkonzerts mehr über den Skandal erfahren könnten, und wenn ja, was, doch wie sich herausstellte, bekamen sie nichts geboten außer guter Musik.

Owen Noone and the Marauder sind offenbar fest entschlossen, jedes Konzert mit demselben Song zu beginnen, »John Henry«. Eine gute Entscheidung, weil es einen Hochoktan-Stoß in die Luft schickt, den andere Songs aufgrund der fehlenden Percussion-Erdung nicht leisten können. Die Leistung des Duos bei diesem fast zweistündigen Set steht jedoch außer Frage. Selbst der normalerweise zurückhaltende Marauder drischt auf seine Gitarre ein, als wäre er von Dämonen besessen, und zum ersten Mal entspricht das visuelle Erlebnis, die Band live zu sehen, dem punkigen Off-Beat-Feeling ihrer Musik. Selbst durch ruhigere Stücke wie »The Big Rock Candy Mountains« und das Schlaflied »Hush Little Baby« weht ein frischer Wind, und bei etlichen Songs beugt sich der Marauder so zu Owen Noones Mikro herüber, dass sein Hintergrundgesang – ein bis dato nicht vorhandenes Element bei den Auftritten der Band – zu hören ist.

Das Set geriet in Gefahr, als die Musiker nach einer Pause, um das neue Jahr zu begrüßen, mit »Ground-Hog« weitermachten. Ein beängstigendes Knistern und Summen ertönte aus Noones Gitarre, und er musste mitten im Song abbrechen, um begleitet von den improvisierten Lounge-Musik-Akkorden des Marauder ein Problem mit seinem Verstärker zu lösen. Sobald die Elektronik wieder funktionierte, fingen sie noch einmal von vorn an und powerten mit neuer Energie durch den Rest des Sets, als wollten sie die Rock-'n'-Roll-Herrschaft über das neue Jahr antreten, bis sie zum Abschluss ein »Yankee Doodle« hinlegten, das alle im Publikum mitriss.

Zur Begrüßung des neuen Jahres pulsierte also Elektrizität durch unsere Finger und aus unseren Gitarren. Bei diesem Auftritt bin ich mindestens eine Meile gelaufen, gegangen und gesprungen, ich tobte über die Bühne wie ein verwirrter Frankenstein, bearbeitete meine Gitarrensaiten wilder denn je. Ich war sauer auf Stuart Means, ich war es satt, im Auto zu sitzen und tausende von Meilen zu fahren, und ich war alles satt, was nicht mit Musik zu tun hatte. Ich ließ all meine Energie in diesen Auftritt fließen. Normalerweise stand ich ziemlich ruhig da, wenn ich spielte, schaute nur auf meine Hände, die die Akkorde spielten, blickte ins Publikum, sah Owen an, meine Füße, aber an dem Abend fühlte ich mich entfesselt, als wäre es völlig egal, was ich tat, solange nur die Akkorde richtig kamen und es den Leuten gefiel. Ich musste nicht so tun, als wäre ich ich selbst, weil ich nicht ich selbst war und keiner wusste, wer ich war. Ich war bloß der Marauder, ein lächerlicher Name. Ich konnte alles tun, alles sein, ohne dafür geradestehen zu müssen.

Mitte Januar kamen unsere ersten Tantiemenschecks von Pulley, und obwohl es bloß ein paar hundert Dollar waren, hatte ich das Gefühl, etwas verdient zu haben. Es war eine Bestätigung dessen, was wir taten, unseres Lebens. Jedwede Schuldgefühle, die ich gehabt hatte, weil ich den Job in Peoria hatte sausen lassen und seit fast zwei Jahren vom Geld eines anderen lebte, lösten sich in Luft auf, als ich den Scheck in Händen hielt und den Betrag sah, und meinen Namen auf dem Stück Papier.

Am selben Tag rief Jack Noone an. Jack Noone persönlich. Ich ging ans Telefon und holte dann Owen, fragte ihn, ob es ihm lieber wäre, wenn ich aus dem Zimmer ginge. Er sagte nein, er wolle, dass ich dabei blieb. Ich setzte mich aufs Sofa und beobachtete Owen. Anna war joggen gegangen.

»Hallo, Owen hier«, sagte er, tat so, als wüsste er nicht, wer dran war. »Moment mal – hast du mich auf dem Lautsprecher?« Eine kurze Pause entstand. »Schalt das Scheißding ab. Ich rede nicht mit deinem gesamten Mitarbeiterstab, verdammt.« Wieder eine Pause. »Ich will mich nicht beruhigen. Was fällt dir überhaupt ein, mir so was zu sagen? Das hier geht die Leute nichts an. Schalt es aus.« Eine längere Pause folgte, und ich sah, wie Owens Kiefermuskulatur sich verkrampfte und unter der Haut spannte. »Okay, dann bleib mal kurz dran.« Er nahm das Telefon vom Ohr und legte die Hand auf die Sprechmuschel. »Hol einen Kassettenrekorder«, flüsterte er mir zu. Ich ging nach oben, nahm das Vierspurgerät – es war das erste Aufnahmegerät, das mir einfiel, obwohl wir zwei kleinere hatten – und schleppte es zusammen mit dem Mikrofon nach unten, wo ich es einstöpselte und Owen das Mikro reichte. »Moment noch«, sagte er, »ich mach nur eben den Lautsprecher an.« Ich hatte nicht mal bemerkt, dass wir einen Lautsprecher am Telefon hatten. Owen drückte den Knopf, legte den Hörer hin und nickte mir zu. Ich drückte auf Aufnahme und stellte das Mikro neben das Telefon. »So«, sagte er zu Jack Noone. »Worum geht's denn?«

»Owen, mach den Lautsprecher aus.«

»Nein. Ich bestehe auf fairen Bedingungen. Wer ist sonst noch bei unserer Unterhaltung dabei?«

»Niemand.«

»Von wegen. Ich kann sie atmen hören.«

Schweigen am anderen Ende. Ich sah zu, wie die Bandköpfe sich im Gerät drehten. »Zwei von meinen Assistenten sind hier, Owen, aber das ist nichts Ungewöhnliches. Und bei dir?«

»Bloß der Marauder, Sir. Meine Frau ist im Augenblick nicht da, leider.«

»Deine Frau?«

»Es gibt so einiges, was du nicht von mir weißt, weil du dich nie dafür interessiert hast. Worüber willst du reden?«

»Na ja, Owen, vielleicht hast du ja den Artikel im *San Francisco Examiner* gesehen –«

»In dem ich vielleicht zitiert werde.«

»Ja, genau, darum geht es uns – geht es mir. Ich denke, du hast ein falsches Bild von mir, von meiner Haltung zu einigen Wahlkampfthemen, und ich denke, wir sollten ein paar Dinge klären, damit der Wahlvorgang so fortgesetzt werden kann, wie es sein sollte.«

»Sprichst du auch schon mal wie ein normaler Mensch? Hast du dir schon mal selbst zugehört? Du klingst wie ein Roboter.«

»Ähm, Owen, ich finde nicht –«

»Sag einfach, was du willst.«

»Owen, ich möchte nicht, dass die Leute – und du – ein falsches Bild von mir haben. Ich bin nicht der Teufel, zu dem du mich machst. Ich habe eine Familie, weißt du, und diese Sache verletzt sie sehr.«

»Das ist ja wohl nicht meine Schuld. Du bist es schließlich, der hier die Richtung vorgibt, mein Lieber. Du bist es, der mich zwanzig Jahre lang ignoriert hat, nicht umgekehrt. Erzähl mir nichts von verletzten Familien. Ich hab nie viel verlangt, oder? Die Anerkennung durch meinen Vater, mehr nicht. Und die willst du mir selbst jetzt nicht geben, was? Du willst einfach nicht ehrlich sein.«

»Ich glaube nicht, dass es hier um Ehrlichkeit geht, Owen, ich –«

»Und ob es darum geht! Es geht nur darum – um deine Unehrlichkeit. Meinst du wirklich, es interessiert mich noch, ob du mir jedes Jahr ein Geburtstagsgeschenk geschickt hast oder irgend so ’nen Scheiß? Ich finde nur, dass jemand, der moralisch dermaßen bankrott ist wie du, nicht das Recht haben sollte, einer Menge Leute zu predigen, wie sie ihr Leben leben und was ihre Kinder sich im Fernsehen anschauen oder auf ihren Stereoanlagen anhören sollten, wo doch Arschlöcher wie du das eigentliche Problem sind, die sich einbilden, ihre Kinder lassen sich einfach so kaufen –«

»Owen, so ist das nicht. Das ist lange her, und auch wenn ich rückblickend einige Fehler gemacht haben mag, glaube ich nicht, dass dir das das Recht gibt, mich in aller Öffentlichkeit zu verleumden und zu verteufeln.«

»Aber ich verleumde dich doch gar nicht, oder? Ich hab jedenfalls noch keine Vorladung bekommen. Du bist wirklich so was von begriffsstutzig. Merkst du eigentlich nicht, wie beleidigend du bist? Wie herablassend? Vielleicht findest du mein Verhalten widerwärtig, aber das liegt nur daran, dass du keine Ahnung hast, wie es ist, wenn du erlebst, dass der eigene Vater in den Zeitungen genau gegen die Dinge wettert, von denen du weißt, dass er sie verkörpert. Erzähl mir nichts von Fehlern, Herr Abgeordneter, denn wenn du sie wirklich bereuen würdest, hättest du inzwischen was unternommen. Und damit meine ich nicht, mir zum sechzehnten Geburtstag eine beschissene Gitarre zu schenken. Die Liebe eines Kindes ist nicht käuflich, Herr Abgeordneter, genauso wenig, wie man aus einem Kind einen Kriminellen machen kann, indem man ihm erlaubt, Rockmusik zu hören.«

Owen hörte auf zu reden. Er atmete schwer. Das Geräusch eines Stiftes, mit dem auf eine Schreibtischplatte getrommelt wird, war zu hören. Dann seufzte Jack Noone.

»Owen, es tut mir Leid. Ehrlich. Du glaubst mir offensichtlich nicht. Ich habe gute Absichten, Owen, und ich weiß sehr viel besser als du, was dieses Land braucht. Ich bitte dich zum

Wohle der Nation, dich aus diesem Wahlkampf rauszuhalten. Es ist nicht richtig, wenn du dir ein bisschen selbstgerechte Befriedigung verschaffst, indem du meinen Charakter attackierst, aus Stolz oder Karrieregründen oder was auch immer. Es gibt Dinge, die sind wichtiger als du, Owen, und ich bitte dich, das zu respektieren und zu bedenken und dann zu entscheiden, was es wert ist, zerstört zu werden, und was nicht. Ich hoffe, wir können irgendwann ein bisschen vernünftiger über das alles reden.« Ein Klicken ertönte, gefolgt vom Besetztton.

»Er kotzt mich an!«, schrie Owen, und seine Stimme hallte gegen die Wände. Er nahm das Telefon und knallte es wieder auf den Tisch. Das Mikro rollte runter und fiel zu Boden, und ich sah die Anzeigenadeln am Gerät hochwippen.

Anna kam atemlos herein, Kopfhörer noch auf den Ohren. Sie sah sich im Zimmer um, sah Owen da stehen, dessen Kiefer aussah, als würde er ihm gleich durch die Haut platzen, und dessen Augen groß und weit aufgerissen waren. »Was ist hier los?«, fragte sie laut, ehe sie ihre Musik abstellte.

Owen ballte die Hände zu Fäusten. »Können wir spazieren gehen?«, sagte er sehr leise zu Anna. »Ich muss jetzt spazieren gehen.«

Anna sah mich an. »Dann komm«, sagte sie und streckte einen Arm nach Owen aus. Er durchquerte den Raum, und sie gingen. Ich sah ihnen nach, wie sie über den Rasen liefen, während Annas Hand langsam über Owens Rücken glitt. Es klickte laut, als das Band zu Ende war.

Ich blieb lange auf dem Boden neben dem Vierspurgerät sitzen, dachte nach, empfand nichts, starrte einfach auf den Boden, mit völlig leerem Kopf. Was gelogen ist, weil ich auf einmal an meinen Vater denken musste, mit dem ich nicht mehr gesprochen hatte, seit ich ihn am Tag nach der Abschlussfeier von einer Telefonzelle in Iowa City aus angerufen hatte. Das kam mir so lange her vor. Es war lange her. Mir fiel ein, dass meine Eltern gar nicht wussten, wo ich war, was ich machte oder wer ich war. Ich wollte sie anrufen, aber ich wusste nicht, was ich sagen sollte. Also blieb ich einfach auf dem Boden sitzen, rieb mit der Hand immer vor und zurück über eine Stelle des Teppichs, malte Muster in den Flor.

Ich blieb mindestens eine Stunde so sitzen, bis Anna und Owen zurückkamen. Owen trat durch die offene Tür und sagte: »Gut, es ist noch unten. Lass uns ein paar Songs aufnehmen.« Hinter ihm tauchte Anna mit einer Lebensmitteltüte auf. Owen zeigte darauf. »Wir haben Bier mitgebracht.«

Es gab nichts, was ich mir mehr wünschte, als Songs aufzunehmen. Wir schleppten die Verstärker und Gitarren und Mikrofone runter ins Wohnzimmer, und während Owen alles anschloss, suchte ich in meinem Zimmer nach dem Alan-Lomax-Buch. »Nur neue Sachen«, sagte Owen. »Nichts, was wir schon gespielt haben.« Ich entdeckte es unter einem Berg von Illustrierten und alten Zeitungen. Der Rückgabezettel der Bibliothek klebte noch immer drin. 23. Feb. 1995 stand darauf. Ich schnappte mir noch eine Kassette und ging wieder runter.

Owen schlug das Buch auf und blätterte es durch, und ich nahm meine Gitarre und schlug ein paar Akkorde an, nur um den Klang zu hören. Wir hatten seit Silvester nicht mehr gespielt, und es tat gut, das Summen der Verstärker und den spröden Klang einer Elektrogitarre zu hören. Ich fing an, »Yankee Doodle« zu spielen, aber Owen sagte, ich solle aufhören.

»Nichts Altes«, sagte er.

»Aber wir haben doch noch gar nicht richtig angefangen.«

»Nichts Altes. Hier« – er warf mir das Buch zu – »such ein paar Songs aus. Ich hab ›The Dying British Sergeant‹ und ›Will You Wear Red?‹ genommen. Du darfst nur anhand der Titel aussuchen.«

Ich nahm »Weary of the Railway» und »Wanderin'«, und dann einigten wir uns beide auf »The Titanic«, »Rye Whiskey« und »Fare Thee Well, O Honey«. Anna warf jedem von uns eine Dose Bier zu und ließ sich in den Sessel sinken. Wir stellten das Buch so aufs Sofa, dass wir beide reingucken konnten, und fingen mit dem ersten Song an, »The Dying British Sergeant«.

Wir spielten ein paar Strophen, um rauszufinden, wie es ging, und dann, nach ein paar Schlucken Bier, drückten wir den Aufnahmeknopf. Wir spielten beide sehr hart, als wollten wir jede Saite zerfetzen, aber Owen setzte das Fuzz-Pedal erst in der vierten Strophe ein. Ich war nicht darauf gefasst. Ich hatte die Augen geschlossen und lauschte dem Sound, als er aufs Pedal trat, und der Geräuschstoß ließ meine Augenlider hochschnellen. »But to our sad and sore surprise«, grölte Owen mit immer lauterer und heiserer Stimme, »We saw men like grasshoppers rise, / ›Freedom or death‹ was all their cry, / Indeed, they were not feared to die.« Sobald die Strophe endete, trat er wieder aufs Pedal, und der Raum schien ruhig zu werden, obwohl wir beide weiterspielten. Bei den letzten Worten der ersten Zeile der Schlussstrophe hörte Owen auf, die Akkorde zu schlagen, und ich machte weiter bis zur Mitte der dritten Zeile, dann hörte ich auch auf und ließ den Akkord nachhallen und verklingen, bis Owen wieder auf sein Pedal trat und allein und laut weiterspielte, während er über die dumpfe Verzerrung hinwegbrüllte. »Whilst I lie dead in Amerikee.« Seine Gitarre war verstimmt, und die gestaffelten Noten prallten gegeneinander, die Vibrationen rollten durch den Raum, bis sie sich auflösten. Alles wurde still.

»Ich glaub, das war ziemlich gut«, sagte Owen und drückte die Stopptaste am Vierspurgerät. »Das hat mir gefallen.«

Nach ein paar Stunden hatten wir sechs Songs aufgenommen und alles Bier getrunken. Irgendwann im letzten Jahr hatten wir ein Tamburin gekauft, und Anna nahm es und spielte mit, was auf dem Band kaum zu hören war. Wir hatten uns sieben Songs ausgesucht und wollten sie alle aufnehmen.

Der Letzte war »Wanderin'«. Wir waren müde und halb betrunken, aber wir wollten es zu Ende bringen.

Owen sah mich an. »Den Song singst du.«

»Nein.«

»Wieso nicht? Du singst nie richtig, aber ich höre dich immer, wenn wir spielen. Das hier wird deiner.«

»Nein, ich kann nicht singen.«

»Ich auch nicht.«

Ich seufzte. Ich wollte nicht vor Menschen singen. Aber es war nur ein Zweipersonenpublikum, also eigentlich kein Problem. »Na gut.«

Owen drückte auf Aufnahme, und ich fing an, das langsame, traurige Lied zu spielen und zu singen. Owen tat nichts, bis zu der Stelle, wo das Stück etwas an Fahrt gewinnt, und während ich »And it looks like I ain't never gonna cease my wanderin'« sang, spielte Owen einen einzigen leisen, verzerrten Ton, zupfte die Saite auf jeder Silbe bis zur letzten, als er sämtliche Saiten des C-Akkords anschlug, mit dem die Phrase endet. Es hörte sich gespenstisch an, und alles verklang gemeinsam, bis der Raum wieder ganz still wurde und wir fertig waren.

Wir machten ein paar Kopien von dem Band und schickten eine am nächsten Morgen an Dave Ferris, als Anreiz, für uns Studiozeit zu buchen. Nachdem uns die Tournee und diese Jack-Noone-Geschichte ziemlich niedergedrückt hatten, kamen wir jetzt allmählich wieder in Fahrt, und wir wollten so weitermachen. Es machte uns ausgeglichen, anders als das Rumgetoure, das nach den ersten paar Tagen einfach nur langweilig und nervig wurde, obwohl wir doch angeblich das taten, was wir tun wollten. Ansonsten konnten wir auch wieder zu unserem früheren Leben zurückkehren, Owen als Baseballspieler in der zweiten Liga und ich als Verfasser von internen Rundbriefen in einer Traktorfirma. Zugegeben, dieses frühere Leben hatte ich eigentlich nie richtig gehabt. Ich hatte es verworfen, noch ehe ich es bekommen hatte, und ich wollte nicht herausfinden müssen, was ich aufgegeben hatte.

Wir bekamen eine Ansichtskarte von Ed, mit seiner Adresse darauf. Wir hatten Ed vergessen.

Hallo,
ich hoffe, ihr habt das mit dem Schreiben ernst gemeint. Es war schön, euch kennen zu lernen, und ich würde wirklich gern ein Video für euch machen, falls das euer Ernst war. – Ed.

»Meinst du, wir könnten Dave dazu bringen, ein Video zu finanzieren?« Owen betrachtete die Postkarte, eine Nachtaufnahme der Skyline von New York.

»Wohl kaum. Ich glaube nicht, dass die Geld für so was haben. Oder für die Lancierung oder wie auch immer man so was bei MTV unterbringt.«

»Aber es würde doch gar nicht viel kosten, oder? Ich meine, je nachdem, was wir machen, aber Ed würden wir nicht viel bezahlen müssen.«

»Nur seinen Flug hierher an die Westküste und dann seine Unterkunft und Verpflegung und so weiter plus das ganze Videozeug – meinst du, der weiß überhaupt, wie man ein Musikvideo macht? Haben wir überhaupt eine Idee für ein Musikvideo? Wollen wir überhaupt eins machen?«

»Klar doch, wieso nicht?«

»Hast du je ein gutes gesehen?«

»Guter Einwand.« Owen blickte von der Ansichtskarte auf, und ich sah seinem Gesicht an, dass er eine schlechte Idee hatte. »Aber wir könnten was Politisches machen – gegen meinen Vater. Das könnte unsere beste Waffe werden.«

»Nein, Owen, nein. Ich will diese beiden Dinge nicht noch mehr miteinander vermischen als ohnehin schon geschehen.«

»Was redest du denn da? Das ist doch nichts anderes als das, was wir in Washington gemacht haben und was wir in

San Francisco hätten tun sollen. Wir sollten unsere Position besser ausnutzen.«

»Weißt du nicht mehr, was du Paul Danielson erzählt hast? Dass unsere Band nichts damit zu tun hat?«

»Hat sie aber – allerdings nicht so. Wir haben eine Plattform, das ist der springende Punkt. Die Kids hören auf alles, was wir sagen. Oder sie werden auf alles hören, was wir sagen. Wir werden nicht wegen Jack Noone populär, aber wir sollten anfangen, unsere Popularität zu nutzen, um das Richtige zu tun.«

Wir waren in der Küche, und Anna stand in der Tür. »Bist du sicher, dass du das Richtige tust?«, fragte sie.

Owen wandte sich um. »Bist du auch gegen mich?«

»Das hatten wir doch schon mal, nicht?«, sagte sie.

Owen hob eine Hand an die Wange, öffnete und schloss sie dann langsam zweimal vor der Brust, als wollte er in Zeitlupe mit den Fingern schnippen. »Ja. Wahrscheinlich. Okay. Aber ich denke nach wie vor, dass wir was tun sollten. Ich möchte, dass ihr beide das versteht. Wir müssen politisch sein. Wir sollten es sein.«

»Warum?«, fragte ich.

»Ich denke – wir sollten es einfach. Dafür ist Rockmusik schließlich da, dafür sind unsere Songs da, oder? Nicht alle von ihnen, aber zum Beispiel – ›Yankee Doodle‹ und ›Dying British Sergeant‹ und noch andere. Das sind politische Lieder, revolutionäre Lieder. Das entspricht dem Geist dessen, was wir tun.« Er setzte sich. »Es hat nicht bloß was damit zu tun, dass er mein Vater ist. Es hat was damit zu tun, viel sogar, aber es geht auch darum, wie hier in diesem Land Dinge ablaufen. Von diesem Fall wissen wir nur, weil dieses Arschloch zufällig mein Vater ist. Aber das sind doch alles Arschlöcher. Wir könnten an ihm ein Exempel statuieren und Dinge verändern.«

Ich fing an, in der Küche auf und ab zu gehen und mit der Hand über die Arbeitsplatte zu streichen. »Was soll denn verändert werden, Owen? Sieh dir uns an. Wir haben's gut. Wir leben nicht mehr in den Sechzigerjahren, als es noch etwas gab, wogegen man protestieren konnte. Wir haben Geld und nicht viel, worüber wir uns beklagen könnten. Ich will nicht, dass wir zur Zirkusnummer werden.«

»Verstehst du denn nicht«, sagte er. »Gerade deshalb müssen wir es machen. Wir müssen Veränderungen fordern. Wir haben es so gut, dass wir uns jetzt über einen Fliegenschiss wie Jack Noone beklagen können. Jetzt oder nie. Solche Dinge kannst du nicht verändern, wenn gerade Krieg ist. Und deshalb müssen die kleinen Heucheleien in Angriff genommen werden, wenn alles gut läuft. Wir können nicht einfach tatenlos rumsitzen.«

»Owen, ich glaube, ich weiß nicht, was du willst. Und ich will mich nicht auf Dinge einlassen, die uns davon abbringen, eine Band zu sein, Musik zu machen. Das war schließlich unser Ziel, oder etwa nicht? Ich lebe hier meinen Traum, und das will ich nicht verlieren.«

»Genau darum geht's«, sagte er. »Was nützt ein Traum, wenn du kein Ziel mit ihm verfolgst? Wenn er nur diese flache Fantasievorstellung ist und du eines schönen Tages aufwachst? Weil wir nämlich nicht ewig währen werden. Erinnerst du dich noch an unseren Besuch in Graceland? So sind wir nicht. Wir werden alt und fett, und kein Mensch wird sich noch für uns interessieren. Keiner wird weinend durch dieses Haus laufen, um sich anzusehen, wo alles passiert ist. Es wird keinen Schwanz interessieren. Wir sollten uns lieber das zunutze machen, was wir jetzt haben, ehe alles in sich zusammenbricht und wir bei McDonald's arbeiten und darüber reden, wie toll wir doch waren. Weißt du, ich hab lange darüber nachgedacht. Wir haben diese eine Chance, etwas zu verbessern. Und am Ende des Lebens will ich nicht dasitzen und einsehen müssen, dass alles, was ich gemacht habe, bestenfalls beliebig war.«

Auch ich wollte nicht beliebig sein. Wahrscheinlich hatte

ich nie viel über etwas anderes nachgedacht als über mich selbst und darüber, wie viel alle anderen mir schuldig geblieben waren, von den Leuten, mit denen ich zum College ging – diejenigen, die ich zugleich beneidete und hasste – bis zu meinen Eltern, die aus meiner Sicht, als ich sie aus der Telefonzelle anrief, nur egoistisch reagierten und mir sagten, ich solle einen Job annehmen, den ich gar nicht wollte, nur weil sie sich einen Sohn wünschten, auf den sie stolz sein konnten. Nie war mir der Gedanke gekommen, dass sie mich glücklich, zufrieden, abgesichert und erfolgreich sehen wollten. Sie waren einfach nur von ihren eigenen Vorstellungen ausgegangen. Ich war in allem schlecht gewesen, was ich tat, ein schlechter Dichter, ein schlechter Sohn, ein schlechter egozentrischer Mensch. Ich hatte nie über den Moment hinausgeschaut, den ich gerade erlebte, nie irgendetwas hinter oder vor mir wahrgenommen. Als ich in der Küche stand und mir Owens Worte durch den Kopf gingen, dachte ich, dass jetzt vielleicht der Zeitpunkt gekommen war, etwas Bedeutungsvolles zu tun, etwas, woran ich glaubte. Natürlich wusste ich gar nicht, woran ich glaubte. Aber allmählich glaubte ich es zu wissen. Zumindest wollte ich es glauben.

Dave Ferris rief an, nachdem er unser Band erhalten hatte. Es gefiel ihm. Sehr.

»Können wir dann bald ins Studio?«, fragte ich ihn.

Ich hörte leise seine Atemzüge, dann ein Seufzen. »Tja, also, ich weiß es nicht. Das ist – vielleicht ist das nicht mehr meine Entscheidung.«

»Wie meinst du das?«

»Ich hab ein Angebot bekommen, eure Alben an ein großes Label zu verkaufen. An Pacific.«

»Pacific?« Ich schrie praktisch ins Telefon. »Pacific«, sagte ich leiser. »Haben wir denn da kein Wörtchen mitzureden? Wir wollten nicht zu Pacific.«

»Doch, klar habt ihr das. Ihr könnt nein sagen. Aber hör

mal: Wir hier, Pulley, sind kein großer Laden und die Tantiemen, die sie anbieten, sind mehr als anständig. Ich brauch das Geld.«

»Aber Dave – was ist mit uns?«

»Keine Bange. Euch wird's besser gehen, falls du dir deswegen Sorgen machst.«

Deswegen? Ich wusste nicht recht, weshalb ich mir Sorgen machte. Ich hatte mich bei Pulley wohl gefühlt, weil wir über fast alles selbst bestimmen konnten. Ich wusste, dass ich bei Pacific nicht glücklich werden würde. Pacific hatten mehr Möglichkeiten, fettere Marketingbudgets, mehr Geld, das sie für uns ausgeben konnten, und das könnte hilfreich sein. Aber wenn ich an unseren ersten Abend im CBGB's dachte, hatte mir so etwas nicht vorgeschwebt, als ich hinter der Bühne dieses Stück Papier unterschrieb, während Owen nach Anna suchte, Kid Tiger sich auflösten und unsere Rockkarriere begann.

»Die haben sich das neue Band angehört«, sagte Dave. »Und sie finden es großartig. Ich bin sicher, die bringen euch so schnell ins Studio, wir ihr nur wollt.«

»Klar«, sagte ich, doch ich nahm nicht richtig wahr, was er sagte, hörte nur vage, formlose Geräusche.

»Außerdem ist das nicht nur gut für mich. Es ist auch gut für euch. Ich schicke euch die Verträge zu, und ihr könnt sie euch ansehen. Aber ich muss wirklich sagen, so ist es am besten. Für mich und für euch.«

Ich sagte ihm, er solle uns die Papiere schicken. Dann erzählte ich es Owen, unsicher, wie er reagieren würde.

»Pacific? Das ist ja toll! Jetzt können wir's machen, jetzt haben wir das Geld.«

»Was machen?«

»Das Video. Alles. Einfach alles. Ich meine, ich mag Dave Ferris, aber die haben wirklich nicht die Möglichkeiten, die Pacific bietet. Wir haben's geschafft. Wir sind wer, wenn wir das neue Album erst fertig haben – und es eine Million Mal verkaufen. Das ist das Beste, was uns passieren kann. Warum guckst du so?«

Mein Mund stand sperrangelweit auf. Ich war unsicher gewesen, wie Owen auf die Neuigkeit reagieren würde, aber mit einer solchen Begeisterung hatte ich nicht gerechnet. Normalerweise wurde er wütend, wenn irgendwelche Entscheidungen ohne ihn getroffen wurden. Er wollte immer bestimmen. Und obwohl Dave gesagt hatte, dass wir uns noch entscheiden könnten, konnten wir das in Wirklichkeit nicht. Aber vielleicht war dieser Entschluss nach Owens Ansicht ja so gut, dass es keine Rolle spielte, ob wir sie getroffen hatten oder nicht.

Zwei Tage nachdem wir den Vertrag unterschrieben hatten, erhielten wir einen Anruf von unserem neuen Freund Stuart Means. »Ich wollte euch nur im Team willkommen heißen«, sagte er. Wir hatten den Lautsprecher eingeschaltet. »Wir haben uns hier das Demoband angehört und finden es wirklich gut.«

»Wer ist wir?«, fragte Owen.

»Das Team«, sagte Stuart Means. »Alle hier. Sogar der Präsident der Firma. Jedenfalls, meine Aufgabe ist es, dafür zu sorgen, dass ihr Jungs zufrieden seid und alles habt, was ihr braucht.«

»Wann können wir ins Studio?«

»Bald. Bald. Wir müssen nur noch das passende Studio und einen Produzenten finden. In der Zwischenzeit –«

»Was ist mit Steve?«, fragte ich. Es war das erste Mal, das ich mich einschaltete.

»Oh, hallo, du bist auch da. Welcher Steve?«

»Steve Wood. Der hat unser letztes Album gemacht.«

»Ach so, der. Tja, also, ich denke, wir finden da noch jemand Besseren. Mit einem bekannteren Namen.«

»Jemand Besseren? Aber er –«

»Ehrlich gesagt, Jungs, wir arbeiten eigentlich nicht mit ihm. Er hat in der Vergangenheit ein paar Sachen für uns gemacht, und das ist nicht so gut gelaufen. Wir haben etliche andere Leute in petto, die das besser machen können, keine Sorge. Ich sag euch Bescheid, sobald wir so weit sind. In der Zwischenzeit –«

»Was soll das heißen, nicht gut gelaufen?« Mir gefiel das nicht, was Stuart Means da sagte. Ich hatte das Gefühl, dass er uns etwas verschwieg. Außerdem mochte ich Steve Wood, und ich konnte mir nicht vorstellen, dass es jemanden gab, der noch besser war.

»Nichts, ehrlich, nichts, worüber ihr euch Gedanken machen müsst«, sagte Stuart Means. »In der Zwischenzeit hätten wir gerne, dass ihr auftretet, nur einmal, um den Labelwechsel bekannt zu machen.«

»Wo soll das sein?«

»Hier in L.A.«

Der Gig war am letzten Februartag in demselben Laden, wo wir Silvester aufgetreten waren. Es war zwei Monate her, dass wir vor Publikum gespielt hatten, und wir hatten sieben neue Songs im Repertoire und ein neues Plattenlabel. Alles fühlte sich neu an, frisch, als fingen wir gerade erst an. Pacific hatte einen Haufen Eintrittskarten verteilt, und einige Radiosender hatten sie an die Gewinner von irgendwelchen Wettspielen verschenkt. Der Rest war schnell ausverkauft. Im *Rolling Stone* erschien ein kleiner Artikel über unseren Labelwechsel, der weitere Publicity brachte, positive und negative. Wir hatten sogar Briefe von Fans erhalten, die uns vorwarfen, uns verkauft zu haben. Unterdessen startete Pacific eine Marketingoffensive mit Plakaten, die in Plattenläden für uns Werbung machten mit dem Zusatz: »In Kürze erscheint das neue Album«. Aber Stuart Means hatte uns noch keinen Produzenten und auch noch keine Studiozeit besorgt. Wir wurden allmählich unruhig. Wir wollten mehr tun als nur zu Hause rumsitzen und ans Telefon gehen. Außerdem hatte er uns gesagt, wir sollten keine Interviews mehr geben, solange das Album noch nicht fertig war. Wir verstanden zwar nicht, warum, aber anscheinend gab es in unserem Vertrag eine Klausel, die uns das untersagte, selbst wenn das Interview nichts mit der Band zu tun hatte, was bedeutete, dass auch das Thema Jack Noone tabu war.

Wir hatten uns Neptune als Vorgruppe gewünscht, aber Pacific hatte auf Krux beharrt, eine von ihren unbekannteren Bands. Die Gruppe bestand aus drei Gitarristen, einem Bassisten und einem Drummer. Zwei von den Gitarristen sangen, und das ganze Set war sehr geräuschvoll. Die Gitarren produzierten zusammen mit dem extrem lauten Bassisten komprimiert verzerrte Powerakkorde, und die dritte Gitarre spielte frenetische Leadparts, die sich anhörten wie von einem Iron-Maiden-Album, während der Drummer versuchte, mit dem Tempo mitzuhalten. Owen und ich standen backstage und fragten uns, wer wohl glaubte, dass das zusammenpasste. Auch das Publikum schien nicht überzeugt zu sein und klatschte höflich nach jedem Song. Die Leute waren nicht gekommen, um Krux zu sehen. Sie wollten uns sehen.

Die Band beendete ihr Set, und dann kamen wir an die Reihe. Roadies räumten die Bühne leer und bauten unsere Verstärker und Gitarren auf und stimmten sie sogar. Das passte uns gar nicht, weil wir unsere Gitarren lieber selber stimmten. Stuart Means sagte, wir sollten es einfach hinnehmen. Warum uns die Mühe machen, sie zu stimmen, wenn wir es uns leisten konnten, es von anderen erledigen zu lassen. Wir wussten nicht, wer das bezahlte, aber uns blieb keine große Wahl. Als die Jungs mit dem Aufbau fertig waren, stellten sie unsere Gitarren auf Ständer vor die Verstärker. Das Publikum fing an zu jubeln, Pfiffe gellten über den Applaus und die Rufe hinweg.

»Komm«, sagte ich zu Owen.

»Nein, wartet noch ein bisschen«, sagte Stuart Means. »Das steigert die Spannung. Gehört zum Showbusiness.«

»Komm«, sagte Owen, und wir marschierten unter dem

stärker werdenden Jubel unserer Fans auf die Bühne. Wir nahmen unsere Gitarren und hörten das Knistern und Summen, als wir die Verstärker anmachten. Ich testete den Sound, schlug ein paar schnelle Akkorde, und Owen tat das Gleiche, trat dabei ein paar Mal auf sein Pedal. Der Jubel wurde noch lauter. Owen sah mich an, und ich nickte. Er trat ans Mikro. »Ich bin Owen Noone, und das ist der Marauder«, sagte er und zeigte auf mich. »Vielen Dank an Krux, dass sie den Abend eröffnet haben. Unser erster Song handelt von harter Arbeit.« Dann sang er aus vollem Halse: »Jaaaaaaaaaaaaawwwwwwwwwnnnnnnnnnnn«, und auf »Henry« legte ich los, krachte den C-Akkord raus, und sofort waren wir voll auf Touren. Das Publikum klatschte und sang mit, alles andere war ausgeblendet, reine Musik, die abgehackten Akkorde unserer Gitarren und der Gesang von Owen und der Menschenmenge verschmolzen irgendwie zu einer schrägschönen Einheit.

In diesem Moment war Musik das Einzige, was für uns zählte. Owen und ich sahen uns immer wieder an und lächelten. Gegen Ende kam Anna dazu, um »Careless Love« zu singen, und danach spielten wir »Will You Wear Red?«, einen der neuen Songs, den wir für das Demoband aufgenommen hatten. Den Leuten gefiel es, obwohl sie nicht mitsingen konnten, und als wir fertig waren, gab es kräftigen Beifall. Dann spielten wir »The Erie Canal«, einen unserer ersten Songs, wonach ich an der Reihe war, den letzten Song des Sets zu singen, »Wanderin'«.

Owen nahm den Mikroständer und trug ihn zu mir rüber. Ich hielt ihn mit zitternder Hand fest, um mich zu vergewissern, dass er tatsächlich da war, und um einen Halt zu haben. Ich hatte das Gefühl, gleich umzukippen. Ich blickte über die Gesichter in den ersten paar Reihen hinweg. Die Leute starrten aufmerksam, manche beugten sich zum Nachbarn rüber und sagten etwas, während sie darauf warteten, dass der Marauder sang. Ich räusperte mich und sagte: »Jetzt kommt wieder ein Song von unserem neuen Album, falls wir es je aufnehmen.« Dann fing ich an zu spielen und sang krächzend:

I been wanderin' early,
I been wanderin' late
From New York City
To the Golden Gate.
And it looks like
I ain't never gonna cease my wanderin'.

Und Owen spielte wie gehabt, ein einziger Ton während der ersten zwei Liedzeilen und zum Schluss den C-Akkord, sodass es klang, als wollten die Vibrationen der verzerrten Noten die sauberen Töne meiner eigenen Gitarre zerschlagen. Ich konnte sehen, dass das Publikum völlig reglos war, dass alle ganz still meiner ruhigen Stimme lauschten, meiner ruhigen Gitarre, und Owens Töne glitten durch den Raum zwischen uns. Als wir zur letzten Wiederholung kamen, ließ ich die letzten Noten verklingen und bedankte mich dann bei den Leuten. Sie klatschten und jubelten laut, als wir unsere Gitarren abnahmen, auf die Ständer stellten und von der Bühne gingen.

Stuart Means empfing uns. »Gute Show, Jungs, gute Show. Aber tut mir einen Gefallen.« Er legte eine Hand auf meine Schulter, machte einen auf »treuherzig von Mann zu Mann«. »Spielt keinen von den neuen Songs mehr und sprecht auch nicht über das Album, bis wir es tatsächlich fertig haben. Das ist nicht gut fürs Geschäft.«

Das Publikum klatschte und johlte noch immer. Owen und ich wechselten einen Blick. »Bist du in der Band?«, fragte Owen.

»Was?«, sagte Stuart Means.

»Ich hab gefragt, ob du in der Band bist. Wenn ich die Situation nämlich richtig überblicke, sind wir noch immer

Owen Noone and the Marauder. Nicht Owen Noone and the Marauder and Stuart Means.«

»Was willst du damit sagen, Owen?« Er hatte noch immer diesen treuherzigen Blick aufgesetzt, aber jetzt auch noch eine Prise gelinde Verwirrung beigemischt und seine Hand von meiner Schulter genommen.

»Wir spielen die Songs, die wir spielen wollen.« Er sah mich an. »Komm.«

Wir gingen wieder auf die Bühne, und der Beifall nahm zu. Owen nickte in die Menge, und dann kamen Stimmen aus den Lautsprechern. Ein paar Sekunden später war mir klar, was da lief. »Na ja, Owen, vielleicht hast du ja den Artikel im *San Francisco Examiner* gesehen –« Es war das Band, das ich von dem Telefongespräch mit Jack Noone aufgenommen hatte. Ich sah zu Owen hinüber, als ich meine Gitarre nahm und formte mit den Lippen: »Was soll der Scheiß?« Er lächelte bloß – »Ich glaube nicht, dass es hier um Ehrlichkeit geht, Owen, ich –«, und Owen trat ans Mikro. Während er redete, entstand ein surrealer Mix aus Jack Noone, Owen Noone und dem sprechenden Owen Noone.

»Ich hab neulich einen interessanten Anruf erhalten«, sagte er, »und den wollte ich euch nicht vorenthalten.« Das Publikum zeigte keine Reaktion. »Jedenfalls, wir möchten uns bei unserem neuen Label Pacific Records bedanken, dass sie den Abend hier organisiert haben, und auch bei Dave Ferris. Es gibt da einen Typen namens Stuart Means, der für Pacific arbeitet und sich einbildet, er wäre unser Boss. Er hat uns gesagt, wir sollten das nächste Stück nicht spielen, also widmen wir den Song ihm und Jack Noone. Er heißt ›The Dying British Sergeant‹.« Wir fingen an zu spielen, während Owen auf dem Band sagte: »Die Liebe eines Kindes ist nicht käuflich, Herr Abgeordneter.« Wir spielten langsam, aber konzentriert, schlugen jeden neuen Akkord hart an, und es ergab fast einen Percussion-Effekt, wenn eine neue Schwingung in die Magneten der Pickups krachte. Owen sang laut und rau, und seine Stimme peitschte auch noch die letzte Zeile entlang, »Whilst I lie dead in Amerikee«. Die beiden Gitarren ertönten, eine sauber, eine verzerrt, und ehe sie verklangen, hatte Owen schon angefangen, »Ding-Dong the Witch is Dead« zu singen. Er hatte das Band mit dem Telefonat auf Endlosschleife aufgenommen, daher spielte es erneut im Hintergrund ab, während ich ziellos vor mich hinspielte und am Ende nicht aufhörte, sondern im gleichen Tempo zu »Yankee Doodle« überging. Das Publikum fiel mit ein, der Refrain wurde immer lauter und lauter, bis ich das Band nicht mehr hören konnte, nur noch Stimmen und Gitarren, die dieses patriotische Lied miteinander teilten, das nicht mehr patriotisch wirkte, sondern bloß noch ein Song war, den jeder kannte und nie einer richtig verstanden hatte. Besonders die Stelle: *And called it macaroni.*

Stuart Means tobte, als wir hinter die Bühne kamen. »Was zum Teufel sollte das denn?«, wollte er wissen. Sein Gesicht war dunkelrot, und ich dachte, ihm würden gleich die Augen aus dem Gesicht ploppen. »Ihr beide habt noch einiges zu lernen, wenn ihr in diesem Geschäft was werden wollt. Ich dulde es nicht, dass ihr euch mitten in einem Gig über unsere Firma lustig macht.«

»Stuart«, sagt Owen ruhig, »eigentlich haben wir uns bei der Firma bedankt. Über dich haben wir uns lustig gemacht. Im Ernst, ich will mir gar nicht vorstellen, wie sauer du wärst, wenn du das kapiert hättest.«

»Sehr lustig, Owen«, sagte er, und sein Gesicht wurde noch dunkler.

Anna kam zu uns und küsste Owen auf die Wange. »Super Show«, sagte sie, ehe sie Stuart Means' Gesicht sah. »Mein Gott, kriegst du keine Luft mehr?«

Stuart Means machte den Mund auf, um etwas zu sagen, schloss ihn aber wieder und atmete tief durch die Nase. »Nein, alles in Ordnung. Wir haben nur gerade – ein paar geschäftliche Dinge besprochen.«

»Geschäftlich?«, sagte Anna, sah Stuart Means mit gerunzelter Stirn an und wandte sich dann Owen zu. »Du hast doch keine Ahnung von geschäftlichen Dingen, oder?« Sie blickte erneut Stuart Means an. »Sie waren jedenfalls toll, nicht? Mit diesem Produkt haben Sie eine gute Investition getätigt, Mr Means.« Sie lachte, und Owen lächelte. Ich biss mir auf die Lippe, um nicht loszuprusten.

Stuart Means schnaubte und ging weg.

»Bring uns in ein Studio, Stuart«, rief ich ihm nach. »Bald.«

Wir behandelten Stuart Means schlecht, aber wir fühlten uns im Recht. Schließlich hatten wir ihn nicht darum gebeten, ständig in unserer Nähe zu sein, und wir waren vorher ja auch gut ohne ihn ausgekommen. Wir wollten uns von ihm nicht sagen lassen, wann wir auf die Bühne gehen und was wir spielen sollten, und schon gar nicht, was wir sagen und was wir nicht sagen durften. Es war unser Forum. Wir hatten das Wort. Wenn wir auftraten, gehörte uns für zwei Stunden die Welt, und wir standen absolut im Mittelpunkt. Alles andere, Geld, Geschäfte, Jack Noone – einfach alles – verschwand zwei Stunden für uns und auch für unser Publikum, unsere Fans, wenn sie zusahen, wie zwei Menschen, die genau wie sie waren, etwas Besonderes taten, eine Atmosphäre schufen, sie in ihren Bann schlugen, die Luft mit Musik erfüllten und sie zur wichtigsten Sache der Welt machten. Dafür zahlten sie, dafür spielten wir, und dafür wären wir auch dort gewesen, wenn wir kein Geld gekriegt hätten.

Ein paar Tage später rief Stuart Means an. »Ich glaube, ich muss mich bei euch entschuldigen«, sagte er. »Ich war neulich Abend zu aufdringlich. Ich hoffe, ihr nehmt das nicht persönlich. Ich möchte einfach nur, dass unsere Bands Erfolg haben, und dann werde ich schon mal übereifrig. Also, tut mir Leid, wenn ich euch verärgert habe.« Ich glaubte, er wollte von uns »schon in Ordnung« hören, aber das kam nicht, und langes Schweigen trat ein. »Ach, noch was«, sagte er schließlich. »Könnt ihr vielleicht morgen Nachmittag hierher ins Büro kommen? Ein paar Leute wollen mit euch darüber reden, ob ihr einen Werbespot machen würdet.«

Die Zentrale von Pacific bestand aus zwei Büroetagen in einem großen Gebäude im Stadtzentrum. Wir mussten hinfahren, den Pick-up für drei Dollar die Stunde in einem Parkhaus abstellen und dann noch zwei Häuserblocks weit gehen. Als ich etwa zehn Jahre alt war, fuhren meine Eltern einmal mit mir nach Chicago, und ich weiß noch, dass es da ein nach innen gekrümmtes Gebäude gab, weg vom Bürgersteig, und wenn du dich ganz dicht davor stelltest und nach oben schautest, sah es so aus, als würde es sich über dich neigen und gleich umfallen, ein Effekt, der durch die darüber hinwegziehenden Wolken noch verstärkt wurde. Ich stand fünf Minuten lang da und bestaunte es, bis mein Vater meine Hand nahm und sagte, Komm jetzt, und wir die Straße runter zur Börse gingen, um die Händler mit ihren bunten Jacken und der albernen Zeichensprache zu beobachten.

Das Gebäude mit den Pacific-Büros war nicht so. Es gab zum Beispiel keine Wolken, und als ich hochblickte, sah ich nichts, was sich bewegte und einen Kontrast zur Reglosigkeit des Gebäudes bildete. Es war bloß starr und bot keine Gelegenheit, die Sinne oder den Verstand zu narren und die Illusion zu wecken, dass ein Gebäude sich einfach so mitten am Nachmittag neigen und umkippen könnte. Wir mussten einem Wachmann sagen, dass wir einen Termin hätten, und er fragte erst oben nach, ehe er uns zum Fahrstuhl ließ. Im vierzehnten Stock ging die Tür auf, und Stuart Means nahm uns in Empfang.

»Willkommen in der Zentrale«, sagte er.

Stuart Means führte uns einen Gang hinunter und an Bürowaben vorbei, in denen Menschen vor Computern saßen oder telefonierten oder gar nichts taten. Abgesehen von einem gedämpften Murmeln war es sehr leise, was doch eigentlich seltsam war für eine Plattenfirma. Ich merkte, dass ich erwartet hatte, Musik zu hören, dass das Gebäude mit Pacific-Künstlern beschallt würde, aber es gab keine Musik, nur das Gemurmel und die Klimaanlage.

Stuart Means führte uns zu einem Besprechungszimmer, klopfte leise an die Tür und ging dann hinein, ohne auf eine Antwort zu warten. An einem Ende eines großen ovalen Tisches saßen drei Männer mit zwei Krügen Wasser vor sich. Sie standen auf, als wir hereinkamen, und Stuart stellte sie vor: der Leiter von A&R für Pacific, ein Account Manager von der Werbefirma und ein Marketingspezialist von Arroyo Trousers. Sie waren alle etwa im selben Alter – Mitte dreißig – und trugen alle graue Anzüge. Erst jetzt fiel mir auf, dass auch Stuart Means einen Anzug trug. Das war das erste Mal, dass ich ihn nicht in seiner Rockfan-Garderobe sah. Owen trug Shorts und sein orangefarbenes T-Shirt vom Fuzzy's; ich hatte Jeans an, Sandalen und ein Bradley-T-Shirt. Nachdem Stuart Means uns vorgestellt hatte, setzte er sich, und alle anderen taten es ihm gleich.

Der Mann von der Werbefirma ergriff das Wort. »Ich vermute, Sie haben unsere derzeitige Kampagne für Arroyo-Kordhosen schon gesehen«, sagte er und starrte auf einen Papierstapel vor sich auf dem Tisch.

»Nein«, sagte Owen.

»Kein Problem.« Der Werbemensch nahm eine Fernbedienung zur Hand und zielte damit auf einen Fernseher, der am anderen Ende des Tisches auf einem Rollwagen stand. »Passen Sie auf.« Ein Video startete. Ein berühmter Schauspieler stand mit brauner Kordhose und weißem T-Shirt in einem weißen Zimmer und hielt ein Tamburin in der Hand. Er fing an, das Tamburin zu schlagen und im Kreis zu tanzen und sang dabei: »Old MacDonald had a Farm, ee-eye-ee-eye-oh, and on that farm he had a cow, ee-eye-ee-eye-oh.« Am Ende der Zeile blieb er stehen, blickte in die Kamera und sagte: »Das ist einfach.« Dann erschien auf dem Bildschirm ein gelber Kreis mit dem Wort ARROYO in der Mitte.

Gleich darauf begann ein neuer Spot, diesmal mit Ellen Trelaine, der Schauspielerin, die auf dem Fest zur Veröffentlichung unseres Albums gewesen war. Sie trug eine Kordhose und eine weiße Bluse und spielte irgendwas Unverständliches auf einem Recorder ab. Nach einer halben Minute hörte sie auf, wiederholte den Satz des Schauspielers, »Das ist einfach«, und verschwand hinter dem Arroyo-Logo. Der Werbemann stoppte das Band.

»Sie wollen also, dass wir beide Kordhosen und Arroyo-T-Shirts anziehen, irgendeinen dämlichen Song spielen und dann sagen: ›Das ist einfach‹?«, fragte Owen.

Der Arroyo-Manager kratzte sich an der Schläfe. »Na ja, dämlich würde ich nicht sagen –«

»Wie viel zahlen Sie uns dafür?«

»Uns schwebt da eine Zahl vor«, sagte er, »aber wir können verhandeln. Wie viel wollen Sie?«

»Warum gerade wir?« Alle wandten sich um und sahen mich an. »Die anderen beiden sind Schauspieler – was wollen Sie jetzt mit einer unbekannten Rockband?«

Der Mann von Pacific schaltete sich ein. »Nicht unbekannt. Ihr seid nun ganz eindeutig nicht mehr unbekannt. Ich denke, alle im Raum sind der Meinung, dass ihr das richtige Image habt, die Glaubwürdigkeit. Wir denken, das könnte eine für beide Seiten vorteilhafte Beziehung werden.«

»Ja«, sagte der Werbemann. »Wir haben Ihren ›Yankee Doodle‹-Song gehört. Den würden wir gern verwenden. Er passt wunderbar, ein Lied, das alle kennen – wenn auch vielleicht nicht gerade Ihre Version –, und Sie beide sehen gut aus. Sie sind jung, unser Publikum kann sich mit Ihnen identifizieren. Was halten Sie davon?«

»Wie viel Geld?«, fragte Owen erneut.

Der Manager nannte einen Betrag.

»Und das ist für uns, ja?«, fragte Owen. Er wackelte mit dem Finger zwischen Stuart Means und seinem Boss hin und her. »Kein Cent davon geht an die beiden Clowns da?«

Stuart beugte sich vor. »Owen, ich wäre dir dankbar, wenn –«

»Stuart, das haben wir doch alles schon besprochen. Hast du uns inzwischen Studiozeit besorgt? Hast du überhaupt schon irgendwas getan?« Owen richtete seine Aufmerksamkeit erneut auf das Werbeduo. »Also, ist das alles für uns?«

»Hundert Prozent«, sagte der Manager.

Owen schlug mit den flachen Händen auf den Tisch. »Würden die Gentlemen uns wohl einen Moment allein lassen, damit wir die Sache besprechen können?«

Stuart Means öffnete den Mund und holte tief Luft, beschloss dann aber, doch nichts zu sagen. Die drei Geschäftsleute standen auf und verließen den Raum, und Stuart Means folgte ihnen.

Owen sah mich an. »Und?«

»Das ist viel Geld«, sagte ich.

»Wir könnten damit das Wohnzimmer in ein richtiges Studio umbauen.«

»Dazu müssten wir das Haus erst kaufen.«

»Das wäre auch noch drin.«

»Ich bin einverstanden.«

»Aber wir sollten ihnen nicht in jedem Punkt nachgeben. Wir sollten sie zu Kompromissen zwingen.«

»Zum Beispiel?«

Owen zuckte die Achseln. »Ich weiß nicht. Wir sollten den Song selbst aussuchen, ihnen nicht die Auswahl überlassen.«

»Was würdest du denn nehmen?«

»Yankee Doodle.«

»Ich auch.« Wir fingen beide an zu lachen.

Wir baten die Geschäftsmänner wieder herein, und Owen sagte ihnen, dass wir es machen würden. Alle vier lächelten, und der Arroyo-Manager schüttelte uns die Hand. »Ausgezeichnet«, sagt er. »Wir freuen uns sehr, Sie an Bord zu haben. Wir glauben, es wird Ihnen Spaß machen.«

»Eins noch«, sagte Owen. »Wir möchten einen kleinen Text, dass der Song auf unserem Pulley-Records-Album erhältlich ist. Kleinformatig oder so.«

Stuart sagte: »Owen, ich glaube nicht –«

Der Arroyo-Manager lächelte und winkte ab. »Nein, nein, Stuart, ist schon gut. Klar, Owen, ich verstehe. Ich denke, das ist machbar. Das geht in Ordnung.« Der Werbemann schob ihm einige Papiere vor die Nase. »Wenn Sie jetzt nur noch eben diese Verträge unterschreiben könnten.«

»Erst wenn die Klausel über unser Album drin ist«, sagte Owen. Ich hatte gar nicht daran gedacht und wollte schon nach den Papieren greifen. »Fügen Sie die einfach noch ein und schicken Sie uns alles zu. Wir unterschreiben dann, keine Bange.«

Die Besprechung war zu Ende. Stuart Means brachte uns zurück zum Fahrstuhl. Während wir vor der Tür warteten, sagt er: »Wisst ihr was, Jungs, ich fand das nicht fair, wie ihr mich da drinnen behandelt habt. Hab ich euch irgendwas getan? Hab ich euch schlecht behandelt? Ich denke, ich kann etwas mehr Respekt von euch erwarten.«

»Stuart«, sagte Owen und schüttelte den Kopf wie eine enttäuschte Mutter, »wie oft müssen wir dir das denn noch sagen? Wir wollen dich nicht. Wir haben dich nicht eingestellt und du hast uns nicht eingestellt, okay? Ich weiß, du hast dir Mühe gegeben, und vielleicht sind wir in deinem Kopf ja auch deine kleine Erfolgsstory, aber vergiss nicht, dass du bloß einen Vertrag gekauft hast. Wir können prima ohne dich auskommen. Wenn es nach uns geht, ist deine einzige Aufgabe die, uns in ein Studio zu bringen, und zwar bald. Damit unsere Scheibe endlich gemacht wird – dafür werden wir bezahlt, und dafür wirst du bezahlt. Also sorg dafür, okay? Und überlass das Singen, das Spielen und die Entscheidungen uns. Wir sind keine Kinder, und du bist nicht unsere Mutter.« Die Fahrstuhlklingel gab ein einzelnes Pling von sich. »Tu einfach nur deine Arbeit, bitte.« Wir stiegen in den Fahrstuhl und sahen, wie die Tür zuging und uns die Sicht auf Stuart nahm, der sprachlos auf dem Gang stand.

Los Angeles Times, 11. März 1998

NOONE OFFIZIELLER KANDIDAT

ORANGE COUNTY – Jack Noone, der republikanische Kongressabgeordnete für den 9. Distrikt, hat gestern ohne Gegenkandidaten die Vorwahlen gewonnen und ist damit offizieller Kandidat seiner Partei für den US-Senat.

Noones Sprecherin sagte: »Wir sind sehr froh, diesen Meilenstein geschafft zu haben, und freuen uns auf einen positiven, sach- und themenbezogenen Wahlkampf.« Der Abgeordnete Noone hat seine Positionen letztes Jahr im Oktober in Washington deutlich gemacht, als er in einer Rede die moralischen Grundwerte sowohl der Unterhaltungsindustrie als auch der Demokratischen Partei angriff. Aufgrund seiner Äußerungen über den Wert der Familie warf ihm im Dezember ein gewisser Owen Noone Heuchelei vor. Er behauptet, der Sohn des Kongressabgeordneten zu sein, und fordert dessen Eingeständnis, selbst am Verfall der Familienwerte Anteil zu haben.

Unklar ist, welche Motive Owen Noone, ein Musiker, hat, und der Abgeordnete Noone hat sich bislang noch nicht direkt zu den Vorwürfen geäußert. Um eine Stellungnahme gebeten, entgegnete seine Sprecherin lediglich: »Wir nehmen die Vorwürfe ernst, vor allem im Hinblick darauf, dass sie im kommenden Wahlkampf eine echte Diskussion über Integrität und Reformen verhindern könnten.«

Versuche, Owen Noone zu erreichen, blieben erfolglos.

Spin, Mai 1998:

YANKEE DOODLE DANDYS

Owen Noone and the Marauder klären uns über gute Musik, Politik und Kobolde auf.

Mit ihrem Auftritt in dem Werbespot für Arroyo-Kordhosen haben Owen Noone and the Marauder über Nacht den Sprung von der kultigen Indie-Rockband zum Mainstream-Ruhm geschafft. »Yankee Doodle«, der Song, den sie in dem Spot spielen, steht inzwischen in den Top Ten und drängt in die bislang von R&B, Hiphop und Dance beherrschte Domäne. Ihr gleichnamiges Album hat sich 500.000 Mal verkauft und ist damit die bestverkaufte Indie-Label-Veröffentlichung aller Zeiten. Die Jungs, die inzwischen beim großen Pacific-Label unter Vertrag stehen, haben sich trotz ihres vollen Terminkalenders die Zeit genommen, über Erfolg, Scheitern und die anstehenden Wahlen zu sprechen.

Ich treffe das Duo in seinem Haus im Westen von Los Angeles, einem einstöckigen Backsteinbau in Flughafennähe. Fast unentwegt dröhnen Flugzeuge über uns hinweg, und unter Hinweis auf die zahlreichen Musikinstrumente und Aufzeichnungsgeräte stelle ich fest, dass es seltsam für eine Band ist, in einer so lauten Gegend zu leben und zu arbeiten.

»Irgendwo muss man ja leben«, sagt Owen, groß, rotblond, sportlich. »Außerdem ist es nicht weit zum Strand.«

Vom Beginn des Interviews an ist klar, dass Owen der Wortführer ist. Selbst wenn Fragen an den Marauder gerichtet werden – dessen wirklicher Name eine Art Geheimnis bleibt –, schaltet Owen sich ein. Der Marauder beklagt sich nicht, sondern scheint seine Rolle als Harpo neben Owens Groucho eher zu genießen. Sie sitzen an den beiden Sofaenden. Ich frage nach ihrem Repertoire, warum sie nur Folksongs machen.

»Was anderes können wir nicht«, sagt Owen. »Wir haben ein Buch voll mit diesen Songs, und daraus lernen wir sie. Außerdem sind es gute Songs, interessante Songs, echte Songs, die von echten Menschen über echte Gefühle geschrieben wurden. Nicht dieser Mist, der heute und in den letzten dreißig Jahren geschrieben wurde. Das ist alles alter, sentimentaler Schwachsinn. Und heute gibt es nur noch Coverversionen mit neuen, langweiligen Drumbeats. Wir sollten das alles wegschmeißen, es verbrennen und was Neues machen.«

Ich wende ein, dass ihre Songs alt sind – alte Folksongs.

»Aber es sind Songs, die sich keiner mehr anhört, die keiner versteht. Den Leuten würde es viel besser gehen, wenn sie sich diese Songs anhören und zu Herzen nehmen würden. Die sind echt. Nicht diese verlogenen, gefühlsduseligen, maßgeschneiderten Märchen, die die Musikindustrie heute hervorbringt. Kein Mensch würde heute noch so einen Song wie »The Wild Mizzourye« schreiben, mit so viel Wucht und Fantasie und Gefühl, alles zusammen. In diesen Songs gibt es kein Klischee. Alles andere ist Klischee, und es ist langweilig.«

Warum haben sie keinen Drummer?

Die beiden Gitarristen wechseln Blicke. »Brauchen wir einen?« Eines der seltenen Male, dass der Marauder etwas sagt. »Was könnte ein Drummer uns nützen?«, fügt Owen hinzu. »Wir sind nur zu zweit, und wir spielen beide Gitarre.« Könnten sie sich keinen Drummer dazuholen? »Wenn wir wollten. Aber ich weiß nicht, was wir mit ihm anfangen sollten, und es ist unsere Band. Wenn andere Leute sich da einmischen, wird es problematisch. Die Erfahrung haben wir gemacht.« Ich frage, welche Erfahrung genau, aber er antwortet nicht darauf.

Sie haben nicht das Gefühl, durch die Arroyo-Werbung sich selbst oder irgendwem untreu geworden zu sein. »Die sind gekommen und haben uns einen Haufen Geld geboten. Wir haben keinen Grund gesehen, das nicht zu machen. Es war richtig viel Geld.« Wie viel? »Richtig viel.« Aber manche Fans haben ihnen vorgeworfen, sich verkauft zu haben. »Wissen Sie, Leute, die so was sagen, haben keine Ahnung, wovon sie reden. Erstens würden sie wahrscheinlich selbst nicht nein sagen, wenn ihnen ähnlich viel Geld angeboten würde, und wir haben alles nach unseren Bedingungen gemacht. Außerdem weiß ich nicht, für wen oder was diese Leute uns halten. Sie kaufen unsere Platten, weil ihnen unsere Musik gefällt. Wir haben ihnen nie irgendwas anderes erzählt. Wir sagen ihnen nicht, was für Klamotten sie tragen sollen, wir sagen ihnen nicht, dass sie die Finger von Drogen lassen sollen oder nicht die Schule abbrechen sollen oder wen sie wählen sollen. Wir verlangen nicht, dass sie uns mögen oder dass sie wie wir sind. Wir machen Musik. Wir sind keine Wortführer einer Generation oder so ein Quatsch. Das soll jemand anderes machen. Wir wollen einfach nur gute, sinnvolle Musik machen.«

Impliziert sinnvoll nicht eine gewisse ethische Haltung, die irgendwie im Widerspruch zu einer Arroyo-Reklame steht?

»Nein. Sinnvoll bedeutet vieles, aber es bedeutet keine politische oder soziale Stellungnahme oder dergleichen. Abgesehen von zwei Songs spielen wir nichts, was irgendeine politische Botschaft oder Aussage hätte.« Welche zwei sind das? »Hören Sie sich das Album an.«

Ich wende ein, dass Owen Noone and the Marauder anderen Leuten sehr wohl gesagt haben, wen sie wählen sollen, oder zumindest, wen sie nicht wählen sollen, und zwar durch Owens öffentliche Vorwürfe gegen Jack Noone, den kalifornischen Senatskandidaten.

»Ich habe niemandem gesagt, er soll für oder gegen ihn stimmen«, sagt Owen leise, beherrschter, als ich erwartet hätte. »Ich habe ihm gesagt, er soll ehrlich sein. Und das ist nicht zu viel verlangt. Auch wenn manche Fans uns vorwerfen, wir hätten uns mit der Arroyo-Werbung verkauft, wir sind wenigstens ehrlich – wir haben Werbung für Hosen gemacht, weil sie uns einen lächerlich großen Geldbetrag dafür bezahlt haben. Tragen wir diese Hosen auch selbst? Ich glaube, ich hab irgendwo eine. Aber wir haben nie verlangt, dass die Leute sie tragen. Dieser Mann dagegen, mein Vater, verlangt, dass die Leute so oder so leben. Er macht Gesetze dazu. Er wirft anderen Dinge vor, und er will vorschreiben, wie Kunst auszusehen hat, und dabei missachtet er die Fakten seines Lebens, missachtet seinen Sohn und tut so, als gäbe es mich nicht. Das ist unehrlich. Das Einzige, was ich je von ihm verlangt habe, war Ehrlichkeit, sonst nichts. Die Leute können ihn ruhig wählen, wenn sie wollen, ich möchte nur, dass sie wissen, wen sie da wählen. Er will nicht, dass sie das wissen. Er will bloß die Macht, den Ruhm.«

Wieso glaubt Owen, dass die Leute auf ihn hören werden?

»Weil sie sauer werden, wenn wir Werbung für Kordhosen machen.«

Will heißen?

»Weil ich ein Rockstar bin. Die Leute hören auf Rockstars. Ich weiß, das ist blöd, aber so ist es nun mal. Sie glauben an Rockstars.«

Was soll das heißen?

Der Marauder, der mit gekreuzten Beinen entspannt dabeigesessen hat, beugt sich vor und spricht die letzten Worte dieses Interviews. »Wenn er gesagt hätte, dass sie an Kobolde glauben, hätten Sie dann auch gefragt, was das heißen soll?«

Nein.

»Na, sehen Sie.«

Die Publicity, die wir durch die Arroyo-Werbung bekamen – und vor allem durch die Coverstory in *Spin* –, veranlasste Stuart Means endlich, etwas für uns zu tun. Eine Woche nach Erscheinen des Artikels rief er an und erklärte, er habe einen Produzenten und ein Studio für uns gebucht. Am ersten Juni saßen Owen, Anna und ich in den Station Studios in Chicago und warteten auf Vic Reems. Anna hatte in L.A. ein bisschen gekellnert, aber sie hatte keinen festen Job, also war sie mitgekommen. Ich hatte angedeutet, dass es für sie langweilig werden würde, uns Tag für Tag im Studio zuzusehen. Owen meinte, wenn sie sich unterhalten wollte, könnte sie ja schließlich ins Museum oder so gehen. Ich glaube, in Wahrheit kam sie mit, weil Owen und sie nicht so lange getrennt sein konnten.

Vic Reems war einer der bekanntesten Produzenten in der Branche, er hatte schon horrend viele Gold- und Platinalben gemacht und dabei auch noch ein paar Grammys gewonnen. Stuart wollte bei uns Eindruck schinden und zählte die Namen der zahlreichen Bands auf, die erfolgreich mit Vic Reems gearbeitet hatten, viele davon auch mehrfach. All das riss uns nicht wirklich vom Hocker. Uns gefiel keine von Vic

Reems' Bands, wir hätten gerne wieder mit Steve Wood gearbeitet, und wir wollten nicht aus Los Angeles weg, um ein Album aufzunehmen. Außerdem kam Vic Reems zu spät, wodurch sein ohnehin schon niedriges Ansehen bei uns noch weiter in den Keller sackte. Als er dann endlich auftauchte, tat er nicht viel, um das zu ändern.

»Hi, Leute«, sagte er, schüttelte uns die Hand und sah sich im Studio um. Er war dunkelhaarig und hatte einen akkurat gestutzten Spitzbart. Trotz der Hitze draußen trug er eine schwarze Hose und einen schwarzen Rollkragenpullover. »Wo ist der Rest?«

»Der Rest von was?«, fragte ich.

»Von der Band.«

»Wir sind nur zu zweit.«

»Ach ja, stimmt. Ich hab mir das Demotape angehört und so.« Er drückte sich das mit Gel geglättete Haar zurecht. »Aber euer Junge bei Pacific, Stuart, hat gesagt, die wollten ein paar Sessionmusiker engagieren.«

Das war neu. Ich musste gar nicht erst zu Owen rübersehen. Ich wusste, dass sein Gesicht genauso aussah, wie sich meins anfühlte: angespannt und rot. Vic Reems' Miene wandelte sich langsam von einem breiten Lächeln zu einem verständnislos fragenden Blick mit heruntergeklapptem Kiefer. »Was ist?«

»Entschuldigung«, sagt Owen. »Ich muss mal telefonieren.«

Owen blieb zwanzig Minuten weg, während ich mit Vic Reems und Anna im Studio rumstand. Keiner sagte etwas. Die beiden Sessionmusiker trafen gleichzeitig ein und plauderten munter, bis sie in den Raum kamen. Die greifbare Spannung machte ihrem Gespräch ein Ende, und sie lehnten schweigend an der Wand, bis Owen zurückkam.

»Seid ihr die beiden Sessiontypen?«, fragt er, als er den Raum betrat.

»Ja.«

Owen deutete abrupt mit dem Daumen zur Tür. »Raus. Wir brauchen euch nicht.«

»Aber –«

»Raus. Ihr kriegt euer Geld.«

Vic Reems mischte sich ein. »Owen, lass uns doch nur mal ein paar Takes mit den Jungs machen und sehen –«

»Vic«, sagte Owen, und ich konnte förmlich spüren, was kam. »Ich werde dir jetzt exakt dasselbe sagen, was ich vorhin Stuart Means gesagt habe, und danach will ich von dir nichts mehr hören, außer du stimmst Instrumente und platzierst Mikrofone und nimmst tatsächlich dieses Album auf, okay? Die Band heißt Owen Noone and the Marauder. Ich bin Owen Noone. Das da ist der Marauder. ›And‹ ist ein kleines Wort, das uns verbindet. Ansonsten ist keiner in dieser verdammten Band. Keine Sessionmusiker. Keine Drums, kein Bass, nur Owen Noone – das bin ich – and the Marauder – das ist er. Stuart hat Probleme, das Konzept zu verstehen. Ich hoffe, du nicht, weil es sonst nämlich zwei lange Wochen werden.«

»Was ist mit der Tussi?«, fragte Vic Reems und zeigte auf Anna. »Spielt die Tamburin?«

Owen hob einen Finger. »Vic –«

»Du blödes Arschloch.« Alle drehten sich zu Anna um. Sie machte zwei Schritte auf Vic Reems zu. »Fang bloß nicht so an. Du bist hier nicht der Boss. Du wirst dafür bezahlt, dass du mit den beiden da arbeitest, und deshalb wird gemacht, was die beiden sagen, und deine blöden Kommentare kannst du dir sparen. Und ich bin seine Frau. Wenn du irgendwelche Probleme hast, kriegst du's mit mir zu tun, und pass auf, was du sagst.«

Vic lächelte mit einem Mundwinkel, sodass es wie ein höhnisches Grinsen aussah. »Wie du meinst, Yoko. Fangen wir an, Jungs.«

Owen hatte Vic Reems so schnell an der Wand, dass ich zuerst gar nicht begriff, was passiert war. Ein Arm lag quer auf Vics Hals und drückte nach oben gegen das Kinn, den anderen presste er auf Vics Brust. Er hatte ihn regelrecht vom Boden gehoben.

»Das ist meine Frau«, fauchte Owen. »Noch eine blöde Bemerkung und –«

»Owen.« Ich war erstaunt, meine eigene Stimme zu hören. Owen wandte den Kopf, und Vic Reems' Augen huschten zu mir herüber. »Lass uns einfach anfangen.«

Owen ließ los. Vic Reems verlor das Gleichgewicht und wäre fast gestürzt. Er rieb sich die Kehle und hustete zweimal, dann ging er auf die andere Seite des kleinen Raumes.

Ich drehte mich zu den Sessionmusikern um. »Tut mir Leid, Jungs.« Sie trotteten nach draußen, und wir vier waren allein. Owen stand noch immer an der Wand, Vic auf der angrenzenden Seite, näher bei mir. Anna stand neben der Tür. Ihr Gesicht war grau.

»Also«, sagte Vic mit heiserer Stimme. »Vielleicht fangen wir lieber erst morgen an.«

»Das halte ich für das Beste«, sagte ich. »Wir kommen um neun, tun so, als wäre nichts gewesen, und legen los.«

»Meine Güte, Owen«, sagte ich, als wir draußen auf der Straße waren.

»Was denn? Der Typ hat sich beschissen benommen.«

»Ja, aber es gibt andere –«

»Weißt du was, vergiss es einfach. Vorbei ist vorbei.«

»Ich werde das nicht vergessen«, sagte ich und wandte mich zu Anna um, doch sie starrte mit dem Rücken zu uns die Straße hinunter. »Es hat mir Angst gemacht.«

Owen verdrehte die Augen. »Beruhig dich. Ich hatte doch nicht vor, den Kerl umzubringen oder so. Ich hab ihm kein Haar gekrümmt.«

»Du hast aber so ausgesehen, als wolltest du ihm was tun.«

Owen schnaubte ein kurzes Lachen durch die Nase. »Jetzt mach mal halblang.« Er tätschelte Anna die Schulter. »War doch nicht so schlimm, oder?«

Sie drehte sich um. »Ich würde sagen, es war schlimm, Owen.«

»Nein, war's nicht.«

»Owen, es hat uns beiden Angst gemacht.«

»Ich hab nur auf dich aufgepasst.«

»Na toll. Ich brauche aber keinen Mr Macho, der meine Angelegenheiten regelt.«

Owen seufzte. »Aber –«

»Kein ›aber‹, Owen! Ich bin kein Kind, und ich bin kein schwaches kleines Mädchen, das immer nur hinter dir herläuft und von dir beschützt werden muss.« Ihre Stimme nahm einen gespielten Kleinmädchenton an, aber es war nicht lustig. »›Ooh, bitte Owen, nimm mich vor dem bösen Onkel mit dem Spitzbart in Schutz.‹ Das kannst du dir schenken. Ich kann selber denken. Und ich hatte ihm schon selbst gesagt, wo's langgeht.«

»Ich wollte doch nur –«

»Nein! Owen!« Anna drehte sich zu mir um. »Hör mal, tut mir Leid. Aber ich glaube, es ist besser, wenn Owen und ich das irgendwo anders ausdiskutieren. Allein.«

Ich ging die Straße runter zur Hochbahn, ohne was zu sagen, und schlenderte dann eine ganze Weile im Zentrum von Chicago herum. Ein paar Stunden saß ich am Strand. Die Luft war warm, aber so früh im Sommer war das Wasser noch kalt, und nur wenige Leute gingen schwimmen. Manche spielten Volleyball und andere warfen sich Frisbees zu. Owen hatte mir eine Heidenangst eingejagt, deshalb wollte ich ohnehin nicht in seiner Nähe sein. Dass er sich wie ein Vollidiot aufführen konnte, war für mich nichts Neues, aber so hatte ich ihn noch nie erlebt. So gewalttätig. Ich fragte mich, ob Anna ihn schon so erlebt hatte. Sie stritten sich ab und an, aber wahrscheinlich nicht mehr als andere Pärchen auch, und ihre Kräche waren nie wirklich beängstigend. Ich konnte mir nicht vorstellen, dass er sich ihr gegenüber je ähnlich verhalten hatte, aber das war bestimmt der Punkt, der ihr Angst machte. Mir jedenfalls machte das am meisten Angst.

Die schlimmsten zwei Wochen unserer Musikerkarriere waren die zwei, die wir mit Vic Reems in Chicago verbrachten. Er hatte anscheinend vergessen, dass Owen ihn beinahe erwürgt hätte, denn er benahm sich die ganze Zeit über widerwärtig, redete ständig davon, was er mit dieser oder jener Band gemacht hatte und wie gut das geklappt hatte, aber er sprach nie über uns, die Leute, mit denen er gerade im Studio arbeitete und über die er eigentlich nachdenken sollte. Immerzu versuchte er Owen zu überreden, andere Effektpedale zu benutzen, und er probierte mit meiner Gitarre ein paar Chorus-, Kompressor-, Oktav- und Blablabla-Effekte aus. Wir lehnten jeden Vorschlag ab. Außerdem hatte Vic Reems offenbar keine Ahnung, wie man eine Gitarre aussteuerte. Steve Wood hatte unsere Gitarren vor jedem Take persönlich ausgesteuert und manchmal einen Song mittendrin abgebrochen, um sie neu auszutarieren, wenn ihm nicht gefiel, was er hörte. Bei Vic Reems steuerten Owen und ich unsere Gitarren selbst aus, und wenn wir mittendrin abbrachen, dann nur, weil wir selbst etwas gehört hatten, nicht Vic. Dann blickte er uns erstaunt an und fragte, was los sei. Außerdem fasste er nie wirklich etwas an. Er hatte drei Assistenten, die an sämtlichen Knöpfen rumspielten, die Mikrofone aufbauten, Regler einstellten. Vic Reems stand nur hinter dem Mischpult, strich sich mit Daumen und Zeigerfinger über den Spitzbart, nickte und erzählte uns was von den Grammys absahnenden Heavy-Metal-Bands, die er produziert hatte.

Es war außerdem emotional anstrengend, weil Owen und Anna offensichtlich unglücklich waren. Während der ganzen zwei Wochen gingen wir nur einmal zu dritt aus. Die übrige Zeit waren die beiden damit beschäftigt, »Dinge durchzudiskutieren«, wie Owen es einmal ausdrückte. Also war ich zwei Wochen lang allein in meinem Hotelzimmer, sah mir Filme und Sport im Fernsehen an und tat mir selber Leid.

Hin und wieder ging ich in die Hotelbar, aber es war langweilig, Gruppen von Geschäftsleuten in Anzügen beim Trinken und Lachen zuzusehen. Es ärgerte mich, die ganze Zeit allein gelassen zu werden. Ich sagte es nicht, aber ich zeigte es Owen und Anna durch mein Verhalten. Owen und ich sprachen im Studio nicht viel miteinander, nur das, was für die Arbeit unbedingt nötig war. Abgesehen von Guten Morgen sprach ich wahrscheinlich nicht mehr als drei Sätze mit Anna, die während der Aufnahmen im Kontrollraum saß und entweder durch die Scheibe in den Aufnahmeraum schaute oder Zeitschriften las. Als wir die vierzehn Songs endlich aufgenommen hatten, wollten wir weder das Studio noch Vic Reems je im Leben wiedersehen, und er hatte wahrscheinlich auch die Nase voll von unseren dauernden Beschwerden.

Wir flogen nach Beendigung der Aufnahmen noch am selben Tag nach Los Angeles zurück und überließen Vic Reems und seinen Leuten die endgültige Abmischung. Wir hatten genau notiert, in welcher Reihenfolge wir die Songs haben wollten, und verschwanden. Es war nicht mehr unser Album, wenn es das je gewesen war. Wir konnten sagen und machen, was wir wollten, es änderte nichts daran, wie Vic Reems und seine Handlanger an die Sache rangingen. Für sie waren wir nur ein unvermeidliches Ärgernis.

Wieder daheim hockten wir in der ersten Woche nur im Haus herum, hörten Musik und gingen die Post durch. Wir bekamen schon die ersten Fanbriefe, und nach zwei Wochen hatte sich da ganz schön was angesammelt. Wir lasen die Briefe und wollten auch darauf antworten, aber fast immer gab es nicht viel zu sagen, was das Ganze schwierig machte. Wir verschickten meistens Ansichtskarten mit einem Satz und unseren Unterschriften drauf. Wenn uns Fragen gestellt wurden, beantworteten wir sie so gut wir konnten. Durch die Fanpost fühlte ich mich nur noch einsamer. Außer Owen und Anna hatte ich keine richtigen Freunde, und obwohl wir uns nach ein paar Tagen zu Hause alle wieder mehr oder weniger normal verhielten, herrschte noch immer eine gewisse Spannung zwischen uns. All diese Kids – und nicht alle von ihnen waren Kids, viele waren etwa in unserem Alter – schrieben uns, wie toll sie uns fanden, und ehrlich gesagt, ich dachte ernsthaft daran, ein paar von den Mädchen zu antworten und ihnen meine Telefonnummer zu geben. Ich war vierundzwanzig und hatte noch nie eine Freundin gehabt. Je länger ich darüber nachdachte, desto mieser fühlte ich mich, und es war mir zu peinlich, um mit Owen und Anna darüber zu reden. Vor allem mit Anna. Und je länger ich daran dachte, einem dieser Mädchen zu schreiben, desto mehr kam ich mir wie ein Perversling vor.

Mitte der folgenden Woche rief uns Stuart Means an. Er hatte die Vorabpressung des Albums bekommen. »Klingt super. Super«, sagte er mit seinem üblichen Enthusiasmus. »Wir bringen es am 4. August raus«, sagte er.

Auf der Release-Party am 3. August hörten wir es selbst zum ersten Mal. Pacific hatte das Ganze organisiert, einen Saal in einem Edelhotel gemietet und jede Menge Leute eingeladen, die wir nicht kannten – echte Promis, Filmstars, Journalisten und offenbar eine ganze Horde Pacific-Mitarbeiter. Owen lud Jack Noone ein, der aber nicht kam, obgleich er, wie wir wussten, auf Wahlkampftour in Kalifornien war. Vic Reems war da, immer noch in derselben Uniform, die er jeden Tag bei den Aufnahmesessions getragen hatte – schwarze Hose und schwarzer Rollkragenpullover.

Anna kam nicht mit auf die Party. Sie war zwei Tage zuvor nach New York geflogen, weil ihr Vater von der Leiter gefallen war und sich ein Bein gebrochen hatte und sie auf der Farm aushelfen musste. Also drückten Owen und ich uns allein in einem Meer von desinteressierten Leuten herum, die uns nicht kannten, aber Gratisgetränke kriegten und frische Kontakte knüpften oder den neusten Klatsch und Tratsch für ihre Artikel sammelten.

Nachdem Stuart Means rund eine Stunde lang irgendwelchen Leuten Honig ums Maul geschmiert hatte, kam er zu Owen und mir an die Bar, wo wir rumstanden und tranken und Leute beobachteten, um uns zu sagen, dass sie jetzt unser Album auflegen würden. »Wenn ihr nichts dagegen habt, Jungs«, sagte er. Es war das erste Mal an dem Abend, dass er mit uns sprach, und er sagte es unsicher, vermutlich, weil er damit rechnete, dass mal wieder einer von uns beiden einen Anfall bekommen würde.

»Klar«, sagt Owen. »Ist schließlich deine Party.«

Stuart lächelte nervös. »Eure Party. Eure Party.« Er hob eine Hand Richtung Owens Schulter, bremste sich aber dann und zeigte nur mit dem Daumen auf uns beide. »Eure Party.«

»Ich hoffe, es ist gut«, rief Owen ihm nach, als Stuart wegging.

Es war nicht gut. Die Songs selbst – unser Anteil – waren in Ordnung, gut, sogar besser als unser erstes Album, schon allein deshalb, weil wir jetzt besser spielen konnten und erfahrener waren. Aber die Produktion war furchtbar. Es gab keine Dynamik – jeder Song hatte von Anfang bis Ende exakt dieselbe Lautstärke, sogar »Wanderin'«, das eigentlich bei jeder einzelnen Strophe und Wiederholung deutliche Wechsel und klare Formen haben sollte. Bei den meisten Titeln hatten sie mehrere Gitarrentracks übereinander gelegt, sodass es klang, als würden vier oder fünf Leute spielen, nicht bloß zwei. Wir standen an die Bar gelehnt und schauten uns an, wie die Leute zur Musik mit dem Kopf wippten, beobachteten die Leute, die wir überwiegend gar nicht kannten, wie sie sich zu uns umdrehten und lächelten, winkten und das Daumenhoch-Zeichen machten. Ich bestellte zwei doppelte Whiskey. Owen und ich prosteten uns zu und tranken sie auf ex.

»Ihr habt's wieder mal geschafft.« Ich drehte mich von der Bar weg, wo ich gerade mein Glas abgestellt hatte, um zu sehen, wer das gesagt hatte, und musste mehrmals blinzeln, um den beißenden Whiskeygeschmack zu verarbeiten. Es war Ellen Trelaine. »Super Album«, sagte sie und zwinkerte Owen zu. Die Pailletten auf ihrem blauen Kleid – dasselbe, das sie auf der letzten Party getragen hatte – glitzerten im Lampenlicht.

»Wir finden es scheiße«, sagte ich.

»Nein, nein – es ist gut.« Sie machte eine ausladende Handbewegung durch den Raum. »Seht euch die vielen Leute an. Denen gefällt's. Sie tanzen.« Tatsächlich. Sie tanzten.

»Aber uns gefällt es nicht«, sagte ich. »Und das ist entscheidend.«

Ellen blickte auf den leeren Platz neben Owen. »Wo ist –« Sie beschrieb kleine Kreise mit der Hand.

»Anna?«, sagte Owen. »Sie musste nach New York.«

Ellen wippte auf den Fußballen. »Anna, genau. Einen Tanz würde sie mir doch nicht verübeln, oder?«

»Entschuldigt mich«, sagte ich. »Ich muss pinkeln.« Ellen Trelaine warf mir einen angewiderten Blick zu. Ich schlängelte mich durch die Menge, und einige Leute sagten mir, wie gut das Album sei, als ich an ihnen vorbeiging. Sie spielten es sehr laut, und die Töne drangen sogar bis in die Klokabinen, wenn auch durch die Tür gedämpft. Ich versuchte sie auszublenden, indem ich so laut ich konnte genau in das Wasser in der Kloschüssel pinkelte. Es funktionierte mehr oder weniger, wenn auch nicht ganz. Ich wusch mir gemächlich die Hände, stellte das Wasser so heiß ein, dass mir die Hände wehtaten.

»Will You Wear Red?« war gerade zu Ende, als ich mich zurück durch den Raum drängelte. Owen tanzte mit Ellen Trelaine, und ich sah, wie sie sich an ihn schmiegte und ihn auf den Mund küsste. Ich wandte mich ab und ging zur Bar und bestellte noch einen doppelten Whiskey, trank ihn und ging rüber auf die Tanzfläche, wo Owen gerade aufhörte, Ellen Trelaine zu küssen.

»Nach Hause«, sagte ich und zog Owens Schulter weg von Ellen Trelaine. »Wir fahren nach Hause.«

Owen drehte sich mit offenem Mund zu mir um, der in einer Ecke mit rosa Lippenstift verschmiert war. »Ich –«, er sah Ellen an, wandte sich dann wieder mir zu. »Ja. Nach Hause.« Er drehte sich erneut zu Ellen um. »Ich muss jetzt nach Hause.«

Sie kniff die Augen halb zusammen und lächelte und legte ihm eine Hand auf die Brust. »Darf ich mitkommen?«

Owen wandte sich mir zu, dann wieder Ellen. »Nein. Wir müssen gehen.«

»Nur noch einen Tanz? Bitte.«

Owen machte einen Schritt zurück. »Na schön, einen noch. Aber nur einen.«

Ich ließ Owen allein mit Ellen, schob mich durch die Menge und verließ das Hotel. Ich hätte ihn mitschleppen sollen. Aber ich wollte nicht. Ich wollte, dass Owen einmal richtig Mist baut, obwohl ich wusste, dass es Anna verletzen würde. Es schien, als würde er nie was falsch machen. Selbst Vic Reems an die Gurgel zu gehen war nicht falsch gewesen. Er war damit durchgekommen. Er stand immer strahlend im Scheinwerferlicht. Ich blieb nur am Rande, bekam das, was übrig blieb, und das war – was? Er hatte eine Frau, einen Filmstar und machte und nahm sich, was er wollte. Ich reagierte immer nur auf alles oder nahm Reißaus. Oder folgte Owen Noone. Tja, scheiß auf Owen Noone.

Es war eine warme Sommernacht. Pacific hatte für uns eine Limousine gemietet, und sie stand schwarz glänzend unter einer Straßenlaterne am Rande des Bürgersteigs. Ich ging daran vorbei und rief ein Taxi, kroch auf die Rückbank und las so lange die gesetzlichen Vorschriften für den Personentransport, bis ich zu Hause war.

Rolling Stone, 4. August 1998:

Owen Noone and the Marauder

Wanderin'
(Pacific)
*

Zwischen ihrem letzten Album und dieser Veröffentlichung waren Owen Noone and the Marauder damit beschäftigt, von einer kleinen Indie-Firma mit sechsstelligen Verkaufszahlen zu einem der großen Labels zu wechseln, einen Werbespot für Arroyo-Kordhosen zu drehen und sich mit Vorwürfen gegen einen prominenten Vater Aufmerksamkeit in der Presse zu sichern. Dieser große Erfolg hat offenbar die früher so explosive Mischung aus Energie, guten Songs und spielerischem Unvermögen ruiniert, die ihr Erkennungszeichen war und ihren Charme ausmachte. Denn das vorliegende Album hat keinerlei Charme. Der unverstellte, jaulende Stil der beiden Gitarren, der uns auf dem ersten Album so faszinierte, wurde von der Technik des Übereinanderlegens mehrerer Tonspuren verdrängt, für die Produzent Vic Reems bekannt ist, dessen Talente allerdings bei den Hardrock- und Metal-Aufnahmen, mit denen er sich einen Namen gemacht hat, besser aufgehoben sind. Auch das Flair von Spontaneität und Unordnung, das das erste Album prägte, ist verschwunden. Die Aufnahmen sind zwar technisch gut gespielt, aber sie lassen die Energie und die Freude des Vorgängeralbums vermissen. Selbst das Titelstück, bei dem der normalerweise stumme Marauder eine Kostprobe seines Gesangs zum Besten gibt, ist flach, obwohl oder gerade weil mindestens fünf Gitarrentracks übereinandergelegt wurden. Wenigstens haben sie nicht noch Bass und Drums dazugepackt, was das Ganze endgültig ins Absurde geführt hätte. Während das erste Album die Spontaneität und Energie ihrer Liveauftritte nahezu authentisch wiedergab, schwelgt dieser Nachfolger in den Feinheiten seiner Produktion, was die Musik jedoch leider banal und geistlos macht.

CHARLIE WHEELER

Ein paar Tage später kam Anna zurück. Owen telefonierte gerade mit Stuart Means und ging mit ihm die Einzelheiten der anstehenden Promotiontour durch, als sie hereinkam, ihren großen braunen Koffer hinter sich herschleifte und versuchte, sich Haarsträhnen aus dem Gesicht zu pusten. In der anderen Hand hatte sie eine Zeitung. Sie zerrte den Koffer gewaltsam durch die Tür, ließ ihn auf der Seite in der Diele liegen, marschierte schnurstracks auf Owen zu und schlug ihn mehrmals, ohne ein Wort zu sagen, mit der zusammengerollten Zeitung, ehe sie sie aufs Sofa warf und die Treppe hinaufrannte.

»Moment mal, Stuart«, sagt Owen und ließ den Hörer fallen. »Was war das denn?«, fragte er mich.

Ich griff übers Sofa und nahm die Zeitung. Es war der *National Enquirer*. Ich blätterte ihn durch und hielt inne, als ich sah, was auf Seite fünf stand. »Oh«, sagte ich und starrte darauf. »Oh. Das«, sagte ich und hielt Owen die aufgeschlagene Zeitung hin, »ist es.«

National Enquirer, 4. August 1998:

OWEN UND ELLEN!

Enquirer-Fotografen schossen diese Fotos von Alternativ-Rocker Owen Noone und der viel versprechenden Nachwuchsschauspielerin Ellen Trelaine auf der von Promis bevölkerten Release-Party für »Wanderin'«, das neue Album von Owens Band.

Alles deutet darauf hin, dass die beiden auf dem besten Wege sind, mehr als nur Freunde zu werden. Einige Partygäste bestätigen, dass die beiden »sehr freundschaftlich« miteinander umgingen und einen Großteil des Abends miteinander verbrachten, überwiegend auf der Tanzfläche. Aus gut unterrichteten Kreisen war zu erfahren, dass die beiden »etwa zur selben Zeit« gegangen sind, obwohl noch unbestätigt ist, ob sie die Party tatsächlich gemeinsam verlassen haben.

Owen Noone, dessen Ruhm

als Rockstar stetig zunimmt, seit er zusammen mit seinem Kumpel Marauder – der wahre Name ist nicht bekannt – in der neuen Arroyo-Werbung zu sehen ist, wurde beobachtet, wie er sich mit Ms Trelaine und seinem wütenden – oder vielleicht auch eifersüchtigen? – Gefährten unterhielt, der anschließend allein die Party verließ. Owen und Ms Trelaine tanzten weiter und blieben noch etliche Stunden auf dem Fest.

Seine Plattenfirma Pacific konnte nicht bestätigen, dass die beiden derzeit ein Paar sind, aber ein Sprecher ließ gegenüber dem *Enquirer* verlauten: »Owen Noone and the Marauder sind kommende Stars, daher verbringen sie jetzt natürlich auch mehr Zeit mit anderen Prominenten.«

Könnte es sein, dass der sexy Rocker und die schöne Schauspielerin von Amors Pfeilen getroffen wurden? Der *Enquirer* hofft es für sie!

Owen legte wortlos den Hörer auf die Gabel. Er starrte die aufgeschlagene Zeitungsseite an. Es gab zwei Fotos, eins von Owen und Ellen Trelaine, wie sie sich unterhielten, die Arme umeinander gelegt, und ein anderes, auf dem sie sich küssten. Er nahm mir die Zeitung aus der Hand, knickte sie in der Mitte, las den Artikel und murmelte bei jedem Satz Unverständliches vor sich hin. Als er fertig war, schaute er hoch, und unsere Blicke trafen sich. Er schien mich irgendwas fragen zu wollen, flehte stumm um Rat.

Plötzlich tat er mir Leid. »Ich weiß nicht, Owen.« Ich nahm die Zeitung und sah mir erneut die Fotos und den Artikel an. »Ich weiß nicht. Sei ehrlich.«

Er nickte und ging nach oben. Ich hörte ihn an die Tür klopfen und Annas Namen sagen, und dann, nach einer Minute oder so, drückte er die Türklinke, rüttelte daran. Er klopfte noch einmal und sagte ihren Namen, wartete. Der Boden knarrte, als er im Flur auf und ab ging. Ich hörte ihn erneut klopfen, und ich hob die Zeitung auf und wischte mit den Fingerspitzen über die Fotos, als könnte ich sie ausradieren. Als Owen Annas Namen sagte, musste ich daran denken, wie sie uns zum ersten Mal spielen gehört hatte, und er

»The Wild Mizzourye« für sie sang. Jetzt kam mir der Text in den Sinn:

Farewell my dear, I'm bound to leave you,
Away, you rolling river,
O Shenandoah, I'll not deceive you,
Away, I'm bound to go,
'cross the wild Mizzourye.

Ich nahm die Zeitung mit, verließ das Haus, blinzelte in die Nachmittagssonne und ging runter zum Strand. Es war heiß, und am Strand wimmelte es von Kindern, die mit Plastikschaufeln im Sand buddelten, Eimerchen füllten und umkippten, um Sandburgen zu bauen, während ihre Mütter zusahen oder Bücher lasen. Über dem Ozean beschrieb ein Flugzeug einen ruhigen, weiten Kreis, ehe es in den Sinkflug überging, und die Triebwerke wurden lauter und lauter, als es näher kam und zur Landung ansetzte. Ich beobachtete das Flugzeug, bis es direkt über mir war, verdrehte die Augen nach hinten, bis es hinter mir verschwand. Ich ließ die Zeitung fallen, und sie klappte so auf, dass die Fotos von Owen und Ellen Trelaine zu sehen waren. Ich kickte mit dem Fuß ein bisschen Sand darüber, dann hob ich sie auf und ging zu dem festen, nassen Sand direkt am Ozean. Ich tauchte den Rand der Zeitung ins Wasser und sah zu, wie die Nässe hochkroch, das Papier dunkel werden und die Worte verschwimmen ließ. Ich drückte sie unter Wasser und hielt sie so, als würde ich sie ertränken, ihr die Luft herauspressen.

In der Nähe drehte jemand ein tragbares Stereogerät auf, und plötzlich hallten laute, schrille Gitarren über den Strand. Der Song war »Will You Wear Red?«, und die Band war Owen Noone and the Marauder.

O will you wear blue, O my dear, O my dear?
Will you wear blue, Jennie Jenkins?

I won't wear blue, for I won't be true
I'll buy me a twirley-whirley, sookey-lookey,
Sally-Katty, double-lolly,
Roll-the-find-me, roll, Jennie Jenkins, roll.

Ein Kind in Windeln fing an zu tanzen, ohne die Füße zu bewegen, es wackelte einfach nur mit den Hüften hin und her und spielte mit seiner Schaufel Luftgitarre. Ein paar Leute schmunzelten und lachten während der Song lief, Strophe-Refrain für Strophe-Refrain aus der Anlage über den Sand in den Ozean rollte, bis er schließlich vom Lärm eines landenden Flugzeugs völlig übertönt wurde.

Als ich nach Hause ging, sah ich Owen in die entgegengesetzte Richtung gehen, die Hände tief in den Taschen seiner Kordhose, die Augen starr auf den Boden gerichtet. Ich beobachtete ihn, wie er an mir vorbeiging, wartete, ob er aufsehen würde. Er tat es nicht. Ich setzte meinen Weg nach Hause fort, blickte einmal über die Schulter nach hinten, auf seine gebeugte Gestalt, während er weiter davonschlurfte. Es war fast Sonnenuntergang, und mein Schatten erstreckte sich vor mir, fiel dünn und lang über den Bürgersteig. Ich musste an das Märchen denken, wo ein Mann dem Teufel seinen Schatten verkauft und keiner mehr etwas mit ihm zu tun haben will, weil er ohne den Schatten nicht mehr menschlich wirkt. Und mir kam der Gedanke, dass Owen, weil er in die entgegengesetzte Richtung ging, seinen eigenen Schatten nicht sehen konnte, der sich hinter ihm erstreckte.

Ich ging kurz in einen Lebensmittelladen und kaufte den billigsten Kasten Bier, den sie hatten, dann ging ich nach Hause und machte eine Flasche auf. Das Haus war leer und ruhig. Ich saß auf dem Sofa, trank Bier in der Stille, war zu träge, das Radio anzumachen. Dann und wann hörte ich ein Auto vorbeifahren. Ich hörte das Klirren von Glasflaschen im Einkaufswagen eines Penners auf seiner üblichen Route.

Es war dunkel, als Owen nach Hause kam. Er fummelte mit den Schlüsseln herum, ehe er merkte, dass die Tür nicht abgeschlossen war. Ich hatte dreieinhalb Flaschen Bier intus und saß noch immer auf dem Sofa, das Licht aus, eine unförmige Masse in der Dunkelheit.

»Hi«, sagte ich, als Owen die Tür zumachte und abschloss. »Ein Bier?«

Er betätigte den Schalter an der Wand, und ich drückte fest die Augen zusammen, um das grelle Licht auszusperren. »Klar«, sagte er und nahm eine Flasche. »Klar.« Er setzte sich in den Sessel, machte das Bier auf und trank einen tiefen Schluck. »Sie ist weg.«

»Ich weiß.«

»Für immer, meine ich.«

Ich trank mein viertes Bier aus. »Ich weiß.«

Wir saßen da und sahen uns stumm an, während jeder sein Bier trank. »Ich bin zum Strand gegangen«, sagte Owen, nachdem er ein Bier intus hatte und sich das nächste nahm, »und hab mich direkt ans Wasser gesetzt, nur einen halben Meter weit weg. Ich hab mir die ganze Zeit die Flugzeuge angesehen, die gelandet und gestartet sind, hab auf den Krach gelauscht, den die machen. Ich hab gehofft, dass Anna kommen und sich neben mich setzen würde und dass wir das Wasser immer näher an uns rankommen lassen würden, bis es an unsere Zehen reicht und uns dann die Beine nass macht. Dass wir im Meer sitzen bleiben würden, bis uns zu kalt wird, und dann würden wir nach Hause gehen und zusammen im Bett liegen und uns gegenseitig wärmen, während wir trocknen. Aber ich wusste, dass sie nicht an den Strand kommen würde.« Owen wischte sich mit dem Ärmel seines T-Shirts über die Augen. »Und als ich das Wasser an den Füßen gespürt hab, bin ich aufgestanden und zurückgegangen.«

»Hast du's getan?«

»Was getan?«

»Mit Ellen Trelaine?«

Owen beugte sich vor. »Ob ich –?« Er ließ sich zurücksinken und starrte mich nur an. Nach mehreren Sekunden sagte er: »Wie kannst du mich so was fragen?«

»Weil es wichtig ist.«

Owen trank einen Schluck Bier und stierte weiter vor sich hin. »Aber es geht dich nichts an.«

»Es geht mich was an. Anna ist meine Freundin.«

»Und ich bin dein Freund. Aber sie ist meine Frau, und das ist ein Unterschied.«

Ich wusste, dass er Recht hatte. Ich hatte nicht gefragt, weil ich helfen wollte. Ich hatte gefragt, weil ich eifersüchtig war. Und weil ich Owen liebte und Anna liebte, und obwohl ich wusste, dass es nicht richtig war, hatte ich das Gefühl, ein Recht darauf zu haben, alles zu erfahren, was passierte. Ich wollte nicht akzeptieren, dass es Dinge zwischen ihnen gab, die privat waren, Dinge, die ich nicht wissen sollte und durfte.

Am nächsten Nachmittag trafen wir Stuart Means, um die Pläne für unsere Tour zu besprechen. Wir hatten den ganzen Kasten Bier getrunken und sahen beide krank und angeschlagen aus und fühlten uns auch so. Stuart Means war nicht der Mensch, den wir sehen wollten; eigentlich wollten wir überhaupt niemanden sehen. Aber wir mussten in die Zentrale von Pacific, um uns was über den Tourbus erzählen zu lassen, den sie für uns chartern wollten, und über all die anderen luxuriösen Extras.

»Aber wir sind doch nur zu zweit. Ist es nicht günstiger, wenn wir unseren eigenen Wagen nehmen?«

Stuart sah mich an. »Mit dem Bus müsst ihr euch nicht mehr um die Fahrerei kümmern. Außerdem sparen wir so bei den Hotelzimmern, deshalb, nein, es wäre nicht günstiger. Außerdem muss euer Tourmanager an Bord sein, der alles koordiniert und dafür sorgt, dass es keine Schwierigkeiten gibt, plus die Roadies für euer Equipment. Ich weiß, Jungs, euch gefällt die Vorstellung nicht, aber das ist nun mal Firmenpolitik, deshalb können wir nichts daran ändern. Den Manager, den ich für euch habe, werdet ihr mögen. Außerdem seid ihr jetzt Stars. In aller Munde. Promis. Ihr habt's verdient, stilvoll zu reisen.«

»Wieso in aller Munde?«, fragte Owen.

»Na, wenn schon der *National Enquirer* einen Artikel bringt.« Stuart lächelte. »Und trotz einer unfairen Besprechung im *Rolling Stone* verkauft sich euer Album so gut, dass ihr Ende nächster Woche in den Top Ten seid.« Er hielt inne und sah uns beide abwechselnd erwartungsvoll an. »Super, was?«

»Super, Stuart«, sagte Owen. »Du Arschloch.«

Stuart hob die Hände wie ein Kellner, der auf einer Cocktailparty ein Tablett rumreicht. »Was denn? Ich versteh euch nicht. Was hab ich denn nun wieder falsch gemacht?«

»Du kapierst es einfach nicht, oder? Du hast für nichts anderes Augen und Ohren als für Plattenumsätze und Profite. Du weißt nichts über uns, und es ist dir auch egal, solange wir in den Top Ten sind. Du hast nicht eine Sekunde darüber nachgedacht, dass dieser Artikel im *National Enquirer* vielleicht doch nicht so gut war, dass er möglicherweise so was wie nachteilige Auswirkungen auf mein Privatleben haben könnte, dass es außer dem Verkauf von Alben vielleicht noch andere Dinge in dieser Welt gibt, die mir am Herzen liegen.«

»Owen, Platten zu verkaufen ist mein Job. Es ist dein Job. Vielleicht hältst du mich für primitiv, aber dein Privatleben ist mir scheißegal, es hat absolut nichts mit meinem Job zu tun. Es ist nicht mein Problem, wenn du eine harte Zeit durchmachst, weil irgendwelche Bilder von dir in einem Boulevardblatt erscheinen. Es ist dein Problem. Das hast du dir eingebrockt, nicht ich. Du bist der Rockstar, ob dir das nun gefällt oder nicht, und ich denke, es gefällt dir. Es gibt gewisse Dinge, die mit Ruhm und Popularität eines Rockstars einhergehen, und dazu gehört unter anderem, dass in der Zeitung Fotos von dir erscheinen, die dich nicht unbedingt in den vorbildlichsten Situationen zeigen. Interviews über Kongressabgeordnete kann man schön geben, solange man dabei nichts zu verlieren hat, nicht? Aber wenn sich der Spieß umdreht und du plötzlich etwas zu verlieren hast, dann wird's ein Problem. Willkommen in der Realität, Owen, wo nicht alles so läuft, wie du es gern hättest, und du die Schuld nicht auf das Arschloch Stuart Means abwälzen kannst, weil der nämlich nichts damit zu tun hat. Wenn du unbedingt mit Filmstars in die Kiste steigen musst, akzeptier gefälligst auch die Konsequenzen.«

Wir drei standen in dem Konferenzraum und sagten ein paar Minuten lang gar nichts. Owen starrte auf den Tisch, als könnte er mit seinen Augen Löcher hineinbohren. Ich trat von einem Bein aufs andere und blickte verschiedene Stellen an der Wand an. Stuart atmete schwer und zitterte. Wahrscheinlich hatte er sich schon seit Monaten gewünscht, Owen die Meinung zu sagen.

»Okay«, sagte Owen. »Wir fahren mit dem Tourbus.«

Bis zum Ende der Woche hatten wir »Wanderin'« eine Million Mal verkauft. Oder besser gesagt, die Plattenläden hatten es eine Million Mal verkauft. Wir hatten gar nichts verkauft. Seit dem Erscheinen des Albums hatten wir in unserem Haus rumgesessen, Zeitung gelesen, Radio gehört und gelegentlich unsere Gitarren genommen und ein paar Songs geübt. Die Tour sollte mit Gigs in Los Angeles am 19. und 20. August anfangen und dann bis Ende des Jahres quer durchs ganze Land führen, mit jeweils zwei Übernachtungen in den richtig großen Städten. Nach Los Angeles würden wir runter nach San Diego fahren, dann nach Phoenix, Tucson, Albuquerque, Dallas, Austin, New Orleans, Atlanta, Charlotte, Washington, Baltimore, New York, Boston, Buffalo, Pittsburgh, Cleveland, Detroit, Chicago,

Milwaukee, Madison, Minneapolis, Lawrence, Denver, Boise, Seattle, Portland, San Francisco und zu Silvester zurück nach Los Angeles. Wir lernten Ron Midland kennen, unseren Tourmanager, der auf unser Drängen hin erst nach den Gigs in L.A. anfangen würde. Man sagte uns auch, dass die Roadies in einem eigenen Bus fahren würden, ein absurder Kostenfaktor – noch dazu einer, den wir bestimmt selbst würden tragen müssen –, aber eins von den Dingen, an denen wir, wie Stuart Means gesagt hatte, nichts ändern konnten. Er wollte, dass wir in der Zwischenzeit ein Video aufnahmen, um die Verkaufszahlen noch höher zu pushen. Wir bestanden darauf, es so zu machen, wie wir wollten, und schrieben an Ed in New York, er solle sich keine Karten für unsere Gigs dort kaufen und dafür sorgen, dass er eine Videokamera und jede Menge Film hatte. Die Singleauskopplung aus dem Album war »Will You Wear Red?«, und für diesen Song sollten wir auch das Video machen. Hätten wir die Wahl gehabt, hätten wir lieber »Yankee Doodle« oder »John Henry« genommen, aber die Stücke waren nicht auf dem Album.

Als der 19. kam, waren wir froh, nicht mehr bloß herumzusitzen, sondern endlich wieder spielen zu können. Ohne Anna fühlte sich das Haus fremd und leer an, aber keiner von uns sprach darüber. Owen sprach sowieso kaum, außer wenn wir probten oder ich ihm eine Frage stellte. Nachts gingen wir die Fanpost durch – die jetzt in noch größeren Bergen eintraf als zuvor – und beantworteten ein paar Briefe. Junge Mädchen schrieben und erklärten Owen ihre unsterbliche Liebe – einmal sogar mir – und junge Burschen schrieben und sagten uns, welche Songs sie am besten fänden und dass sie genau wüssten, wie wir uns fühlten, wenn wir »East Virginia« oder »Will You Wear Red?« oder »Fare Thee Well, O Honey« sangen.

Am Morgen des 19. weckte uns das Telefon. Es war Jack Noone. Jack Noone höchstpersönlich. Owen lag noch im Bett, und ich wollte ihn holen, aber er weigerte sich.

»Aber das ist dein Vater.«

»Interessiert mich nicht. Interessiert mich schon, aber für den Arsch steige ich nicht aus dem Bett.«

»Was soll ich ihm denn sagen?«

»Dass ich für ihn nicht aus dem Bett steige. Und dass er ein Arsch ist. Lass dir was einfallen. Frag ihn, was er will.«

Ich sagte Jack Noone, dass Owen im Moment nicht ans Telefon kommen könne, erklärte aber nicht warum.

»Richten Sie ihm aus, dass ich mich für die Konzertkarten bedanke, die er mir geschickt hat, aber dass ich leider nicht kommen kann«, sagte er. »Und sagen Sie ihm auch, dass ich heute am frühen Nachmittag in meinem Wahlkampfbüro hier in Los Angeles eine Pressekonferenz gebe, und ich glaube, das wird ihn interessieren. Ich habe seinen Namen auf die Gästeliste gesetzt. Ich hoffe, er kommt.«

Die Pressekonferenz war für zwei Uhr nachmittags angesetzt. Wir waren schon um Viertel vor zwei da, um auch ja nichts zu verpassen. Die Sicherheitsleute und Polizisten waren erstaunlich entgegenkommend, als wir eintrafen, obwohl wir keine offiziellen Anstecker oder Ähnliches trugen. Owen sagte einfach, wer er war und dass er eine persönliche Einladung vom Abgeordneten Noone habe, und sie riefen einen von den Wahlkampfhelfern und baten ihn, uns in den Presseraum zu führen. Dieser Wahlkampfhelfer, der aussah wie höchstens achtzehn, plapperte die ganze Zeit darüber, wie aufgeregt alle wegen der Pressekonferenz seien.

Der Presseraum war nicht sehr groß, bloß ein kleiner Konferenzraum wie der in der Pacific-Zentrale. Es gab ein paar Reihen mit Klappstühlen und eine etwas erhöhte Plattform mit einem Rednerpult, an dem etliche Mikrofone montiert waren. Der Raum war fast voll mit Reportern, die ihre Aufnahmegeräte testeten, sich Notizen machten und miteinander plauderten. Der Wahlkampfhelfer zeigte auf zwei freie Stühle in der hintersten Ecke.

»Die da sind für Sie reserviert«, sagte er. »Ich muss wieder an die Arbeit.« Er machte auf dem Absatz kehrt und verließ den Raum fast im Laufschritt.

Die Reporter um uns herum wandten die Köpfe und begrüßten uns mit Nicken und aufgesetztem Lächeln. Es interessierte sie offenbar nicht, wer wir waren, nur dass wir nicht zu ihnen gehörten, und sie wollten mit niemandem reden, der nicht zu ihnen gehörte, außer es war der Abgeordnete selbst. Owen und ich saßen schweigend inmitten des Stimmengewirrs, und während wir auf den Beginn der Konferenz warteten, fragten wir uns, was da wohl auf uns zukam und wie wir reagieren sollten – zumindest ich fragte mich, wie Owen reagieren würde, je nachdem, was der Abgeordnete sagen würde.

Um zehn nach zwei kam Jack Noone durch eine Seitentür herein. Augenblicklich erstarb der Stimmenlärm. Er stellte sich an das Rednerpult und ließ den Blick durch den Raum wandern. Ich fragte mich, ob er nach Owen suchte. Seine Augen verharrten kurz auf uns, und ich glaubte, ein leises Lächeln zu sehen.

»Arsch«, murmelte Owen.

Jack Noone griff in seine Hemdtasche und setzte eine Lesebrille auf, dann griff er in seine Jacketttasche und holte ein Blatt Papier hervor. Diese Bewegungen sollten natürlich aussehen, aber sie wirkten wie einstudiert. Ich stellte mir vor, wie seine Pressesekretärin oder sonst wer ihm sagte, wie viele Sekunden er sich für das Greifen in die jeweiligen Taschen Zeit lassen sollte und wie viele Sekunden zwischen dem Aufsetzen der Brille und dem Hervorholen des Blattes liegen sollten. »Entschuldigen Sie, dass ich Sie habe warten lassen«, sagte er, nachdem er ein paar Sekunden auf das Stück Papier geblickt hatte. »Ich werde mich so kurz wie möglich fassen und stehe Ihnen anschließend noch ein paar Minuten für Fragen zur Verfügung.«

»Sehr geehrte Damen und Herren von der Presse. Im letzten Dezember hat eine San Franciscoer Zeitung gewisse Unterstellungen abgedruckt, die sich auf mein Privatleben bezogen. Wie Sie zweifellos wissen, behauptete ein damals noch relativ unbekannter Rockmusiker namens Owen Noone, ich sei sein Vater, bezichtigte mich der Heuchelei und äußerte noch andere Verleumdungen.«

Ich schielte zu Owen hinüber und sah, wie sich seine Kiefermuskulatur anspannte.

»Heute nun möchte ich persönlich auf diese Unterstellungen eingehen, und zwar sowohl auf die spezielle Vaterschaftsbehauptung als auch auf die eher vagen, unbewiesenen Verleumdungen, die in den vergangenen Monaten in der Presse mehrfach wiederholt wurden.« Jack Noone hielt kurz inne, und als er schluckte, hob und senkte sich sein Adamsapfel. »Ich erkläre hiermit öffentlich und offiziell, dass Owen Noone tatsächlich mein Sohn aus meiner ersten Ehe ist, die zwei Jahre nach Owens Geburt zerbrach.«

Ein Raunen breitete sich wie eine langsame Welle im Raum aus.

»Ich habe mich jedoch Owen gegenüber zu keinem Zeitpunkt in irgendeiner Weise gesetzwidrig verhalten. Ich habe ihn und seine Mutter finanziell unterstützt, bis sie erneut geheiratet hat, und ich habe für Owen bis zu seinem achtzehnten Geburtstag Unterhalt gezahlt.

Ich vermute, dass Owens Mutter und sein Stiefvater ihn nicht von diesen Regelungen in Kenntnis gesetzt haben, sodass er in dem Glauben aufwuchs, sein biologischer Vater habe ihn vollkommen im Stich gelassen, eine bedauerliche und fälschliche Sichtweise, die seine öffentlichen Anschuldigungen zur Folge hatte, die ich ihm aber nicht zum Vorwurf mache.«

Owen begann, leise vor sich hinzumurmeln, so leise, dass ich nicht verstehen konnte, was er sagte, und dabei starrte er seinen Vater an.

»Besonders bedauerlich finde ich allerdings den Zeitpunkt, den Owen für seine unbegründeten Angriffe gegen mich gewählt hat. Er hätte das Thema jederzeit unter vier Augen mit mir besprechen können, aber das erschien ihm nicht angebracht. Stattdessen hat er mich und mein öffentliches Ansehen dazu benutzt, seine eigene Karriere anzukurbeln.«

Owens Gemurmel wurde lauter, und allmählich verstand ich ihn.

»Zum Zeitpunkt seiner Anschuldigungen war er als Musiker weitgehend unbekannt. Die Ausnutzung meiner Bekanntheit hat ihm jedoch enorme Publicity eingebracht, weshalb er mittlerweile in fast jedem Rocksender Amerikas zu hören ist, ein Umstand, den ich nur schwerlich allein dem Zufall zuschreiben kann.«

Ein paar der Reporter in unserer Nähe hörten Owen und drehten sich neugierig nach dem störenden Geräusch um. Owens Stimme wurde lauter, aber nicht so laut, dass sie das Podium erreicht hätte.

»Der Zynismus, den mein Sohn durch die Ausnutzung der Lage an den Tag gelegt hat, spiegelt ebendie Wirklichkeit der Unterhaltungsindustrie wider, gegen die ich mich im Verlauf meines Wahlkampfs immer wieder gewandt habe, eine Wirklichkeit, die die heiligsten Bande verunglimpft, die es in diesem unserem Lande gibt, nämlich die von Gott gegebenen Bande der Familie, die Bande zwischen Eltern und Kind.«

Owen stand auf und sein Gemurmel, das inzwischen Gesprächslautstärke angenommen hatte, schlug plötzlich in ein Gebrüll um, das die Überlegenheit von Jack Noones lautsprecherverstärkter Stimme bedrohte. Jack Noone hörte ihn und verstummte. Jeder Reporter im Raum drehte sich nach der Quelle des Gesangs um.

Owen sang nämlich. Oder schrie, besser gesagt, aber er schrie einen Song – »Yankee Doodle«. Seine Stimme füllte den Raum, sein Gesicht war fast dunkelrot vor Anstrengung, und eine Ader pulsierte an seiner Schläfe dicht unter der Haut.

There was Captain Washington
Upon a slapping stallion,
A-giving orders to his men,
I guess it was a million.

Als Owen mit dem Refrain anfing, wurde seine Stimme noch lauter. Jack Noone rang um Fassung. »Entschuldigen Sie bitte, Ladys und Gentlemen. Owen, bitte sei nicht kindisch.« Er starrte Owen an. »Sei nicht kindisch.«

Aber Owen war nicht aufzuhalten. Er sang weiter:

The troopers they would gallop up,
And fire right in our faces,
It scared me almost half to death
To see them run such races.
Yankee Doodle, keep it up,
Yankee Doodle Dandy,
Mind the music and the step
And with the girls be handy.

Jack Noone wurde ungehalten. »Ich möchte noch ein paar Anmerkungen machen, daher bitte ich um Ruhe. Benimm dich bitte wie ein erwachsener Mensch, damit wir hier eine gesittete, anständige Diskussion führen können.« Keiner achtete auf ihn. Owens Auftritt nahm die Aufmerksamkeit aller Anwesenden in Anspruch. Einige Reporter machten sich emsig Notizen, und die Fernsehkameras hatten ihre Scheinwerfer auf Owen gerichtet, dessen Augen weit aufgerissen und starr waren und unverwandt Jack Noone anblickten, der inzwischen nicht nur die Kontrolle über seine Pressekonferenz verloren hatte, sondern auch die letzten Reste seiner Geduld. »Michael«, sagte er und spähte über den Rand seiner Brille zur rückwärtigen Tür, »würden Sie wohl bitte einschreiten?«

Ich drehte mich zu der Tür um und sah einen Mann von einem privaten Security-Dienst und einen Polizisten auf Owen zugehen. Ich hätte gern etwas zu ihm gesagt, aber ich wusste, es würde nichts bringen, es war zu spät, und mir blieb nichts anderes übrig, als Owen tun zu lassen, was er meinte tun zu müssen. Der Polizist und der Security-Mann fassten Owen rechts und links an der Schulter. Er zuckte nicht mal mit der Wimper und sang einfach weiter, als wären sie gar nicht da.

Der Polizist blickte zu mir herab. »Sag ihm, er soll aufhören.«

»Ich bin doch nicht seine Mutter.«

»Werd bloß nicht frech«, knurrte er. »Ich nehme ihn auf der Stelle fest, wenn er nicht aufhört.«

Ich spürte, wie mein Blut mir Adrenalin in die Brust und in den Hals und in die Schläfen pumpte, sodass ich alles scharf konturiert und deutlich sah. »Officer«, sagte ich, »ich kann ihm genauso wenig sagen, was er machen soll, wie Sie das können, und ehrlich gesagt, ich will es auch gar nicht.«

»Ich lass dich festnehmen«, sagte der Polizist. »Ich lass dich mit ihm zusammen festnehmen.«

»Das können Sie nicht.«

Er biss die Zähne zusammen und blinzelte, dann machte er auf dem Absatz kehrt und nickte dem Security-Mann zu. »Fass mal mit an, Michael.« Er packte Owens Schulter und schob mit dem anderen Arm den Klappstuhl weg. »Komm mit, Kleiner, Zeit zu gehen.«

Owen versuchte, den Arm des Polizisten abzuschütteln, aber der Security-Mann hielt ihn an der anderen Schulter fest, packte seinen Arm und drehte ihn ihm auf den Rücken. »Au!«, schrie Owen und sang dann ungerührt weiter. Der Polizist und der Security-Mann zogen ihn weg, und Owen ließ sich hängen, sodass seine Füße über den Boden schleiften, während seine Stimme richtig heiser wurde, als er die letzte Strophe brüllte:

Yankee Doodle is the tune
Americans delight in,
'Twill do to whistle, sing or play
And just the thing for fightin'.

Er wollte sich am Türrahmen festklammern, und ich hörte, wie seine Handgelenke gegen das Holz schlugen, aber vergeblich, und seine Stimme wurde leiser, als sie ihn über den Flur zerrten und er die letzten Worte, »And with the girls be handy«, immer und immer wieder sang, als wäre er eine Schallplatte mit Sprung, immer und immer wieder, bis sie nur noch ein verklingender Ton war.

Alle im Raum hatten sich umgewandt und starrten die Tür an. Ich stand vor meinem Stuhl, neben dem leeren Platz, wo Owen gesessen hatte. Augen richteten sich auf mich, im Raum herrschte Stille, und selbst Jack Noone blickte mich eindringlich an. Ich spürte meinen Herzschlag und atmete tief und ruhig, um ihn zu verlangsamen. Es war offensichtlich, dass alle irgendeine Äußerung von mir erwarteten. Ich spürte, wie ihre Augen mich bedrängten, spürte ihren Willen, mir irgendwelche Worte zu entringen. Aber es gab nichts zu sagen. Nichts. Er war nicht mein Vater. Was würde ich sagen, wenn er es wäre? Was würde ich zu meinem eigenen Vater sagen? Das Letzte, was ich zu ihm gesagt hatte, war: »Ich bin nach Iowa City gezogen und will eine Rockband gründen.« Ich bin nach Iowa City gezogen und will eine Rockband gründen. Und er hatte immer wieder gesagt, Ach, mein Junge. Ich bin nach Iowa City gezogen. Und will eine Rockband gründen.

»Was –« Das Mikrofon stieß ein schrilles Pfeifen aus, als Jack Noone wieder anfing zu sprechen. »Was bedeutet das?«

Meine Arme hingen schlaff herab, und ich fühlte mich wie gelähmt. »Was bedeutet was?«, fragte ich.

»Ich bin nach Iowa City gezogen«, sagte Jack Noone.

»Sie sind nach –« Mein Lungen entleerten sich hörbar, wie ein zischender Luftballon. Mir war nicht klar gewesen, dass ich es laut gesagt hatte. Aber es war egal. Ich zuckte die Achseln. »Es bedeutet«, sagte ich. »Es bedeutet –« Ich schüttelte den Kopf. »Es bedeutet etwas. Nichts.« Ich drehte mich um und ging aus dem Raum, den Flur hinunter, durch die Tür, durch das Wahlkampfbüro, wo die Mitarbeiter den Blick vom Fernseher wandten, um mir hinterherzustarren, als ich hinaus auf den Bürgersteig und in den heißen Nachmittag trat, ins Sonnenlicht blinzelte.

Ich wusste nicht, wohin ich gehen oder was ich tun sollte. Ich wusste nicht, wo Owen war. Vermutlich festgenommen, aber es gab etliche Polizeiwachen, wo sie ihn hingebracht haben konnten. Ich ging die Straße entlang, brachte Abstand zwischen mich und die Pressekonferenz. Bis zum Gig waren es nur noch ein paar Stunden, und wir wurden bald dort erwartet, und ich hatte keine Ahnung, wohin ich gehen oder was ich tun sollte. Also nahm ich mir ein Taxi und fuhr nach Hause.

Ich erwartete oder hoffte eigentlich, Anna auf dem Sofa anzutreffen oder beim Zeitungslesen über die Küchentheke gelehnt, mit einer Tasse Kaffee in der Hand. Aber sie war nicht da. Sie war fort.

Als ich nach Hause kam, klingelte das Telefon, und irgendwie war mir klar, dass es schon eine ganze Weile geklingelt hatte.

»Was ist los, verdammt nochmal? Ist Owen bei dir?«

»Stuart«, sagte ich. »Nein.« Ich starrte durch die offene Haustür nach draußen. »Er ist festgenommen worden.«

»Das hab ich gesehen. Alle haben das gesehen. Aber wo steckt er jetzt?«

»Ich weiß es nicht.«

»Das weißt du nicht?«

»Ich hab nichts gehört. Ich weiß es nicht. Er ist festgenommen worden.«

»Okay, pass auf. Bleib einfach da, wo du bist, und hoffentlich ruft er dich an. Ich kontaktiere die Geschäftsführung und sage denen, dass ihr kommt, aber vielleicht mit Verspätung. Wie kommt ihr dahin?«

»Wohin?«

»Zu dem Gig. Hörst du überhaupt zu?«

»Ach so. Klar. Wir fahren. Wir fahren hin. Mit dem Pick-up.«

»Fahr aber nicht los, ehe du nicht was von Owen gehört hast.«

Stuart Means legte auf, aber ich hielt den Hörer weiter ans Ohr, bis der Besetztton kam. Ich setzte mich quer in den Sessel, ließ die Beine über die Armlehne baumeln und starrte durch die offene Tür auf die Häuser gegenüber. Die Schatten krochen über die Rasenflächen, bedrohten schon den Bürgersteig. Das Telefon klingelte.

»Die haben beschlossen, keine Anzeige zu erstatten«, sagte Owen. »Gibt ja auch nichts, weshalb man mich anzeigen könnte. Hast du Geld da? Ich muss mir ein Taxi nehmen.«

Um mich zu beschäftigen, lud ich schon mal unser Equipment auf den Pick-up, während ich auf ihn wartete. Als das Taxi vorfuhr, hatte ich gerade die letzte Kabelkiste verladen. Ich ging zur Straße und gab dem Fahrer Geld.

»Sind Sie auch berühmt?«, fragte er, als er die Scheine abzählte. »Der da war heute Nachmittag im Fernsehen.«

»Nein«, sagte ich, »bin ich nicht.«

Das Taxi fuhr ab, und Owen ging ins Haus. Ich folgte ihm und fragte, was passiert sei.

»Alles halb so wild. Die haben mich zur Polizeiwache gebracht, und ich hab auf der ganzen Fahrt ›Yankee Doodle‹ gesungen. Hat die wahnsinnig gemacht. Als wir da waren, haben sie mir die Handschellen abgenommen und mir einen Vortrag gehalten über Ruhestörung und den demokratischen Prozess und den ganzen Scheiß, und dann haben sie mich gehen lassen. Auf dem Weg nach draußen hat mir ein Bulle einen Stift gegeben und gesagt, sein Sohn wäre ein großer Fan und ob ich ihm ein Autogramm geben würde, und das hab ich gemacht.« Owen war ruhig, keine Spur von Wut in seinem Gesicht oder in seiner Stimme.

»Warum haben die keine Anzeige erstattet?«

»Ich glaube, mein Vater hat ihnen gesagt, dass sie das nicht machen sollen. Der will nicht, dass ich noch mehr Publicity kriege. Er weiß, dass ich es wieder tun werde. Ich glaube, der meint, er hat den Krieg gewonnen. Scheiß auf ihn.«

Los Angeles Times, 30. August, 1998:

OWEN NOONE AND THE MARAUDER

Hollywood Palladium, 28. August 1998

Als die Show begann, hatte längst jeder im Publikum gesehen oder gehört, was wenige Stunden zuvor vor laufenden Kameras passiert war, und daher herrschte eine seltsam aufgeregte Anspannung in dem ausverkauften Haus, während alle darauf warteten, dass Owen Noone and the Marauder auf die Bühne kamen, um ihre *Wanderin'*-Tour zu eröffnen. Es wurde gemunkelt, dass Owen Noone gar nicht auftreten würde, dass er festgenommen worden sei und in einem Gefängnis in Los Angeles säße.

Die Gerüchte erwiesen sich jedoch als haltlos, und als Owen und sein Sidekick, der Marauder, endlich die Bühne betraten, entlud sich die knisternde Anspannung in einem Beifallssturm aus Klatschen, Johlen und Pfeifen, der ganze drei Minuten anhielt. Noone, ganz der Rock-Gott, der er zweifellos inzwischen ist, ließ diese Ovationen ruhig über sich ergehen, während der Marauder ein paar Akkorde antestete.

Als sich der Applaus endlich legte, begrüßte Noone nicht etwa sein Publikum, sondern öffnete den Mund und schrie eine Eröffnung von »John Henry« heraus, die wilder war denn je und bei der es einem kalt über den Rücken lief, denn seine heisere Stimme bröckelte und stotterte bei dem in die Länge gezogenen »John« ins Mikro, ehe sie bei »Henry« zu einem grollenden Knurren wurde, während die Kakophonie der Gitarren – die von Noone den ganzen Song über stark verzerrt, die des Marauders mit ihrem wie immer herrlichen, schräg gestimmten Geklimper – wie ein Monsunregen niederging.

Und das war erst der Anfang. Die Performance, die Owen Noone and the Marauder ihren Fans heute Abend boten, war eindeutig die großartigste, mitreißendste ihrer Karriere. Jeder Song flirrte förmlich vor Leben und Energie, vom Eröffnungssong bis zu den leiseren, langsameren Songs wie »Old Smokey«, »Fare Thee Well, O Honey« und »Wanderin'«, wobei Letzterer durch die Flüsterstimme des Marauders und durch Noones meisterliches Gitarrenspiel besonders eindringlich wurde, nicht zuletzt aber auch durch Noones Stimme, die dem Sound beim letzten Refrain eine zusätzliche Tiefe verlieh und unisono mit den einzelnen Tönen seiner Elektrogitarre dahinschwebte. Enttäuschend war nur, dass sie nicht »Careless Love« spielten, das Mann-Frau-Duett, das ihrem Set sonst immer ein eigentümliches Element von Schönheit verleiht.

Angesichts der Ereignisse des Tages lässt sich mit Fug und Recht sagen, dass das Publikum den ganzen Abend auf »Yankee Doodle« wartete. Es herrschte daher allgemeine Verwunderung, als Noone am Ende des Sets verkündete: »Heute Abend gibt es keine Zugabe.« Er schaltete sein Verzerrerpedal ein paar Mal an und aus, als wäre er nicht ganz sicher, ob seine Gitarre noch funktionierte. Dann sagte er: »Vielleicht habt ihr heute Nachmittag im Fernsehen unser neues Video zu dem Song gesehen. Jack Noone hat es gesehen, das weiß ich.« Das Publikum reagierte mit ausgelassenem Jubelgeschrei und verstummte jäh wieder, als Noone die Hand hob, wie jemand, der einen Segen erteilen will. »Singt«, sagte er. Im selben Moment begann der Marauder die ersten Töne von »Yankee Doodle« zu spielen, und die Menge fing an zu singen, und ich glaube, kein Mensch weiß, ob Noone überhaupt ein Wort mitsang oder nicht. Ein von zwei Gitarren begleiteter tausendstimmiger Chor beendete einen großartigen Live-Rockmusikabend, wie ihn Los Angeles lange nicht mehr erlebt hat, wenn überhaupt schon mal. Einfach spitze!

Der Artikel hatte Recht, es war das beste Konzert, das wir je gegeben hatten. Wir fuhren in tiefem Schweigen zurück und gingen schlafen, ohne auch nur ein Wort gewechselt zu haben. Als ich am nächsten Tag aufwachte, war es schon Nachmittag, und die Sonnenstrahlen fielen schräg in mein Zimmer. Ich sah zu, wie der Staub durch die Lichtklingen sank, die zwischen den halb zugezogenen Vorhängen einfielen, ehe ich aufstand und duschte.

Als ich nach unten kam, hatte Owen ein Frühstück aus zu lange gebratenem Speck, zu kurz gebratenen Eiern und perfekt gebratenen Kartoffeln gemacht. Ich kochte Kaffee, und wir setzten uns hin und aßen, rührten die glibberigen Eier unter die Bratkartoffeln, und das Kratzen unserer Gabeln über die Teller und das Schlürfen, wenn wir einen Schluck heißen Kaffee tranken, waren die einzigen Geräusche. Die Zeitung lag zusammengefaltet am Tischrand, aber ich hatte nicht hineingesehen und wusste nicht, ob Owen es getan hatte. Ich konnte mir denken, wie die Schlagzeile lautete, und es schien mir überflüssig, den Artikel zu lesen. Ich wusste, wie auch immer es dargestellt würde, es würde nicht die Wahrheit sein. Bestenfalls wäre es eine Halbwahrheit. Schlimmstenfalls glattweg gelogen. Ich hatte keine Ahnung, was noch geschehen war, nachdem ich die Pressekonferenz verlassen hatte, wie das Frage- und Antwortspiel gelaufen war oder ob sie überhaupt weitergemacht hatten, aber ich war sicher, dass das Ganze gegen uns, gegen Owen, gedreht worden war.

»Hast du mal reingesehen?«, fragte ich und klopfte mit den Fingerspitzen auf die Zeitung.

»Nein. Ich weiß ja, wie es war.« Owen nahm ein Stück verkohlten Speck und biss hinein, seine Zähne zermahlten es mit einem Geräusch, wie es Schritte auf Kies hervorrufen. »Ich muss mir nicht ansehen, was für Lügen die geschrieben haben oder was er gesagt hat, damit er gut dasteht. Ich wollte zeigen, wie er wirklich ist, wer er wirklich ist, aber ich hab wohl nicht genug Einfluss, um tatsächlich etwas zu bewirken. Ich habe keinen Redenschreiber, keinen Pressesprecher und kein Riesenbüro mit zahllosen freiwilligen Helfern.«

»Du hast eine Gitarre«, sagte ich und kam mir blöd vor, als ich mich selbst hörte.

»Ja, na und? Kein Schwein will einen Prediger mit Gitarre hören. Die Leute wollen die Musik, und dafür haben sie ihre Gründe, nicht meine Gründe, nicht unsere. Die Töne verklingen, die Musik hört auf, die Leute gehen nach Hause, reden drüber, wie super es war, und dann legen sie sich schlafen und denken nicht mehr dran. Dagegen kann ich nichts machen.«

»Und das Album? Das ist doch von Dauer.«

»Oh ja, und es ist nicht unseres. Irgendein Typ, den wir nicht kannten und nicht mochten, hat es aufgenommen, hat uns jeden Einfluss genommen, den wir vielleicht mal darauf hatten, und weißt du was? Es interessiert mich nicht mal. Musikalben, na und? Früher war das unser einziges Ziel, ein Album, ein Stück Unsterblichkeit, aber jetzt würde ich einfach lieber vor ein paar Leuten stehen und spielen. Das ist wie damals, als ich noch Baseball gespielt hab. Wenn ich am Schlag oder am Wurf war, haben alle nur auf mich geachtet. Sie waren auf mich konzentriert, und ich war konzentriert. Bei unseren Auftritten ist das auch so, nur noch besser, weil wir bei den Leuten wirklich was bewirken. Einfach nur, indem wir spielen. Wir machen sie glücklich oder was auch immer. Alles andere ist mir inzwischen egal. Diese Tour wird das Beste, das wir je gemacht haben.«

Owen saß halb über den Tisch gebeugt, und seine Augen waren ernst und starr, die Kiefermuskulatur angespannt. Erst später fragte ich mich, ob dieser entschlossene Ausdruck daher rührte, dass er glaubte, was er sagte, oder ob er fest entschlossen war, sich einzureden, dass er es glaubte. Ich weiß es bis heute nicht. In dem Augenblick jedoch wusste ich genau, was wir machen wollten und wer wir waren. Ich griff nach der Zeitung und klappte sie auf.

NOONE MACHT REINEN TISCH
Kongressabgeordneter Jack Noone räumt Vaterschaft ein und übersteht eine befremdliche verbale Attacke

Ich blätterte weiter nach hinten bis zu der Besprechung unseres Auftritts.

»Meinst du, sie kommt zurück?« Owen starrte auf die Besprechung und strich unablässig mit dem Finger über eine Zeile.

Ich wusste, welche Zeile das war, auch ohne genauer hinzusehen. »Nur wenn sie es will.« Wenn ich ehrlich gewesen wäre, hätte ich nein gesagt.

»Ich wünschte, ich könnte ihr einfach sagen, was –« Owen wechselte seinen Kaffeebecher von einer Hand in die andere. »Ich würde ihr sagen, dass ich, als ich sie da an der Straßenecke in New York gesehen hab, gern irgendwas Witziges zu ihr gesagt hätte, wie im Film, damit sie Lust bekommt, mit mir einen Kaffee trinken zu gehen. Und dass ich, wenn ich an dem Tag, als sie mit der Zeitung nach Hause kam, gewusst hätte, was ich sagen könnte, dass ich es gesagt hätte, aber dass ich erst in dem Moment, als ich wusste, dass sie mich verlässt, gemerkt habe, dass ich ohne sie nicht mehr ich selbst bin.« Er sah mir direkt in die Augen. »Jeden Abend lege ich ›Careless Love‹ auf und höre es mir immer und immer wieder an, und das Einzige, was ich in dieser Aufnahme höre, ist ihre Stimme. Das ist der einzige Grund, warum der Song was taugt, wegen Anna, und es ist das Einzige, was ich noch hören kann. Ich schlafe ein, während ich ihre Stimme höre.« Er fing wieder an, über die Worte zu streichen. »Ich glaube, ich kann diesen Song nie wieder spielen.«

Wir standen hinter der Bühne und sahen der Vorgruppe zu, ein Trio, das Instrumentalsachen spielte. Sobald wir unser Set gespielt hätten, würden wir in den Tourbus steigen und nach San Diego abfahren. Stuart Means stand neben Owen an die

Wand gelehnt und wippte im Rhythmus der Musik mit dem Kopf, und Ron war auch da. Wir hatten zwei Eintrittskarten an Jack Noones Büro geschickt, aber ich hatte ihn nirgends gesehen. Die Eintrittskarten hatten wir ihm geschickt, weil wir sonst nichts anderes machen konnten. Es war die einzige Möglichkeit, ihm deutlich zu machen, dass er nicht gewonnen hatte. Die einzige Möglichkeit, ihm zu zeigen, dass mit uns noch zu rechnen war.

Stuart Means kündigte uns beim Publikum an. Aber am Abend zuvor hatte er das nicht getan – keiner hatte das. Normalerweise machte das auch keiner. Aber diesmal wollte er uns ankündigen, weil dieses Konzert für eine Radiosendung aufgezeichnet wurde und, wie er sagte, unsere Abschiedsparty vor Tourneeantritt war. Wir blieben neben der Bühne stehen, als Stuart Means rausging und ans Mikro trat. Unsere Gitarren standen hinter ihm auf Ständern. Spärlicher Applaus und Pfiffe begrüßten ihn.

»Hi, ich bin Stuart Means von Pacific Records«, sagte er und schwieg dann kurz. Es kam keine Reaktion. »Die Stars des Abends brechen noch heute zu einer Tournee auf, die sie einmal quer durchs ganze Land und wieder zurück führen wird und die mit einem Auftritt am Silvesterabend hier in L.A. endet. Ich muss sie gar nicht erst vorstellen – sie haben ein Top-Ten-Album rausgebracht und waren in den letzten beiden Tagen ständig in der Presse und im Fernsehen – also begrüßt bitte den Stolz des rockenden Los Angeles: Owen Noone and the Marauder.«

Der Lärm des Publikums füllte den ganzen Saal. Wir kamen an Stuart vorbei, als wir auf die Bühne gingen, und er sagte etwas zu uns, aber wir konnten ihn nicht verstehen, weil der Jubel noch um ein Dezibel anstieg, als das Publikum uns sah. Wir nahmen unsere Gitarren und schalteten die Verstärker ein, und Owen und ich testeten jeder seine Gitarre, um sicherzugehen, dass sie auch mehr oder weniger richtig gestimmt war und alles funktionierte. Dann traten wir an die

Mikros, und ich sah zu Owen hinüber, wartete auf meinen Einsatz.

»Danke, Leute«, sagte er. »Irgendwo da hinten sieht Jack Noone zu.« Eine Mischung aus Buhrufen und Applaus – keiner wusste so richtig, wie er reagieren sollte – stieg auf. »Also, wenn ihr ihn seht, seid nett zu ihm. Gebt ihm was zu trinken aus oder so und versucht ihm klar zu machen, dass die Jugend von heute nicht durch Rock 'n' Roll verdorben wird.« Owen schielte zu mir herüber und nickte, um mir ein Zeichen zu geben, dass es losging. »Jaaaaaaaaawwwwwwnnn Henry –« Mein Arm ratschte über die Gitarrensaiten, die Menge fing an zu brüllen, Einzelne sangen mit. Owen Noone and the Marauder hatten das Kommando.

Was Owen beim Frühstück gesagt hatte, war richtig. Diese anderthalb Stunden lang bewirkten wir etwas bei den Menschen, und zwar mehr als mit allem anderen, was wir taten. Die Attacken gegen Jack Noone waren dagegen eher ein Freizeitspaß. Es führte zu nichts. Es war ein Nebenprogramm, das keiner richtig ernst nahm außer uns, außer Owen. Das hier wollten die Leute: zwei lautstarke Gitarren und einen Haufen Songs, damit sie für eine Weile alles andere vergessen oder sich an irgendwelche schönen Dinge erinnern konnten, damit sie für kurze Zeit dieses kleine bisschen Freude spürten, weil sie etwas sahen und hörten, das über sie hinauswies, etwas Einfaches, das sie verstanden oder nicht verstehen mussten. Es ging darum, an die beiden Leute da auf der Bühne zu glauben, an ihre – an unsere – Fähigkeit, dafür zu sorgen, dass nichts anderes mehr zählte. Als wir zu »Yankee Doodle« kamen, forderte Owen die Menge auf, für Jack Noone besonders laut zu singen, und während wir sangen, während wir spielten, war es für tausend Menschen das Wichtigste auf der Welt, aber außerhalb der fünf Minuten, die der Song dauerte, hatte es keinerlei Bedeutung. Wenn die Leute am nächsten Morgen nach Hause kämen und ihren Freunden von der Supershow erzählten, würde schon beim

Erzählen etwas verloren gehen, und wenn sie die CD auflegten und sich »Yankee Doodle« anhörten, würden sie noch einen Hauch davon nachempfinden, aber eben nur einen Hauch. Dann würden sie älter werden, und es würden Rechnungen zu bezahlen sein und Kinder zu versorgen, und irgendwann würden sie Owen Noone and the Marauder ganz unten in einem Stapel CDs finden, und sie würden die CD auflegen, und dieser kleine Erinnerungsfaden würde seinen Weg fast wieder zurückfinden. Und sie würden lächeln und sich daran erinnern, wie lebendig sie sich in jüngeren Jahren gefühlt hatten.

Wir sahen Jack Noone nicht. Ich weiß nicht mal, ob er überhaupt da war. Ich stellte mir vor, wie er ganz hinten in seinem Anzug stand, von einem Bein aufs andere trat und sich fragte, was ihn da wohl geritten hatte. Aber das war nur meine Vorstellung. Er war nicht wirklich da. Als die Show vorbei war, gingen wir zum Tourbus, blieben nur kurz stehen, um Autogramme für eine Hand voll Leute zu schreiben, die eine Stunde am Hinterausgang gewartet hatten, aber wir sprachen nicht mit ihnen. Es war Mitternacht, und unser Bus rollte auf den Highway Richtung San Diego. Die vier Monate, in denen wir reisen und spielen würden, hatten begonnen, es waren die schlimmsten vier Monate meines Lebens.

Ich glaube, das Unheil begann in Charlotte. Vielleicht war es unvermeidlich, dass in Charlotte alles schief lief, oder vielleicht kommt mir das auch heute nur so vor. Durch den gesamten Südwesten und bis in den Südosten hinein lief die Tournee super. Wenn wir irgendwo ankamen, schlenderten wir manchmal tagsüber durch die Stadt. Aber es wurde allmählich schwieriger, uns in der Öffentlichkeit zu zeigen, denn in manchen Städten wie San Diego oder Dallas hatten viele Leute die Pressekonferenz gesehen und erkannten Owen. Aber wir waren froh, aus Los Angeles raus zu sein und nur noch daran denken zu müssen, Songs zu spielen. Wenn unser Auftritt zu Ende war, stiegen wir wieder in den Bus und wurden in die nächste Stadt gekarrt, zum nächsten Konzertsaal voller Menschen, die zwanzig Dollar bezahlt hatten, um uns spielen zu sehen.

Drei Wochen nach der Pressekonferenz und dem Anfang unserer Tournee kamen wir in Charlotte an. Wir hatten nicht besonders lange in Charlotte gewohnt, aber vom Gefühl her war es für uns trotzdem so eine Art Heimkehr. Nicht so sehr wie die Rückkehr nach Iowa City und nicht wie das eine Mal, als wir durch Peoria gefahren waren, aber irgendwas dazwischen. Es kam uns so vor, als hätten wir in jeder Kneipe in Charlotte gespielt. Hier hatten wir Demobänder verschickt, unser Repertoire verdoppelt und an zahllosen Abenden Billard gespielt. Wir waren nur wegen des Hurrikans weggegangen.

Daher war es angenehm, fast beruhigend, die vertrauten Straßen zu sehen, die vertrauten Gebäude und Parks, als unser Bus durch Charlotte zur Universität fuhr, wo wir am Abend spielen würden. Es war fast Mittag, die Sonne stand hoch am Himmel, und die Schatten auf dem Boden waren kurz.

»Ich kann mich nicht entscheiden«, sagte Owen, als der Bus an den Sportanlagen vorbeirollte, »ob ich mir das Haus ansehen will oder nicht.«

Darüber hatte ich auch schon nachgedacht. Natürlich bedeutete es Owen mehr als mir, aber ich hatte mich gefragt, wie es wohl aussah, ob der Rasen hoch gewachsen war, die Fensterläden schräg in den Angeln hingen, oder ob es so aussah, als wohnten noch Menschen dort. Ich weiß nicht, warum Owen es nicht verkauft hatte. Vielleicht wollte er irgendwann mal wieder dorthin zurück, oder vielleicht konnte er es nicht verkaufen, vielleicht gehörte es auf dem Papier gar nicht ihm. Ich dachte daran, wie wir die Kellertür geöffnet hatten und das Wasser bis zur halben Treppe stand, das

Buch gegen die Stufen trieb, und ich wusste, dass ich es nicht wiedersehen wollte. »Ich will nicht.«

»Du hast Recht. Ich auch nicht.«

Ein Typ vom Uni-Radio wollte ein Interview mit uns machen. Owen hatte keine Lust, aber ich überredete ihn. Ich wusste schließlich noch sehr gut, wie gern ich damals, als ich meine Sendung beim WCBU gemacht hatte, die Bands interviewt hätte, die ans Bradley kamen.

»Stehen wir da nicht mittlerweile irgendwie drüber?«, sagte Owen, als wir über den Campus auf das Gebäude zugingen, in dem der Sender untergebracht war.

»Nein. Ganz und gar nicht. Nie.«

»Aber wir sind jetzt praktisch eine der Top-Ten-Bands im Lande. So was wie diese kleinen College-Sender haben wir nicht mehr nötig.«

»Wir haben es nicht nötig. Wir wollen es.«

»Nein. Ich will nicht.«

»Doch, du willst, Owen. Als wir angefangen haben, als ›Yankee Doodle‹ rausgekommen ist, wer hat denn da die Scheibe gespielt? Nicht K-rock und wie sie alle heißen. Nein. Die College-Sender. Jungs wie der Typ, der uns interviewen will. Jungs wie ich. Das sind die Leute, denen wirklich was an unserer Musik liegt, die es wichtig finden, ob sie auch anderen Leuten gefällt und ob sie in den Top Ten oder Top Hundert landet oder nirgendwo. Wir würden jetzt nicht mit dem Bus durchs Land kutschieren und Songs vor Publikum spielen, wenn diese Jungs nicht wären. Und deshalb wollen wir das machen.«

»Okay. Aber wenn Stuart Means uns gesagt hätte, wir sollen es machen, würden wir's nicht tun.«

»Stuart Means ist ein Arsch. Und er hat nicht drum gebeten. Ich bitte dich. Ich bin kein Manager, ich bin nicht irgend so ein A&R-Typ. Ich bin dein Freund. Das ist was anderes.«

»Okay. Okay.«

Das Radiostudio war im Keller des Studentenhauses untergebracht, drei fensterlose Räume direkt hintereinander, die aussahen, als hätte dem Architekten eine Art Luxusbesenkammer vorgeschwebt. Unser Interviewer, ein Student im höheren Semester namens Josh Givens, führte uns auf dem Weg zum Studio einen Gang hinunter, dessen Wände mit Postern verschiedener Bands tapeziert waren. Ich deutete auf das Poster von Owen Noone and the Marauder, mit dem gleichen Foto wie auf dem Cover unseres Albums, eine Aufnahme, die Anna von Owens kaputtem Bronco gemacht hatte, ehe wir ihn in Colorado zurückließen.

»Habt ihr das jetzt extra für uns aufgehängt?«

Es sollte ein Scherz sein, aber Josh klappte der Unterkiefer runter. »Nein – das – wir haben das schon – ewig. Ehrenwort.«

Ich lächelte und sagte, das war bloß ein Witz. Er lachte nervös und fuhr sich mit der Hand durchs Haar, ehe er uns ins Studio führte, wo eine junge Frau gerade einen Song von Velvet Underground spielte. Mikrofone wurden für uns aufgestellt, und wir setzten uns. Die Frau, die den DJ machte, blieb am Mischpult, und als Velvet Underground zu Ende war, legte sie »Will You Wear Red?« auf. Als das zu Ende war, sagte sie zu Josh, sie würde jetzt die Mikros aufdrehen. Wenige Sekunden später begann er zu reden.

»Ihr hört WNCC, den Sender der Universität von North Carolina-Charlotte. Ich bin Josh Givens, und hier bei mir im Studio sind Owen Noone and the Marauder, die heute Abend bei uns auf dem Campus auftreten. Der Song, den ihr gerade gehört habt, war ihre Singleauskopplung ›Will You Wear Red?‹ aus dem Album ›Wanderin'‹, das derzeit in der *CMJ*-Chart auf Platz eins steht und auch in den *Billboard*-Top-Ten vertreten ist.« Er sah uns an. »Jungs, seit eure erste Scheibe letztes Jahr bei Pulley erschienen ist, seid ihr ungeheuer erfolgreich, und jetzt kommt euer neues Album bei einem großen Label raus. Was hat sich durch den Erfolg für euch verändert?«

»Es hat sich eigentlich nicht viel für uns verändert«, sagte ich.

Owen schaltete sich ein. »Na ja, manches schon. Wir müssen jetzt Sachen machen, die wir nicht machen wollen und die wir vorher auch nicht gemacht haben.«

»Was denn so?«, fragte Josh.

»Na, zum Beispiel mit Leuten arbeiten, die wir nicht mögen, nett sein zu irgendwelchen blöden Promis, überall hingehen, wo uns unser Label hinschickt, so was eben.«

»Aber das lohnt sich doch auch, oder? Ich meine, ihr macht schließlich jetzt eure Träume wahr. Im ganzen Land hören sich die Leute eure Musik an, lesen Interviews mit euch in Zeitschriften, hängen eure Poster an die Wände, tragen eure T-Shirts.«

»Stimmt«, sagte Owen, »das ist auch alles schön und gut, ich meine, wir wollen uns nicht beklagen, aber diese Leute kennen uns doch eigentlich nicht, und ich begreife nicht, wieso sie Sachen über uns lesen wollen oder so sein wollen wie wir. Wir machen schließlich nur Musik, nicht? Und das ist alles, was ich will, dass Leute meine Musik mögen. Unsere Musik.«

»Einige Leute haben sich beschwert, es sei zu teuer, eure Musik zu mögen, wenn die Konzerttickets zwanzig Dollar kosten.«

»Ja, das versteh ich nicht. Wir machen die Preise nicht. Das ist nicht unsere Schuld. Als wir anfingen, haben wir für drei Dollar gespielt, und den Preis haben wir festgesetzt. Aber auf viele Entscheidungen haben wir einfach keinen Einfluss, verstehst du? Wir sind dadurch noch nicht reich geworden, und unser Label auch nicht. Die geben uns Geld, damit wir ein Album aufnehmen, und dann gehört alles andere denen, bis sie das Geld wieder reingeholt haben. Wir können nicht davon leben, wenn wir für drei Dollar spielen. Außerdem, wem es zu teuer ist, der muss ja nicht kommen.«

»Aber die Leute wollen kommen. Weil eure Musik ihnen

gefällt. Ich will euch keine Vorwürfe machen. Ich frage nur nach eurer Meinung.«

»Ja, ja, schon klar. Solche Sachen wirft man immer nur uns vor. Aber ehrlich, wir sind da genauso machtlos wie ihr. Als wir letztes Jahr auf Tour waren, sind wir selbst gefahren. Aber plötzlich heißt es, wir brauchen einen Bus und einen Tourmanager und noch einen Bus für die Roadies. Also haben wir das jetzt alles. Für zwei Leute. Das ist lachhaft. Aber so läuft das nun mal, und so läuft es eben auch bei uns.«

»Du warst neulich in allen Nachrichten, weil du auf der Pressekonferenz deines Vaters für Aufsehen gesorgt hast. Was hast du damit bezweckt?«

Owen atmete langsam ein und ließ dann die Luft mehrere Sekunden lang hinausgleiten, ehe er antwortete. »Stell dir vor, du wärst an meiner Stelle«, sagte er. »Wie würdest du dich fühlen? Was würdest du machen?«

»Eine Menge Leute sagen, du hast das nur gemacht, um Publicity zu kriegen.«

»Scheiß auf die Leute.« Ein entsetzter Ausdruck legte sich auf Joshs Gesicht, als Owen »scheiß« sagte. »Hoppla, sorry. Im Radio darf man so was nicht sagen, oder? Sorry. Aber diese Leute haben keine Ahnung. Ich will nicht mehr darüber reden.«

»Okay«, sagte Josh. »Noch eine letzte Frage. Auf eurem ersten Album und bei euren meisten Gigs hat Anna Penatio bei ›Careless Love‹ mitgesungen, und das war ein echter Publikumsrenner, einer von euren bekanntesten Songs. Auf dieser Tournee ist sie aber nicht dabei. Wer ist sie, und warum ist sie nicht mehr bei euch?«

Ich merkte, wie ich mich am ganzen Körper verkrampfte, und öffnete den Mund, um etwas zu sagen, aber mir fiel nichts ein.

Owen schwieg mehrere Sekunden. Als er wieder anfing zu reden, beugte er sich sehr dicht ans Mikrofon. »Das ist etwas, worüber wir nicht so gerne reden möchten, Josh.«

Joshs Gesicht wurde bleich. »T-tut mir Leid.«

Owen winkte ab. »Muss dir nicht Leid tun. Es ist nur eine noch ungeklärte private Frage, und wir sind der Meinung, es wäre unpassend, darüber zu sprechen.«

»Gut, vielen Dank an Owen Noone und, äh, den Marauder, dass sie zu uns ins Studio gekommen sind. Sie spielen heute in der Uni von North Carolina-Charlotte, und das Konzert ist ausverkauft, aber vielleicht sind auf dem Schwarzmarkt oder so ja noch Karten zu kriegen –«

»Wir haben zwei Eintrittskarten für den ersten Anrufer, der uns die Namen der beiden Bands nennen kann, die mit uns zusammen gespielt haben, als wir das letzte Mal hier an der Uni aufgetreten sind«, sagte Owen.

Joshs Gesicht legte sich vor Verblüffung in Falten, ehe es von einem Lächeln erhellt wurde. »Klar – okay. Also, ihr habt's gehört, zwei Freikarten sind zu vergeben. Ruft an. Der nächste Song ist wieder von unseren Gästen. Der Titelsong ihres neuen Albums ›Wanderin'‹.« Die Frau am Mischpult schaltete die Mikrofone ab, unser Song ertönte, und meine unmelodiöse Stimme erhob sich über die leisen Gitarren.

»Wo war der Gig?«, fragte Josh.

»Das war irgend so ein Frühlingsfest im Freien«, sagte ich. »Und wir haben uns als Studenten ausgegeben. Es war auf einer Campus-Wiese. Vor zwei Jahren. Aber wie hießen die anderen Bands nochmal?«

»Weiß ich nicht mehr«, sagte Owen. »Darum geht's ja gerade.« Er winkte Josh zu. »Gib sie einfach dem ersten Anrufer. Wir setzen den Namen dann auf die Gästeliste.«

Am Ende der darauf folgenden Woche fuhr unser Bus durch den Holland Tunnel, und wir waren zurück in New York. Es war unsere zwölfte Stadt in dreieinhalb Wochen, und wir wären am liebsten schon wieder nach Hause gefahren, um einfach nur rumzuhängen und nichts zu tun. Unsere Auftritte hatten nichts Spannendes oder Aufregendes mehr. Wir dachten nicht über die Songs nach, wir gingen einfach raus und spielten sie runter, und die Leute, die zusahen und zuhörten, interessierten uns nicht mehr so wie früher. Das Packende an Live-Auftritten war die Reaktion des Publikums, wenn sich der Energiepegel vor der Bühne hob, hob er uns mit. Wir hatten immer irgendetwas variiert, die Songs jedes Mal ein bisschen anders gespielt, aber jetzt reihte sich bloß Abend an Abend, Stadt an Stadt, Saal an Saal, immer gefüllt mit hunderten von Menschen, und wir hatten das Gefühl, dass wir nur einen Job erledigten, und zwar mit der Begeisterung von Arbeitern in einer Dosenfabrik. Selbst die Bewunderung interessierte uns nicht, die jungen Leute, die auf den Parkplätzen warteten und darauf hofften, mit uns reden zu können, mit uns ins Bett zu gehen. Es hatte mir nie sonderlich viel bedeutet, aber es hatte mir geschmeichelt. Jetzt war es nur nervig, und ich ertappte mich bei dem Wunsch, ihnen allen zu sagen, sie sollten sich verpissen.

Aber New York war etwas anderes. Es war, als könnte in dieser Stadt nichts schief gehen, hier, wo wir unseren ersten echten Gig, unseren ersten Plattenvertrag ergattert hatten. So kam es mir zumindest vor, und als wir aus dem Tunnel auftauchten und durch Manhattan fuhren, waren wir wie Kinder auf Reisen, drückten die Hände gegen die Scheiben und bestaunten die vorbeiziehende Landschaft. New York würde anders werden. Wir würden im CBGB's spielen, darauf hatten wir bestanden, und Ed würde den ganzen zweiten Abend für unser Video filmen. Deshalb hatten wir neue Energie. Wir fühlten uns ein bisschen so, als würden wir einen Neuanfang machen, und das war ein gutes Gefühl.

Wenige Stunden vor dem Gig trafen wir uns mit Ed, um das Video zu besprechen. Die Idee war ganz einfach, bloß ein paar Live-Aufnahmen mit dem eingespielten Song. Es sollte so billig wie möglich aussehen, und um das zu erreichen, vereinbarten wir, dass wir es so billig wie möglich machen würden: Ed hatte eine Kamera, und er würde damit im Bühnenbereich rumlaufen und filmen, was er wollte. Pacific hatte uns ein richtig fettes Budget bewilligt, das wir komplett an Ed weitergaben. Er würde im kommenden Jahr an der NYU anfangen, und mit dem Geld, das er von uns bekam, würde er die Studiengebühren mindestens zweimal bezahlen können.

Wir hatten Dave Ferris auf die Gästeliste gesetzt, und er kam hinter die Bühne, um mit uns zu plaudern, während die Vorgruppe spielte. Es erinnerte mich daran, wie ich ihn kennen gelernt hatte, nachdem wir als Vorgruppe für Kid Tiger gespielt hatten. Während die Bandmitglieder auf der Bühne im Begriff waren, sich zu zerstreiten, hatte ich den Wisch unterschrieben, mit dem unsere Karriere ihren Anfang nahm. So langsam wünschte ich mir, wir wären bei Pulley geblieben, bei Dave Ferris, in New York. Aber das lag nicht in unserer Macht. Es war im Grunde nicht unsere Entscheidung gewesen – wir hätten Dave nicht das Geld verweigern können, das er brauchte –, und eine Menge anderer Dinge wäre nicht passiert, wenn wir geblieben wären. Es war sinnlos, darüber nachzudenken, was vielleicht passiert wäre und was nicht passiert war. Wir führten das Leben, das wir führen wollten. Wir mussten einfach nur akzeptieren, dass es Dinge außerhalb unserer Kontrolle gab, die mit diesem Leben einhergingen.

Wir wurden einem DJ vorgestellt, dessen Radiosender die Show mitsponserte, und als wir rausgingen, um unsere Gitarren zu nehmen, folgte uns Eds Kamera. Owen legte mir eine Hand auf die Schulter. »Warte mal kurz«, sagte er. Ich drehte mich um. Das Publikum johlte und klatschte, und ich beugte mich zu Owen vor, um ihn verstehen zu können. »Heute Abend müssen wir unser Bestes geben.«

»Genau«, sagte ich.

»Nein, im Ernst. Wir müssen uns richtig konzentrieren und spielen, als ob wir es ernst meinten, als wäre es das letzte Mal, als würden wir nie wieder spielen.«

Seine Wortwahl gefiel mir nicht. »Okay, klar.«

»Ich hab nämlich Anna auf die Gästeliste gesetzt«, sagte er. »Meinst du, sie kommt?«

Ich pustete die Atemluft nach oben aus, und meine Haare flogen hoch. »Ich weiß nicht. Woher soll sie das wissen?«

»Weil sie bestimmt die Ankündigungen gesehen hat, wenn sie keine Karte mehr bekommen hat, hat sie vielleicht gehofft, dass ich an sie gedacht habe.«

»Owen, ich glaube –«

Er drückte meine Schulter, fest. »Aber wir werden spielen, als könnte sie uns hören.«

»Okay.« Ich ging zu meiner Gitarre und hob sie auf, und die Menge wurde noch lauter.

Ed war direkt vor der Bühne, seine Kamera zielte nach oben. Ich testete meine Gitarre, und Owen machte das Gleiche. Das Publikum jubelte noch immer wie wild. Ich sah zu Owen hinüber und dann zur Kamera und dann nach vorn auf die dunklen Gestalten der jubelnden Menschen und fing an, den C-Akkord zu schlagen, mit dem »John Henry« anfängt, ganz langsam, zog das Plektrum einfach über die Saiten, etwa alle zwei Sekunden einmal, sodass jede einzelne Note des Akkords deutlich zu hören war. Nach ein paar Schlägen fing das Publikum an, im Takt zu klatschen, sodass praktisch jeweils ein Klatschen und ein Akkord gleichzeitig kamen. Allmählich wurde das Klatschen schneller, und ich passte mich an, beschleunigte das Tempo kontinuierlich, bis nach rund zwei Minuten aus dem Klatschen ein donnernder Applaus mit Pfiffen und Johlen geworden war und mein Arm über die Saiten fetzte, so schnell er nur konnte. Owen stand reglos und ruhig hinter dem Mikro, und als ich zu ihm hinüberblickte, sah ich, dass er die Augen geschlossen hatte und sein Kopf sich leicht nickend bewegte. Mir tat der Arm schon weh von den schnellen Bewegungen, und ich änderte den Rhythmus, schlug die Saiten nur einmal pro Sekunde nach unten an, anstatt bei jedem Auf und Ab. Ich sah wieder zu Owen, und er öffnete die Augen, erwiderte meinen Blick, nickte einmal, lächelte, sah in die Menge und kreischte ins Mikro: »Jaaaaaaaaaaawwwwwwwwwwwwwnnnnnnnnn Henry.« Und wir legten los.

Wir standen hinter der Bühne und lauschten dem Applaus, der uns für eine zweite Zugabe auf die Bühne locken wollte. Wir hatten gerade »Yankee Doodle« gespielt, den Song, der immer am Schluss kam. Aber das Licht im Saal war noch nicht wieder angeschaltet worden, und alle klatschten und schrien und pfiffen und warteten darauf, dass wir ein weiteres Mal rauskamen und noch etwas spielten. Owen und ich standen nebeneinander, rangen nach Luft und starrten auf die leere Bühne und die Dunkelheit dahinter. Wir mussten wieder raus und irgendwas spielen.

»Komm.« Owen ging los, und ich folgte ihm auf die Bühne, ganz betäubt von dem Lärm. Wir griffen nach unseren Gitarren, und ich vergewisserte mich, dass meine so einigermaßen gestimmt war. Ich hatte keine Ahnung, welchen Song wir spielen würden. Es kam mir irgendwie falsch vor, mit etwas anderem als »Yankee Doodle« aufzuhören, aber es wäre auch blöd gewesen, es einfach noch einmal zu spielen. Wir standen Schulter an Schulter und sahen die Gesichter in der ersten Reihe und Ed mit seiner Kamera.

»New York ist die einzige Stadt, in der wir diesen Song spielen werden«, sagte Owen und fügte dann nach einer Pause hinzu: »Bis auf weiteres.« Die Leute jubelten, obwohl sie bestimmt nicht wussten, welcher Song kommen sollte. Ich wusste es. »Er ist für Anna, die vielleicht hier ist und vielleicht auch nicht hier ist.« Owen schloss die Augen und sang, und ich sah zu. Seine Gitarre hing mit dem Hals nach unten lose an ihm herunter, und seine Stimme wurde brüchig, als er zur vierten Strophe kam:

I cried last night and the night before,
I cried last night and the night before,

I cried last night and the night before,
I'll cry tonight and cry no more.

Die letzten drei Worte waren fast unhörbar, und als wir wieder den Refrain spielten, beugte ich mich zum Mikro vor und fing an zu singen, ohne Owen aus den Augen zu lassen. Meine Stimme gab ihm etwas Sicherheit, und er wischte sich mit den Handballen über die Augenwinkel und sang wieder mit etwas kräftigerer Stimme. Ich sang weiter mit ihm, versuchte mit mäßigem Erfolg eine zweite Stimme, aber keiner von uns konnte wirklich singen, daher brachte es so oder so nicht viel. Wir kamen zur fünften Strophe:

Lord, I wish that train would come,
Lord, I wish that train would come,
How I wish that train would come,
And take me back where I come from.

Owen nahm seine Gitarre, als wäre ihm gerade erst wieder eingefallen, dass er sie hatte, und begann beim nächsten Refrain zu spielen, und als die sechste Strophe anfing, trat er auf sein Pedal, steigerte die Lautstärke, sang aber ebenso leise weiter wie zuvor, bis wir zum Refrain kamen und wir beide bis zum Ende des Songs lauter wurden und unsere Gitarren bearbeiteten, während Owen, die Augen geschlossen, vor Anstrengung den Hals reckte, laut brüllend, und sich auf die Zehenspitzen stellte, als wollte er in die Luft aufsteigen. Wir ließen den letzten Akkord ausklingen und blieben zusammen auf der Bühne stehen. Ich legte ihm eine Hand auf die Schulter, und wir beide nahmen weder den Lärm wahr, den das Publikum machte, noch die Kamera, die einen halben Meter vor und anderthalb Meter unter uns lief.

Am nächsten Morgen trafen wir uns mit Ed im einzigen Café zum Frühstück, in dem wir in New York je gewesen waren, dem einzigen Café, das wir kannten. Ron saß auf der anderen Seite, daher störte er nicht weiter. Im Grunde verbrachte Ron auf dieser Tournee die meiste Zeit damit, nicht weiter zu stören, was uns nur recht war. Ed hatte seine Kamera dabei, weil er ein Interview mit uns machen wollte, das entweder ganz an den Anfang oder ganz ans Ende des Videos kommen sollte. Er saß mit der Kamera auf der Schulter Owen und mir gegenüber und stellte uns Fragen. Wir mochten Ed. Er war echt, wir vertrauten ihm, also sagten wir, er könne uns alles fragen, was er wolle, solange wir das letzte Wort hätten, was ins Video kam und was nicht. Er fing mit Fragen an, die man in Fanmagazinen und so liest.

»Was ist für euch das Beste an einer Tournee?«

»Vor einem guten Publikum gut zu spielen.«

»Und das Schlimmste?«

»Immer nur in Restaurants zu essen.«

»Den ganzen Tag im Bus zu sitzen«, ergänzte ich.

»Habt ihr im Bus Betten oder nur Sitze?«

»Betten und Sitze.«

»Was ist euer Lieblingssong, von euren eigenen?«

»Frag doch so was nicht.«

»Nein, ernsthaft.«

»›The Wild Mizzourye‹.«

»›John Henry‹.«

»Nicht ›Yankee Doodle‹?«

»Ach so, ja, der auch.«

»Was würdest du deinem Vater gerne sagen?«

Owen hob den Mittelfinger in die Luft.

»Und du?«

Ja, und ich? Ich starrte in den schwarzen Kreis, stellte mir vor, mein Vater wäre irgendwo da drin. Ich spürte, wie das Blut durch die Adern in meinem Hals strömte. Ich wusste nicht, was ich meinem Vater oder meiner Mutter sagen wollte, oder ob es überhaupt etwas gab, das ich sagen könnte. Ich dachte fast nie an sie. Aber jetzt dachte ich an sie, und ich fragte mich, was sie wohl gerade machten, was sie zum Frühstück aßen und was sie von mir dachten, ob sie wussten, was ich machte und wo ich war. »Ich weiß nicht.« Ich schaufelte mir zu viel Rührei in den Mund und kleine Stückchen geronnenes Protein fielen aus den Mundwinkeln zurück auf meinen Teller.

»Wenn ihr eine einzige Sache anders machen könntet, welche wäre das?«

Owen sah auf die Straße hinaus. Es war kalt und grau, und es regnete, die Tropfen fielen schräg herab und prasselten gegen die Scheibe, machten ein klopfendes Geräusch, wie wenn man ein Mikrofon berührt, um zu testen, ob es an ist. »Das Einzige, was ich ändern würde«, sagte er noch immer mit Blick durch die mit Wassertropfen besprenkelte Scheibe, »wäre, dass ich sie wieder bei mir hätte. Dass ich das nicht kaputtgemacht hätte. Alles andere bedeutet mir nicht so viel, weil ich es nicht mit ihr machen kann. Sie hat mir immer gesagt, wenn ich mich blöd benommen hab, und sie hat sich mein Gejammer angehört, ohne zu sagen, ich soll endlich die Klappe halten, und ich denke, ich könnte wirklich besser sein, wenn sie noch bei mir wäre. Sie hat mir zugehört.« Ed schob den Kopf hinter der Kamera hervor und sah mich fragend an, ob er weiter filmen sollte, und dann nahm er langsam die Kamera von der Schulter. »Und ich habe ihr zugehört. Ich höre ja kaum mal einem Menschen zu. Ich glaube, wir kannten einander einfach, wussten, wie der andere dachte. Aber ich habe es kaputtgemacht, ich war ein Idiot, ich –« Owen schlug mit den Handflächen auf den Tisch, sodass die Teller und das Besteck hüpften, und stieß sich von seinem Sitz hoch. »Ach du Schande.« Er rannte aus dem Café und auf die verregnete Straße, schaute nach rechts und links und lief dann den Bürgersteig hinunter, bis wir ihn nicht mehr sehen konnten.

Nach dem Frühstück fuhren wir nach Boston und traten dort einen Abend auf, dann ging es gleich weiter nach Buffalo. Nachdem Owen zurück in das Café gekommen war, erzählte er uns, warum er rausgerannt war. Er hatte eine Frau in einem blaugrünen Regenmantel mit Kapuze vorbeigehen sehen. Er hatte kurz ihr Gesicht erblickt und war die Straße hinuntergelaufen, hatte die kleinen Regentropfen weggepustet, die auf seine Lippen fielen, und nach dem blaugrünen Regenmantel gesucht. Er war sieben Querstraßen weit gerannt, bis zur Houston Street. Aber er hatte sie nicht gefunden. War sie in unserer Show gewesen? War sie absichtlich dort vorbeigegangen, weil sie wusste, dass das der einzige Ort war, an dem wir am Morgen nach einem Gig in New York sein konnten? Er war völlig durchnässt zurück ins Café gekommen, das graue T-Shirt dunkel vom Regen, das Haar an die Stirn und über die Ohren geklatscht. Ed hatte wieder zur Kamera gegriffen und Owen gefilmt, als er durch den engen Essbereich auf unseren Tisch zukam. Owen hatte die Hand nach dem Objektiv ausgestreckt, es aber nicht berührt, sondern nur matt abgewinkt. »Tu das Ding weg, Ed«, sagt er mit normaler, erschöpfter Stimme. »Mach es einfach aus und tu's weg.«

Der Bus rollte durch das bewaldete Vorgebirge der Adirondacks nach Westen Richtung Buffalo, und ich lag in meinem Bett – es war dunkel, und es gab kaum was zu sehen –, lauschte dem Summen der Reifen, spürte die kleinen Hubbel, wenn wir über die Ritzen zwischen den Betonplatten rollten, und versuchte zu schlafen. Ich war zu müde zum Schlafen und lag einfach mit offenen Augen in der Dunkelheit und starrte ins Nichts. Ich hörte ein Rascheln und ein schlurfendes Geräusch, und dann war Owen vor mir, auf Händen und Füßen, in Augenhöhe, und selbst im Dunkeln konnte ich sehen, dass seine Augen gerötet waren, dass er gleich weinen würde.

»Bist du wach?«, flüsterte er.

»Ja.«

Ohne ein weiteres Wort kletterte er in mein Bett, und ich rutschte, ohne auch nur einen Moment zu überlegen, ein

Stück zur Seite, um ihm Platz zu machen. Wir lagen etwa eine Handbreit auseinander, einander zugewandt, und ich konnte sehen, wie sich das bisschen Licht in Owens Tränen sammelte, als sie ihm übers Gesicht liefen. Wir schwiegen lange, und das einzige Geräusch war das Summen der Reifen.

»Sie fehlt mir«, sagte Owen leise mit zittriger Stimme. »Ich will sie wiederhaben.« Er wischte sich die Nase an der Schulter seines T-Shirts ab. »Ich hab alles kaputtgemacht, was ich hatte. Als sie an dem Tag nach Hause kam, als sie wütend war, da dachte ich, was hat sie für ein Problem, das ist doch keine große Sache, das ist nichts, und sie reagiert hysterisch.« Er sagte lange nichts, und wir starrten uns bloß an. »Ich hab wirklich gedacht, ich hätte sie auf der Straße vorbeigehen sehen, und mein ganzer Körper hat gezuckt, als hätte mir einer kochende Milch in die Adern gekippt. Macht das Sinn? Und ich bin gelaufen, ich wusste, wenn ich sie finden würde, dann könnte ich ihr sagen – ich weiß auch nicht.« Owen wischte sich wieder Augen und Nase an der Schulter ab. »Ich will sie einfach nur wiederhaben. Ich brauche sie. Ich würde mit der Musik aufhören, wenn ich dann jeden einzelnen Tag mit Anna verbringen könnte.« Owens Brust bebte, als er versuchte, das Weinen zu unterdrücken, und er schlang die Arme um seinen Oberkörper. Ich legte meine Arme um ihn, zog ihn an mich, raunte Schschsch, als würde ich ein Kleinkind beruhigen, bis wir beide einschliefen.

Wir erwachten auf einem Parkplatz in Buffalo, das Sonnenlicht fiel in den Bus und heizte ihn auf. Wir waren beide verschwitzt von unserer Körperwärme und der Sonne. Und hungrig. Ich stieg aus dem Bett, ging den Gang hinunter in den vorderen Teil des Busses und blickte über den kleinen Parkplatz vor der Halle, in der wir abends spielen sollten. Ron war nicht im Bus und auch nicht Rory, unser Busfahrer, und die Tür war abgeschlossen. Ich wusste nicht genau, welche Tageszeit es war. Entweder später Vormittag oder früher

Nachmittag. Ich sah zur Sonne hinauf und dann auf die Backsteinwand des Gebäudes. Owen kam den Gang herunter, stellte sich neben mich, und wir schwiegen beide und warteten. Worauf, weiß ich nicht.

Als Rory etwa eine Stunde später zurückkam, standen Owen und ich immer noch da und hatten das Gefühl, dass wir uns vielleicht nie wieder bewegen würden. Seine Schlüssel klimperten, als er den richtigen ins Schloss steckte und die Tür öffnete. Er kam grinsend in den Bus gestiegen. Rory grinste immer. Er war etwa vierzig, würde ich schätzen, klein und mager, mit einem breiten Spinnwebentattoo auf dem linken Arm und etlichen anderen auf dem rechten. Er war Koch oder so in der Navy gewesen, aber nach einem Unfall mit Frittieröl, bei dem er sich die linke Hand so schlimm verbrüht hatte, dass sein kleiner Finger und der Ringfinger zusammengeklebt blieben, ehrenhaft entlassen worden.

»Na, habt ihr Jungs gut geschlafen?«, fragte er und wischte sich mit den zusammengeklebten Fingern die Haare über seine kahle Stelle.

»Ja«, sagte Owen. »Ich glaub schon.«

»Gut, gut. Lange Fahrt letzte Nacht. Da war Schlafen das Beste, was man machen konnte.« Er grinste noch immer. »Wär beinahe selbst eingeschlafen – nee, war ein Witz.« Er stieß ein verschleimtes Lachen aus, zog dann eine Packung Zigaretten aus der Hemdtasche und fischte mit den zusammengeklebten Fingern eine heraus.

Als wir vier Tage später nach Cleveland kamen, wartete eine Nachricht von Stuart Means auf uns, wir sollten ihn anrufen. Owen griff zum Telefon, hielt mir aber dann den Hörer hin.

»Er will dich sprechen.«

»Kannst du das nicht machen? Oder Ron? Ist das nicht sein Job?«

»Hab ich auch gesagt. Er hat gesagt, er muss dich sprechen.«

Ich nahm den Hörer und fragte Stuart, was denn so wichtig sei.

»Du hast noch nicht in die Zeitungen geguckt, oder?«

»Nein.« Ich wurde schlagartig nervös. Zeitungen, so schien es, teilten uns immer Dinge mit, die wir anders hätten erfahren sollen. »Wieso?«

»Hör mal«, sagte Stuart, und seine Stimme wurde leiser und zögerlicher. »Ich weiß, dass du mich nicht besonders magst, und ich sage dir jetzt etwas, was du nicht hören willst, vor allem nicht von mir. Aber ich muss dir sagen –«

»Stuart, was ist los?«

Es trat eine lange Pause ein, in der ich Stuart tief atmen hörte. Owen hatte eine Augenbraue amüsiert hochgezogen und starrte mich an.

»In der *Times* von heute ist ein Bericht von *Associated Press*. Deine – das Haus deiner Eltern ist abgebrannt. Deine Eltern waren – sie waren noch drin. Sie sind tot. Tut mir Leid, dass du das ausgerechnet von mir erfahren musst.«

»Stuart«, sagte ich, und dann wusste ich nicht mehr weiter. Ich hielt den Hörer lange ans Ohr, sah Owen an und versuchte, mich zu erinnern, wie mein Haus aussah und die Gesichter meiner Eltern, den Telefonhörer am Ohr, versuchte, mich zu erinnern, wo ich war, wer ich war, und versuchte, mich davon zu überzeugen, dass es real war.

USA Today, 1. Oktober 1998:

ELTERN VON ROCKSTAR STERBEN BEIM BRAND IHRES HAUSES

(AP) Delphi, Indiana – Bei einem nächtlichen Feuer in ihrem Haus in der kleinen Stadt im Mittleren Westen starben Robert und Jean Brannigan, die Eltern des Rockmusikers »Marauder«, eine Hälfte des ungemein erfolgreichen Duos *Owen Noone and the Marauder*. Ursache des Brandes, der gegen drei Uhr nachts

Ortszeit ausbrach, war nach Angaben der Feuerwehr vermutlich eine schadhafte Elektroleitung. Brandstiftung wird ausgeschlossen.

Owen Noone and the Marauder befinden sich derzeit auf Tournee. Ihre Plattenfirma lehnte einen Kommentar ab, solange die Band nicht verständigt worden ist.

Durch den tragischen Vorfall wird dem Duo erneut eine landesweite Aufmerksamkeit zuteil, die nichts mit seiner Musik zu tun hat. Im vergangenen Jahr machten die beiden Schlagzeilen, weil sie öffentlich Kritik an Jack Noone übten, dem kalifornischen Senatskandidaten und Vater von Sänger/Gitarrist Owen Noone, zu dem er aber keinen Kontakt mehr hat.

Ein Termin für die Beisetzung steht noch nicht fest.

»Ich muss die Tour abbrechen«, sagte ich zu Owen. Wir saßen mit Ron zusammen an der Theke der Kneipe, in der wir an dem Abend spielen sollten, tranken Cola und starrten auf die Zeitung, die Owen eilig gekauft hatte. »Ich kann nicht spielen.«

»Die Entscheidung liegt bei dir«, sagte Owen. »Das ist – ich weiß nicht, was ich sagen soll. Was immer du machst, was immer du machen willst – ich mache, was du willst. Ich mache, was du mir sagst, egal, was.«

Der Gig sollte in rund vier Stunden anfangen. Ron sagte, ich sollte tun, was ich für das Beste hielt. Ich rief Stuart Means an, um mich dafür zu entschuldigen, dass ich einfach aufgelegt hatte, und um ihm zu sagen, dass wir die Tour nach diesem Abend für ein paar Tage unterbrechen würden. Wir würden in Cleveland spielen, hatte ich beschlossen. Es gab keinen Grund, nicht zu spielen. Aber dann würden wir Detroit und Chicago und Milwaukee und wahrscheinlich auch Madison auslassen, je nachdem, was passierte. Ich hatte keine Ahnung, welche juristischen Formalitäten auf mich zukamen. Auf einmal war das die Frage, die mich vorrangig beschäftigte. Wir würden also in Cleveland spielen, aber dann war erst mal Schluss, bis ich herausgefunden hatte, wie es weiterging, bis nach der Beerdigung. Ich fragte mich, wann die Beerdigung sein würde, und dann wurde mir klar, dass das wahrscheinlich eine Entscheidung war, die ich zu treffen hatte. War überhaupt etwas übrig geblieben, überlegte ich. Was würde bei einer Beisetzung gezeigt werden? Ich wusste nicht mal, wen ich einladen sollte. Oder ob Leute überhaupt zu Beerdigungen eingeladen wurden oder einfach von allein kamen. Ich kannte ein paar Freunde meiner Eltern, Leute, an die ich mich aus meiner Kindheit und Jugend vage erinnerte, aber ich hatte keine Ahnung, ob sie möglicherweise neue Freundschaften geschlossen hatten. Wenn ich ehrlich war, wusste ich nicht mal mehr, wer meine Eltern waren, was für Veränderungen es in den letzten paar Jahren bei ihnen gegeben hatte. Und sie wussten nicht, wer ich war. Und sie würden es nicht mehr erfahren.

Also spielten wir an dem Abend in Cleveland, und es war fürchterlich. Ich stand einfach nur auf einer Stelle, bewegte den Arm über die Saiten und griff die Akkorde wie ein Roboter. Alle im Publikum wussten, was geschehen war. Zumindest empfand ich das so. Ich blickte auf und sah die Gesichter all dieser fremden Menschen, die mich ansahen, und stellte mir vor, dass sie mich alle bemitleideten. Vielleicht wollte ich, dass sie mich bemitleideten. Als Owen »Wanderin'« als nächsten Song ankündigte, rief irgendwer: Wir lieben dich, Marauder. Ich hätte fast, nein, tut ihr nicht, ins Mikro gesagt, bremste mich aber noch. Sie liebten mich nicht. Sie kannten nicht mal meinen richtigen Namen. Wir lieben dich, Marauder. Nein, tut ihr nicht. Und ich sang:

My daddy was an engineer,
My brother drove a hack,
My sister takes in washin'
And the baby balls the jack.
And it looks like
I ain't never gonna cease my wanderin'.

Es ergab nicht mal irgendeinen Sinn, dachte ich auf einmal. Nichts von all dem ergab irgendeinen Sinn. Nicht den geringsten.

Das Haus, in dem ich aufgewachsen war, in dem meine Eltern Gott weiß wie lange gewohnt hatten, war nichts. Es war lediglich ein rußgeschwärztes Gerippe, Teile der Mauern, etwas Zement und verkohltes Linoleum. Solche Dinge sollte man nicht sehen.

Ich stand auf dem Bürgersteig vor dem Haus. Im Erdgeschoss kletterten zwei Ermittler von der Feuerwehr durch die Trümmer, um das ganze Grundstück war gelbes Polizeiabsperrband gespannt, und ein Streifenwagen stand in der Einfahrt. Ein Polizist stand neben mir, aber keiner von uns sagte etwas. Ich konnte die Blicke der Nachbarn spüren, die zwischen den Vorhängen hervorspähten, mit der Zunge schnalzten, den Kopf schüttelten, sich sagten, wie traurig das doch war und was für ein schrecklicher Sohn ich war, dass erst so etwas passieren musste, damit ich wieder nach Hause kam. Der Tag war kalt, aber hell, und ich stand da, schaute auf das niedergebrannte Haus, schirmte die Augen mit der Hand ab.

Ich glaube, seit dem Telefonat mit Stuart hatte ich nichts mehr gegessen, und mein Magen fühlte sich an, als würde jemand eine Faust hineindrücken und drin stecken lassen. Ich kam mit allen möglichen Leuten zusammen: dem Bestattungsunternehmer, der Polizei, den Nachbarn, dem Pfarrer, einem Anwalt, und nach zwei Tagen war die Beerdigung der spärlichen Überreste meiner Eltern. Sie wurden auf demselben Friedhof beigesetzt wie ihre Eltern, die auch alle in Delphi gelebt hatten. Viele Leute sprachen mir ihr Beileid aus, und ich nickte, mit leerem Kopf und einem Körper, der sich anfühlte, als gehörte er jemand anderem. Vielleicht waren ein paar Journalisten von der Lokalpresse da, oder vielleicht auch von Associated Press. Ich weiß es nicht. Es war, als täte ich alles reflexartig. Owen war weiter nach Chicago gefahren. Ich hatte ihn gebeten, nicht mitzukommen.

Nach zwei Tagen verließ ich Delphi. Ich fühlte mich im Unrecht, als sollte ich bleiben. Es gab für mich aber nichts mehr zu tun. Ich fuhr nach Chicago.

Owen und ich trafen uns in einem Restaurant namens Ed Debevic's. Es war aufgemacht wie ein echter alter Diner, wie das Randall's, der Diner am Straßenrand in der Nähe der Mammuthöhle, nur dass es sehr groß und sehr laut war und die Bedienung einen unhöflich behandelte. Das sollte offenbar besonders authentisch sein.

Ich musste mich durch all die Menschen zwängen, die herumstanden, um zu dem Tisch am Fenster zu kommen, wo Owen saß. Ich fand, es waren zu viele, die nicht aßen, nicht arbeiteten, einfach nur redeten. Ich schob mich auf die Bank ihm gegenüber und war froh, meinen Freund zu sehen. Ich hatte das Gefühl, wieder in einer Situation zu sein, in der ich wusste, wie ich handeln und wie ich mich verhalten sollte und was von mir erwartet wurde.

»Ich weiß nicht, ob ich dir das hier überhaupt zeigen soll oder nicht«, sagte Owen, der eine Hand auf einer zusammengefalteten Zeitung auf dem Tisch liegen hatte. Buddy Holly sang gerade »That'll Be The Day«, und wir mussten brüllen, um uns verstehen zu können.

»Es kann doch nichts Schlimmeres als sonst sein«, sagte ich. »Was hat Jack Noone denn jetzt schon wieder gemacht?«

»Nicht Jack Noone«, sagte Owen. »Rory.«

»Der Busfahrer?«

»Er ist nicht mehr unser Busfahrer.«

Ich trommelte mit dem Zeigefinger auf den Tisch. »Was hat er angestellt? Betrunken gefahren, oder was?«

»Nein, nein. Nichts dergleichen.«

Ich verstand nicht, warum Owen mir nicht einfach die Zeitung zeigte. Ich sah Rory schon als Serienmörder oder so. Eine Kellnerin kam an den Tisch und setzte sich neben mich.

»Na, Jungs, wie geht's uns denn heute?« Sie kaute auf einem großen Kaugummi wie auf einem Priem.

»Ging schon mal besser«, sagte ich.

»Ooch, du Armer«, sagte sie und tätschelte meine Schulter. Ich wünschte schon fast, sie würde wieder gehen. »Und, was macht ihr so? Seid ihr Studenten?«

»Wir sind Rockstars«, sagte Owen.

Sie verdrehte die Augen. »Klar. Superrockstars. Wie schimpft ihr euch?«

»Owen Noone and the Marauder.«

Die Kellnerin schlug klatschend auf den Tisch. »Schwachsinn.«

»So redet man doch nicht mit seinen Gästen«, sagte ich.

»Schwachsinn. Ihr seid niemals Owen Noone and the Marauder. Die Tour ist abgesagt worden oder so. Ich wollte nämlich hin. Ihr erzählt mir hier einen vom Pferd.«

»Wir sind es«, sagte Owen.

»Beweis es.«

Owen nahm die Zeitung, und als er sie öffnete, sah ich, dass es der *National Enquirer* war. Plötzlich wurde ich nervös. Die Zeitung klappte auf, und auf dem Titelblatt war ein Foto von zwei Männern, die eng umschlungen in einem schmalen Bett lagen. Owen und ich.

National Enquirer, 3. Oktober 1998:

GEOUTET!

DIE SCHOCKIERENDE WAHRHEIT ÜBER OWEN NOONE AND THE MARAUDER

Dieses Exklusivfoto enthüllt das heimliche wahre Leben der Rockstars Owen Noone and the Marauder. Es wurde von jemandem im Umfeld der beiden aufgenommen und vom Enquirer erworben, weil es den Beweis dafür liefert, dass die beiden mehr als nur Kumpel in ihrer Band sind. Der Fotograf, der lieber ungenannt bleiben möchte, die beiden Rocker aber auf ihrer derzeitigen Tournee begleitet hat, meint dazu: »Wir wussten, dass zwischen den beiden irgendwas war, aber ich war dann doch überrascht, als ich die Wahrheit herausfand.«

Anscheinend verbringen die beiden jede Nacht eng umschlungen, während sie von Stadt zu Stadt fahren. Aus gut unterrichteten Kreisen ist zu hören, dass die frühere Beziehung zwischen Owen Noone und der Schauspielerin Ellen Trelaine – der Enquirer berichtete als Erster darüber – von Owen möglicherweise nur vorgetäuscht wurde, um etwaigen Spekulationen über seine sexuelle Orientierung und die seines Partners vorzubeugen.

Die Plattenfirma des Duos, Pacific, war nicht bereit, einen Kommentar zu dem sensationellsten Outing seit George Michael abzugeben, sondern ließ lediglich verlautbaren, dass die Band derzeit aus privaten Gründen eine Pause einlegt, ihre Tournee aber bald fortsetzen wird.

»Und, stimmt es?«

Owen und ich starrten beide die Kellnerin an.

»Was glaubst du?«

»Ziemlich unwahrscheinlich.«

Owen hatte von Ron verlangt, Rory augenblicklich rauszuschmeißen. Rory hatte Owen zum Abschied die Hand geschüttelt und grinsend gesagt: »Ihr nehmt mir das doch nicht übel, hä?« Owen sagte nichts und sah ihm nur nach, als er wegging. Dann rief er Stuart Means an.

»Stuart, hast du den Artikel gesehen?«

»Hab ich. Die haben mich angerufen, bevor er gedruckt wurde.«

»Wieso hast du die Sache nicht dementiert?«

»Ich wusste doch nicht, was die in der Hand hatten – ob es stimmt.«

»Stuart, du Vollidiot. Tust du auch mal was für uns? Irgendwas? Oder denkst du nur, ›Tja, Pacific kommt in die Zeitung – und jede Publicity ist gute Publicity‹? Kümmert es dich eigentlich einen feuchten Dreck, was mit uns passiert?«

»Aber natürlich. Ich wusste es einfach nur nicht. Wenn ich euch hätte erreichen können, hätte ich schon was dagegen unternommen.«

»Klar doch. Wir setzen die Tournee erst in Lawrence fort. Schick uns einen neuen Busfahrer. Sag ihm, wenn er auch nur im Traum dran denkt, seine Scheißkamera mitzubringen, schmeiß ich ihn auf die Straße und überrolle ihn mit dem verdammten Bus. Und sag Ron, er soll seinen Job machen, verdammt nochmal. Er ist doch dafür da, so was zu verhindern, oder?«

»Okay, Owen. So ein Riesending ist das gar nicht, weißt du. Droh ihnen mit einem Prozess. Dann geben sie nach und drucken eine Entschuldigung ab.«

»Ich will keine Entschuldigung. Ich will in keiner Zeitung mehr auftauchen. Ich will nicht mehr angelogen werden. Ich hab es satt. Wir haben es satt. Schick uns einen neuen Busfahrer.«

»Okay. Übrigens, noch eine gute Neuigkeit. Euer Album ist in *Billboard* die Nummer eins.«

Owen legte auf.

Unser neuer Busfahrer war ein Mann namens Darryl, der vom Alter her unser Großvater hätte sein können und alle mit »Boss« ansprach. Er stieß in Chicago zu uns und gab uns von Stuart Means ein Päckchen mit weitergeleiteter Post.

»Ich soll dir sagen, dass ich gar keine Kamera habe, Boss«, sagte er. »Ich hab gar keine Kamera.«

»Gut«, sagte Owen. »Dann kommen wir gut miteinander aus.«

Wir würden nach Lawrence fahren, eine Stadt, in der wir noch nie gewesen waren, und vielleicht ein bisschen üben, aber im Grunde wollten wir einfach nur abhängen. Als Darryl uns durch Chicago Richtung Interstate kutschierte, fingen wir an, die Kuverts in dem Beutel durchzusehen, den Stuart Means uns geschickt hatte.

»O-oh«, sagt Owen. »Der ist für dich.«

Ich nahm ihm den Umschlag aus der Hand und wusste sofort, warum er o-oh gesagt hatte. Er war an mich adressiert. Nicht an den Marauder, sondern an mich, mit meinem richtigen Namen. Er war von meinen Eltern. Meine Hände begannen zu zittern, als ich darauf starrte, unsicher, ob ich ihn überhaupt öffnen wollte. Ich drehte ihn ein paar Mal, als könnte ich das immer so weiter machen. Ich zog eine Ecke der Lasche los und schob meinen kleinen Finger hinein, dann schlitzte ich ihn auf. Im Umschlag war ein einzelnes Blatt Papier. Ich nahm es heraus, und ehe ich es auseinander faltete, sah ich über den Gang hinweg zu Owen hinüber, der mich beobachtete.

»Wir können nicht direkt nach Lawrence fahren«, sagte ich.

»Das hab ich mir auch schon gedacht. Iowa City?«

»Ja.«

»Darryl«, rief er nach vorn. »Weißt du, wie man nach Iowa City kommt?«

»Kann ich auf der Karte nachschauen.«

»Gut. Wir fahren nach Iowa City.«

»Du bist der Boss, Boss.«

Ron, der fast ganz vorn saß, drehte sich um und sah uns an, sagte aber nichts.

Ich fasste den Knick im Papier zwischen Daumen und Zeigefinger und strich ihn mehrere Male glatt. Der Wunsch, den Brief zu lesen, war ebenso stark wie der Wunsch, ihn nicht zu lesen, der Wunsch, zu wissen, was drin stand, war ebenso so groß wie der Wunsch, nie zu erfahren, was drin stand. Ich würde nie antworten können, und dieser Gedanke lähmte mich. Owen streckte den Arm aus, nahm mir das Blatt Papier weg, faltete es auf und schob es mir wieder zwischen die Finger. Ich blickte nach unten und fing an, den Brief zu lesen. Abgesehen von Tantiemenschecks und Verträgen war das seit fast zwei Jahren das erste Schriftstück, das ich sah, mit meinem richtigen Namen darauf.

Lieber Brian,

es fällt uns nicht leicht, diesen Brief zu schreiben, weil so viel Zeit vergangen ist. Bei uns in der Gemeinde hatte der Sohn von Bekannten eine CD von der Band Owen Noone and the Marauder, und sie haben sie uns gezeigt und gesagt, sieht der auf dem Bild nicht aus wie euer Sohn? Tja, wir wussten sofort, dass Du es bist und dass Du Deinen Traum wahr gemacht hast, von dem Du uns damals in Deinem Anruf aus Iowa City erzählt hattest. Du hattest vor, genauso hart zu arbeiten, wie Du das immer bei allem gemacht hast, und es war falsch von uns, etwas anderes zu denken.

Wir sind richtig stolz auf Dich, Junge, und das wollten wir Dir sagen. Und auch, dass wir Dich lieben und immer geliebt haben, trotz der letzten beiden Jahre, die für uns alle drei nicht leicht waren. Aber wir sind stolz auf Deinen Erfolg und freuen uns, dass alles so geworden ist, wie Du es Dir gewünscht hast.

Wir haben uns die CD angehört und versucht, sie zu mögen. Es gab ein paar schöne Stellen, aber eigentlich war sie nicht nach unserem Geschmack. Aber wir sind stolz, dass Du etwas gemacht hast, das sich so viele andere Menschen gern anhören.

Wir hoffen, dass Du vielleicht dieses Jahr über Weihnachten ein paar Tage nach Hause kommen kannst, damit wir im Kreis der Familie feiern können. Du könntest auch Deinen Freund Owen mitbringen. Wir würden ihn sehr gerne kennen lernen.

Wir sind stolz auf Dich und lieben Dich. Bitte melde Dich doch bald mal, und wenn es nur eine Postkarte ist. Du fehlst uns.

In Liebe
MOM & DAD

Ich las den Brief wieder und wieder, zu oft, starrte einige Worte mehrere Minuten lang an, dachte darüber nach, ob das, was ich machte, und das, was meine Eltern sahen, ein und dasselbe war. Ob alles wirklich so gekommen war, wie ich es mir gewünscht hatte, oder ob ich tatsächlich hart für irgendwas gearbeitet hatte. Ich zeigte Owen den Brief.

»Ein Glück für dich«, sagte er, »dass du solche Eltern hast.«

»Tot.«

»Aber sie waren stolz auf dich. Sie haben dich geliebt. Sie haben dich für etwas Besonderes gehalten. Sie wussten, dass du etwas Besonderes bist.«

»Sie haben sich getäuscht.«

»Nein. Sie hatten Recht. Stell dir vor, sie haben zwei Jahre lang an dich gedacht, sich gefragt, wo du bist, für dich gehofft, und dann finden sie raus, dass ihr Sohn genau das gemacht hat, was er ihnen gesagt hat, und dass er großen Erfolg hat. Und sie sind nicht sauer auf ihn. Sie sagen nicht, dass es nicht von Dauer sein wird oder so. Sie sagen prima, toll, unser Sohn ist glücklich, und deshalb sind wir auch glücklich. Sie haben dich immer geliebt, selbst als sie an dir gezweifelt haben. Du kannst nichts daran ändern, dass sie tot sind, aber du kannst dir klar machen, dass du alles, was du ihnen sagen wolltest, gar nicht sagen musst, weil sie es wussten und es genauso empfunden haben. Du hast diesen Brief. Ein Glück für dich. Du hättest auch nichts haben können. Oder du hättest Nachrichtenbilder im Fernsehen haben können. Du hast den hier.« Owen faltete den Brief zusammen und drückte ihn mir gegen die Brust. »Verlier ihn nicht.«

Wir kehrten zum zweiten Mal nach Iowa City zurück, und ich spürte, wie die Anspannung aus meinem Kopf und meinem Körper wich. Ich wollte nur eines, und Owen wollte wahrscheinlich auch nur eines, nämlich ins Fuzzy's gehen, ein paar Bier trinken und »Yankee Doodle« spielen, als hätten wir nur diese eine Chance im Leben. Wir wussten, dass Mike uns spielen lassen würde. Diese schmuddelige Kneipe in dieser College-Stadt im Mittleren Westen war unser einziges richtiges Zuhause, und Mike war wie ein Onkel oder ein großer Bruder, dessen Tür uns immer offen stand und bei dem wir wir selbst sein konnten. Als wir das erste Mal ins Fuzzy's gekommen waren, hatten wir panische Angst, hatten nicht geprobt und wollten nur Musik machen. Jetzt traten wir in großen Clubs auf, gelangweilt, überprobt, und wollten nur noch weg. Schon allein bei dem Gedanken daran, im Fuzzy's zu spielen, erinnerten wir uns an das erste Mal, Owen Noone and the Marauder, Pseudopunkfolk (Beliebt in Peoria), zwei Jungs, die auf ihren Telecastern rumhämmern und in Mikrofone brüllen wollten, die spüren wollten, wie Blut und Adrenalin durch ihre Adern pumpten, die Leute dazu bringen wollten, fast vergessene Folksongs mitzusingen und an Rock 'n' Roll und Kobolde zu glauben.

Wir dirigierten Darryl durch die Straßen von Iowa City zum Fuzzy's. Während er fuhr, begann er leise zu summen, fast zu brabbeln.

»Moment – was ist das für ein Song?«, fragte Owen.

»Das ist ›Careless Love‹, Boss. Meine Mutter hat das immer gesungen.«

»Du hast dir noch nie unsere Musik angehört, nicht?«

»Nein. Ich mach mir nicht viel aus Rockmusik, Boss.«

»Singst du gern?«

»Das kann man wohl sagen.«

»Hättest du Lust, heute Abend mit mir zusammen ›Careless Love‹ zu singen?«

»Oh, ich weiß nicht. Ich bin kein großer Sänger vor dem Herrn.«

»Wir können auch nicht singen. Na los, wir fänden es toll, wenn du mit uns singen würdest.«

Darryl bog um die letzte Ecke und rollte hinter das Fuzzy's, wo der Bus mit quietschenden Bremsen zum Stehen kam. »Na schön, meinetwegen. Würde ja sonst sowieso nur Däumchen drehen, was?«

Owen schlug ihm auf den Rücken. »Das wird toll«, sagte er.

Wir gingen in die Dunkelheit und warteten an der Tür, bis sich unsere Pupillen umgewöhnt hatten. Mike stand mit dem Rücken zu uns hinter der Bar.

»Spielt hier heute Abend eine Band?«, rief Owen von der Tür, und wir gingen auf die Bar zu.

»Klar«, sagte Mike, ohne sich umzudrehen. »Steht auch draußen auf dem Schild.«

»Wie viel würd's denn kosten, zu verhindern, dass die spielen?«

»Hast du ein Problem damit?« Er hatte sich noch immer nicht umgedreht.

»Ich hab einfach keinen Bock, die zu hören, mehr nicht.«

»Hör mal, Freundchen –« Mike drehte sich um. »Heiliger Strohsack. Owen.« Er lächelte und lachte und schlug uns klatschend auf die Schultern. »Wollt ihr was trinken? Wollt ihr heute Abend hier spielen? Mit der anderen Band einige ich mich schon – die können morgen spielen oder so.« Er wandte sich mir zu. »Das mit deinen Eltern tut mir Leid. Ehrlich.«

Ich dankte ihm.

Wir zahlten der Band, die zweimal auftreten sollte, das, was sie durch den Eintritt verdient hätte. Sie jammerten rum, dass sie so viel geprobt hätten, bis wir ihnen das Geld anboten. Dann hörten sie auf. Um acht Uhr gingen wir auf die Bühne, Owen jaulte die Anfangsworte von »John Henry« hinaus, das Klimpern und Schlagen unserer Gitarren raste aus den Lautsprechern, eine Kneipe voller Studenten klatschte und sang mit. Es war, als hätten wir wieder den 29. August 1997. Als wären wir ganz am Anfang, nur dass wir diesmal nicht nervös oder ängstlich waren, wir taten einfach das, was wir tun sollten, spielten diese Songs in einem Raum voller Fremder, die klatschten und laut mitsangen, und wir waren glücklich, weil uns das Adrenalin durch Brust und Arme strömte, bis hinein in die Finger und in die Gitarren, zu Elektrizität verbrannte und aus den Verstärkern in die Luft hinauskreischte.

Bei »Careless Love« sang Darryl mit, hielt mein Mikro zwischen seinen großen Händen, als wäre es eine Blume, und krächzte den Text in wunderschöner Dissonanz mit Owen. Es war etwas vollkommen anderes als Annas Stimme, die über Owens geschwebt hatte, aber irgendwie funktionierte es. Er grinste die ganze Zeit, die Augenlider leicht gesenkt, die Augenbrauen hoch in die Stirn gezogen, und die Worte kamen ganz unangestrengt, ergossen sich in die Kneipe:

Lord, I wish that train would come,
Lord, I wish that train would come,
How I wish that train would come,
And take me back where I come from.

»Wahrscheinlich ist das nicht der passende Ort, das zu sagen«, erklärte Owen, bevor wir mit dem letzten Song anfingen, »aber die letzten paar Monate – die letzten paar Wochen – waren sehr schwer für uns. Ich hab über vieles nachgedacht, und manches hab ich immer noch nicht für mich geklärt. Aber eines weiß ich mit Sicherheit, dass man nämlich immer an seine Freunde glauben sollte. Was anderes bleibt einem nicht. Ich weiß nicht, ob ich mich verständlich ausdrücke, aber ich hoffe, ich tu's. Die Leute erzählen einem so viel – wenn sie nicht deine Freunde sind, kannst du es vergessen. Aber an deinen Freunden musst du festhalten, du musst deinen Freunden vertrauen. Das ist das Einzige, was wirklich klar war, seit – na ja, seit langem.«

Irgendwer rief, ja, und ein paar Leute klatschten, aber dann wurde es ganz ruhig in der Kneipe. Owen starrte in den Raum über ihren Köpfen, und ich starrte Owen an. Dann blickte ich ins Publikum und dachte an das erste Mal, als ich im Fuzzy's in ein Publikum geblickt hatte, und wie viel Angst mir das gemacht hatte. Wenn ich nicht damals nach der Uni mit Owen nach Iowa City gegangen wäre, hätte ich nie herausgefunden, was ich in diesem Moment wusste: dass so vieles, was ich in meinem Leben gelernt und worüber ich mir Sorgen gemacht hatte, nicht mehr war als Staub auf einer Tischplatte. Er konnte mit Leichtigkeit weggewischt werden, und darunter lag das, was wirklich zählte, das Holz, der schimmernde Lack, das Muster der Maserung. Man brauchte nur einen Owen Noone, jemand, auf den man sich stützen konnte, jemand, der sich auf einen stützen konnte, dann kam man schon von selbst auf den Trichter. Wir brauchten sie nicht, die Jack Noones, die Ellen Trelaines, die Stuart Means oder sonst wen, um uns zu sagen, wer wir waren und was wir machten. Wir waren Owen Noone and the Marauder, und wir waren am Leben.

»Der nächste Song«, sagte ich, »ist unser Erster und Letzter. Singt so laut mit, wie ihr könnt.« Ich spielte die Einleitung, und das Publikum fiel mit ein, fing mit der Zeile an, die jeder kannte, »Yankee Doodle went to town«. Als wir zum Ende kamen, spielten wir den Refrain dreimal, jedes Mal lauter, und anstatt dann aufzuhören, fing ich an, die letzte Strophe noch einmal zu singen:

Yankee Doodle is the tune,
Americans delight in,
'Twill do to whistle, sing or play
And just the thing for fightin'.

Am nächsten Morgen fuhren wir weiter nach Lawrence, wo wir ein paar Tage nichts zu tun haben würden, bis wir spielen mussten. Für die letzte Tournee-Etappe, die uns in den Nordwesten und dann die Küste runter zurück nach L.A. führen würde, waren vor jedem Auftritt noch mehr freie Tage eingeplant, weil die Städte weiter auseinander lagen und kleiner waren, sodass wir an bestimmten Abenden spielen mussten, um ein möglichst großes Publikum zu haben. Wenn wir dann erst wieder in L.A. waren, hätten wir eine ganze Woche frei, vor Silvester und dem Ende der Tournee, dem Ende der Rumreiserei, dem Ende des Lebens im Bus und, wie wir hofften, dem Anfang von etwas Neuem.

Am Wahlabend waren wir zwischen Boise und Seattle unterwegs, eine lange Fahrt durch das Bergland im Nordosten von Oregon und quer durch Washington. Wir hatten total vergessen, dass Wahlen waren, und dachten keine Sekunde daran. Seit dem *National Enquirer* in Chicago hatte keiner von uns eine Zeitung gelesen. Ich war es satt, ständig Neues über mich aus der Zeitung zu erfahren und dass andere Leute Fakten und Unwahrheiten über mich lasen, ehe ich selbst davon wusste. Als wir den Kampf gegen Jack Noone begonnen hatten, schien die Presse ein großartiger Verbündeter zu sein, vor allem nach dem Interview mit Paul Danielson; und die Interviews mit Musikkritikern machten eigentlich immer Spaß, weil wir das Gefühl hatten, genau die gewünschten Informationen und Bilder von uns vermitteln zu können, doch in letzter Zeit handelten wir uns irgendwie nur noch Probleme ein. Erst am nächsten Morgen, als wir in einem Diner in Richland, Washington, saßen, etwa zwei Drittel der Strecke nach Seattle, erfuhren wir von den Wahlen. Darryl entdeckte die Zeitung, die auf dem Nachbartisch lag.

»Das ist doch dein Vater, der in den Senat will, oder?«

»Ja. Das hab ich aufgegeben. Es interessiert mich nicht mehr, und ich kann sowieso nichts ändern. Er ebenso wenig.«

»In der Zeitung da steht, dass gestern die Wahl war.«

Owen hörte auf, seine Haferflocken zu löffeln, und warf einen Blick auf die Zeitung. Auf der Titelseite stand nur REPUBLIKANER VERTEIDIGEN DEN KONGRESS. ALLE WAHLERGEBNISSE IM INNENTEIL. Ich nahm sie und schlug sie vor Owen auf. Wir alle – Ron und die Roadies waren auch dabei – überflogen sie und suchten nach einem Artikel über Kalifornien. Auf der letzten Seite, vor allen Ergebnissen, wurden wir fündig.

USA Today, 4. November 1998:

Kalifornien: NOONE KNAPP ERFOLGREICH

Los Angeles – In einem der aufsehenerregendsten und bizarrsten Wahlkämpfe um einen Senatorensitz setzte sich Jack Noone gegen seinen demokratischen Widersacher Benjamin Steffens mit einem dreiprozentigen Vorsprung durch.

Bei seiner Siegesfeier gratulierte der zukünftige Senator Noone seinem Gegner zu einem sauberen, sachlichen Wahlkampf, ehe er sagte: »Der heutige Tag ist nicht nur für mich ein Sieg, nicht nur für die Republikaner, nicht nur für den Staat Kalifornien, sondern auch für die moralischen Fragen und Anliegen, die ich mit großem Nachdruck thematisiert und ins Blickfeld gerückt habe.«

Mr Noones Wahlkampf verlief sehr kontrovers, vor allem nachdem er aufgrund der ständigen Anschuldigungen seines Sohnes aus erster Ehe, des Rockmusikers Owen Noone, in die Schlagzeilen geraten war. Nach seinem Sohn befragt, erklärte Mr Noone: »Owen und ich haben noch einige Dinge zu klären, aber ich hoffe und bete und bin voller Zuversicht, dass wir in den kommenden Monaten zu einem verständnisvolleren Umgang miteinander finden werden.«

»Tja, das war's dann wohl«, sagte Owen, faltete die Zeitung so zusammen, dass der Artikel oben lag, und strich mit dem Finger über den Knick. »Ich fühl mich nicht so, wie ich gedacht hab. Ich hab gedacht, ich würde einen Anfall kriegen oder so, zumindest wütend werden. Aber ich bin's nicht. Ich fühl mich bloß leer, wie früher, wenn wir ein unwichtiges Baseballspiel verloren hatten. Ich glaube, das ist gut. Es berührt mich nicht sehr. Es ist nicht wichtig.« Er strich wieder über den Knick. »Irgendwie seltsam, das einzugestehen.«

Als wir nach Seattle kamen, wartete dort ein Päckchen von Stuart Means auf uns. Ed hatte schnell gearbeitet, und unser

Video war fertig. Für die Werbung spielte es eigentlich keine Rolle, weil unser Album sowieso auf Platz eins stand und die Single »Will You Wear Red?« in den Top Ten war. Aber da war es, ein weiteres Dokument über uns. Im Bus gab es ein Videogerät, das wir noch nie benutzt hatten. Wir legten das Band ein und sahen es uns an.

Es begann mit dem Material von dem Frühstück nach der Show. Owen und ich saßen nebeneinander, und Ed hatte gerade gefragt, was das Beste an einer Tournee sei. Die Frage war nicht zu hören, nur Owens Antwort: »Vor einem guten Publikum gut spielen.« Sofort fing der Song an, auf Owens erste Silbe folgte meine krachende Gitarre:

O will you wear red, O my dear, O my dear?
Will you wear red, Jennie Jenkins?
I won't wear red, it's the color of my head.
I'll buy me a twirley-whirley, sookey-lookey,
Sally-Katty, double-lolly,
Roll-the-find-me, roll, Jennie Jenkins, roll.

Die Kamera verharrte auf Owen und mir in dem Café bis zum Refrain, dann wechselte das Bild zu den Live-Aufnahmen und sprang hektisch von Owen und mir und von uns beiden zum Publikum, nur beim Refrain, den wir beide sangen, waren wir immer zu zweit zu sehen. Nicht alle Sequenzen waren aufgenommen worden, als wir diesen Song spielten, es gab auch Material von anderen Songs, was irgendwie schräg, aber gut war, weil die Bilder nicht immer mit der Musik und unserem Gesang übereinstimmten. Einmal, als Owen gerade die fünfte Strophe sang, sah man mich, wie ich »Wanderin'« sang, sodass es wirkte, als hätte ich Owens Stimme. Nach dem letzten »Roll-the-find-me, roll, Jennie Jenkins, roll« blendete das Video zurück in das Café, und die Kamera zoomte auf Owen zu, der aus dem Fenster starrte und über Eds ungehörte Frage nachdachte, was die einzige Sache wäre, die er ändern würde. »Das Einzige, was ich ändern würde«, sagte Owen auf dem Bildschirm, während er zusah, wie der Regen ans Fenster schlug, »wäre, dass ich sie wieder bei mir hätte.« Das Video war zu Ende, und Schnee erschien auf dem Bildschirm.

Ron schaltete das Gerät aus und drehte sich zu uns um. »Ich find's gut, Jungs. Echt klasse. Was meint ihr?«

»Ich find's gut«, sagte Owen nach langem Schweigen. »Und du?«

»Ja, ich auch.« Ich dachte noch an diese letzten Worte und an Owen, wie er aus dem Fenster starrte. Ich dachte an Anna.

»Bist du verheiratet, Darryl?«, fragte Owen.

»Ja, Boss. Aber sie ist gestorben. Nächste Woche sind es fünf Jahre.« Darryl starrte auf das verschneite Bild im Fernseher. »Ich erinnere mich noch genau, wie ich sie das letzte Mal gesehen hab. Werd ich nie vergessen. Ich war bei ihr im Krankenhaus, und sie hat geschlafen oder war bewusstlos. Sie war nämlich schon fast tot, und ich hab einfach bei ihr am Bett gesessen und ihre kleine, federleichte Hand gehalten, hab ihr einfach von meinem Tag erzählt. Nach einer Stunde musste ich gehen. Die Besuchszeit war um, und ich bin aufgestanden und zur Tür raus, aber als ich im Flur war, ist mir noch was eingefallen, was ich ihr nicht gesagt hatte, nachdem ich ihr all die dämlichen Sachen erzählt hatte, die ich an dem Tag gemacht hatte. Also bin ich zurück zu ihrem Zimmer, hab den Kopf reingesteckt und gesagt, ich liebe dich, Schatz. Aber ich hab sie nicht sehen können. Die Krankenschwester hat mir die Sicht versperrt, und irgendwann in der Nacht ist sie dann dahingegangen, verschieden, gestorben.« Darryl wischte sich mit der flachen Hand über die Stirn. »Ich hab immer gedacht, es war blöd, dass ich ihr als Letztes erzählt habe, dass ich den Rasen gemäht hatte.«

MTV spielte das Video rund um die Uhr, und die Fans, mit denen wir vor und nach den Auftritten sprachen, erzählten uns, wie gut es ihnen gefiel. Seit wir im Fernsehen waren, wurden wir öfter erkannt, und es wurde schwieriger, in Restaurants zu essen, ohne dass wir um ein Autogramm gebeten oder fotografiert wurden. Die letzte Woche auf Tour war die unruhigste in den gesamten vier Monaten, weil wir, obwohl nichts anderes passierte – keine Interviews, keine abgebrannten Häuser, keine überraschenden Zeitungsartikel, keine Wahlen –, niemals allein waren. Unsere Anonymität war dahin. Die Leute zeigten von der anderen Straßenseite auf uns, störten uns beim Essen und drängten sich vor und nach den Konzerten in Grüppchen um unseren Bus. Wir hatten nur noch den Wunsch, allein zu sein. Wir waren die Aufmerksamkeit satt. Wir freuten uns auf Los Angeles, wo wir einfach nur den ganzen Tag in unserem Haus sitzen könnten, ohne irgendwen um uns herum zu haben, ohne Fernseher, das Radio aus, nur Stille.

Wir spielten also in Seattle und San Francisco, und endlich waren wir wieder in Los Angeles. Zu Hause. Darryl stellte den Bus vor unserem Haus ab, und er und Ron halfen mit, unser Equipment ins Wohnzimmer zu tragen. Owen und ich luden Darryl und Ron und die Roadies in ein Restaurant zum Essen ein und hinterher verabschiedeten wir uns. Darryl übernachtete in einem Hotel in Los Angeles und würde am nächsten Morgen zurück nach Georgia fliegen. Und jetzt, wo wir wieder in Los Angeles waren, war Rons Aufgabe beendet.

Owen und ich gingen zu Fuß nach Hause, froh über die Ruhe, froh, nicht im Bus zu sitzen, froh, zum ersten Mal seit August wieder in unseren eigenen Betten schlafen zu können, auf etwas zu liegen, das sich nicht in Bewegung setzen würde, am selben Ort einzuschlafen, an dem man auch wieder aufwachen würde. Ich wünschte, wir könnten Sterne sehen, aber der Himmel war von den Lichtern der Stadt violett gefärbt. Wenn ich ihn ansah, musste ich an die farbigen Umschläge von Liebesromanen denken. Ich hielt die Augen auf den Bürgersteig vor mir gerichtet und konzentrierte mich darauf, nicht auf die Ritzen zu treten.

»Was sollen wir nach nächster Woche machen?«, fragte Owen.

Ich hatte auch schon darüber nachgedacht. »Ich weiß nicht. Irgendwohin gehen. L.A. endgültig verlassen, denke ich.«

»Wohin denn?«

»Weiß nicht. Ich hab das Gefühl, dass ich zurück nach Indiana gehen sollte, aber ich weiß nicht, wieso. Mir gehört da jetzt ein leeres Grundstück. Wahrscheinlich sollte ich es verkaufen und nie wieder dorthin zurückkehren, aber ich weiß es einfach nicht.«

»Wir könnten zurück nach Charlotte. Oder nach Iowa City. Irgendwohin, wo es ruhig ist.«

»Irgendwohin, wo es ruhig ist. Wo wir nichts machen müssen.«

»Wir können ein paar neue Songs lernen. Oder anfangen, eigene zu schreiben. Mittlerweile müssten wir auch eigene schreiben können.«

»Ich glaube, ich würde mich in Iowa wohl fühlen. Wir könnten im Fuzzy's auftreten«, sagte ich.

»Meinst du, Stuart will, dass wir möglichst schnell ein neues Album rausbringen?«

»Können wir ihm nicht einfach sagen, er soll sich verpissen? Der hat durch uns schon genug profitiert. Der kann mit uns angeben, obwohl er's gar nicht verdient, und seine Chefs werden es ihm auch noch abkaufen. Ich finde, er ist es uns schuldig, dass er uns in Ruhe lässt.«

»Ich würde gerne zu Anna fahren. Ich würde ihr gern irgendwie sagen, dass es mir Leid tut. Ich würde ihr gern sagen, dass ich sie liebe und all die anderen Sachen, wie Darryl erzählt hat. Ich habe heute den Rasen gemäht, oder ich war am Strand und es gab einen schönen Sonnenuntergang. Ich finde nicht, dass so was blöd ist. Wenn ich daran glauben würde, dass es etwas bringt, würde ich auf die Farm ihrer Eltern fahren, im Staat New York, und sie einfach bitten, mir zu verzeihen. Aber ich glaube nicht, dass ich den Mut dazu habe.« Owen blieb stehen. »Würdest du mir helfen, einen Brief zu schreiben?«

Ich blieb ein paar Schritte vor ihm stehen. Ich hatte ihm geholfen, einen Brief an seinen Vater zu schreiben. Ich würde ihm nicht dabei helfen, einen an Anna zu schreiben. Ich wusste nicht, was er sagen wollte, und ich wollte mir auch nichts von ihm diktieren lassen.

»Es geht um dich. Owen Noone.« Ich stieß ihm einen Finger gegen die Brust. »Nein, ich werde es nicht tun.«

Owen rieb sich über die Wange. »Ich könnte was für sie singen, ich könnte ›Careless Love‹ singen.«

»Nein! Kannst du nicht!« Ich schrie richtig. »Das ist Quatsch – jemand anderer. Vielleicht bedeutet es was, vielleicht bedeutet es ein bisschen, aber es hat nichts mit dir zu tun. Wenn du nicht so ein Feigling wärst, würdest du einfach hinfahren, über all die Dinge nachdenken, die du sagen willst, im Kopf tausend verschiedene Szenarien durchspielen, und dann, wenn du da wärst, würdest du Anna sehen, und du wüsstest überhaupt nichts mehr zu sagen, und deshalb würdest du die Scheißwahrheit sagen. Du würdest ihr sagen, dass du sie liebst, dass du Scheiß gebaut hast, und dann würdest du nicht mehr weiterwissen, weil das, was du sagen willst, hauptsächlich Dinge sind, für die es nicht die richtigen Worte gibt. Das solltest du tun. Und das wirst du nicht tun.« Ich ging wieder weiter, und der Abstand zwischen uns vergrößerte sich. »Das weiß sogar ich«, murmelte ich, ohne zu wissen, ob Owen mich noch hören konnte, und ich ließ ihn allein nach Hause gehen.

Am nächsten Morgen wachte ich spät in meinem eigenen Bett auf, unheimlich froh, in meinem eigenen Bett zu sein, und blieb noch eine Stunde liegen, beobachtete die Lücke zwischen den Vorhängen, den Staub, der in dem Streifen Sonnenlicht schwebte, der den Raum durchschnitt. Als ich es endlich schaffte, nach unten zu gehen, sah ich die Spuren von Owens Frühstück in der Küche. Leere Milchpackung, schmutzige Müslischale, Glas und matschige Weizenflocken, die rund um den Abfluss klebten. Ich goss mir einen Becher Kaffee ein und lehnte mich gegen die Theke, trank langsam, genoss die Tatsache, dass ich nirgends hinmusste und nichts zu tun hatte.

Als ich gerade meine zweite Tasse trank, kam Owen zurück und wedelte mit einem Stück Papier in der Luft herum wie ein Börsenmakler. »Ich hab's getan«, sagte er, als er durch die Küche kam und vor mir stehen blieb. »Ich hab's getan. Ich hab einen Flug nach Syracuse gebucht. Und ich hab ein Auto gemietet, und ich werde zu der Farm von Annas Eltern fahren, wie du gesagt hast. Genau das mache ich, Abflug an Neujahr.« Er wedelte noch immer mit dem Blatt herum. »Ich werde alles in Ordnung bringen. Ich mache alles wieder gut.« Er hielt inne und trat einen Schritt zurück. »Komm, wir spielen ein paar Songs.«

Wir bauten unsere Anlage im Wohnzimmer auf und verbrachten fast den ganzen Tag damit, die Zeit zu vertrödeln, unsere Lieblingssongs zu spielen und ein paar neue auszuprobieren. Wir beschlossen, für den Silvester-Gig etwas vollkommen Neues auszusuchen, etwas, das wir noch nie gespielt hatten, um den Abend zu etwas Besonderem zu machen. Wir einigten uns auf »Hallelujah, I'm a Bum«. Es war bloß ein kleiner Song über das Leben als Tramp, wie »The Big Rock Candy Mountains«. Wir spielten ihn mehrere Male und kriegten ihn ganz gut hin. Es waren bloß zwei Akkorde, also probierten wir ein bisschen mit Rhythmus und Stil herum, damit er uns Spaß machte. Während wir den neuen Song einstudierten und überlegten, wie wir ihn vor Publikum spielen würden, merkte ich, dass ich mich langsam auf Silvester freute. Ansonsten hatte ich mich nicht sonderlich drauf gefreut, es war einfach nur ein weiterer Termin gewesen, den wir durchziehen mussten, die letzte Hürde, ehe wir einfach relaxen und versuchen konnten, wieder wir selbst zu sein.

Am Silvesterabend waren Owen und ich aufgeregt, voller Energie, fieberten dem Auftritt entgegen, bereit, unsere beste Show zu zeigen, bereit, richtig Spaß zu haben und dann für eine Weile zu verschwinden. Vor uns spielten zwei andere Bands, und Owen und ich verbrachten die meiste Zeit hinter der Bühne. Wir tranken ein paar Bier, aber nicht genug, um betrunken zu werden. Wir wollten uns unter Kontrolle haben, wollten wach sein und in der Lage, die Energie genau so zu lenken, wie wir sie haben wollten. Auch Stuart Means war hinter der Bühne, und wir waren so gut gelaunt, dass wir richtig nett zu ihm waren. Wir hatten ihn ein paar Tage zuvor in der Zentrale von Pacific getroffen und ihm gesagt, dass wir mindestens sechs Monate frei machen würden, wenn nicht sogar ein Jahr, ehe wir ein neues Album machen würden. Er war einverstanden.

Für den Abend hatten wir uns vorgenommen, einen bleibenden Eindruck zu hinterlassen, unsere Songs zu spielen, die Leute glücklich zu machen, sie in Bewegung zu bringen, sie dazu zu bringen, uns zu vergöttern. Als wir von Stuart angekündigt wurden, tobte das Publikum dermaßen, dass ich dachte, die Leute würden uns niemals über ihr eigenes Geschrei hinweg hören können. Es wurde noch lauter, als wir rausgingen und unsere Gitarren nahmen, und ich sah zu Owen hinüber. Ich spürte meinen Pulsschlag im Hals und in den Handgelenken, das Adrenalin, das sich in meinem Körper ausbreitete. An diesem Abend gab es nichts, was ich lieber getan hätte, als vor tausend Leuten zusammen mit meinem Freund Owen Noone Gitarre zu spielen.

Wir standen vor der Menge, hörten ihren Jubel und Applaus. Ohne mich anzusehen oder irgendein Zeichen zu geben, fing Owen an, »John Henry« zu singen, diese lange erste Silbe endlos in der Luft zu dehnen, und ich knallte meine Hand über die Saiten und lauschte, als der Akkord aus den

Verstärkern geflogen kam, durch den Saal raste, wo unsere Fans nach vorn drängten, gierig unsere Töne aufsogen, die Körper gegen die Bühne gepresst. Am Ende des Songs hörten wir nicht auf, sondern machten sofort mit »Green Corn« weiter, spielten es sogar noch schneller, noch dringlicher als »John Henry«, als würde die ganze Welt aufhören, sich zu drehen, und einstürzen, wenn wir es nicht genau richtig spielten, genau so.

Bevor wir »Hallelujah, I'm a Bum« spielten, sagte Owen: »Den nächsten Song kennt ihr noch nicht, weil wir ihn noch nie gespielt haben.« Ein paar Leute johlten und verstummten dann erwartungsvoll. »Wir haben ihn letzte Woche gelernt.«

Ich fing an, den D-Akkord zu schlagen, und die Menge begann zu klatschen, schlug den Takt zu einem Song, den sie nicht kannte. Owen trat auf sein Verzerrerpedal und spielte ein paar Takte, und dann sang er:

When springtime has come,
O won't we have fun,
We'll get out of jail,
And we'll go on the bum.

Bei der letzten Zeile der Strophe jubelten die Leute, als wäre es eine großartige Haltung, sich durchzuschnorren, eine der großen Lehren des Lebens, die durch diesen Song weitergegeben wurde. Beim Refrain, den wir leiser, aber ebenso schnell spielten, trat Owen wieder auf sein Verzerrerpedal:

Hallelujah, I'm a bum,
Hallelujah, bum again,
Hallelujah, give us a handout,
To revive us again.

Das Klatschen unserer Fans trieb den Song weiter voran, aber wir hatten eine Überraschung für sie, eine Störung in dem Muster Strophe-Refrain-Strophe-Refrain: Wir ließen den letzten Refrain weg, beendeten den Song nach der siebten Strophe und nahmen ihm so seinen natürlichen Rhythmus. Der Klang von Owens Gitarre knisterte und krachte gegen meine, und bei den letzten beiden Zeilen hörte ich auf zu spielen, sodass nur noch Owen zu hören war, das surrende weiße Rauschen seiner Gitarre und seine Schmirgelpapierstimme:

Someday a freight train
Will run over my head,
And the sawbones will say,
»Old One Finger's dead.«

Bei der letzten Zeile hörte Owen auf zu spielen, hielt den Gitarrenhals mit der linken Hand und hob den rechten Mittelfinger in einer bedeutungslosen Rock-'n'-Roll-Geste Richtung Publikum hoch, das beifällig toste und applaudierte.

Der letzte Song, den wir vor Mitternacht spielten, war »Careless Love«. »Das ist das letzte Mal, dass ich diesen Song singen muss«, sagte Owen, bevor wir anfingen. »Und das letzte Mal, dass wir ihn spielen.« Er fing an, mit dem Fuß zu stampfen, und die Menge wurde still, und die ganze Zeit bis zur zweiten Strophe waren nur Owens Stimme und Owens Fuß zu hören, der auf die Bretter knallte, und dann fingen wir beide an zu spielen. Owen stampfte weiter. Wir spielten bis zur letzten Strophe, wo wir jäh aufhörten, und Owen sang den Rest a cappella:

Now my apron strings won't pin,
Now my apron strings won't pin,
Now my apron strings won't pin,
You pass my door and don't look in.
It's love, oh love, oh careless love,

It's love, oh love, oh careless love,
It's love, oh love, oh careless love,
You see what careless love will do.

Es war beinahe 1999. Owen und ich hatten im Lauf der Woche beschlossen, dass wir gleich zu Beginn des neuen Jahres, wenn alle noch »Frohes neues Jahr!« riefen und sich umarmten und herzten und ihren billigen Sekt verschütteten, mit »Yankee Doodle« anfangen würden. Der Soundtrack zum neuen Jahr würde unser erster und unser letzter Song sein. Wir würden das Jahr damit beginnen und die Show damit beenden, dass tausend Menschen die inoffizielle erste Nationalhymne Amerikas sangen, und dann würden wir von der Bühne gehen.

Wir standen stumm über der Menge und hatten nichts zu tun. Eine Stimme – ich weiß nicht wessen – sagte an, dass es nur noch zwei Minuten bis Neujahr waren. Ich sorgte mich allmählich, ob wir nicht einen Fehler gemacht hatten, dass wir den ganzen Schwung verlieren würden, den wir bislang aufgebaut hatten und der uns hin zu »Yankee Doodle« trieb. Owen und ich standen einfach da und beobachteten die Leute, die die große Uhr beobachteten, die man über uns angebracht hatte. Das Gemurmel des Publikums wurde aufgeregter, als die Zahlen sich Mitternacht näherten.

»Owen, wir hätten's einfach spielen sollen. Wir kriegen doch ihre Aufmerksamkeit nie wieder.«

»Bleib ruhig. Sobald wir spielen, haben wir sie wieder.«

»Aber dann rufen doch alle durcheinander, die hören uns gar nicht –«

»Bleib ruhig. Das klappt schon.«

»Aber es wird ihnen egal sein, die sind dann zu –«

»Bleib ruhig. Wir sind nicht einfach bloß zwei Typen, die irgendwelche Songs spielen, weißt du.« Der Countdown begann, und Owen musste mir ins Ohr brüllen, damit ich ihn verstehen konnte. »Wir sind nicht bloß Brian und ein abgetakelter Baseballspieler, die ihre albernen Liedchen auf der Gitarre begleiten«, sagte er. »Wir sind Owen Noone and the Marauder. Und die Leute da« – er zeigte auf die Menschen vor uns, die alle ihre Sektgläser gehoben hatten und die jetzt bei fünf angekommen waren – »werden auf alles achten, was wir tun.«

FROHES NEUES JAHR!

Es wurde nicht wie üblich »Auld Lang Syne« angestimmt. Sobald der Jubel aufstieg und die Gläser klirrten und geleert wurden, fuhren unsere Hände über die Saiten, und die ersten Klänge von »Yankee Doodle« krachten aus den Verstärkern. Neuer Jubel brandete auf, und als Owen an sein Mikrofon trat, erklang aus allen Kehlen:

Yankee Doodle went to town,
A-ridin' on a pony,
He stuck a feather in his cap
And called it Macaroni.

Die Stimmen wurden lauter, als wir zum Refrain kamen:

Yankee Doodle, keep it up,
Yankee Doodle Dandy,
Mind the music and the step
And with the girls be handy.

Und dann, als wir gerade mit der zweiten Strophe anfingen und die Leute unter uns tanzten und sangen, passierte es.

Los Angeles Times, 2. Januar 1999:

OWEN NOONE BRICHT AUF OFFENER BÜHNE ZUSAMMEN

Der Skandalrocker Owen Noone ist kurz nach Mitternacht zu Beginn des neuen Jahres auf der Bühne des Hollywood Palladium zusammengebrochen. Noone trat mit seiner Band, Owen Noone and the Marauder, derzeit eine der populärsten Gruppen in den USA, in der Silvestershow auf.

Die genauen Umstände des Vorfalls sind noch unklar, doch bei Noones Einlieferung ins St. Sebastian's Hospital wurde sein Zustand als kritisch, aber stabil bezeichnet. Aussagen von Zeugen lassen vermuten, dass Noone durch eine defekte Verstärkeranlage einen Stromschlag bekam, als die Band einen ihrer letzten Songs an diesem Abend spielte. Ein Besucher der Show, Frank Dineri aus Anaheim, sagte: »Auf einmal gab es einen Funkenschauer und ein lautes Summen und Knistern, und dann fiel Owen um. Keiner wusste, was los war – wir hatten gerade erst das neue Jahr eingeläutet –, und dann sind ein paar Leute auf die Bühne gerannt und haben ihn weggetragen.«

Weder von dem Marauder, Noones Bandkollegen, noch von den Veranstaltern oder seiner Plattenfirma war Genaueres zu erfahren. Stuart Means von Pacific Records sagte: »Wir bei Pacific sind wie eine große Familie, und natürlich ist jeder hier bestürzt und in Sorge, und wir möchten abwarten, bis die Fakten geklärt sind, ehe wir eine Stellungnahme abgeben.«

Am frühen Samstagnachmittag sammelten sich mehr und mehr Fans vor dem Palladium und in der Nähe des Krankenhauses. Am Krankenhaus mussten Polizisten dafür sorgen, dass die Fans nicht die Einfahrt für die Rettungswagen blockierten. Gegen Abend hatten sich zirka tausend meist schwarz gekleidete Teenager versammelt, die in Grüppchen zusammenstanden, sich gegenseitig trösteten und Kerzen in den Händen hielten. Schon jetzt sind hunderte von Genesungswünschen im Krankenhaus eingegangen. Viele Fans kämpften mit den Tränen, während sie einige der bekannteren Songs der Band sangen, wie zum Beispiel »Careless Love« sowie ihren beliebtesten Hit »Yankee Doodle«. Viele von ihnen waren nicht bereit, mit Journalisten zu sprechen, doch ein Teenager, der ungenannt bleiben möchte, sagte: »Owen Noone ist mehr als bloß ein Sänger oder Gitarrist. Er versteht uns, er sagt das, was wir sagen wollen, und er sagt es mit diesen wirklich wunderschönen Songs.«

Los Angeles Times, 4. Januar 1999:

OWEN NOONE VERSCHWUNDEN

Der Rockstar Owen Noone, der kurz nach Mitternacht am Neujahrsmorgen auf der Bühne des Palladiums zusammengebrochen war, ist gestern Nachmittag aus dem St. Sebastian's Hospital verschwunden, nachdem man ihn wenige Stunden zuvor von der Intensivstation verlegt und seinen Zustand als stabil eingeschätzt hatte. Sein derzeitiger Aufenthaltsort ist unbekannt.

»Mr Noone kam am Sonntagmorgen wieder zu sich, war bei klarem Bewusstsein, sprach mit dem Pflegepersonal und wurde auf eine andere Station verlegt«, sagte ein Sprecher des Krankenhauses. »Als eine Schwester zwei Stunden später die Runde machte, stellte sie fest, dass sein Bett leer war. Wir haben bei Mr Noone zu Hause angerufen, doch dort hatte man nichts von ihm gehört.«

Diese Nachricht ist die neueste Wende in einer Geschichte, in deren Verlauf Mr Noone von einem unbekannten Musiker zum politischen Aktivisten und zum großen Medienstar wurde.

USA Today, 5. Januar 1999:

JACK NOONE ÄUSSERT SICH LOBEND ÜBER SEINEN SOHN

LOS ANGELES – Der zukünftige Senator Jack Noone äußerte sich gestern in einer Pressekonferenz über das Verschwinden seines Sohnes, des umstrittenen Rockers Owen Noone. In einer fünfzehnminütigen Stellungnahme sagte der zukünftige Senator, dass er seinen Sohn in den vergangenen Monaten trotz ihrer belasteten Familiengeschichte schätzen und lieben gelernt habe und »zutiefst bestürzt« sei über seinen Zusammenbruch und das anschließende Verschwinden aus dem Krankenhaus. »Owens Verschwinden ist quälend für mich und auch für die vielen Fans seiner Musik, die Owen für seine Energie und sein Engagement bewundern«, sagte er. »Ich hoffe und bete darum, dass es ihm gut geht, wo immer er ist, und dass er sich bald meldet.«

Der zukünftige Senator zeigte sich gestern verständnisvoll. »Owen ist ein leidenschaftlicher Junge. Und manchmal führt ihn seine Leidenschaft, seine Hingabe an das, was er glaubt, in die falsche Richtung. Aber ich glaube, er hat aus seinen Fehlern gelernt, und er ist ein rechtschaffener Junge. Ich war immer stolz auf ihn und bin es auch weiterhin, und ich hoffe, dass er bald zurückkommt.«

Nach dem fünfzehnten Anruf am Neujahrstag riss ich das Telefon aus der Dose und warf es quer durch den Raum gegen die Wand, wo es ein Spinnennetz aus rissiger Farbe hinterließ. Ich zog die Vorhänge zu und redete mir ein, dass Journalisten bestimmt Röntgenkameras oder so was einsetzen würden, um den trauernden Marauder beobachten zu können und die Bilder zu kriegen, die sie für ihre Illustrierten und Fernsehsender brauchten. Ich konnte das Haus nicht verlassen und wollte niemanden reinlassen. Schließlich verzogen sich die Journalisten, aber die Hand voll Fans, die herausbekommen hatten, wo wir wohnten, blieben den ganzen Freitag und Samstag, standen einfach in Grüppchen auf dem Rasen herum, umarmten sich und hielten Kerzen; dann und wann schoben sie was durch den Briefschlitz. Fotos, die während der Show gemacht worden waren, Briefe und Gedichte häuften sich vor der Tür. Zu Anfang las ich ein paar oder sah mir die Bilder an, aber ich konnte es nicht ertragen, also ließ ich sie einfach da liegen. Ich saß auf dem Sofa und starrte die Wand an, hatte Angst, das Radio anzumachen, saß einfach nur da und wartete. Ich wollte zum Krankenhaus fahren, aber ich wollte Owen nicht ausgestreckt da liegen sehen mit lauter Geräten um ihn herum. Also stöpselte ich das Telefon wieder ein, in der Hoffnung, dass er anrufen würde, dass irgendwer, den ich kannte, anrufen würde, um mir zu sagen, dass es ihm wieder gut ginge – aber im Grunde war Owen der einzige Mensch, den ich kannte.

Dann rief das Krankenhaus an. Irgendwie wusste ich, dass er nicht zurückkommen würde. Wenn doch, wäre er schnurstracks nach Hause gekommen. Er hätte mir gesagt, dass ich die Gitarren und das Vierspurgerät anschließen und das Songbook rausholen sollte, und wir hätten ein paar Stunden lang neue Songs gespielt. Sein Flugticket nach Syracuse lag auf dem Couchtisch. Mir wurde klar, dass mein einziger Freund für immer verschwunden war, der einzige Mensch, dem ich vertraute und den ich liebte. Ich konnte nur auf dem Sofa sitzen und ins Leere starren und hoffen, dass ich einschlafen würde.

Am Mittwochmorgen weckte mich das Telefon, und ich bekam Panik. Ich wusste nicht, ob ich rangehen wollte. Ich glaubte nicht, dass es Owen war, aber ich wünschte es mir.

»Ich hab's aus dem Fernsehen erfahren. Aus dem Fernsehen.« Es war Anna. Ihre Stimme klang müde, als hätte sie tagelang nonstop geredet. »Wie ist das möglich, dass ich das mit Owen aus dem Fernsehen erfahre? Oder aus den Zeitungen. Oder was weiß ich. Ich wollte zurückkommen. Ich war kurz davor zurückzukommen. Aber nach so vielen Monaten –«

Ich wünschte, sie würde neben mir stehen, damit ich die Arme um sie legen könnte und mich nicht so allein fühlen müsste. »Er ist im Regen die ganze Lower East Side runtergerannt, als wir da waren, weil er gedacht hat, er hätte dich gesehen«, sagte ich und fragte mich, ob ich das Richtige sagte, ob es etwas Richtiges zu sagen gab, ob ich überhaupt etwas sagen sollte.

Los Angeles Times, 2. Februar 1999:

GEDENKSTUNDE FÜR DEN VERSCHWUNDENEN ROCKSTAR OWEN NOONE

Einen Monat nach seinem Verschwinden haben sich Freunde von Owen Noone gestern im Gedenken an den Skandalrocker am Dockweiler State Beach versammelt. Noone hatte am Silvesterabend durch eine defekte Verstärkeranlage in einem Nachtclub in Hollywood einen Stromschlag erlitten und war zwei Tage später aus dem St. Sebastian's Hospital verschwunden.

An der Zeremonie nahmen eine Anzahl von Noones prominenten Bekannten teil, nicht jedoch sein musikalischer Partner, der Marauder. Anna Penatio, seine von ihm getrennt lebende Ehefrau, war gleichfalls abwesend, aber seine frühere Freundin, die Schauspielerin Ellen Trelaine, nahm ebenso teil wie mehrere Mitarbeiter von Pacific Records und etliche unbekannte Freunde und Verwandte. Interessanterweise fehlte auch Noones Vater, der gewählte zukünftige Senator Jack Noone, was seine Sprecherin mit nicht verschiebbaren dringenden Terminen erklärte. Die Teilnehmenden hielten etwa eine Stunde lang in relativer Ruhe brennende Kerzen und übergaben anschließend einen Kranz aus Nelken dem Ozean.

Die Polizei von Los Angeles sperrte für die Zeremonie einen Teil des Strandes ab, und dreißig Beamte trennten die Gedenkenden von den mehreren hundert Fans und Pressevertretern, die ebenfalls gekommen waren. Die Veranstaltung verlief ohne Zwischenfälle.

Ms Trelaine, deren Beziehung zu Mr Noone in der Boulevardpresse für Schlagzeilen gesorgt hat, sagte: »Owen steht vielen von uns sehr nahe, ein wirklich talentierter junger Mann, den wir lieben und der von allen vermisst wird, die seine Musik kennen, und von allen, die wie ich das Glück hatten, Teil seines

Lebens zu sein. Wir hoffen von ganzem Herzen, dass er zurückkommt und dass es ihm gut geht.«

Stuart Means von Pacific Records verlas eine vorformulierte Stellungnahme. »Owen Noone hat die Menschen in seiner Umgebung mit seiner Energie fasziniert, er ist ein Visionär, und er weiß genau, was er will, und das alles kam in seiner Musik zum Ausdruck. Genau das fehlt seiner Familie bei Pacific Records und, ja, auch seinen Freunden in der ganzen Welt mehr als alles andere. Wir können uns glücklich schätzen, Owen eine Weile bei uns gehabt zu haben, auch wenn es nur kurz war, und sein Geist wird immer dann zu spüren sein, wenn irgendwer einen seiner Songs spielt. Hoffentlich kehrt er bald zurück, um unser Leben weiter zu bereichern.«

Der Marauder hat seit dem Verschwinden seines Partners noch keine öffentliche Erklärung abgegeben.

Die Gedenkstunde war Stuart Means' Idee. Ich sagte ihm, dass ich auf keinen Fall mitmachen würde. Ich wollte nichts mehr mit dem ganzen Zirkus zu tun haben. Schon gab es die ersten Gerüchte, dass Owen Noone irgendwo gesehen worden war, und ich wollte jedes einzelne davon glauben und nicht glauben, und außerdem wollte ich, dass sie aufhörten. Owen war in Charlotte, spazierte mit umgehängten Werbetafeln durch Washington, hatte die Grenze nach Kanada überquert, aß in einem Diner am Stadtrand von Norman in Oklahoma. Und Pacific veranstaltete diese Zeremonie mit einer langen Liste von geladenen Gästen, und ich saß das Ganze zu Hause aus. Dave Ferris rief an und sagte, dass er gekommen wäre, wenn er gekonnt hätte. Auch Ed schaffte es nicht zu kommen. Es war nett von ihnen, dass sie anriefen, und natürlich machte ich ihnen keine Vorwürfe. Auch Anna machte ich keine Vorwürfe. Vic Reems ging hin. Die anderen gehörten wohl alle zu den Leuten, die zu den Partys gekommen waren, als unsere Alben veröffentlicht wurden, und die uns gesagt hatten, wie toll alles war. Jetzt redeten sie, als wäre er tot. Als wäre er Elvis. Ständig riefen Reporter bei mir an und wollten Kommentare von mir haben, also musste ich das Telefon wieder ausstöpseln. Was hätte ich schon sagen können? Owen ist weg. Ihr kennt ihn nicht. Diese Leute kennen ihn nicht. Sie möchten so tun als ob, weil es ein gutes Licht auf sie wirft. Ich habe zwei Jahre lang jeden Tag mit Owen verbracht. Manchmal hatte ich fast das Gefühl, wir wären verheiratet, und manchmal hatte ich fast das Gefühl, wir wären Brüder. Keiner war gekommen, um mir zuzusehen, wie ich meine Eltern beerdigte, aber alle wollten mir zusehen, wie ich Owen Noone beerdigte, obwohl er gar nicht tot war. Aber wahrscheinlich war er für sie tot, weil er keine Musik machte, und das war das Einzige, weswegen er für sie existierte. Und dann wollten sie, dass ich ihnen sagte, wie ich mich fühlte. Ich wollte nicht mehr beobachtet werden. Ich wollte verschwinden.

Zwei Tage nach der Gedenkfeier für Owen verließ ich Los Angeles, packte den Pick-up voll und fuhr Richtung Osten, wollte so viele Meilen wie eben möglich zwischen mich und den Pazifischen Ozean bringen. Ich brach frühmorgens auf und fuhr bis tief in die Nacht, und achtzehn Stunden später war ich in Albuquerque. Wenige Tage danach betrat ich das Fuzzy's in Iowa City, den einzigen Ort, der mir einfiel, wo ich hinkonnte. Mike ließ mich in einem Zimmer über der Bar schlafen, bis ich mir eine Wohnung gesucht hatte.

Ich fing an, im Fuzzy's hinter der Theke zu arbeiten. Es gab nicht viele Leute, die mich erkannten, und wenn, dann sagten sie nicht viel, lächelten nur vielsagend, als hätten wir ein gemeinsames Geheimnis. Dann und wann bekam ich einen Tantiemenscheck von Pacific. Es waren Riesensummen. In der Woche nach Owens Verschwinden wurden unsere Platten erneut eine Million Mal verkauft. Alle wollten jetzt daran teilhaben, an dieser rätselhaften Geschichte. Sie wollten behaupten können, dass sie Fans waren, dass sie das Genie gekannt hatten, dabei hatten sie ihn nicht einmal live spielen sehen. Stuart Means rief an und bat mich, ein paar Zeilen für das Booklet des Live-Albums zu schreiben, das Pacific möglichst schnell rausbringen wollte. Ich schrieb Folgendes:

Owen Noone and the Marauder begannen 1995 in einem kleinen Zimmer in Peoria, Illinois, und endeten auf einer Bühne in Los Angeles, Kalifornien, am 1. Januar 1999. Jeder unserer Auftritte begann mit »John Henry«. Jeder Auftritt endete mit »Yankee Doodle«, nur der letzte nicht.

Mehr gab es nicht zu sagen.

Das Live-Album wurde im April veröffentlicht. Der gesamte Silvester-Auftritt war drauf, nur nicht »Yankee Doodle«, von dem wir ja nur den Anfang gespielt hatten. Pacific fügte eine Version von einem anderen Gig hinzu, womit ich einverstanden war, weil es schon seltsam gewesen wäre, es gar nicht mit drauf zu haben. Das Album hielt sich zwei Wochen in den Top Ten, dann sackte es ab. Ich weiß nicht, ob irgendwas davon von den Radiosendern gespielt wurde, weil ich kein Radio mehr hörte.

An drei oder vier Abenden die Woche traten Bands im Fuzzy's auf, und die meisten von ihnen waren nicht besonders gut. Mike fragte mich ein paar Mal, ob ich spielen würde, aber ich hatte keine große Lust, allein auf einer Bühne zu stehen. Ich konnte diese Songs nicht allein spielen, sie gehörten mir nicht, ich war nur eine Hälfte davon, also sagte ich jedes Mal nein, und er hörte auf zu fragen. Seit jenem Abend hatte ich nicht mehr auf meiner Gitarre gespielt. Ich wollte nicht.

Vor ein paar Wochen, im Juni, war ich auf einem Flohmarkt, und jemand verkaufte diese russischen Puppen, wo fünf oder sechs Püppchen ineinander gesteckt sind, jedes kleiner als das vorherige. Er hatte welche, die Präsidenten waren, die britische Königsfamilie, Baseballspieler und Filmstars. Eine fiel mir ins Auge. Die äußere Puppe war Owen Noone. Sie sah genau aus wie er, mit sorgfältig gemalten Gesichtszügen, seinem zotteligen, rötlich blonden Haar, sogar mit dem orangefarbenen T-Shirt, das er so gut wie immer trug. Ich nahm sie in die Hand.

Der Typ lächelte. »Die ist gut geworden. Eine meiner Lieblingspuppen. Ich mal die nämlich alle selbst an.«

Ich zog an Owens Kopf, und er teilte sich in Taillenhöhe. In ihm steckte Kurt Cobain. In Kurt Cobain steckte John Lennon und in John Lennon steckte Elvis Presley und in dem steckte Buddy Holly, die kleinste Puppe. Ich setzte sie alle wieder zusammen, ließ Kurt Cobain unter Owens Kopf verschwinden.

»Wer ist der Äußere?«, fragte ich.

Der Typ sah mich verwundert an. »Ach, nun hör aber auf. Den musst du doch kennen. Jeder in deinem Alter kennt ihn.«

Ich zuckte die Achseln.

»Das ist Owen Noone«, sagte er. »Owen Noone. Der Junge, der zusammengebrochen ist, als er auf der Bühne stand und Gitarre spielte, und der dann verschwunden ist. Der Typ, der ›Yankee Doodle‹ gespielt hat. Den musst du kennen.«

»Ja, ich glaube schon. Hab jedenfalls von ihm gehört. Aber der ist nicht tot. Alle anderen sind es.«

Der Typ zuckte die Achseln. »Verschwunden oder tot, wo ist der Unterschied?«

An dem Abend arbeitete ich hinter der Theke. Die Studenten waren weg, abgesehen von denen, die auch den Sommer über in der Stadt blieben. Es waren schätzungsweise fünfzehn Leute da, die in kleinen Gruppen an den Tischen verteilt saßen. Ich hatte kurz vorher unser erstes Album wiedergefunden, das wir für Pulley gemacht hatten. Ich legte es ein und drückte auf PLAY. Owens Stimme sprang aus den Lautsprechern und erfüllte die Kneipe mit den lang gezogenen ersten Silben von »John Henry«, und dann setzten die Gitarren ein, schrill und schnell bis zu der Zeile »Gonna be a steel-drivin' man, Lawd, Lawd«, wo Owen dann auf das

Verzerrerpedal trat und die Lautsprecher von dem schönen Klang unseres nachgemachten Folk-Rock-'n'-Roll pulsierten. Ich hörte zu, und mein Herz schlug schneller. Es war das erste Mal, dass ich mir die Songs anhörte, seit wir sie zuletzt gespielt hatten. Ich stützte die Ellbogen auf die Theke, sah zu der Bühne hinüber, auf der wir unseren ersten bezahlten Gig gespielt hatten, auf der wir uns immer zu Hause gefühlt hatten, und ich lächelte.

Ein junger Bursche, den ich ein paar Mal in der Kneipe gesehen hatte, kam rüber und bestellte ein Bier. Als ich es holte, zeigte er auf die Lautsprecher und sagte: »Komm schon, Mann, das will doch kein Mensch mehr hören. Dreh den alten Scheiß ab.«

Ich würde ja, wenn es meinen Freund zurückbringen würde. Ich würde, ich würde, ich würde, ich würde, ich würde.

Dorota Maslowska
Schneeweiß und Russenrot

KiWi 813
Aus dem Polnischen von Olaf Kühl
Deutsche Erstausgabe

Erzählt wird die Geschichte von Andrzej, genannt der Starke, der von seiner Freundin verlassen wird und dies von seinen Freunden erfährt, während sich Polen auf einen neuen Krieg gegen Russland vorbereitet. Auf der Suche nach Speed lässt er sich mit verschiedenen Frauen ein, verliert seinen Hund, fährt ans Meer, wird verhaftet und verhört, kommt ins Krankenhaus. In einer völlig neuen Sprache, die kreativ mit Regeln spielt, gelingt Dorota Maslowska ein ganz erstaunliches, literarisches Porträt.

»Was das Buch ausmacht ist die Sprache. Es ist die Sprache der Jugend, ihr Slang. Schnell, stark verkürzend, farbenkräftig, berstend von Eigenheiten.«

Neue Zürcher Zeitung

»Wie Autoscooterfahren zwischen Buchdeckeln.«

Süddeutsche Zeitung

Nick McDonell
Der dritte Bruder

Roman
KiWi 947
Aus dem Englischen von Thomas Gunkel
Deutsche Erstausgabe

Mike hat Glück: seine Eltern besitzen ein Ferienhaus in Long Island, berühmte Freunde gehen ein und aus, ihm wurde die beste Schulbildung zuteil und sein älterer Bruder Lyle beschützte ihn, wenn ihre Eltern mal wieder stritten. Jetzt hat er auch noch ein Volontariat bei einer Zeitung in Hongkong bekommen, die ihn nach Bangkok schickt, um dort über die Backpacker-Szene zu schreiben und um einen Journalisten zu finden, der untergetaucht ist. Bangkok fasziniert ihn – trotz der Exzesse und der Gewalt, die ihm begegnen. Doch dann erreicht ihn eine schreckliche Nachricht und er muss zurück in die USA, um seinem Bruder beizustehen.

»McDonell, der im Alter von 17 mit seinem Roman ›Zwölf‹ Furore machte, hat ein überzeugendes und von Herzen kommendes zweites Buch geschrieben. Fesselnd, mit unauslöschlichen Szenen und einem Helden, um den man sich sorgt.« *Kirkus Review*

Paperbacks bei Kiepenheuer & Witsch KiWi PAPERBACK www.kiwi-koeln.de